唐浩明评点版

贰

大清名相

曾國藩

虎步维艰

唐浩明 | 著

北京联合出版公司

Beijing United Publishing Co.,Ltd.

【目录】

第一章　田镇大捷

第二章　江西受困

第五章　强围安庆

第一章　田镇大捷

一　曾国藩身着朝服，隆重地向湘勇军官授腰刀

由于岳州和武昌、汉阳的攻克，湘勇的大小头目都升了官。胡林翼升为湖北按察使，罗泽南升为浙江宁绍台道，彭玉麟升为广东惠潮嘉道，杨载福擢常德协副将，鲍超擢参将，李元度、李续宾、王鑫等营官及郭嵩焘、刘蓉、陈士杰等幕僚都有迁升。唯独救了曾国藩命的康福没有得到一官半职，大家都从心里佩服曾国藩不以公职报私恩的品德。绝大部分勇丁都在进入这几个城镇的头几天里，抢足了金银财宝。除上缴部分给什长、哨长和营官外，其余的便自己留下，托人辗转送回家去。又是升官，又是发财，算是真正尝到了打胜仗的甜头，湘勇士气高涨，渴望着早日离武昌去打江宁。都说长毛把江宁建成了小天堂，那里金银如海、财货如山，弄得湘勇个个垂涎欲滴，夜夜做着买田起屋、娶亲讨小、衣锦还乡的美梦。太平天国西征军在蕲州至田家镇一带重兵防守，欲与湘勇决一死战的消息，很快传到湘勇大营。曾国藩与胡林翼、罗泽南、塔齐布、彭玉麟、杨载福等反复计议三路进军的决策和具体细节。

这天中午，彭毓橘带领亲兵抬了一个大木箱进来报告："一百把腰刀已打好，请大人过目。"亲兵撬开木箱，从中取出一把来。曾国藩见腰刀果然打造得精美，熟铁皮制就的刀鞘上，用铜钉钉出一朵朵云形花纹，铜钉锃亮，如同黄金般闪光；刀把上镶嵌着墨绿色南阳玉。曾国藩将刀抽出，立时便有一道寒光扑面而来，刀刃锋利，手不敢试。刀面正中端端正正刻着"殄灭丑类，

尽忠王事"八个大字，旁边是一行小楷"涤生曾国藩赠"，边上另有几个小字，那是编号。曾国藩一连看了几把，把把如此。他很满意，吩咐将木箱抬进里屋。

湘勇官兵打仗立了功，可以按朝廷规定升官晋级，这是出自天恩。曾国藩想，还必须用一种方式来表达他个人对部属的奖励和赏识。用什么方式呢？过多地发赏银，他觉得有违于自己"不怕死，不要钱"的宣言；拜把结兄弟，这是山大王的行为，他又鄙夷不屑为。曾国藩想了很久，终于想出赠送腰刀这个好主意。武职不用讲了，即使是文职，既然在军营效力，就要有尚武精神。以个人名义赠送一把腰刀，既表达了自己与对方的特殊感情，又是鼓励湘勇的尚武精神。第一批受刀者，人数要少，仪式要安排得异常隆重，使他们感到无上的光荣。这把亲赠的腰刀，今后要成为湘勇官兵人人企望的最高奖赏。

次日下午，秋阳灿烂，湖北巡抚衙门头进二进两栋房屋之间宽阔土坪上，聚集着近四百名湘勇哨长以上的军官。他们一律按朝廷所授的官衔品级穿着蟒服，前后缀着补子。这些哨长以上的军官，无论授文职还是授武职，品级都不高，大部分在七品以下，黑底补子上五彩金线绣的多为鸂鶒、鹌鹑、练雀、犀牛、海马等，伞形红缨帽上戴的是起花或镂花金顶，插的是用鹍尾制的蓝翎。一色簇新的衣帽，加上耀眼的刺绣和闪光的翎顶，真个是花团锦簇，美不胜收。湘勇这批军官，大半出身书生，少部分来自无业游民和乡下作田人。不久前还是毫无功名的寒士细民，今日一旦穿着日思夜想的官服，个个脸上流光溢彩，无异步入洞房时的新郎。不过，他们不明白，今天并非喜庆节日，为何要如此隆重对待？

正在大家议论纷纷的时候，亲兵高喊："曾大人到！"

土坪上叽叽喳喳的声音顿时停息，全体军官一律挺直腰板，翘首肃立。只见曾国藩从二进厅堂里迈着稳重的步履，威严地走出来。这批跟随曾国藩近两年之久的湘勇军官们，此刻第一次看到他身着朝服出现。昨天，曾国藩拜发了给皇上的《陈明服阕日期折》，报告三年（实际上只有二十七个月）守制期满，从明天起释服。今天，曾国藩头戴装有起花珊瑚红顶帽，身穿石青四爪九蟒袍服，缀着绀色丝绣锦鸡补子，束一根金方玉版中嵌红宝石腰带，脚登粉底黑缎朝靴，显得格外高贵庄重。身后跟着穿三品文官服的胡林翼、一品武官服的塔齐布、四品文官服的罗泽南、彭玉麟和二品武官服的杨载福。土坪上的军官们心里猜测，今天一定有非常喜事。

曾国藩站在屋檐下高出地面三四尺的台阶上，用他特有的尖利目光，打量台阶下这批新着官服的军官们。荆七搬出一把虎皮交椅放在他的身后。曾国藩皱了下眉头，挥手叫他搬走。他轻轻地咳了一声，然后提高嗓门，用洪亮的湘乡官话说："诸位，本部堂奉皇上之命，受父老之托，训练乡勇，讨伐叛逆，已近两载。上赖皇上如天之福，下靠将士忠愤之心，虽经百端挫折，又遭岳州、靖港之败，然我湘勇非但没有压垮，反而愈战愈强。湘潭胜仗、岳州胜仗，使我们在家乡赢得英名。现在我们又攻克武昌、汉阳，更是威镇寰宇。这是我们全体湘勇将士的光荣。"

说到这里，曾国藩灼灼逼人的目光将所有军官又横扫了一眼，见他们个个神采焕发，又兴奋地说下去："今天，各位都已荷蒙酬庸，升官晋级，有的已成为朝廷命官，有的正候补待缺，不久就可以授予实职。总之，都已解褐释布。不仅为自己，也为列祖列宗、为妻子儿女争得了风光荣耀。这些靠何而来？除靠皇上的格外施恩外，靠的是全体将士服从命令、精诚团结、勇猛刚强、百折不屈的精神。本部堂以为，这十六个字，便是我们湘勇的精神。本部堂最看重的就是这种精神，战果尚在其次。要彻底剪灭长毛，光复江宁，就要靠发扬光大这种精神。为此，特举办今天的授奖大会。"

湘勇军官们这才知道今天这个不同寻常的集会的目的。统帅要授什么奖呢？授给哪些人呢？就像盯着变戏法的魔术师一样，全体军官怀着极大的兴致注视曾国藩。这时，彭毓橘指挥两个勇丁抬着一个木箱出来。勇丁解开绳索，揭开盖板，顿时，台阶上一片光亮。站在前面的军官们禁不住诱惑，纷纷伸头探脑，有的似乎隐隐约约地看到了什么，不时发出啧啧声。彭毓橘从木箱里拿出一把腰刀来，近四百双眼睛一齐集中到这把腰刀上。曾国藩神情凛冽地说："本部堂新近在武昌打造了五十把上等腰刀。每把腰刀上都刻有'殄灭丑类，尽忠王事'八个字，这是本部堂对各位的期望，也是三湘父老对各位的期望，愿它成为我全体湘勇的志向。"

曾国藩原拟发一百把腰刀，昨天夜晚临时又改变了主意，改发五十把，以此来提高身价。第一号腰刀发给谁呢？他苦苦地思索良久。论湘勇的首创之功，第一号应属罗泽南。论攻打城池的贡献，第一号应属彭玉麟。论官阶品级，第一号应属塔齐布。论劝他出山办团练之力，第一号应属郭嵩焘。论对他个人的恩情，第一号应属康福。想到德音杭布和多隆阿一先一后地到来，想到他们两人的背景，直到今天凌晨，他才把第一号腰刀的属主定下来。曾国藩在台阶上高喊："湖南水陆提督塔齐布！"

"到！"塔布齐气宇轩昂地走上台阶，对着曾国藩恭恭敬敬地行了一礼。

"训练湘勇，劳绩卓异，攻城略地，连战连捷，塔齐布乃湘勇中第一功臣。本部堂赠你第一号腰刀。"

塔齐布双手接过，雄赳赳地走下去。正在大家无限羡慕之际，彭毓橘又从木箱里拿出一把腰刀，递到曾国藩手中。

"浙江宁绍台道道员罗泽南！"

"到！"罗泽南跨上台阶，也行了一礼。

"创办乡勇，厥功甚伟，指挥作战，谋勇出众。罗泽南为湘勇德高望重之功臣。本部堂赠你第二号腰刀。"

罗泽南庄重地接过腰刀下去。

曾国藩又高声喊道：

"广东惠潮嘉道道员彭玉麟！"

"到！"

"创建水师，从无到有，纵横大江，扬我湘威。彭玉麟乃我湘勇水师众望所归之大将，本部堂赠你第三号腰刀。"

"湖北按察使胡林翼！"

"到！"

"书生从戎，鸿韬伟略，立功鄂省，英名远播。胡林翼为我湘勇陆师杰出之大将，本部堂赠你第四号腰刀。"

接着，曾国藩将腰刀依次赠给郭嵩焘、杨载福、王鑫、李续宾、李元度、李孟群、刘蓉、陈士杰、鲍超、康福、周凤山、刘松山、彭毓橘等共四十七人。阳光照在刀鞘刀把上，五光十色，绚丽夺目。有的喜不自禁地将腰刀抽出，立刻就有一股强烈的光束，刺得人睁不开眼睛。旁边的人称赞着。欣赏、赞叹、艳羡、嫉妒，各种复杂的心情，在受刀者和旁观者的心中翻腾。这四十七把腰刀发下来，犹如一批火药弹投在干草堆里，顷刻劈劈啪啪，烧出腾空烈焰；又如一阵狂飙袭击海面，顿时澎澎湃湃，卷起滔天巨浪。湘勇军官们的议论嘈嘈切切，眼光热辣辣的。"多好的腰刀！""多令人爱重的奖赏！"军官们心里想着，口里念着，仿佛皇上所赐的翎顶蟒袍，都在这把腰刀面前失去了迷人的光彩。

"各位弟兄，"曾国藩浑厚的湘乡官话又响起来了，把沉浸在喜庆气氛中的湘勇军官们唤起，"本部堂打造的五十把腰刀，已发下四十七把，还剩下三把。没有得到腰刀的弟兄们，可以上台阶来自报战功。本部堂将视功业劳绩，择优奖赠。"

就像在烧得滚烫的油锅里骤然泼上一瓢水，湘勇军官队伍里开了大炸。有的在咧嘴大笑，有的在挠耳抓颈，有的在怂恿别人，有的在独自思考，有的头上汗珠直沁，有的脸色铁青，个个心里发痒，人人跃跃欲试，但却没有人敢跳上台阶。

"曾大人，你不奖我一把腰刀，我心里不服！"突然，一个愣头小伙冲出队伍，纵身一跳上了台阶。众人看时，原来是宾字营左哨哨长刘连捷。

刘连捷跳上台阶后，两腮涨得通红，一时反而说不出话来。曾国藩十分欣赏刘连捷这种毛遂自荐的勇气，分外和气地对他说：

"你当众说说，你有哪些战功？"

刘连捷望着曾国藩赞许期待的眼光，心神安定下来，大声说："湘潭之战，我杀了十几个长毛。岳州之仗，我缴获长毛一门大炮。武昌城破，我第三个冲进城内，杀老长毛五人、两司马一人，夺长毛黄旗十面。曾大人，凭这些战功，我可以得腰刀吗？"

曾国藩眼中射出惊喜的光芒，高喊："刘连捷，你是本部堂没有发现的少年英雄。有这样大的战功，如何不能得腰刀！彭毓橘拿刀来！"

刘连捷喜从天降，两眼潮润。他双膝跪下，然后两手过头，从曾国藩手中接过第四十八号腰刀，再站起来，将刀抽出，对着众人在空中一扬，高叫："殄灭丑类，尽忠王事！"最后轻轻一跃，跳进了队伍。刘连捷意外地获得一把腰刀，给那些未得到者增加了无穷勇气。随着刘连捷的双脚刚从空中落地，一双飞毛腿早已踩在台阶上。众人看时，原来是水师第一营左哨哨官宋国永。

"曾大人，这腰刀我也要一把！"

"你凭什么要？"

"打湘潭时，我一人从长毛手里夺得三只战船。打岳州时，我纵火烧掉长毛两船粮食。打武昌时，我杀死八个广西老长毛。"

宋国永正叙说着，底下一人大叫："曾大人的腰刀当送与我！"

说话间，也纵身跳上台阶。大家看时，此人是老湘营后哨哨长张运兰。他不待曾国藩问，便自报功绩："曾大人，我随璞山征伐野人山，杀征义堂贼匪三人。岳州城里，我率先冲进被长毛占据的知府衙门，活捉衙门里老少长毛十三口。武昌城里，又夺取长毛火药库，缴获各种武器数百件。"

突然又有人在底下大喊大叫："若他们都可得腰刀，我王可升得不到，我要跳长江自杀！"

众人被吓了一跳，只见王可升脸色惨白地奔上台阶，气急败坏地推开宋国永和张运兰，吼道："这腰刀是我的！"

宋国永捋起袖子，挥出拳头，恶狠狠地说："你小子逞什么狠？老子拳头可不认人！"

王可升也摆开架势，凶煞煞地说："老子用不着摆功，今日把你打下台阶，就是老子的功劳！"

二人正要对打之时，蓦地一人如同从天降下一般，跳入二人之间，大声笑道："二位老弟都给我下去，曾大人的腰刀我都没拿到，岂轮得到你们？"

众人看时，这人原来是水师二营前哨哨官邓翼升。他转而对台阶下的人说："老子一人得长毛大炮五门，杀军帅、旅帅各一名，老子都得不到腰刀，谁敢得？"

四人都在台阶上摩拳擦掌，恨不得拼个你死我活。曾国藩喝道："都给我住手！"

四人都僵着。曾国藩抬头见天上远处一行大雁正由北向南飞来，立时有了主意。他对台阶下的军官们喊："还有谁要腰刀？都上来！"

话音刚落，又有三名哨长跳上台阶。等了片刻，见无人再上，曾国藩对台阶上的七个人说："诸位都是勇敢杀贼的壮士，都可得到一把腰刀，可惜本部堂只有两把了，过去的战功都不再提，今日当着诸位兄弟的面来一试硬功夫。"

七人一听，以为是要斗打，都暗暗运气。

"彭毓橘！"曾国藩喊，"你给我拿一张好弓和七支好箭来。"

彭毓橘从后屋背出一张雕花强弓，手里拿着七支长箭。曾国藩说："大家看天上一行大雁正结伴南行，每人一支箭，不论何人，射中者，本部堂一律赠腰刀一把。"

台阶下一片欢呼。最先上来的宋国永屏息静气，心中默默祷告完毕，"嗖"地一箭射出，却是一支空箭！"可惜！"在众人惋惜声中，宋国永知趣地走下台阶。第二箭是张运兰射的，随着箭离弦的响声，几声凄厉的雁叫传来，一只灰色大雁沉重地摔在土坪上，在众人的鼓掌声中，曾国藩将第四十九号腰刀郑重赠予张运兰。张运兰神气十足地跳下台阶。第三箭、第四箭、第五箭都是空箭，三人垂头丧气地下去了。第六箭轮到王可升。他运足气，两眼鼓起，一箭射出，又一只褐色大雁摔了下来。众人高呼。曾国藩将第五十号腰刀送给王可升。底下有人在喊："邓翼升，不要射了，腰刀没有了！"

这邓翼升素称湘勇中的射雕手，他有意最后出手，来个后来居上，却不想张运兰、王可升的箭法也高超，将两把腰刀夺去了。他天生要强，心想：就是得不到腰刀，也难得有这样好的机会在曾大人和众人面前露一手。他不慌不忙，心平神定，放开虎腿，伸长猿臂，瞄准天上的雁群，口中喊了一声"着"，一支箭飞也似的直指蓝天而去，眨眼间又折了回来，土坪上传出沉重的"扑扑"声。大家看时，都惊呆了，原来一支箭贯穿两只大雁。近四百名军官一齐欢呼，掌声雷动。曾国藩紧紧抓住邓翼升的肩膀，激动地说："不想今日在湘勇中复出养由基、纪昌。"

然后转过脸对全体军官说："本部堂赠送腰刀的目的，是鼓励湘勇将士多立战功，多出英雄。今有一箭贯双雁的神射手，本部堂岂能吝一腰刀而不奖赏？彭毓橘，你明日再去打造一把好腰刀，本部堂要亲自给今日养由基赠刀！"

二　曾国华率勇来武昌，王璞山请调回湖南

　　第二天午后，曾国华带领在湘乡招募的五百勇丁来到武昌。曾国藩见到这个出抚给叔父的六弟，心中很是高兴。四个弟弟，他认为最有出息的便是这个为人倜傥雄奇的六弟。国华告诉大哥：九弟因妻子临产，过两个月再来，要大哥在攻打江宁时，给他留个立功的机会；又说满弟被裁回家心情抑郁，得知武昌大捷后，更为自己羞愧。国藩听后哈哈大笑。他一一问了家中情况，知老父康健，儿子读书用功，甚是放心。国华捎来两封信，一封是左宗棠的，一封是骆秉章的。攻下武昌，曾国藩向朝廷保奏出力官员，没有忘记在长沙的左宗棠的功劳，特地给他保了一个知府衔，赏戴花翎。他想左宗棠此信必定对老朋友的厚意会有所表示，谁知抖开信一看，却大出意外。左宗棠在几句寒暄后，写道：

　　吾非山人，亦非经纶之手，自前年至今，两次窃预保奏，过其所期。来示谓以蓝顶花翎尊武侯，大非相处之道。此次克复武昌，吾相距七百余里，未尝有一日汗马功劳，又未尝偶参帷幄计议，何以处己？何以服人？方望溪与友论出处，"天不欲废吾道，自有堂堂正正登进之阶，何必假史局以起？"此言即是。吾欲做官，则同州直隶州亦官矣，必知府而后为官耶？且鄙人二十年来，所尝留心自信可称职者，唯督抚而已。以蓝顶尊武侯而夺其纶巾，以花翎尊武侯而褫其羽扇，既不当武侯之意，而令此武侯为讪笑。特将蓝顶花翎原璧奉还。

　　曾国藩览毕微笑说："人说季高可大授而不可小知，可用人而不可为人所用，果然不错。"又问弟弟，"季高近来得意吗？"

　　"我在长沙听官场上说，湖南只知左师爷，不知骆中丞。"

　　"有这等事？"

　　国华笑笑说："有人讲了个故事：有天骆中丞在签押房办事，听衙门外三声炮响，惊问何故。仆人答：'左师爷正拜折。'骆中丞先是吃一惊，随即平静地说：'到左师爷那里拿底稿来给我看看。'骆中丞不过右副都御史的衔，

季高现在被人称为左都御史了。"

曾国藩大笑："这样的师爷，历史上怕找不出第二个，难怪他不受知府顶翎。"

国华说："骆中丞这个巡抚也做得太可怜了。若是我，哪怕他左宗棠真有诸葛亮之才，我也不能让他爬到我的头上。"

"骆籲门也是没有办法，又无做巡抚的才干，又要恋栈，就只得听季高的了。"曾国藩说着再拿起骆秉章的信来看。信中说湖南匪乱又起，四境不得安宁，若有可能，请借一营劲旅回湘剿匪安民。曾国藩问："省里会匪又起了？"

"天地会、征义堂、串子会、半边钱会、一股香会都在闹，骆中丞一天到晚如坐水火之中。"国华答道，"据说串子会拟攻长沙，声称要为林明光报仇。"

"看来林明光真是串子会的人，关站笼不冤枉。"

"林明光其实不是串子会的人，串子会是借机与官府作对。"

停了一会，曾国藩问六弟："县里还安静吗？最近有何新闻？"

"哦，真的，大哥不问起，我倒忘记告诉你一桩事。"国华将凳子移动一步，靠近大哥身边小声说，"我来的前两天，听说璞山在家的两个弟弟开琳、开化也在乡里招募勇丁，说是奉令组建两营人马来大营效力。"

曾国藩一惊，说："奉谁的令？我怎么不知道？"

国华压低声音说："我看璞山这人有野心，他是想壮大自己的力量。大哥，你可不能做骆籲门，让璞山做起左老三来了。"

曾国藩蹙紧眉头，沉默不语。国华见大哥心中不快，后悔这句话说得过分了。他有意转换话题："大哥，我一向只知读书作文，从未带过勇，以后还请大哥多多指教。"

"带勇之法，"曾国藩想了想说，"为兄这两年来的体会是，以体察人才为第一，整顿营规，讲求战守尚在次之。制胜之道，有的人归结在使用坚船利炮，其实，在人而不在器。故你最要紧的，不是在多添刀炮马匹，而在于慎选哨官哨长。"

曾国华为人眼界甚高，平日里只服自己的这个大哥，别人都不放在眼里。此刻他知道大哥是在给他传授真正的学问，便恭恭敬敬地端坐聆听。

"选择哨官哨长，主要在实心办事，有忠义血性；其次在能吃苦，号令严明，有智谋。此中尤以实心办事最为重要。实心，就是真心实肠，朴实稳当，这是第一义。至于算路程之远近，算粮草之余缺，算彼己之强弱，都是第二义了。这也就是德和才之间的关系。德才兼备最好，二者不可兼得，宁可用才低点而德好的人，决不可用才高德薄之人。"

国华点头称是。曾国藩知道弟弟的脾性，又说："衡人亦不可眼界过高。人才靠奖励而出。大凡中等之才，奖率鼓励，便可望成大器；若一味贬斥不用，则慢慢地就会坠为朽庸。对待部属，大哥有两句话，望弟切记。"

国华望着大哥，诚恳地说："请大哥赐教。"

"这两句话是：扬善于公庭，规过于私室。"

国华点点头，轻轻地重复一遍。

曾国藩又说："我明天给你派几个好哨官，日后要靠你自己慎选帮手。"

兄弟二人正说话间，王鑫进来了。国华与王鑫相见，甚是亲密，互道思念之情。王鑫对国藩说："昨天涤师亲授腰刀，在二万湘勇中影响甚为剧烈。得腰刀者，莫不感激涤师知遇之恩，发誓要跟着涤师，万死不辞。没有得到的，不少人找到我，要我禀请涤师再打造五十把，他们要凭战功来获取。"

曾国藩将着长须，开怀大笑："好！看在璞山的面上，再打造五十把。"

王鑫很得意，说："听说日内即将整师东下，自古战胜攻取，靠的是奇谋妙策。学生现有一奇策，不知可用否？"

曾国藩说："璞山有何妙计，尽管说。"

"据情报，长毛伪燕王秦日纲收集武昌溃卒，在蕲州至田家镇一带设下防线，其企图在阻我长江水师。蕲州至田家镇地形险峻，敌人已重兵把守，胜负难卜。长毛伪翼王现据九江。九江兵力已溯江而上，城内必然空虚。我军不如暂不惊动田家镇之贼，而出奇兵突袭九江。九江危急，则贼之人马必回援。那时，我水陆大军将顺利冲破蕲州、田家镇，会师于九江城下。若此策可行，学生愿率五千人马星夜奔驰江西，擒石达开于九江。"王鑫一番话说得气概昂扬。

曾国藩一边将着胡须，一边微闭着双眼在认真地听。他不以王鑫此策为然。待到王鑫说完，他缓缓地说："用兵打仗，虽常有奇策，但只可偶尔用之，不可倚为根本。稳当平实者，常操胜券。璞山刚才所说的，名为围魏救赵，实乃越寨进攻。依我看，把握不大。"

王鑫满腔热情，遇到的却是一盆冷水，心中颇为不快，但他不甘心放弃，想用前代成功的战例来说服曾国藩："涤师，越寨进攻，古来多有成例。宋明帝泰始二年，晋安王子勋作乱。官军与乱军相持于浓湖，久未决。时官军在下游赭圻，乱军袁凯在上游浓湖，另一将刘胡又在上游鹊尾。官军龙骧将军张兴世越浓湖而攻鹊尾，最后鹊尾、浓湖二处相继而溃。当时情形，与今日颇相似。"

王鑫不愧罗泽南的头号高足，书读得很好，此时引用这个战例也十分恰当。对这一点，曾国藩暗中赞赏，但这种赞赏，他只藏在心里，不愿表露出来。他不正面回答王鑫的挑战，而讲出一个相反的战例："陈文帝天嘉元年，王琳屯长江西岸之栅口，侯瑱屯长江东岸之芜湖。王琳越侯瑱直趋建康，侯瑱出芜湖尾随其后。时西南风急，王琳掷火烧侯瑱船，结果皆反烧己船。侯瑱发艨艟以击之，琳军大败。此越寨进攻失败之例。"

王鑫辩解："此乃王琳无才，西南风起，岂能再用火烧尾后之船！"

曾国藩说："你说的有道理。但我问你，九江空虚，你有无确报？石达开乃贼中枭雄，你五千兵何能使九江惊慌？倘若田镇之兵并不回援，非但不能调虎离山，反而分散我军兵力。且三路进兵已成定局，不便再行更改。"

王鑫听了很不是滋味，他知道再说也是空的，便问："请问三路人马如何布置？"

曾国藩说："北路由多隆阿、桂明统率，沿河口、杨逻、巴河、兰溪、茅山镇东下，驻扎蕲州；南路塔智亭任统领，罗山、迪庵、春霆为分统领，由纸坊南下至山坡，再转向东，由金牛堡、大冶方向向江边靠拢；中路水师雪琴为统领，厚庵、鹤人（李孟群字）为分统，沿江东下。三路大军在蕲州会合。润芝新授湖北臬司，守土为其责任，则镇守武昌，不随军出发。"

王鑫听说鲍超都当了分统，却没有自己的份，老大不快。其实，鲍超这个分统，本是王鑫的，只是刚才听了国华的话后，才临时改变主意。曾国藩决不能容忍有人背着他，在湘勇中培植自己的私人势力。他原本极喜王鑫的才能，野人山一仗后，更器重王鑫了。但后来，曾国藩发现王鑫越来越心高气傲起来，常常自作主张，隐然以湘勇首脑自居。特别是初到衡州时写招牌一事，使曾国藩很长时间心中不安。今天听到六弟说的情况后，便断然决定，撤掉他的分统一职，派他回长沙去。曾国藩见王鑫闷坐不语，便换上笑脸，显出一副极信任的姿态，对他说："璞山，这是温甫刚带来的骆中丞的信，你先看看。"

王鑫接过信，边看边想：既然涤师不信任我，我何不借此机会回湖南去。天下纷乱，哪里不可冒头，何必一定要在某人手下受气？

"涤师，你让我带老湘营回长沙去吧！"

王鑫这一主动请求，倒出乎国藩意外。他自思：王鑫志大才高，敢于任事，此人年纪尚轻，经过一番磨炼之后，或许有可能成为一代名将。想到这里，他认为不能对王鑫太刻薄，要留个去后之思。曾国藩充满感情地说："璞山，罗山曾对我说过，贤弟是他弟子中的第一人。这两年来，我也有同样的感觉，贤弟是湘勇营官中最有才华者之一。我一向寄予厚望。骆中丞来信请派劲旅，我也寻思着，此事非贤弟不可。湖南是湘勇的家乡，家乡不宁，湘勇将士何来斗志？且今后粮饷、兵员，还得靠家乡源源不断地供给。家乡对湘勇之重要，想必贤弟十分清楚。贤弟此番回家，要独当一面，自然会备尝艰难。然自古以来，成十分之名者，乃做十分艰难之事者，望贤弟好自为之。老湘营还缺哪些器械，贤弟自可提出，大营将尽力补齐。"

王鑫说："老湘营的装备比其他营雄厚，不缺什么。"

曾国藩指着身后的书柜，对王鑫说：

"器械不缺，我就不送了。这一柜子明刻二十三史送给贤弟，权当饯行。"

"涤师于学生恩德太厚了。"

曾国藩深情地说："道光十六年，会试再报罢，我出都为江南之游。同邑易作梅官睢宁知县，因过访之，从易公贷百金，过金陵尽以购书。这部二十三史，即当时所买。近二十年来一直伴随着我，未曾一时离开。今以这部书送给贤弟，愿弟暇时浏览，磨炼砥砺，成就一代名将，一代贤臣，今后好青史留名。"

曾国藩这番话使王鑫大为感动，一旁的曾国华也为之动容。王鑫为自己错怪曾国藩而内疚，站起来说："涤师厚情，王鑫领受了。王鑫决不辜负涤师期望，待湖南匪乱平定后，我即率营回归，永远追随在您老的左右。"

三 周国虞横架六根铁锁，将田家镇江面牢牢锁住

当武昌城被湘军攻破时，太平天国国宗石祥祯、韦俊和春官又副丞相林绍璋、殿左一指挥罗大纲、殿左七指挥周国虞等率领所部连夜向长江下游方向奔去。第二天下午，在樊口一带遇到检点陈玉成率领的救援先头部队。陈玉成告诉石祥祯等人，翼王在九江，燕王秦日纲率领援军目前正在蕲州。大家商议了

一下，都认为此时不宜反攻武昌，不如全部撤退到蕲州和援军会合，再定对策。经过两天行军，武昌撤退的二万人马，和秦日纲统率的三万人马在蕲州会师。当天夜晚，便在秦日纲主持下，计议下一步的军事行动。石祥祯在会上沉痛地检讨自己的失误，请求燕王转呈天王给予处分。秦日纲宽慰了一番。接着韦俊、林绍璋、罗大纲等人都对武昌失守，各自承担了责任。陈玉成说："各位都不必再检讨了，从来就没有不打败仗的将军，武昌此时丢掉，不久后还可再夺回来。曾妖头必然会乘攻陷武昌之机，率妖东下，犯我天京。我军目前有五万之众，足可以在长江两岸占据关隘，阻其东犯。"

陈玉成今年才二十岁。他十四岁投军，英勇机智，屡立战功，天王亲自提拔他为检点，是太平军中最年轻的高级将领。他身材不高，却声如洪钟。小时患眼疾，家贫无钱医治，烂了好几年，至今两眼眼皮上各留一条深深的疤痕，军中戏称他为四眼将军。周国虞很赞同陈玉成的意见，说："陈将军分析得对。曾妖头必定很快会浮江东下，他的全部人马加起来不会超过三万，我们只要重振军威，足可制服。从蕲州到武穴一带，关隘颇多，此乃天助我军以地利，我军应充分利用。"

他走到挂在墙上的地图边，指着地图说："诸位将军请看，蕲州城五十里以下，有一处地方，名唤田家镇。田家镇在江北，隔江相对的是半壁山。此地向来扼控由湖北到江西、安徽的水陆两路，江流湍急，地势险要，只要在此地驻扎一支人马，曾妖头就是飞也飞不过去。"

罗大纲说："周将军所说极是，去年清妖悍将江忠源便在此地被我军击败，这田家镇最是个险要之地。"

大家都认为将大军驻扎在田家镇两岸，阻止曾国藩东下是最好之策。最后，秦日纲决定，由陈玉成统领一万人马驻扎蕲州，作为第一道防线，其余四万人全部进驻田家镇，在那里将湘勇一鼓聚歼。

田家镇是一个有五千人口的大集镇，由于水陆交通便利，自古以来便是长江北岸上的一个繁华市井。与之隔江相对的半壁山，孤峰挺拔，雄峙在大江南岸。山底下是一条通往江西瑞昌的大道。发源于幕阜山，流经通山、兴国州的富水从半壁山南麓注入长江。入口处也有一个市镇，名叫富池镇，人口虽不多，却也热闹。往下走三十里，便是武穴。去年正月，东王杨秀清在这里大败陆建瀛的防军，威震千里长江。秦日纲和石祥祯来到这里，查看了两岸地势，甚为满意。秦日纲、石祥祯率二万人马驻田家镇，韦俊、罗大纲、周国虞等带两万人守半壁山。

北王韦昌辉之弟韦俊也不过二十六七岁，但因家境富裕，小时饱读诗书，因而处事显得老练稳重，识见也比别的年轻将领高明。这一年来在湖南、湖北与湘勇打过几次交道，他已经知道曾国藩不同于清朝的其他官吏，由湖南农民所组建的湘勇，也绝不是清朝的绿营可比。对付曾国藩和湘勇，决不能掉以轻心。韦俊对南岸驻防作了精心安排。他吩咐罗大纲带八千人，在半壁山脚安营下寨，林绍璋带五千人驻富池镇，周国虞带六千人搜集船只，扼守江面，自己带一千亲兵将营设在半壁山半腰上，以便各方兼顾。韦俊命令营寨要扎得严实，江面要掐死。

太平军在与官军的作战中，积累了一套建营寨的成功经验。半壁山下，共扎六座营盘：大营一座，小营五座。营盘四周挖一条深一丈多、宽三四丈的沟，将离半壁山五里远的网湖水引来灌满。沟内竖立炮台十座，再用木栅围住。沟外密钉五丈宽的一排排竹签、木桩。林绍璋在富池镇扎了四座营盘，其布置大致和半壁山营寨相仿。半壁山顶，架起一座望台，一天到晚有兵士在上面瞭望，对岸田家镇和下游富池镇，都可以清楚地看到山上打出的信号旗。江面上，周国虞指挥的战船聚集了三百多号，天天在南北两岸穿梭巡逻，严阵以待。北岸也是营寨相连，炮台相接。田家镇摆开了一个大战场，杀气腾腾地准备一场恶战。

这天，周国虞从江边检查战船回来，对弟弟国材、国贤说："我看这江面上的防守还很薄弱，曾国藩水师力量强大，还得想法子控制住江面。"

国材说："我这两天也常想这事，要是能把江面封锁起来就好了。"

国贤说："有办法。当年东吴阻挡晋军，后晋阻挡后汉，都曾用过铁锁拦江的办法。我们何不学前人的样，也打根铁锁将长江锁住。"

国材说："这个办法也并不有效，岂不闻'王濬楼船下益州，金陵王气黯然收。千寻铁锁沉江底，一片降幡出石头'的诗吗？"

国材的几句诗一背，国贤垂头丧气了。国虞想了想，说："国贤的主意也可以考虑，当年东吴和后晋的铁锁，中间没有船承受，又只一根。我们改进一下。你们看，可以这样来拦江。"

国虞拿出两根木棍，又拿出五六只碗来，将木棍并排摆在碗口上，说："我们用两根铁锁，每隔十丈安置一条船，将铁锁架在船上，这样就牢固了。为防止船被水冲走，船的头尾都用大锚固定。铁锁用铁码钤在船上。"

国贤高兴地说："此法最好，为保险起见，每隔三只船再加一个大木排，那就更稳当了。"

国材也同意了，说："还加两根吧，一共四根。"

"再加两根！"国贤叫道。

"对！用六根，牢牢将长江锁住，叫曾国藩的水师全部葬在这里。"国虞重重地拍了下木板，五六只碗一齐跳了起来。

周氏三兄弟的想法，秦日纲等人都赞成。随军的铁匠们不分昼夜打造。十天后，六根铁锁南系半壁山，北拴田家镇，横截长江。铁锁下共摆二十多只战船，八个木排，滔滔长江，犹如系上六根腰带，单等曾国藩水师到来，好将他们葬身江底。

四　三国周郎赤壁畔，美人名士结良缘

杨载福指挥五营水师作前锋先天已出发，李孟群指挥五营水师作后卫暂时未动，曾国藩带着一班幕僚亲兵，坐着特制的拖罟，夹在居中的十营水师中，这天起航了。为了议事的方便，彭玉麟也坐在曾国藩的座船上。时已深秋，长江水显得比春夏两季清亮。天空万里无云，灿烂的秋阳，照射着勇丁们划起的水波，发出白花花的耀眼的亮光。因为是乘胜东下，全军斗志旺盛，又在流水的帮助下，船行得很快。曾国藩时而在舱内，时而在甲板上，与彭玉麟、郭嵩焘、刘蓉等人谈古论今，意气风发。目送着两岸青山向后退去，大家甚是欢快。

黄昏时，近三百艘战船停泊在葛店。劳累一天，吃过夜饭后勇丁们都早早安歇。彭玉麟看着舱外被夜色笼罩的江水，心里很不平静。白天站在船头，指挥战船航行之暇，他想起，十四年前，也是在这段江面上，他陪着小姑，度过了一生中最幸福的一段日子。白天不允许他多想，现在，万籁俱寂，尘嚣已息，儿时与小姑青梅竹马的情景，一幕一幕地浮现脑海。小姑画眉般动听的越语，一句一句在耳畔响起。他拿出麒麟梅花图，轻轻地抚摸，仿佛已坠入爱河，沐浴在小姑的万种柔情之中。

自乔装进武昌城后，就一直没有再画梅花了，彭玉麟觉得很对不起小姑的在天之灵，于是增添蜡烛，铺开宣纸，一边磨墨一边凝思，脑子里出现林逋的咏梅名句："疏影横斜水清浅，暗香浮动月黄昏。"是的，今夜我在船上为小姑画梅，就画她站在岸上，伸开双臂迎接我。不一会儿，宣纸上出现一幅极美的画面：水边，一株枝干秀逸的梅树斜倚在草坪上，两支长长的枝条向水面伸去，水面上漂浮着一只小小的乌篷船。为庆贺武昌的克复，也为祝愿田家镇的胜利，彭玉麟破例调了一点丹砂，给那几朵绽开的梅花点了红。彭玉麟拿起画自我欣赏，对画的构思颇为满意。

　　"雪琴，你又在画梅花了。"彭玉麟回头一看，曾国藩笑容可掬地站在身后。

　　"哦，是涤丈，快请坐。"

　　曾国藩在彭玉麟的对面坐下，说："我和你一起欣赏了很久，你竟然一点不知，真有祖珽不闻雷响的功夫。"

　　彭玉麟给曾国藩泡了一杯龙井茶，双手递过来，说："玉麟画技粗疏，不堪入涤丈法眼。"

　　"雪琴，我常听人说你最喜画梅，素日无暇求睹，今日见这幅水畔梅花图，真使我耳目一新。"

　　"涤丈夸奖了。玉麟从未拜过师，无事画画，以娱自己眼目而已，实在登不了大雅之堂。"

　　曾国藩说："丹青之艺，原是慧心灵性的表露，不在乎从师不从师。唐人张璪说得好，'外师造化，中得心源'，这造化所生的千姿百态的梅花，便是最好的老师。"

　　彭玉麟平日只知曾国藩经史诗文最好，听了这两句话后，方知他对绘画亦有研究，心中甚为折服，忙说："涤丈所论，最为精辟。玉麟这些年也着实观赏过成千上万朵梅花，只是心性不灵，到底所画的都只是俗品，今后还求涤丈多加指点。"

　　曾国藩摇摇头说："我平生最是拙于画，简直不能开笔。那年在翰苑，曾有幸一睹大内所藏王冕画的墨梅图，真是大饱眼福。"

　　"王冕的墨梅图果然还存在世上，日后若有机会看一眼，死都瞑目了。"

　　"那墨梅图上还题着王冕自书的一首绝句：道是：'我家洗砚池边树，朵朵花开淡墨痕。不要人夸颜色好，只留清气满乾坤。'从来说画品出自人品，王冕蔑视轩冕、高蹈远俗的雅洁品格，使得所画梅花进入神品，这固然不错。但世人都没有注意到，王冕的那种雅洁品格，也是长年受梅花熏陶的结果。"

彭玉麟说："涤丈所言甚是。人爱梅花，梅花也熏染人，人和花就渐渐地合一了。"

"雪琴常画梅，定然胸襟高洁，非我辈所能比。"

"非是胸襟高洁，画梅乃另有所托。"彭玉麟话一出口，便有点后悔。

曾国藩一进船舱，便看见摆在木箱上的麒麟梅花图，听了彭玉麟的这句话后，心里明白了几分。他指着麒麟梅花图说："雪琴，不想你还藏着一件精致的绣品。麒麟梅花，真有意思。你刚才说画梅另有所托，是不是玉麒麟在想红梅花呢？"

彭玉麟不好意思地脸红了。曾国藩以一个兄长的口吻对彭玉麟说："雪琴，你不要怪我唐突，你今年已过三十八岁了，尚不成家，莫非心中一直在恋着一个不可得到的人，画梅就如同当年李义山写无题诗？"

彭玉麟很佩服曾国藩对世事人情观察得这样细微精到，真可谓一眼看穿。与曾国藩相处近一年了，无论是人品，还是才学，彭玉麟对曾国藩佩服得五体投地。既然已被看出，彭玉麟也不想再隐瞒，便把压在胸中一二十年来的那桩既有欢悦，但更多哀怨的往事，第一次一五一十地告诉眼前这位一向视为师长、引为知己的湘勇统帅。

曾国藩听完彭玉麟这段肺腑之语，心中十分激动。他本是一个于情感上极为丰富细腻的人，在这个江水拍打战船的秋夜，彭玉麟的往事重重撩拨了他的心。去年在衡州一见玉麟，便如同见到故交。几个月来，他对彭玉麟治理水师的才能、勇敢果决的性格和不居功不自夸的品德十分欣赏，多次在心里称赞玉麟是个不可多得的人才。今夜，听玉麟深情的叙述，他对玉麟更加敬重。如此深情的男子，今世能有几人！这样心性专一的人，一定是忠心耿耿的贤臣良友。曾国藩说："梅小姑在天之灵，会永远感激你的。但小姑既已仙逝，你也不必再痴情为她一世鳏居。还是我去年跟你说的那句话：'不孝有三，无后为大。'为一个女子而使自己绝后，也毕竟不是大丈夫之所为。夜已深了，你这就安歇吧。明天早点开船，午后可以到黄州，我和你去悄悄地游一番东坡赤壁如何？"

第二天天未亮，十营水师便启碇开船，申正时分到了黄州。一个月前，黄州还是陈玉成驻扎的地方，武昌失守后，陈玉成退到蕲州。黄州知府许赓藻今天一上午就率领一班文武，在江边恭候。曾国藩站在船头，向江岸拱拱手，算是领情了。船一刻未停，直向下游驶去。船过黄州十里外，彭玉麟就下令停船。郭嵩焘、刘蓉等人都游过黄州赤壁，懒得再上岸。曾国藩吩咐郭、刘不要告诉任何人，说罢和彭玉麟换上便服，带着王荆七一道离船登岸。

这黄州赤壁，本不是当年周瑜火烧曹操之处，只因苏东坡那年谪居黄州任团练副使，夜泛赤壁，写下前后《赤壁赋》和那首"大江东去，浪淘尽千古风流人物"的词后，遂使得这个黄州赤壁，比嘉鱼那个真正的"三国周郎赤壁"还要出名得多。历代文人迁客路过黄州时，莫不到这里盘桓流连。前年曾国藩奔丧时路过此地，当然无心游赤壁。这次即使是大战在即，也不能不去游一下。三人登岸，沿江边走了两里多路，便看到前面一座石山矗立。靠江的那边，如同被一把大斧劈过一样，现出一块高十余丈，宽七八丈的大石壁。曾国藩和彭玉麟估计这就是黄州赤壁了，兴冲冲地向前走去。快到石壁边，果然见岩石赭红，竟是名副其实的赤壁。赤壁边有一条人工开凿的石磴。三人拾级而上，来到赤壁顶上。曾国藩站在山顶，看眼底下正是"乱石穿空，惊涛裂岸，卷起千堆雪"的壮观，江风吹来，颇有点飘飘欲仙的味道。山上有一座苏仙观，观里有一尊东坡泥塑像。那像塑得呆板臃肿，全无一点苏仙的风骨，倒是四壁青石上刻的《前赤壁赋》，笔迹飘逸潇洒，值得一看。观里的道士极言这是按苏东坡的手迹刻的，曾国藩和彭玉麟看后微微一笑。

曾国藩对玉麟说："今日游赤壁，我倒想起东坡谪居黄州时所写的一首猪肉诗，道是：'黄州好猪肉，价贱如粪土，富者不肯吃，贫者不解煮。慢着火，少着水，火候足时他自美。每日起来打一碗，饱得自家君莫管。'"

玉麟笑着说："看来烧东坡肉的诀窍在火候了。素日吃别人家做的东坡肉，名虽美，味都不佳，原来是没有读过这首诗，不懂得'慢着火，少着水'的奥妙。"

曾国藩也笑着说："除火候掌握不好外，还有肉不好。东坡肉硬要用黄州的猪肉才烧得好，如同杏花村的酒，只有用当地的水才行。可惜我们这次没有口福了。"

玉麟说："东坡是天才，诗文字画，自是当时之冠。不过天才也有小失，他的那篇《石钟山记》，说石钟山是因水击石窍，涵澹澎湃，类似钟声，其实不然。"

"足下何以知其不然？"

"我幼读东坡此文，便觉可疑。水击石窍，岂独彭蠡之石钟山？吾家乡多见之。那年我路过湖口，特地去看了一下，才解开这个疑点。原来此山之名，并非拟声而得，实乃以形而得。那座山，远远地看去，恰如一座石刻的大钟。"

"雪琴，你可以写一篇辨石钟山的文章，跟东坡唱一唱对台戏。"曾国藩笑道。

"平定发逆后，我是要把这件事记下来，那时再求涤丈给我修改。"二人都一齐笑起来。正说得高兴，前面走来一人，对着曾国藩深深一鞠躬，说："侍郎大人别来无恙。"

曾国藩被弄得莫名其妙，那人抬起头来，荆七惊奇地叫道："你不就是杨相公吗？怎么到这里来了？"

曾国藩也感到奇怪，说："真的是杨国栋！你这几年可好？"

杨国栋答："说来话长，寒舍离此不远。今日天赐能与侍郎大人在此幸会，真令国栋做梦都没有想到。就请侍郎大人和这位大人——"

"这位是彭统领彭玉麟。"曾国藩介绍。

"啊，久仰久仰！就请侍郎大人和彭统领及七哥一起到舍下一叙。"

荆七说："杨相公，你那年不辞而别，后来又伪造大人家的古玩去卖，害得大人白白丢了八百两银子。"

杨国栋大惊："有这样的事？如此，则罪孽深重，容国栋今夜慢慢向大人说清。"

杨国栋是什么人，王荆七为何说他害得曾国藩白白丢了八百两银子？事情发生在五年前。

一天上午，曾国藩正在求阙斋用功，王荆七领来一个衣着寒碜的穷书生，说："大人，这位杨国栋先生一定要拜见您，我说了好多话都不能拦住。"

曾国藩放下手中的《韩文公集》，用他目光深邃的三角眼将来人打量一下。只见此人三十余岁，长条脸，两眼乌亮有神。从脸色和衣衫来看，是个处于困厄中的潦倒者。曾国藩对来访的读书人，一律予以谦恭热情的接待，不管是富有的，还是贫寒的。读书人只要有真才实学，还怕没有出头之日？今日鱼虾，明日蛟龙，是常见的事。何况眼前这位杨国栋那双黑亮的眼睛，分明表示他是个聪明灵秀的人。曾国藩一点不摆侍郎的架子，站起身来，客气地招呼杨国栋坐下，并要荆七泡一碗好茶来。曾国藩微笑问："足下是哪里人？找鄙人有何事？"

杨国栋说："晚生乃湖南桃源人。"

"足下是桃源人，为何无一点桃源口音？"曾国藩感到奇怪。

"大人，晚生生在桃源，七岁时跟随父母到了浙江金华，一直到二十岁上下才出来游学求师，故现在没有一点桃源口音了。"杨国栋在曾国藩的面前，神态自若，全无一点寻常士子忸怩胆怯的模样，使曾国藩对他颇有好感。

"足下是到京师来游学的吗？"

"晚生此番到京师，是特来谒见大人的。闻得大人乃当今理学名臣，天下士人都愿一识荆州。国栋此来，不求富贵，只求大人收留我做个学生，早晚得听大人咳唾。"

曾国藩摸着胡须，微微一笑："足下读先贤之书，想来一定有高见。"

"晚生读圣贤书，谈不上高见，却也有点心得。"杨国栋并不谦让，放胆而谈，"某以为程朱之学，以'不欺'二字可以尽之。不欺人，尤贵不欺己。今人不欺人者，千不得一，不欺己者，万不得一。某知之二十年，试行二十年，而终不能做到，故千里来京，求教于大人。"

曾国藩听了很高兴，说："足下功夫犹未到家，知而不行，非真知也；若一旦真知，自然能行。朱子讲先知后行，阳明讲知行合一，二位先贤讲的都有道理。朱子说：'义理不明，如何践履？'又说：'知行常相须，如目无足不行，足无目不见。'阳明说：'知是行的主意，行是知的功夫；知是行之始，行是知之成。'又说：'知之真切笃实处即是行，行之明觉精察处即是知。'先贤这些至理名言都说得深刻，足下好好领会，身体力行，必然大有长进。"

杨国栋闻之大为折服，伏拜于地，说："大人指教之言，真药石也。"

曾国藩扶起杨国栋，二人纵谈朱陆异同及阳明学派之利与害，大为畅快。曾国藩破例收下杨国栋，并在朋友之间称赞杨国栋学问根基深厚，悟性甚好。遇到曾国藩称赞时，杨国栋也并不怎么感谢。别人问他，他说自己是来求学的，并不是来求名的。有人前来拜访，杨国栋总拒而不见，国藩渐渐地对杨国栋敬重起来。

杨国栋在曾府住了三个月。一日，忽然不辞而别。四处找寻，都不见他的踪迹。曾国藩很觉奇怪。一连几天寻不到，也就算了。后来，杨国栋这个人也被曾府逐渐淡忘。

这一天，曾国藩与朋友游琉璃厂，在一个古玩摊上见到几轴字画。曾国藩拿起一看，大吃一惊，原来都是自己平日收藏的旧物。正在疑惑不解时，又瞥见一个荷叶砚台。国藩拿起荷叶砚台，心中暗暗叫苦。这个砚台，不琢不雕，其形天然作一片荷叶状，砚面青翠发亮。更稀奇的是，砚面能随四时天气变化而变化，晴则燥，雨则润，夏则荣，冬则枯，就像一片真荷叶。天雨时，砚上自有水滴如泪珠，用来磨墨，无须另外加水，写出来的字，格外光亮。此砚本是汤鹏家的祖传之宝。汤鹏与曾国藩原是很要好的朋友。汤鹏自负才高，目中无人。一次与曾国藩为一小事争论起来，竟勃然大怒，骂曾国藩不学无术。曾国藩恼火，与他绝了往来。后来，倭仁知道此事，指责曾国藩不对，说一个研习程朱之学的人，不能有这样大的火气。曾国藩心悦诚服地接受。第二天便主动登门向汤鹏道歉，又设宴邀请汤鹏来家叙谈。汤鹏大为感动，二人和好如初。汤鹏病危时，向曾国藩托付后事，并将这个祖传古砚送给他。曾国藩十分喜爱这个砚台，通常不用，珍藏于箱底。"这砚台和字画怎么会到这里来呢？"曾国藩心中甚是诧异。问摊主这些东西是哪里来的。摊主说是从一个名叫杨国栋的那儿买来的。曾国藩骇然，忙问杨现住何处，答住在西河沿连升店。曾国藩立即命家人到连升店找杨国栋。店主说杨早已离开，不知去向。曾国藩无奈，只得将家中所有现银拿出，凑足八百两，将砚台和字画赎回来。为此事，曾国藩足足有半个月心里不快，自己埋怨道：真是瞎了眼，将一个窃贼留在家里，不但看不出，还视之为奇才而加以敬重。为顾全面子，他命令家中人谁都不要向外人谈起此事。

偶尔一天下雨了，曾国藩命荆七取出古砚来，磨墨写字。又怪了，古砚并不像过去那样，遇雨溢水。曾国藩叹息着，把砚台拿在手中细细把玩，却发现似乎没有过去那种沉甸甸之感。他起了疑心。遂命家人全部出动，翻箱倒柜寻找。结果汤家祖传古砚找出来了，字画也找出来了。原来，赎回的竟全是赝品，真的并没有丢！他惊呆了。马上要荆七到琉璃厂去找那个古玩摊主，但早已不见了。曾国藩大感不解：究竟谁是骗子呢？说古玩摊主是骗子，他怎么会知道我家珍藏的东西？说杨国栋是骗子，他为什么不将真物窃走？

此时曾国藩在这里邂逅杨国栋，真个是他乡遇故知，又能解开多年的疑团，岂有不去之理？曾国藩叫荆七先回去告诉郭嵩焘、刘蓉，说今夜不回船了，明日一早再来接。

　　杨国栋带着二人走了一里多路，来到一个山坳口，指着前面一片竹篱茅舍说："这就是寒舍。"

　　曾国藩见茅屋前一湾溪水，几株垂柳，环境清幽安静，说："足下居此福地，强过京师百倍。"

　　说着进了屋。谁知这茅舍外面看似简陋，里面却不大一般。厅堂四壁刷着石灰，显得明亮雅洁。墙上悬挂着名人字画，屋里摆的尽是精致的上等家具。坐在这里，并未感到是荒山野岭，仿佛来到繁华市井中的官绅家。

　　刚坐下，杨国栋对里屋喊："阿秀，端茶来敬献二位大人。"

　　话音刚落，从里屋出来一个二十二三岁的女子。托着一个黑漆螺钿茶盘，步履轻盈地走进客厅。那女子大大方方地把两碗茶放在几上说："请二位大人用茶。"

　　说罢莞尔一笑，转身进屋了。彭玉麟看着这女子极像梅小姑，尤其是那莞尔一笑的神态和清脆的越音，简直如同小姑复生。他不由地多看了阿秀两眼。彭玉麟的瞬间表情，杨国栋没发觉，曾国藩却注意了。杨国栋说："这是小妹国秀，老母瘫痪在床上已经几年了，恕不能起身招待。"

　　曾国藩说："足下那年突然离去，使我挂牵不已。"

　　杨国栋说："学生那年贸然拜访大人，蒙大人错爱，留在府中。三个月来，跟随大人，所学竟比我寒窗十年还多。大人恩德，学生没齿不忘。那年突然离去，原是出于一桩意外的事情。"

　　阿秀又出来，摆出各种时鲜果品。曾国藩发现彭玉麟又看了阿秀两眼，心里忽然冒出一个念头。杨国栋继续说："那天我正在前门大街上办点事，正巧遇到从老家来的仆人。他一把抓住我，说：'相公，我在京城里找你半个月了，今天终于碰到，快跟我回家。'我忙问：'家里出事了？'仆人说：'相公有所不知，老爷在家，为祖上的坟地和谢家打起官司来，被官府锁在牢中，急等你回家。'我一听慌了神，说：'我现在礼部侍郎曾大人家，曾大人这两天在园子里当值，过两天曾大人回来后，我跟他说明，再离京回家。'仆人说：'老爷现在狱中，天天盼你回家，再等得几天，不知回去后还能不能见到老爷。'老仆说着掉下眼泪。我心想：他是我家的仆人，都如此着急，我还能再等吗？不如先回去，两三个月后再回京跟大人道歉。我连忙回府收拾行李。我原本没有什么行李，只有几样假货。那是在大人家住的时候，闲来无事，有一天，我照大人家藏的字画临摹了一张。自己看着，觉得也还像。顿时兴起，要跟世人开个小玩笑。一连几天，我早出晚归，逛琉璃厂，与那些古董商人闲扯，从他们那里套得了不少造假古董的技艺。我用重价买了几张明代年间出的纸，又买了一支古墨，关起门来，用心临摹、炮制，将大人家藏字画，每幅都精心临摹了一份。又特别喜爱大人家的古砚，也照样仿制了一个。我于是把这几种东西带上，留下一张'急事暂别'的纸条，来到仆人所住的西河沿连升店。"

曾国藩听得极有兴趣，微笑着插话："现在我明白了，那张黄山谷的字是你自己临摹的。"又说，"这张纸条不曾听府里人谈起。"

"当时放在书案上，也可能后来被风吹走了。我来到连升店，仆人问：'相公身上带了钱没有？'我身上一文不名。仆人也只剩下十几两银子，这点钱，主仆二人无论如何到不了家。仆人看到包袱里的字画，说：'相公，目前是救老爷要紧，你这几张字画就变卖了吧！我知道你舍不得，到如今也没有法子了，救得了老爷，日后还可以再买。'我心里好笑。不过，他这一说倒提醒我。看来这几幅字画临摹得还可以，至少眼前的仆人是骗过了。如果能被哪个好古董而又不识货的人买去，虽然有点缺德，事到如今，也顾不得许多了。我问：'紧急之间，卖给谁呢？''有人买，隔壁就住着一个卖字画的摊主。'仆人当即叫来一个中年汉子。我心想：正好检验一下我仿古的本领如何。便煞有介事地向那个汉子吹嘘，说是祖传下来的真迹，目前要救老爷，只得忍痛卖掉。那汉子早几天便与仆人混熟了，因而对我所讲的毫不怀疑。他眯起眼睛将那几幅字画和古砚细细鉴赏一番，问我：'你开个价吧！'我说：'这几幅字画和古砚，论价不会低于一千五百两银子，现在急要钱用，我没工夫再找别人，你给七百五十两吧！'那汉子和我讨价还价，最后开出五百两。我心里想：好笑，这几样东西十两银子都不值，经过这样的瞎吹胡闹，居然就值几百两银子了。便一手从汉子手中接过五百两银子，一手将那几样冒牌货给了他。"

曾国藩说：这个杨国栋真是模仿古物的奇才，贩卖古物的人被他骗了不说，连我这个古物的主人都让他给骗了。这种以假乱真的本事，天下怕难找到第二个。原先的那股疑惑，早已被冲得干干净净。彭玉麟也暗自诧异惊佩，笑着说："杨兄，凭你这个本事，走遍天涯海角都不愁没钱花。"

"彭统领取笑了。这种小技只可偶一为之，哪可做立身之本。我带上银子，急急忙忙和仆人赶路。谁知到家后，老父已瘐死狱中。谢家因有人做大官，结果我家花了几千两银子也没打赢官司。谢家人平素口口声声讲孔孟程朱，却原来是这样的狼心狗肺。"说到这里，杨国栋望着曾国藩苦笑一下，"不怕大人见怪，我一气，从那时起，就不再读孔孟程朱的书了。程朱之书说的都是诚，不诚无物。其实，这世上哪来的诚！谢家讲诚，就不会有我老父瘐死狱中；我若讲诚，便没有主仆二人回家的盘缠。我过去二十多年，都被它误了。原来悟出的'不欺'二字，竟是完完全全地欺骗了自己！"

曾国藩正色道："程朱讲的都是对的，只是世人没有照着做罢了。足下不过因偶尔受挫，便愤世嫉俗以至如此，大可不必。"

"大人说得有理。"杨国栋说，"不过这几年，学生倒学了不少真本事。老父死后，我也不愿意再在老家待下去，便带着老母幼妹来到黄州府投靠母舅。母舅原是黄州知府衙门的书吏，早几个月，被长毛杀了。我们在苏仙观旁起几间草房，母亲和妹妹长年住在这里，我到处云游，见什么学什么。不瞒大人说，我早两天刚从广东回来，在广东还跟着洋人学会做火药子弹哩！"

曾国藩眼睛一亮，说："以足下的灵慧，自然是学什么精什么，想必足下现在一定精于军火制造。"

"精于谈不上，不过造出来的火药子弹，也不比洋人的差。"

曾国藩大喜："足下大才，目前正可施展。不知足下还愿像五年前那样，和我相处在一起吗？"

"大人乃当今最为有才有德之人，在广东时，我便知道大人正统率湘勇，以灭长毛为己任。国栋多时便想前去投奔，怎奈老母罹病，不忍赴兵凶战危之地。今日天使我重遇大人，国栋愿像五年前那样，为大人执鞭随镫。"

"伯母卧病在床，确不便远离，你过两年再来找我也行。"

"今日若不遇见大人，我这几年确不准备远离老母。但我听七哥所言，学生犯了不赦之罪尚不自知。我万万没想到，那些赝品居然蒙过了大人之眼，骗去了大人的八百两银子。学生负罪深矣。因此，为报大人之恩，为赎学生之罪，我决定跟大人去江宁，我可以为大人造火药子弹。"

曾国藩大喜道："军中正缺足下这种能人，明日我们就一道登船吧！"

彭玉麟也笑道："有杨兄参战，湘勇如虎添翼。"

杨国栋说："大人，我前月从一农夫手中买了一匹好马，为抵学生之罪，我将此马送给大人。请大人随我到后院观看。"

自从王世佺把王氏祖上宝剑送给曾国藩后，曾国藩便渴望有一匹与剑相匹配的马，自己虽不能骑着它冲锋陷阵，但作为水陆两支人马的统帅，没有一匹像样的马，总是一件憾事。曾国藩和彭玉麟来到后院，只见马厩里果然拴着一匹高头大马。杨国栋把它牵了出来。那马浑身火炭，无一根杂毛，来到坪中，昂首长鸣，甩颈刨蹄，吓得树上的鸟雀乱飞。曾国藩赞叹："好一匹龙马！那农夫怎来的如此好马？"

杨国栋说："我当初也感到奇怪，便问那农夫。农夫说此马原为一个长毛丞相所有。长毛占领黄州时，亲兵牵出去溜达。农夫杀了亲兵，盗了这匹马，藏在家中，等长毛走后才拿出来卖。见到的人都说它是关云长的赤兔马，我也就叫它赤兔了。"

曾国藩说："谁见过关云长的赤兔马了？那都是罗贯中胡凑瞎编的。我看它浑身就像熟透了的枣子样，就叫它枣子马吧！"

彭玉麟说："好个枣子马！既入俗又脱俗。"

杨国栋也笑着说："就叫枣子马！"

曾国藩快乐地说："好！我收下，就算抵了你假冒古董的罪。"

说得大家都笑起来。看看天色已晚，阿秀已摆上满满一桌菜，杨国栋请曾、彭入席。杨国栋指着当中一个大碗说："这是用黄州猪肉烧的东坡肉。"

曾国藩笑着对彭玉麟说："刚才还说没有口福，口福就来了。这真叫作'人有旦夕祸福而不自知'。"

酒席上，大家开怀畅谈，十分欢悦。杨国栋说："小妹喜欢自制酒令，前一向编了一个酒令故事，可惜才力有限，竟没编完。"

"想不到令妹还有这种才能，真令我们钦佩。杨兄不妨说完，也好助酒兴。"彭玉麟兴冲冲地说。

"我于诗词曲令素来生疏，两位大人都是才学渊博的前辈，我正要求助，使这个酒令故事成为全璧。小妹用身旁现有的古迹编了一个这样的故事：那年东坡谪居黄州，闲来无事，常与秦少游、佛印禅师和黄州太守喝酒谈天。一日，东坡兴起，提出自制新酒令取乐，要求是先举一件落地无声之物，接着说出两个古人，一问一答，讲出一件事，答句必须是现成的两句作归结的诗句。东坡自己先说一令：'笔毫落地无声，抬头见管仲。管仲问鲍叔，因何不种竹？鲍叔曰：只须两三竿，清风自然足。'秦少游想了一下，接着说：'蛙屑落地无声，抬头见孔子。孔子问颜回，因何不种梅？颜回曰：前村深雪里，昨夜一枝开。'佛印禅师不假思考，也来一令：'天花落地无声，抬头见宝光。宝光问维摩，僧行近云何？维摩曰：遇客头如鳖，逢斋项如鹅。'轮下去应该是黄州太守作，但黄州太守作不出，其实是小妹自己想不出了。"

曾国藩说："令妹咏絮之才，古今少有。这几个酒令作得太好了，故事也编得高雅，我看不是她不能为黄州太守作一首，而是想考考你这个做兄长的才华如何吧！"

说完大笑。杨国栋也笑道："大人说的也对。她问我，也自然就是考我，我作不出，但小妹自己至今也还没作出第四首，并说有人能代黄州太守作出，她就服了他。"

曾国藩对此本亦感兴趣，有时间多想想，他也能够为黄州太守作一首，但他另有想法。他转过脸对彭玉麟说："我素来不懂酒令，雪琴你于此道有研究，今日我们就请道台屈尊，权当一下黄州太守。"

彭玉麟对阿秀很有好感，情愿为她续完这个故事，便不推辞。彭玉麟从佛印禅师的结句"鹅"字上得到启发，想起骆宾王童时作的诗："鹅鹅鹅，曲项向天歌，白毛浮绿水，红掌拨清波。"顿时有了。他对杨、曾说："我想起一个，不知像不像黄州太守的口气。"

曾国藩笑道："你只管念去，像不像由我来评判。"

彭玉麟念道："雪花落地无声，抬头见白起。白起问廉颇，为何不养鹅。廉颇曰：白毛浮绿水，红掌拨清波。"

"好个'雪花''白起'！"刚一念完，杨国栋就高兴地说，"天衣无缝，我看当年那个黄州太守绝对作不出这么好的酒令，真要胜过东坡、佛印的才气了。"

玉麟不好意思地说："什么东坡才、佛印才，都是令妹的才。"

阿秀在里屋听见彭玉麟的酒令后，很高兴遇到了知音，出来大大方方地给彭玉麟满斟一杯酒，慌得他忙起身道谢。阿秀笑吟吟地说："彭统领帮了小女子的大忙。"曾国藩看在眼里，喜在心头。

吃完饭后，杨国栋送曾、彭到客房休息。等杨国栋走后，曾国藩悄悄地问玉麟："雪琴，你对我说句实话，你是不是喜欢杨国栋的妹妹阿秀？"

玉麟脸红了，说："涤丈，你是知道的，我多年来都不愿成亲，怎么会一见阿秀就喜欢呢？"

　　曾国藩说："你的举止瞒不过我的眼睛，我知道你是一个钟情重义的真正男子，但你今天看阿秀的眼神非比寻常。我猜想，这女子或许像你逝去的梅小姑，你是因为喜欢梅小姑而喜欢她，是吗？"

　　曾国藩对世态人情的洞悉，一向为彭玉麟所钦服。这个猜测，竟如同看穿了他的肺腑，彭玉麟只得不好意思地点点头。曾国藩说："雪琴，你的品性为人和我十分接近，我和你虽名为堂属之分，实同兄弟之谊。如果你听我一句劝告，不固执独居的话，阿秀便是你合适的人选。这女子，我虽然没有和她交谈过，看她今天走路说话，是一个端庄的淑女，且生在这样一个家庭，必然灵慧而懂诗书礼义。我去跟杨相公提，如阿秀尚未许字的话，我为你作伐，结秦晋之好如何？"

　　彭玉麟低头不语，曾国藩知已默许，随即走进杨国栋的卧室。杨国栋正在灯下收拾行李，见曾国藩来，忙起身让座，说："大人尚未安歇？"

　　"我想冒昧问你一句话，请别见怪。"

　　"大人只管说，学生哪有见怪之理。"

　　"请问令妹字否？"

　　"大人问阿秀的事，真令我做兄长的心焦。小妹自幼聪颖，老父爱她如掌上明珠，从小教她诗书字画。谁知小妹读了几句书后，心气高傲得很，不管谁为她提亲，都一概不允，说要得天下一真正名士英雄才嫁。老父去世后，从金华流落至此，人地生疏，再加上我常年不在家，小妹的婚事便耽搁了。"

　　"令妹贵庚几何？"

　　"不瞒大人，小妹今年足足二十三岁了。"

　　"我身边现有一个名士英雄，不知令妹看得上否？"

　　"请大人明说。"

　　"足下看彭雪琴如何？"

　　"彭统领已是三十开外的人了，莫不是夫人弃世，意欲续弦？"

　　曾国藩摇摇头："怎是续弦，雪琴根本就未娶过。"

　　"那是为何？学生见彭统领堂堂一表，儒雅英迈，才学满腹，又是大人麾下名将，为何未成家呢？"

"这正是雪琴英雄过人之处。以雪琴之人才，何愁没有倩女。只是他自小立志，要成就一番大事业后再谈家室，以致拖延至今尚未成亲。"

国栋不禁面露喜色："这样说来，小妹真正有福了。彭统领适才的酒令，小妹甚为喜爱。待我禀告老母、告诉小妹后，立即回话。"

这边，曾国藩也把杨国栋的话告诉了彭玉麟。一会儿，杨国栋来到曾、彭所住的房里，对他们说："老母说：'既是曾大人为媒，这件事可办。'小妹没有作声，只是拿出一张纸来，写了几句话在上面，说还要向彭统领请教请教。我拿过纸看时，竟不明白她写的什么。"说罢，将纸递给彭玉麟。曾国藩好奇地凑过来看，只见上面写着这样几行字：

纱窗碧透横斜影月光寒处空帏冷香柱细烧檀沉沉正夜阑更深方困睡倦极生愁思含情感寂寥何处别魂销

曾国藩在心里默读了两遍，已经明白了，偷眼看彭玉麟，见他眉头紧蹙，一副为难的样子。杨国栋心里在骂妹子："成天躲在屋子里没事，尽编些稀奇古怪的文字来难人。"彭玉麟十分赞赏阿秀的才情，无论如何要破这个谜。他反复默读，突然心头一亮，高兴地说："原来是一首《菩萨蛮》！涤丈和杨兄请听：纱窗碧透横斜影，月光寒处空帏冷。香柱细烧檀，沉沉正夜阑。更深方困睡，倦极生愁思。含情感寂寥，何处别魂销。"

"正是正是，雪琴断得好！"曾国藩兴奋地称赞。

杨国栋也笑着说："彭统领大才，小妹不自量，班门弄斧了。我这就去告诉她。"

杨国栋拿起纸就要走，彭玉麟一把拖住："慢点。令妹才华锦绣，世间少见，这四十四个字不知费了她多少闺情。历代才女喜欢写回文诗词，说不定这也是一首回文词。"

曾国藩笑着说："我刚才听你念时，也这样想过，但究竟比不上你对杨小姐的知心。"

彭玉麟脸红起来，说："涤丈取笑了，还不知我说得对不对哩！姑且念念看。"

彭玉麟拖长音调，从最后一字读起，竟然真的又读出一首《菩萨蛮》来：

"销魂别处何寥寂,感情含思愁生极。倦睡困方深,更阑夜正沉。沉檀烧细柱,香冷帏空处。寒光月影斜,横透碧窗纱。"

曾国藩叹道:"昔曹大家、苏若兰之才,亦不过如此。"

杨国栋兴冲冲地进了妹子的房。一会儿,又红光满面地出来说:"小妹对彭统领的聪明才学十分佩服,她还想请彭统领就眼前之景和心中之念作一首七律。"

彭玉麟七岁时便会作诗,写一首七律,对他来说是太容易了。但这首诗却非比寻常。眼下自己正分统水师东下,这是将载之于史册的不朽事业,何不把这件事写出来。他认真想想,然后一气挥就:

长江不许大王雄,王濬楼船要建功。
十万天兵驱虎豹,三千犀甲奋貔熊。
旌旗常带潇湘雨,鼓角先清淮海风。
戎马书生少智略,全凭忠愤格苍穹。

杨国栋将这首诗带进内室不久,便喜融融地托出一个锦绣香匣,对彭玉麟说:"这是小妹的生庚八字,今夜就交给彭统领了。"

彭玉麟脸上流光溢彩,恭恭敬敬地接过这份重礼,随手从身上取出一只碧玉兔交给国栋,说:"玉麟属兔,三朝时,家母亲手把这只玉兔挂在玉麟颈上,至今有三十八年了,今日请小姐收下。"

曾国藩异常高兴地说:"今夜成就了雪琴与阿秀的百年好事,我这个红娘不可无表示。"曾国藩饱蘸浓墨,凝神片刻,写了一首《贺新郎》:

艳福如斯也。看江中,雄师东进,君其健者。一从风浪平静后,喜结鸳鸯香社。料不久笙乐细奏,袍是烂银裳是锦,算美人名士真同嫁。好花样,互相借。淋漓史笔珊瑚架。说催妆,新诗绮语,几人传写?才子风流涂抹惯,莫把眉痕轻画,当记取今宵月夜。明年携得神眷归,令老母幼弟同惊讶。悄悄话,声须下。

曾国藩写完,又细看了一遍,不无得意地交给杨国栋说:"杨相公,你把这阕词也交给阿秀,待这仗打完,我便打发雪琴前来迎亲,我为他们主婚。"

五　从蕲州到富池镇，太平军和湘勇在激战着

第二天一早，王荆七带了几个亲兵来接曾国藩、彭玉麟。杨国栋拜别老母，吩咐阿秀悉心照顾母亲，管理家务，然后牵出枣子马。阿秀昨夜刚与彭玉麟定亲，很觉害羞，也没敢和彭玉麟说一句话，只是深情地目送他们下山去。走出几十丈远后，彭玉麟禁不住回过头看了一眼，只见阿秀仍倚门眺望，他心头一热，赶紧转过脸去，快步追上。

上船后，曾国藩将杨国栋介绍给大家，并公布了彭玉麟喜结良缘的事，大家都向玉麟表示祝贺。曾国藩悄悄地对刘蓉说："你不是要假古董吗，今后就找这位杨相公。"

"他就是那位临摹山谷诗的人？"刘蓉惊奇地问。

"正是，没有想到在赤壁边遇到他。"

"奇才，真是奇才！"刘蓉赞叹。

船一路顺水直下，傍晚时来到道士洑。杨载福的先头部队早一天已到达。当夜，杨载福向曾国藩作了报告：陈玉成的一万人马——水师三千、陆军七千，在蕲州严阵以待。如何开战，请曾国藩定夺。曾国藩连夜派出三支斥候。一支沿江而下，窥探蕲州敌情。一支到江北打听多隆阿的进程。一支到江南打听塔齐布的进程。

次日午饭后，三路斥候陆续回来。探敌情的一支禀报：蕲州江面战船不多，陆军大部分兵力驻在江南，似乎随时准备援助大冶、兴国州两城。这个情报很重要，曾国藩赏了斥候。北路的一支报告：巴河、兰溪一带未见多军影子，估计人马尚未到黄州。对多隆阿、桂明的北路绿营，曾国藩根本不抱希望。军行迟缓，他不感到意外。南路的一支汇报：塔军现驻金牛镇以东五十里的铁岭口等候命令。

曾国藩在拖罟上与彭玉麟、杨载福、郭嵩焘、刘蓉、杨国栋等人商议。刘蓉说："据情报来看，长毛据蕲州兵力不算太强，号称一万人，实际能打仗的顶多一半。四眼狗虽贼中干将，估计也发挥不了多大作用，且四眼狗只善陆战，

水战并非所长。可以立即通知塔智亭和罗罗山，命他们分头进攻大冶和兴国州，引诱陈玉成派兵援救，然后我水军乘此机会，猛冲过蕲州。"

杨国栋说："孟容兄言之有理。我在黄州时就听说，据守大冶和兴国州的将领，原是陈玉成的部下，且兵力都不过一二千。拿下大冶和兴国州，对塔统领的南路军来说是顺手摘桃，即使陈玉成的兵员不动，达不到调虎离山之计，收回两个城池，亦是功劳。"

彭玉麟、杨载福、郭嵩焘等人都赞成刘蓉的建议，曾国藩也认为可行，于是水师暂时驻扎道士洑，不惊动下游。

塔齐布和罗泽南接到命令后，一万二千人分为两支，塔齐布带六千人南下经花油堡向兴国州进兵，罗泽南带六千人沿金河向大冶进攻。

太平天国兴国州知州胡万智，金陵人氏，乃太平天国首科进士。天国癸好三年八月初十日，是东王的寿诞，天京城里举行第一次会试——东试。东试论题是"真道岂与世道相同"，文题是"皇上帝是万郭大父母，人人是其所生，人人是其所养"，诗题是"四海之内有东王"。胡万智是个穷苦的秀才，考了几次乡试都未中，对朝廷的科举考试很是不满。太平天国定都天京，带来勃勃生气，胡万智拥护天国，欣然前往应试。文章做得花团锦簇，诗也作得珠圆玉润，遂一举高中。胡万智好不高兴，愈加对天国充满感情。

中进士后，东王封他为典朝仪。西征军攻下兴国，胡万智被派往兴国任知州。胡万智到了兴国，全部起用一批新人，其中大部分是穷困潦倒的读书人。半年来，他把全副心思用来整顿兴国州的吏治。正当他准备在兴国州大展宏图，建一番新政时，塔齐布率领的六千人马攻到兴国城下。兴国城里只有一千五百人，情形危急。胡万智一方面布置守城，一方面急忙派人到陈玉成那里讨救兵。陈玉成已探得湘勇水师集结在道士洑按兵未动，料想一时不会有行动，便亲带四千兵赶来救兴国。他刚走到黄州颓口镇时，又遇到驻大冶城的总制汪茂先派出的信使，说湘勇已围住大冶。无奈，陈玉成又分出二千人马到大冶。当陈玉成赶到兴国州时，塔齐布已攻下兴国。陈玉成十分懊恼，率兵再奔大冶。半途中遇到溃兵，报告大冶已丢，汪茂先阵亡。陈玉成气得两眼冒火，率部怏怏回蕲州。

就在陈玉成离开蕲州的这一天，曾国藩会合先天夜晚赶来的李孟群部，水师二十营约一万人，在呼啸呐喊声中冲过蕲州防线，于马口镇对岸停泊下来。

罗泽南提着汪茂先的头和太平军大小黄旗上百面、骡马数十匹前来请功。塔齐布也押来胡万智等一干兴国州各衙门官员来会师。曾国藩亲自提审胡万智。只见胡万智昂首挺胸毫无畏色走上大堂。曾国藩喝令跪下，胡万智拒不从命。几个亲兵上前，把他的双腿强压下去，曾国藩骂道："大胆逆贼胡万智，你身为圣人门徒，却屈身降贼，玷污清白，真是孔门败类，衣冠禽兽。"

胡万智双目圆睁，大声喊道："无耻汉奸曾国藩，你身为炎黄后裔，却背叛祖训，投靠清妖，认贼作父，你才是真正的乱臣贼子，民族败类！"

曾国藩气得脸色铁青，大呼："左右，把胡万智这批禽兽一律剜目凌迟，陈尸示众。"

胡万智并不害怕，仍然痛骂不止，亲兵将他强行拖了出去。

处决胡万智后，曾国藩骑上枣子马，带着一批营官和幕僚登上江岸。此地离半壁山不到十里，孤峰挺立的半壁山如同站在眼前。山脚下营垒森严，旗帜林立，鼓角时鸣。江北田家镇上也连营接寨，江中战船逡巡。从半壁山到田家镇，太平军水陆两路人马筑成一道铜墙铁壁。曾国藩看后，心中忧郁，默默地回到拖罟上，对众人说："驻守此地的长毛，一部分是武昌败将，一部分是秦日纲的救兵。败将复仇心切，救兵气焰嚣张，防守得如此严密，看来有几场恶仗打。"

鲍超说："长毛是虚张声势，大人不必过虑，明日我率部攻打半壁山，保证马到成功。"

杨载福说："明早我率先锋营顺流下去闯一闯，探探虚实。"

曾国藩说，先试探一下也好，便点头同意了。

第二天一早，鲍超率霆字营来到半壁山脚下擂鼓搦战。只听见一声炮响，当中大营里冲出一位中年将军。此人正是罗大纲，身后跟着数百名头扎红、黄两色头巾的太平军将士。罗大纲骑马伫立栅栏边，高声喊道："大胆清妖，有本事的过来！"

鲍超气得在马上大叫："操你祖宗八代，老子把你砍成两截！"

他一时忘记了太平军扎营的规矩，一边骂，一边指挥人马向前冲。还未走到百把步，叫声"不好"，已陷于布满竹桩的沟阱中，回头一看，大部分湘勇也陷了进去。对岸太平军士兵拍手欢呼："陷了，陷了！"同时，万箭飞来，湘勇纷纷中箭倒下。鲍超抡起大刀，前后左右挥舞，总算没有被射中。他气得双腿紧卡马腹，那马挣扎着想跳出来，却被竹桩刺得鲜血直流，哀啸不已。罗大纲驱马出了栅栏，吊桥放下。正在这万分紧急时，周凤山带两营湘勇前来救援，鲍超被拉了出来。他不敢再战，和周凤山一起撤退下来。清点人数，少了五十多个。

江面上，杨载福的先锋营也陷于困境。当他们的船来到半壁山脚江面时，看到的是一排钉死在江中的战船，上面竟然横着六根粗大的铁锁！漫说是木船，就是铁舰也休想冲过。杨载福是个水上老手，见此情景，知道不妙，迅速拨转船头。后面火炮轰来，走慢的几艘长龙着火被烧沉。杨载福满面羞惭而回。

水陆两军初战失利，使曾国藩的忧愁又添几分。从靖港败后再起这半年来，湘勇军势大振，尤其是武昌、汉阳的收复，更是名满天下，朝野为之震动，一洗往昔备受讥嘲的侮辱。曾国藩想：眼前这伙长毛尚不是主力，倘若这道防线冲不过去，岂不前功尽弃？无论如何不能被拦阻在这里，不将这股长毛击败，至少要迅速冲过去。他决定先由陆路发起强攻，派塔齐布打富池镇，罗泽南打半壁山。第二天一早，两支人马遵令出兵。

罗泽南的人马来到马岭坳，此地离半壁山太平军营寨只有二里路。罗泽南吸取鲍超的教训，不敢再贸然前进，号令部队停下来，就地扎营。罗泽南带领李续宾、游击彭三元、都司普承尧等人查看地势。马岭坳与半壁山之间隔着网湖的尾部，湖汊纷错，惟左右两堤与山脚相连。正在指指点点查看时，猛然听得山脚一声炮响，从大小营寨里冲出数千名精壮太平军将士。他们越过沟上的吊桥，向湘勇冲来。罗泽南慌忙指挥勇丁列阵应战。彭三元率部从左堤迎敌，普承尧率部从右堤迎敌。正厮杀间，从民房里又钻出一千多名手持利刃的士兵，李续宾急忙率迪字营迎击。太平军四路人马合起来一万多，在此已等候半个月，正巴望着这一天的到来。罗大纲一马冲在前，从左堤直朝罗泽南杀来。罗泽南哪里是罗大纲的对手，急忙闪开，幸得六品军功彭和祥过来接住。交战不到十个回合，彭和祥被罗大纲一枪刺中咽喉。那边恼了都司普承尧，拍马舞刀过来与罗大纲拼搏。半壁山腰，韦俊指挥军士擂鼓为战友助威。右堤那边，彭三元带着一百多名敢死队已冲到吊桥边，正要进入营寨时，从山腰上雨点般飞来碎石，候选知县李杏春、蓝翎千总何如海登时被石块击毙。彭三元吓得勒马后退。这时，从各处民房门窗里纷纷射来炮子、火箭、喷筒，湘勇匆忙后退。罗泽南只得下令鸣金收兵。

下午，李续宾带领二千人又前去搦战。交战不到半个时辰，李续宾便败退而归。罗泽南焦急愈甚。李续宾说："罗师不必忧虑，今下午学生再次出战时，已看清半壁山下的军事部署，下次交战，学生有取胜把握。"

罗泽南惊喜，问："迪庵有何法取胜？"

"长毛三次获胜，所靠的主要在地利。其地利天然所占有二，人为有一。天然者，前为湖堤，后为高山。湖堤限制我军进攻的场所，半壁山居高临下，我军一切活动都在其俯视之中。人为者，长毛在营寨边挖沟埋签，此着厉害。"

"有利地势既已为其所占，我们无法与之争雄。"

"我们不能与之争雄，但可以使长毛的地利减少它的作用。"

李续宾的话启发了罗泽南："你是说可以乘夜偷袭？"

李续宾高兴地说："罗师，我们想到一起了。今日天阴，夜里没有月光，是夜袭的好时候。"

"夜袭可以使半壁山居高临下的优势失去，也可以偷偷越过湖堤，但长毛营前的水沟和陷阱仍在那里。"

李续宾想了想说："这有办法。马上赶制几千个布袋，袋里装满土，一个肩扛一个，把土袋丢到沟里，连竹签连沟都给它埋掉。"

罗泽南很欣赏这个主意，立即传下命令，赶制布袋。军中没有布，罗泽南命令拆被子做。二更时分，李续宾带领三千勇丁，每人肩扛一个装满土的布袋，另一只手拿着武器，腰里插着短刀，悄悄地穿过左右二堤，衔枚疾走，来到太平军营寨边。

因为营寨四周插了竹签，又深开了水沟，且白天激战一天，湘勇大败，罗大纲不曾提防敌人会半夜劫营。按常规巡值的士兵，被李续宾劫营的先锋队砍死，三千湘勇急急忙忙将土袋填沟铺路。已填铺大半，营内尚未发觉。一个叫韦大春的两司马一觉醒来，到营外撒尿。夜色迷茫中，韦大春听到栅栏外有一声声沉重的响动。他警觉起来，揉揉眼睛，轻轻地向栅栏边走去，终于看清楚了。韦大春差点惊叫起来，他跑进大营，把罗大纲喊醒："罗指挥，清妖劫营了！"

罗大纲呼地一下从床上坐起，一边穿衣，一边下令："赶紧传令，立即出营房打仗！"

罗大纲起义以来，跟清军大大小小打过几十仗，从没有遇到过半夜劫营的先例。他对湘勇的凶悍能战暗自佩服。半壁山上的韦俊也很快得到情报。立时，从山腰到山脚，到处灯火通明，李续宾叫苦不迭。水沟边顿时聚集一千多名太平军将士。罗大纲下令发箭。水沟那边如飞蝗般的利箭射来，水沟这边，湘勇一片片倒下，胆小的吓得掉头就跑。李续宾气得两眼冒火，怒不可遏地挥起一刀，杀了一个逃在最前面的湘勇，后面几个吓蒙了，站着不动。李续宾又手起刀落，一刀一个，连杀四五个勇丁，这才把纷纷后逃的勇丁镇住，硬着头皮再去厮杀。李续宾举起刀吼道："弟兄们，今夜里我们拼出去了。谁要是向后逃命，格杀勿论！大家齐心打赢这仗，我为兄弟们请功邀赏！"

李续宾命令普承尧、彭三元守住两头，自己居中调度，又派急足回大营搬援兵。湘勇大半人向对方射击，其余人拼命填土。双方都倒下许多人，但土袋也在一尺尺增高，一步步推进。很快，罗泽南带领守营的二千多湘勇也赶来援助。双方在水沟边、竹签带展开你死我活的争斗。水沟被填平了一长段，附近的竹签也给土袋埋了，李续宾亲自擂起冲锋的战鼓。湘勇们见已占上风，个个发疯似的向前狂奔。在急剧的鼓点声中，湘勇和太平军展开肉搏。湘勇杀红了眼睛，一见戴红、黄头巾的便砍。太平军第一次遇到这样凶蛮不怕死的对手，先自胆怯三分。肉搏一阵，太平军渐渐不支。栅栏边早已安置好的火炮，因为怕伤了自己的人，也不敢发射，气得罗大纲直跺脚。韦俊见势不好，亲率山上一千兵下山救援。双方又激战了半个时辰。太平军致命的弱点是临时参加的人多，训练不严，两广老兄弟都不习惯短兵接战。看看不能取胜，韦俊和罗大纲一商量，决定全体撤退上山。湘勇穷追不舍，都被山上礌石击退，只得眼睁睁地看着太平军上了半壁山。罗泽南下令放火烧营寨，又叫人砍断拴在山脚下的铁锁桩。到了辰正时分，罗泽南、李续宾率领湘勇，满载各种战利品，得意扬扬地回营。

就在半壁山下激战的时候，塔齐布率领六千湘勇，在富池镇与林绍璋部队的战斗也异常激烈。林绍璋与塔齐布面对面的交锋，这已是第二次了。今年三月底的湘潭战役，林绍璋十战十败于塔齐布，最后全军覆没，林绍璋只身脱逃。这不只是林绍璋个人一生中的极大耻辱，也给太平天国带来不可挽回的损失。从那以后，太平军便不能再图湖南，而湘勇的气焰也从此开始炽烈。倘若那次湘潭之战也像靖港战役那样，说不定中国近代史上，就根本没有湘勇的名字出现。

林绍璋报仇心切，还未等塔齐布扎稳营寨，便带兵前来攻打，塔齐布慌乱之中败退而逃。林绍璋大喜收兵。塔齐布与李元度、周凤山等人商议，李元度献计："林绍璋有勇无谋，性情急躁，趁着他目前求胜心切，明天设法将他引出镇外，在桐木岭一带埋两路伏兵截杀。"

塔齐布同意。

第二天一早，塔齐布带一千人前来搦战。一听湘勇喊叫，林绍璋便披挂上阵。康禄劝道："让他们在外面叫骂，不理睬。"

林绍璋见塔齐布人少，恨不得一口吞掉，不听康禄的劝阻，带着三千兵冲出水沟外，康禄只得跟着。塔齐布笑道："林将军，还记得三月的湘潭盛会吗？"

林绍璋虎目圆睁，怒骂："塔妖头，还记得昨日的败逃吗？今日你休想再走脱！"

说罢，便策马冲来，塔齐布接住。双方交战不久，湘勇便溃散四逃。塔齐布瞅着林绍璋一个破绽，拨转马头向桐木岭方向奔去，林绍璋拍马紧追。跑出三里多路外，康禄提醒说："前面树木丛集，恐有伏兵。"

林绍璋顿时醒悟，急忙勒住马。忽然，数十面湘勇军旗从草丛中四处竖起，李元度、周凤山各带二千人从两边杀出，将林绍璋、康禄团团围在中间。一阵混战，太平军人马死伤过半。康禄保护林绍璋杀开一条血路，冲出包围圈。周凤山在后面紧紧追赶，高呼："不要放走了林绍璋！"转进一个小树林后，康禄对林绍璋说："林丞相，你把衣服脱下来给我穿，我把清妖引走。"

林绍璋说："那怎么行！赶紧往半壁山走，到了山边，就不怕妖兵了。"

康禄说："丞相大人，清妖的眼睛一直盯着你，不会轻易放过。我代你把他们引开。"

康禄不由分说地伸手扯下林绍璋的明黄绣龙风衣，又高喊："将帽子扔给我！"

林绍璋脱下帽子，感动地说："兄弟，引他们走出二三里后，你就折转跑向半壁山！"

康禄答应一声，便将马头一扭，回头向周凤山的追兵冲去，嘴里高喊："清妖，林爷爷跟你拼了！"

周凤山仡马劝道："林绍璋，下马投降吧！朝廷可以封你一个副将。"

康禄骂道："你们这些败类，你以为一个副将，就可以使你爷爷出卖祖宗吗？"

说着举刀向周凤山砍来。周凤山并不认识林绍璋，见康禄头上的单龙单凤帽，身上的明黄绣龙袍，认定是林绍璋无疑，决心活捉，立个十分漂亮的大功。

周凤山抖擞精神，使出平生本事，与康禄交战。十余个回合后，康禄料定林绍璋已走远，便偷偷地从靴子里摸出一把飞镖来，顺手一挥，那镖直朝周凤山心脏处飞去。周凤山机灵，见镖飞来，赶紧将身一躲，镖从右臂边穿过。周凤山大叫一声，栽下马来。康禄趁机拍马走了。众湘勇扶起周凤山，知"林绍璋"身藏暗器，都不敢追，便吹起得胜号，返回富池镇。

六　彭玉麟洪炉板斧断铁锁

半壁山和富池镇两路陆师的胜利，使曾国藩的忧愁大减。北岸，桂明、多隆阿的绿营兵也赶到田家镇，将秦日纲、石祥祯的兵力牵制住，愈使曾国藩宽慰。现在，他要和彭玉麟、杨载福、李孟群一起，全力以赴夺取江面上的胜利。深夜了，彭玉麟见曾国藩的舱里还亮着灯光，便轻轻推门进来。只见书桌上，整齐地并排摆着六根竹筷，曾国藩坐在一旁，凝神呆望着。

"涤丈，这么晚还没休息？"

"哦，是雪琴来了。"曾国藩从沉思中醒过来，指着床边的木凳说，"坐下，我正要和你商议商议。"

"涤丈，你是在考虑江面那几根铁链子？"彭玉麟指着竹筷问。

"这几根铁链子可不好对付啊！"曾国藩沉重地说，"我为它考虑半个夜晚了。拴在半壁山这头的铁桩虽被罗山砍断，但江中的部分依然牢牢地钉死着，战船如何过得去。"

"为这铁链子，我想了两天，长毛这一着真够狠毒。历史上虽有横江布铁索的，但也只有一两条，何曾见过六条之多。我想来想去，无法可施。金克木，火克金，看来只有火烧一法可用。"

曾国藩说："东吴、后晋的铁锁，也是用火烧断的。但正如你讲的，那只有一两根，现在有六根，却难以烧断。"

彭玉麟说："我已想好了。王濬当年用火炬，王彦章当年用火炉，我们用油锅，不怕它六根铁链子，就是铁罗汉，我也要将它熔化。"

曾国藩想来想去，也只有此一法了，便同意彭玉麟的办法。从曾国藩船舱里出来，彭玉麟又招来杨载福、李孟群及澄海营营官白人虎、定湘营营官段莹器、中营营官秦国禄、清江营营官俞晟、向道营营官孙昌国等，再具体商定明日火攻细节。

第二天，湘勇水师分四队，与周国虞兄弟指挥的太平军水师摆开了阵势。第一队由白人虎率领二十条快蟹，每条快蟹上架设一个炉灶，炉灶上安一口直径五尺的龙头大锅，锅里装满茶油，油中放着棉纱，船尾堆满劈柴。锅旁有七八个勇丁，人人手里拿着劈山斧、铁钳，锅边立着三个大铁墩。船头船尾另站三十名弓箭手。第一队的任务是烧砍铁锁。第二队由彭玉麟亲自带领，集中一百条战船。船上装着浸满油的火把和几十个不封口的布袋，每个布袋里装半袋黄豆。湘勇们都不知黄豆做什么用，只是遵命执行。一百条战船上载着二千名精壮水勇。第二队的任务是保护烧砍铁锁的那二十条快蟹。第三队由杨载福带领，也是一百条战船，二千号水勇，船上也装满火把、黄豆。这队的任务是在铁锁断后，猛冲过去。第四队由李孟群率领，保护老营和辎重船只。

由于半壁山和富池镇陆营的失利，太平军水师的情绪受到波动。少数人鉴于武汉战役的失败，对湘勇有一种畏惧感。这两天，水营逃跑上百人。国虞、国材、国贤兄弟逡巡在江面上，鼓励士气。多数人相信这六根铁锁的威力，必定可以将湘勇的船只拦住。论人数，太平军水师虽有六千，但武昌新败，战船被焚毁一半，船上的火炮、弹药也丢失。仓促之间，在蕲州至田镇一带搜集二百多只渔船，强拉来作为补充，毕竟作不了大用场。人员也有一半是从陆营中临时调来的，几乎没有受过训练。在装备条件和人员素质上，太平军明显不如湘勇，唯一可仗的是横在江面上的六根铁锁。周国虞清楚这一切，心里也颇为担忧。他自己守卫中间一段，国材守北段，国贤守南段。吃过早饭后，远远地看到上游黑压压一片，像乌云似的压过来。周国虞吩咐打出准备迎战的令旗，下令不待湘勇船立稳，便先下手。

白人虎指挥的第一队顺流飞一般下来了。白人虎是华容人，家中饶富，从小强悍不羁，不喜念书，专好棍棒拳击。战火在湖南烧起后，他认为立功当官、显亲扬名的时候到了，便捐资募勇。湘勇水师过洞庭湖时，白人虎率部投军，曾国藩命他组建澄海营。这次他受命做先锋，一心要拿个头功。他戴着铁盔，身穿布满铜钉的战袍，手执一杆长枪，昂然立在第一条船上。

白人虎的船离铁锁只有二十丈了，周国虞手一挥，守卫在铁锁边的水手们便纷纷射出箭来，快蟹上的湘勇不少人中箭落水。白人虎抢起长枪，一边挡箭，一边高喊："不要怕，向前冲！"

船头船侧的藤牌一齐高举，围成一道墙，桨手死命划着，船在艰难中向前进。彭玉麟的第二队也赶到了，急忙向太平军的船和排上扔火把，太平军的火把也向这边丢，许多火把在空中相撞，一起掉进江中。彭玉麟命令，将未封口的布袋用手绞紧缺口，向太平军的船头扔去。这些布袋一落到对方的船上，黄豆便从袋里滚出。太平军水手们先还不知袋子里装的何物，待一看到是黄豆时，便一个个叫苦不迭。原来，这些黄豆很快撒满船头、甲板和舱里，人踩在上面，犹如脚踏滚轮一般，立即摔倒，再爬起，又摔下去。太平军船上，水手们一个接一个倒下，湘勇拍掌狂笑："倒了，倒了！"

周国虞气得咬牙切齿。就在太平军水手们成批跌倒的时候，燃烧着的火把一齐从湘勇船上飞过来。船被烧着，熊熊火起，如几团火球在江面滚动。杨载福的第三队也趁势赶到。箭在飞，火在烧，刀枪相碰，鼓角雷鸣。湘勇为升官发财，个个不顾生死，凶狠狰狞；太平军为活命谋生，人人奋勇硬斗，强蛮顽梗。铁锁上游爆发一场亘古未见的恶仗，只见双方死伤的人一个个掉进水中，未死的在江浪里挣扎，已死的随波逐流，江水已被鲜血染红。半壁山似在低首垂泪，长江水也在呜咽悲号。

这时，白人虎乘机将船划到铁锁边，龙头大锅里的茶油早已烧得沸腾，点上火，"砰"的一声，仿佛酷日跌进锅里，火光冲天，烈焰腾空而起，湘勇们忍受着炙人的高温，将铁锁拉进火焰里煅烧。另外十九条快蟹也划到铁锁边，船上的大锅一齐点着火。锅旁的勇丁，个个被烟火熏得火辣辣、晕乎乎地，汗水如大雨般将全身浸湿。他们干脆把上衣全部脱光，露出油光黑亮的胸脯，魔鬼似的在锅旁火中晃动。一个年轻的湘勇被热气熏得头晕目眩，忽地一阵发黑，一头栽进锅里，立即被滚油烈火烧得血肉模糊，发出一股恶臭。锅旁的湘勇同时惊叫着，本能地向后退。白人虎一个箭步冲到锅边，双手抓起死者僵硬的双足，猛地一拖，拖出一个无头无肩的半截人来，顺势往江中一丢，用长枪指着后退的湘勇吼道："继续烧，谁敢逃，就戳死在这里！"

那几个勇丁只得重围在锅旁，用铁钳夹着铁锁在锅上烧。看看铁锁烧得差不多了，白人虎命令将铁锁夹到铁墩上，几个手拿大斧的人奋力劈砍。砍了几斧，居然断了！满船一齐喝彩。白人虎立在船头，高喊："铁锁烧断了，弟兄们加油啊！"

周国材正带着北岸的船队过来支援，见白人虎耀武扬威地乱叫，气得肺都炸了，他弯弓搭箭，"嗖"的一声射过来，正中白人虎的左目。白人虎惨叫一声，从船头栽进水中。湘勇们眼睁睁地看着他被江浪卷走，谁也不想救，也不能去救。定湘营营官段莹器与白人虎是至交好友，见白人虎被射死，便指挥战船向周国材驶来。快要靠近的时候，段莹器恶狠狠地叫了一声，飞身跳到国材的船上，抡起手中大刀，向国材扑来，随后又有几个不怕死的湘勇也跳过船。周国材没料到湘勇这般凶悍，几个胆小的兵士吓得直往舱里躲。周国材挥刀迎战。段莹器出身船夫，自投湘勇以来，就是凭借着敢打敢斗爬上营官的位置，现在一要为好友报仇，二又仗着湘勇已占上风的势头，愈战愈勇。周国材船上功夫本来欠佳，船一晃动，一身本事使不出来。斗了十多个回合，可怜一个忠良之后，竟成了段莹器的刀下之鬼。段莹器杀得性起，又砍倒几个，再拿起火把，从船头到船尾放起火来，最后又纵身跳回自己的船。就在这个时候，铁锁又有好几处被烧化砍断，杨载福指挥第三队按预定计划猛冲过去。杨载福杀得眼红，将衣帽全部脱去，仅穿一条短裤在船头指挥。第三队二千湘勇水师见杨载福如此，一齐脱去衣帽，乱呼乱叫，为自己助威壮胆。他们顺流东下，遇船便烧，见人就杀，转瞬间船到武穴，天忽然转起东风来。杨载福斗志甚旺，命令所有战船掉头回驶，借着东风再杀回田家镇。彭玉麟指挥第二队向下冲。彭杨两队将太平军水师夹在中间。

　　北岸桂明、多隆阿见江上火起，知中路水师已发起进攻，也乘机向驻扎在田家镇上的秦日纲大营猛攻。田镇上的防兵，两天前已抽调二千人过江支援半壁山，北岸力量减弱了。桂明、多隆阿的绿营，本不是太平军的对手。这时因南岸陆师及江面水师的得势，也增添了勇气，双方激战，势均力敌。

　　塔齐布、罗泽南乘势占住半壁山和富池镇。安设在半壁山上的炮台，全部被湘勇占领，反过来将火炮一发发向太平军战船轰去。从田家镇到武穴三十里江面上，太平军水师渐渐处于劣势。

　　周国虞气得暴跳如雷，他对身旁将士狠狠地叫道："今日横竖是死在这里了，先杀他一百个垫底。"

　　国贤见二哥战死，心中非常悲愤，他担心大哥若再有个三长两短，自己今后便会孤掌难鸣。他将船移过来，纵身跳到大哥船上，恳切地说："大哥，南岸已被清妖占领，北岸也正在鏖战，无法援助，形势对我们极不利。好汉不吃眼前亏，咱们先突围出去吧，留下这血海深仇，日后再报。"

不待大哥分说，国贤将战船集合起来，带头向下游猛冲。

段莹器的船正回头向上游杀来，恰碰上国贤。国贤见了杀死自己二哥的仇人，怒火中烧。两船刚要相撞时，国贤冷不防跳了过去，以迅雷不及掩耳之势，一枪戳进段莹器的胸膛，再一挑，把他拨下江去。湘勇船上的几个勇丁正要向国贤扑过来时，国贤又纵身跳了回去。就在这个时候，国虞带领的战船被江流冲出十几丈，水手们一齐放出利箭，压住后面的追兵，顺流向九江方向驶去。

北岸秦日纲、石祥祯见大势已去，也率部沿通往黄梅方向的大路撤退。至于南岸败阵的将士，则早已由林绍璋、罗大纲收集，向江西瑞昌方向走了。

经过三个时辰的激战，湘勇突破田家镇、半壁山之间横江铁锁，占领了这两个重要集镇。这场战役的结果是：太平军死了一千二百余人，除周国虞一队二十多条战船冲出外，全部船只化为灰烬；湘勇也扔下八百余具尸体，被毁战船一百多号。

七　委托东征局办厘局

大战结束后，曾国藩将部队集合在田家镇休整。第一件事便是向朝廷报捷，为出力最多的几个将官讨封赏，为阵亡的将官请恤。对于

【唐浩明评点：湘军这两三个月来连克数城，一路凯歌，不仅为湘军有史以来所未有，也是朝廷自与太平军作战以来所未有。朝廷花千万银子供养、一年到头操练的八旗绿营，临到用时却不及自筹粮饷、仓促成军的团勇；以布阵扎营行军打仗为本职的将军提督等，却不及从不谙军旅之事的文员书生。京师内外朝野上下，对曾氏及湘军的赞美之声一定是洋洋盈耳不绝如缕。面对着这骤然而起的大名，曾氏的头脑异常冷静清醒。他在这段时期给弟弟的家信中，认为自己道德浅薄才能欠缺，与眼下所享的大名比起来是名不副实。古人曰：名满天下者，其实难副。又曰：暴得大名者不祥。真正地足以能承受满天下之名的实，是很难得到的。倘若名实之间不能平衡，难测之祸就有可能生发。故曾氏在给弟弟的信中说："古人谓无实而享大名者，必有奇祸。"

041

曾氏还说："名者，造物所珍重爱惜，不轻以予人者。"这的确是饱读史鉴的明识。湖南乡间有句俚语，说是运气来时门板都挡不住。意谓好事降临到你的头上时，你想推掉都是不行的。那么，该怎么办呢？曾氏教我们一个好办法，即自我收敛，尽量淡化矮化自己的形象，将"靶的"面积缩小，以求少中矢。他于信中要家人"俭于自奉"，"不可倚势骄人"，便是淡化矮化形象的两条具体措施。】

一般的湘勇，曾国藩对其后事的安排也颇为重视。他懂得优恤死者，可以激励生者，并在田家镇上建起一座规模宏大的祠堂，取名为田镇昭忠祠。凡哨长以上的将领，都在昭忠祠里供有神主。哨长以下的勇丁，也将每人的名字、籍贯、生卒年月刻在石碑上。这样的石碑共有八个。曾国藩还亲自为昭忠祠题写一联："巨石咽江声，长鸣今古英雄恨；崇祠彰战绩，永奠湖湘子弟魂。"祠堂落成那天，曾国藩带领全体营官和幕僚恭恭敬敬地向死在田镇的亡灵祭奠。在香烟缭绕中，曾国藩充满感情地诵读祭文。读着读着，他忽然放声大哭起来，使得所有参加者大受感动。

第二件大事，便是安排杨国栋陪彭玉麟到黄州迎娶杨小姐。在这场火烧铁锁的战役中，彭玉麟功劳最大。曾国藩对他，更增几分倚重，今后将水师交给此人统带，是完全可以放心的。

数日后，亲兵报湖南巡抚骆秉章遣东征局郭嵩焘、李瀚章等人前来犒军。东征局是骆秉章应曾国藩所请，在长沙成立的专为湘勇服务的后勤部门，由郭嵩焘、李瀚章为头经办。李瀚章是刑部郎中、安徽庐州人李文安的长子。李文安是曾国藩的会试同年，对曾国藩的学问很是钦佩。道光二十四年，李文安命次子李鸿章来北京，拜曾国藩为师。李鸿章字少荃，为人最是聪明伶俐，更兼敢作敢为，深得曾国藩的喜欢。第二年，李鸿章中进士入翰林院。咸丰三年，工部侍郎吕贤基在安徽原籍办团练，知李鸿章能干，奏请来安徽和他一起办。前年，李瀚章以拔贡分发湖南。曾国藩相信这个年家子会实心实意为他出力，便将他调来东征局。

曾国藩听说郭、李二人来到，喜出望外，亲自率众迎接。郭嵩焘以平辈之礼见曾国藩。李瀚章正要以晚辈身份行大礼时，曾国藩忙把他一手扶起，口中说"不须如此"。李瀚章忸怩一番，最后以下属之礼参拜。曾国藩问："少荃近来可好？"

"老二上月来信说很不得意，他想到湖北来投奔老师。"

曾国藩听后哈哈一笑。寒暄毕，郭嵩焘说："往日长沙官场和士绅都说湘勇是相勇——木偶勇士，现在，他们都不得不承认是真正的湖湘勇士了。"

众皆大笑。曾国藩凄然地说："为争得这三点水，湘勇付出了一千多人的代价。"

一句话，说得大家心里都不好受。过了一会，他又自解道："打仗哪有不死人的道理，我们毕竟争了这口气，把三点水夺了回来，也对得起死去的兄弟。"

郭嵩焘紧接着说："正是这话。三湘父老凑集十万两银子，再加上四川解来的六万、广东解来的四万，合起来共二十万两，给弟兄们庆庆功。"

听说带来这么多银子，曾国藩大为高兴。这两个月来，他为军饷之事颇伤脑筋。先以为武汉攻下后会得到一笔钱，谁知湘勇从营官到勇丁，几乎个个饱了私囊，大营却没有得到几两银子。他奏请朝廷饬陕西巡抚王庆云解银十四万，江西巡抚陈启迈解银八万，至今不见分文。尤其是陈启迈，更令曾国藩气愤。率师东下，不正是为了江西吗？他居然可以无视这支人马的存在！

"陈启迈也太过分了。"郭嵩焘说，"不过，筹饷也真是难事。百姓一贫如洗，有钱人家的银子，宁肯被土匪抢去，也不肯捐献。这十万两银子，还多亏季高兄的苦心经营。"

"百姓也的确是穷到家了。"郭嵩焘叹息。过一会，他突然问大家："诸位听说过雷总宪在扬州抽商贾之税充军饷的事吗？"

众人有的说听过，有的说没听过。郭嵩焘说："去年年底，左都御史雷以諴到扬州佐江北大营，眼见营中饷银奇绌，乃仿汉代算缗之法，对商贾实行十文抽一之税，听说每个月可得银七八万，江北大营从那以后，再不虞饷银匮缺。"

"雷总宪实行厘金事，我亦有所风闻。"一直坐在旁边未开腔的刘蓉说，"听说现在苏北关卡林立，百姓怨声载道，厘金局混进不少贪劣之辈，乘机敲诈勒索，实际上不是十文抽一，而是抽三抽四。这样的抽法，商贾何能承受得了！我们湖南地方贫瘠，非官商大贾辐辏之区，财富不过敌江苏一大县而已。倘若湖南也仿照苏北设关立卡，怕的是商贾裹步，民不聊生。”

“孟容说的诚然有道理。”郭嵩焘接过刘蓉的话头，“苏北厘金对商贾百姓有害，且经营不得人，我们可以前车之覆为鉴，把事情办好些。”

“筱荃，你看湖南可以办厘局吗？”曾国藩问李瀚章。

“回涤师的话，雷总宪在扬州办厘金事，晚生亦有所闻。”李瀚章虽未直接拜曾国藩为师，但他也和二弟一样，口口声声称曾国藩为师，他对办厘金垂涎已久，因为资望年龄都还不够，故不敢唐突提出。他以稳重的口吻说，“厘金之事，我久思在湖南推行，只因人微言轻，不敢率尔建言。晚生想，既然军饷如此缺乏，为了剪灭长毛的大业，暂时行此权宜之计，亦未尝不可，关键在用人要当，规矩要严。”

这话正投曾国藩下怀，他点头说：“筱荃的话有道理。事出不得已，我看也只有用此下策了。意诚（郭嵩焘字）回去跟骆中丞说说，由东征局出面，就先在长沙、湘潭、益阳、常德、岳州、衡州六个地方办着试试看，切切注意的是，要用真心实肠的人，绝不能让私人侵吞这批银子。否则，我们就无法向三湘父老交代，也愧对天下后世。”

郭嵩焘、李瀚章大喜过望，立即满口答应。大家正说着，荆七过来，对着曾国藩的耳朵悄悄地说：“康福回来了。”

曾国藩站起来，拱拱手说：“诸位继续谈谈，我有点要事，失陪了。”

八　康福带来朝廷绝密

康福的北京之行，除他们二人外，整个湘勇中再无人知道，故曾国藩将会见康福的地点定在卧室，并吩咐荆七：“今晚任何人都不见。”

对于如何向曾国藩报告在京所得的情报，回来的一路上，康福作了深思熟虑。这趟京师之行太重要了，许多机密，在两湖是永远无法知道的。如果不了解朝廷的真实意图，再好的作为行事，都有可能成为瞎碰乱撞。为此，康福十分佩服曾国藩派他进京的这个决策。康福没有做过官，不懂官场奥妙。他以为曾国藩这两年来拼死拼活组建湘勇，攻克武昌、汉阳，朝廷上下一定会是一片赞扬之声。谁知大谬不然。那些不利的消息要不要告诉他呢？康福苦恼地想了许多天。最后，他决定和盘托出。康福认为这才是对曾国藩的真正忠诚，如果报喜不报忧，反而会误大事。

"大人，我这次在北京盘桓十天，遵令拜谒了周学士、袁学士。穆中堂患病，我第一次没见着，第二次再去仍没见到。穆中堂打发家人送给大人两个玉球。"康福从包袱中将球拿出。曾国藩看到这两个熟悉的深绿色和阗玉球，如同见到羸弱憔悴的穆彰阿，一股宦海沉浮难测的悲怆之情涌上心头，他在心底深深地叹了一口气。玉球在曾国藩的手中轻轻滚动两下后，被搁置在书案上。康福又从包袱里拿出一幅字来，递给曾国藩说："穆中堂还送给大人一张条幅。"

曾国藩忙接过，打开看时，心里倒抽一口冷气。原来那条幅赫然写的是"好汉打脱牙和血吞"八个字，旁边一行小字，"与涤生贤契共勉"。字迹歪歪斜斜，可以想见书写者作字的艰难。曾国藩心里一阵酸楚。他绝没想到，当年八面威风的恩师，居然会给他送来这样一行字！是自己失意愤懑心情的发泄，还是对弟子的教诲？

穆彰阿是曾国藩道光十八年会试大总裁。这年，第三次赴京会试的曾国藩中式第三十八名进士，同行的郭嵩焘落榜。殿试下来，国藩取中三甲第四十二名，赐同进士出身。那时，曾国藩用的名字为曾子城，字伯涵。看完黄榜后，曾国藩心情郁郁。按惯例，三甲一般不能进翰林院，分发到各部任主事，或到各省去当县令，

【唐浩明评点："好汉打脱牙和血吞"，这是一种不示人以弱不求人怜恤的强者精神，是一种化悲痛为力量跌倒后爬起来再干的倔强性格。这种血性，后来被代代有志有为的湘人所吸纳，成为一种湖湘品格而得到海内赞许。】

而曾国藩梦寐以求的则是进翰苑。

"筠仙，我们明天就启程回湖南吧！"曾国藩将书一本本收拾好，心情沉重地说。

"明天就走？"嵩焘大惊。

郭嵩焘尚只二十一岁，又是第一次参加会试，没有连捷，他并不以为意。这些天来，他一直为曾国藩高中而兴奋。令曾国藩感动的是，报捷那天，嵩焘特地买了酒菜，祝贺国藩；自己落榜，无半点苦恼。

"伯涵兄，还有朝考哩！"

"不考了。"国藩将最后一本书重重地往竹箱子里一扔，"历来三甲有几个进翰苑的？我干脆回家去，等着赴哪个偏远小县吧！"

"伯涵兄，那次我们拜访劳御史时，他很赞赏你的才华，说若需要他帮忙处，他将尽力而为。你何不去找找他，他或许有办法。"

是的，善化劳崇光是个爱才又结交很广的人，去求求他！曾国藩抱着一丝希望，来到煤渣胡同劳府。

"三甲进翰苑的，每科都有几个。"劳崇光在听完曾国藩的话后，沉思一会说，"不过，那几个破例的人，或是有很硬的后台，或是有万贯家财。你一个湘乡县的农家子弟，一无靠山，二无钱财，要以三甲进翰苑，怕难啊！"

曾国藩一听，如同掉进冰窟，浑身发冷。既然这样，过两天我就回湖南算了。他后悔不该到劳府来。

"慢着。"对曾国藩的才干，劳崇光一向清楚，虽然前两次会试未中，但湘籍京官无人不称许他。就是这次殿试列三甲，其房师季芝昌也为之抱屈。劳崇光久宦京师，阅人甚多，他料定这个农家之子总有一天会大发，不如现在趁其困顿之际助一把。主意一定，劳崇光拍着曾国藩的肩膀，笑道："他们凭靠山，凭钱财，你可以凭诗文嘛！"

听到这句话，曾国藩又如同从冰窟来到温室，浑身充满融融暖意。

"老前辈，我的诗文，如果考官不赏识怎么办呢？"凭诗文进翰苑，当然是正路，但殿试不也是考的诗文吗？你写得再好，主考不喜欢，有什么办法！曾国藩紧张地瞪着眼，望着悠然自得的劳崇光，聆听他的下文。

"伯涵，你知道唐代举子的行卷吗？"

行卷，是唐代科场中的一种习尚。应举者在考试前把所作诗文写成卷轴，投送朝中显贵，这就叫"行卷"。国藩当然知道，但他没有干过。一来国藩与朝中任何显贵无一面之识，二来他相信自己的场中诗文定然会十分出色，无须行卷。经劳崇光这一提，曾国藩倒有点悔了，若通过朋友辗转投送，平日所作诗文，也有可能到达朝中一二显贵之手。不过，现在已晚了。

"老前辈，殿试都完了，行卷还有什么用呢？"

"常规行卷固然已晚，但如果你朝考中的诗文，能在阅卷官评定之前，到达一些显贵名流手中，通过他们来揄扬，事情就好办了。但时间甚为仓促，只在一两天之内就要办好，此事亦颇棘手。"

曾国藩顿时茅塞大开，兴奋地说："晚生有个办法，可以让多人很快就见到我的场中诗文，只是要仰仗老前辈鼎力相助。"

"有什么好主意？你说吧！"

"晚生从试场出来后，就径来老前辈府上。请老前辈帮我叫十个抄手，备十匹快马，把我的场中诗文立时誊抄十份，火速分送十位前辈大人，请他们帮忙。"

"好主意，就这样办！"

朝考一结束，曾国藩顾不得休息吃饭，立即赶到煤渣胡同，劳崇光早已安排好一切。次日傍晚，主持朝考的大学士穆彰阿和各位考官，都从四处听到三甲同进士湖南曾子城的诗文甚是出色。穆彰阿特地调来试卷，先看他的策论。策论命题为《烹阿封即墨论》。文章的开头，便引起穆彰阿的兴趣："夫人君者，不能遍知天下事，则不能不委任贤大夫；大夫之贤否，又不能遍知，则不能不信诸左右。然而左右之所誉，或未必遂为荩臣；左右之所毁，或未必遂非良吏。""立论稳妥，是廊庙之言。"穆彰阿边看边想，一直读下去。当读到"若夫贤臣在职，往往有介介之节，无赫赫之名，不立异以徇物，不违道以干时"时，更是心许。穆彰阿才地平平，朝野中外诋毁者不少。道光帝有次婉转责问他："卿在位多年，何以无大功大名？"穆彰阿答："自古贤臣顺时而动，不标新立异，不求一己之赫赫名望，只求君王省心，百姓安宁。"曾国藩的这番议论，说到穆彰阿的心坎上，真可谓不相识的知己。穆彰阿主持过多次会试，阅过数千份试卷，大凡年轻新中进士，几乎个个心高气傲，口出大言，唯独此人不这样，难得！他当即圈定曾国藩为翰林院庶吉士。排名次时，列为一等第三名。名单进呈道光帝时，穆彰阿又特地在皇上面前，将曾国藩诗文大为称赞一番。道光帝拿过《烹阿封即墨论》，粗粗读了几句，颇觉清通明达，于是用朱笔将名字由第三名划在第二名。

曾国藩感激劳崇光，更感激穆彰阿。当晚，曾国藩便去拜谒穆彰阿。

穆彰阿在书房里客气地接见这位新门生。曾国藩步履稳重，举止端庄，甚合穆彰阿之意。寒暄毕，穆彰阿说：“足下以三甲进翰苑，实不容易。老夫读足下诗文，以为足下勤实有过人之处，然天赋却只有中人之资。但自古成大事立大功者，并不靠天赋，靠的是勤实。翰苑为国家人才集中之地。雍正爷说过：国家建官分职，于翰林之选，尤为慎重，必人品端方，学问纯粹，始为无忝厥职，所以培馆阁人才，储公辅之器。足下一生事业都从此地发祥，愿好自为之。”

穆彰阿这几句话，对曾国藩来说，好比醍醐灌顶，既实在，又寄予厚望。遇到这样一位恩师，真是最大的福气。大恩大德，将何以报答？国藩含着热泪，用着近于颤抖的声音说：“中堂大人，门生永远铭记您山高海深般的恩情，铭记您今晚的谆谆教诲，做一个对国家有用的人才，报答您对门生的知遇之恩。”

穆彰阿对曾国藩的感激很是满意。他是一个阅世甚深的老官僚，凭他的观察，知道这个湖南乡下人的这番话，是发自内心的。这种出自边鄙的人，一旦确定一种信念，产生一种情感，便会终生不渝；而那些出自官宦之家，生于通都大邑的阔少爷，尽管说起话来滔滔不绝，发起誓来指天画地，但他们的感情，大多来得快，去得也快，表演的成分多，实在的东西少。穆彰阿微笑地望着曾国藩，说：“我想问足下一件国事，你尽管按自己的想法谈。”

曾国藩对穆彰阿如此信任自己，感到诚惶诚恐。他战战兢兢地回答：“不知中堂大人要垂询何事？门生长年处于偏远之地，见闻一向浅陋，只恐有辱下问。”

穆彰阿随手从茶几上拿起两个深绿色和阗玉球，站起身，平稳地走了十几步，又坐下来，谦和地望着曾国藩微笑，玉球始终在手上圆熟地滚动。穆彰阿的这种宰辅风度，令曾国藩倾倒。

“不要紧，随便谈谈。这几年，英夷在我东南海疆一带寻事生非。去年，其东印度司令马他仑率领兵船在广州海口扬威耀武，老夫荷蒙皇上信任，权中枢之职，内事好办，唯有对英夷之侵犯，深感难于处置。今夜无他人，老夫想听听足下的意见。”

穆彰阿此时并非已知曾国藩有处理军国大事的才能，只是早闻朝野对自己办理夷务啧有烦言，各省进京举子中有些是清流派的中坚力量，他想通过与曾国藩的谈话，来试探一下应试举子们，尤其是考中的进士们对他举措的评价。曾国藩知道穆彰阿对外的态度一贯柔软，这种态度遭到不少血气方刚的举子的痛责。在这些人面前，曾国藩有时也附和一两句。不过他的对外态度，基本上和穆彰阿是一致的。今天正好当面对这位恩师倾吐自己的意见："中堂大人在上，这样大的国事，您能下问门生后进小子，使门生受宠若惊。中堂大人既然如此信任门生，门生就将心里话直说吧！"

穆彰阿暗思：听这口气，此人莫非亦是那批激进少年？难道看错人了？

"中堂大人，这几年英夷向我天朝大肆倾销鸦片，害我人民，吞我白银，对我中国犯下大罪，且陈兵海疆，意欲威胁，更无耻之尤。"话一说出口，曾国藩就不再拘谨了，他侃侃而谈，"中堂大人受朝廷重托，以怀柔之策处理之。对于此种举措，门生在湖南时，也曾听到有人非难；这次来到京师，又听到外省举子中有讲闲话的。但门生却以为这班人貌为爱国，其实对国事不负责任，不明事理，最终将堕为清谈误国之辈，对于中堂大人老成谋国之苦心全然不知。"

穆彰阿听到这里，已明白曾国藩的意思，心中很感欣慰：这个人是看准了。

"请说下去。"

受到鼓励，曾国藩索性来个慷慨激昂："自南宋以来，君子好诋和局，以主战博爱国美名之风兴起，而控御夷狄之道绝于天下者五百年矣。今之英夷，船坚炮利，国力强盛，更非历来入侵夷狄可比。我朝宜开放码头，与之交易，以行和抚之策为上。若凭一时意气，妄开边衅，以今日中国之船炮，门生以为，不可能全胜英夷；既不可全胜，又劳民伤财，国家不宁，故居枢垣者，当以国家千秋大局为重，决不可凭一时意气办事。门生深为钦佩大人虑远谋深，以国事为重的宰相气度。我朝与英夷交往，应持一种忠信态度。圣人云：言忠信，行笃敬，虽蛮貊之邦行矣。门生以为，与夷狄相往来，忠信笃敬是基础。至于鸦片一事，宜与英夷讲妥，此种东西不能作为正常贸易品。对内，则给予勾结英夷，私贩鸦片，从中牟取暴利的官民，以严刑峻法，那些吸食者，亦要加以从重处罚。只要我们自己内部严行禁绝，门生想，英夷之鸦片在中国市场上就会自然消除，此为釜底抽薪之策。而与英夷作刀兵交锋，不过是扬汤止沸罢了。"

穆彰阿十分欣赏曾国藩的这番议论。他目视这位厚貌深容的新翰林，觉得他是自己门生中最有才干最有识见的人，前途不可限量。穆彰阿停下手中的玉球，说：“足下对国事思之甚深，足见足下器识非比一般。请问，足下的名字是谁给你起的？”

“是门生曾祖父起的。”

穆彰阿摇摇头说：“‘子城’，这个名字小气了点。若足下不在意的话，老夫替你改个名如何？”

听说大学士要给自己改名，曾国藩欣喜过望，赶紧说：“请恩师赐予。”

穆彰阿注视曾国藩良久，郑重其事地说：“足下今为翰林，我朝宰辅之臣大半出于此地，足下切莫以一名士才子自限，而要立志做国家的栋梁之材。老夫想足下当改名为国藩，取做国家藩篱之意。足下以为如何？”

“谢恩师赏赐。门生从今日起改名曾国藩！”曾国藩离开座位，在穆彰阿面前跪下，恭恭敬敬地磕了一个头。

穆彰阿任军机大臣已十余年，门生故吏遍天下，曾国藩万分庆幸能得到他的如此垂青。“朝中有人好做官”，曾国藩一直最犯愁的便是朝中无人。现在终于找到了靠山，而且是最可靠的靠山。春日明媚，春风骀荡，春闱顺遂的荷叶塘世代农家子弟，决心既要充分利用一切可用的外在条件，又要扎扎实实地积蓄学问、锻炼才干，在这个最高的权力角逐场中，经过二十年三十年的奋斗，击败所有的竞争对手，登上人臣的权位顶峰——大学士的宝座。

皇天不负苦心人。有穆彰阿的存心笼络，再加上后来唐鉴的实心揄扬，曾国藩仕途一帆风顺，几年工夫，便已迁升为从四品衔翰林院侍讲学士。曾国藩名位渐显，为人却更加谦虚

【唐浩明评点：居京师期间，曾氏写过一篇名曰《求阙斋记》的文章。文章一开头便说：“国藩读《易》，至《临》而喟然叹曰：刚浸而长矣，至于八月有凶，消亦不久也，可畏也哉！天地之气，阳至矣，则退而生阴；阴至矣，则进而生阳。一损一益者，自然之理也。”信中说“兄尝观《易》之道”。可见曾氏的求缺思想是来自《易经》的启发。人们读《易》，通常都很容易感受它所提倡的“天行健，君子以自强不息”的阳刚强健的观念。其实《周易》最值得研究的是它的“刚柔相摩，八卦相荡”，也就是“一阴一阳之谓道”的思想。曾氏读《周易》时，看出了这种思想，并且对他有很大的触动和启迪，他用“盈虚消息之理”来表述之。

曾氏以“盈虚消息”的眼光来看待宇宙间的事物：日中则昃，月盈则亏，天有孤虚，地阙东南，天地万物“未有常全而不缺者”。

谨慎，门祚鼎盛，每以盈满为戒，遂将书房命名为"求阙斋"，时时提醒自己。

"曾国藩，朕闻你的书房名为'求阙斋'，是何意？"一次侍讲完毕，道光帝问曾国藩。

曾国藩答："臣今年三十七岁，上有祖父母、父母椿萱重庆，下有弟妹、妻儿俱全，臣又荷蒙皇恩，供职翰苑。臣思自身是何等愚贱之辈，居然能享此罕见天伦之乐。此生足矣，夫复何求！遂自命书房曰'求阙斋'，取求全于堂上，而求阙于己身之意也。"

道光帝听毕，频频颔首。道光帝是个极重天伦的人。他没有想到在自己身边的四品衔臣僚中，尚有祖父母、父母、弟妹妻子一应俱全的福人。他为此深感欣慰，以为是自己的仁德感召天地，降此福人。道光帝已经六十多岁了，他近来考虑得最多的是自己百年以后的事。道光帝有九个阿哥。大阿哥早年夭亡，七、八、九阿哥均年幼，二、三、四、五、六阿哥中唯有四阿哥奕䜣、六阿哥奕䜣最得他的欢喜。奕䜣平实，奕䜣聪敏，谁来继承大统呢？他想了一个点子。正是春暖花开时，道光帝先天下诏：明日到南苑射猎，能去的阿哥都随侍。奕䜣连夜为此事请教师傅杜受田。杜受田仔细考虑后，教给奕䜣一个计策。第二天傍晚收猎时，道光帝叫各位阿哥自报猎获数目。奕䜣所获最多，奕䜣一矢未发。道光帝奇怪，奕䜣奏道："时方仲春，鸟兽孳育，儿臣不忍伤生以干天和。"道光帝听后大喜："吾儿此语，真帝者之言。"当即思立奕䜣为太子。不过，道光帝也清楚，奕䜣到底才具平平，且过于仁柔，必定要破格

他认定这是一条带普遍性的规律，并因此而领悟到，人类社会也受这条规律的支配。不可能只盈不虚，只息不消，而是如同宇宙间的事物一样，盈满后即出现虚缺，长息之后即为消减，曾氏于此进一步悟出，盈满是瞬间片刻的状态，虚缺则是经年累月的常态，若拼命追求盈满，紧接而来的虚缺，就将会给人带来沮丧。而这种追求，从思维方式来讲，一开始就是错误的，因为它近于贪婪，而保持具有虚缺的常态才是与规律相符的观念。曾氏因此而更进一步想到，对于一个境遇良好的人来说，要有意识地求得缺陷，如此方可形成平衡的态势，从而将良好的境遇长久保持。】

简拔几个品行端方、诚实可靠又有才学的人来辅佐他。道光帝想：曾国藩尚只有三十七岁，与其说是天赐予我以福臣，不如说是天赐奕詝以福臣！望着跪在脚下的曾国藩，道光帝轻轻地说："曾国藩，你明日一早到养性殿来，朕有话要跟你说。"

第二天一早，曾国藩来到养性殿。养性殿是皇宫收藏前代名人字画的宫殿，皇帝接见臣下，一般不在这里。守殿的大太监名叫过业大，人称大公公。国藩与大公公打声招呼后，便端坐在养性殿候驾。一坐整整两个时辰，时至正午，尚不见召，国藩心中犯疑，请大公公打听。一会，大公公告诉他：皇上今天不来了，明天在养心殿召见。

曾国藩是个心细的人，他回到家里，越想此事越蹊跷。在翰林院当差七年了，受皇上召见也有好几次，从来没有遇过这样的情况，也没有听说过有这样的事。他赶紧套上马车，去见恩师穆彰阿，请教此中原委。穆彰阿也觉得奇怪。详细询问事情的前前后后，和阗玉球在手中滚过百把圈后，他明白了。穆彰阿立即叫仆人带上三百两银子去找大公公，要大公公将养性殿内的陈设，尤其是四壁悬挂的字画，一幅不漏、一字不漏地抄出。夜间，大公公送来抄单。穆彰阿要曾国藩读熟记住。

翌日，道光帝在养心殿东阁召见曾国藩。

"朕昨日有事耽搁了，卿在养性殿坐了很长时间，殿里的字画都看到了吗？"

穆彰阿真是神机妙算！倘若不是背熟了大公公的抄单，曾国藩如何能讲清殿内四壁所悬挂的众多字画。

"臣昨日在养性殿候驾时，略为浏览了一下。"

"都有哪些？"

"臣记得殿东壁挂的是隋代展子虔的《游春图》，唐阎立本的《步辇图》，五代顾闳中的《韩熙载夜宴图》。西壁上挂的是唐韩滉的《五牛图》，宋郭熙的《窠石平远图》，李公麟的《临韦偃牧放图》，张择端的《清明上河图》。南壁上挂的是颜、柳、欧、苏、黄、米、蔡及赵孟頫、董其昌、沈周、文徵明、唐寅、仇英、徐渭、朱耷、华嵒等名家的法书。北壁上供奉的乾隆爷大阅图，是臣最仰慕的。皇爷骑在赤白两色马上，身着戎装，右手握弓，左手挈缰，雄姿英发，真天神下凡，前代帝王无一人可及！尤其是乾隆爷御笔亲题的那首五律更是气魄豪迈，绝不是唐宋间那些文人骚客的笔墨所可比拟的。"

"卿可曾背诵得出？"道光帝对曾国藩的对答如流很满意。

"能。"曾国藩流利地背诵，"八旗子弟兵，健锐此居营。聚处无他诱，勤操自致精。一时看斫阵，异日待干城。亦已收明效，西师颇著名。"

道光帝暗自诧异：此人对事物观察之细和记忆力之强，非常人可及，好一个不可多得的福人能臣！

不久，道光帝亲自主持大考，将曾国藩升授内阁学士，兼礼部侍郎衔。曾国藩惊喜非常，由从四品骤升从二品，一连升四级，尽管天天巴望着升官，也没有想到会升迁得这么快。曾国藩想：十年之间，由进士而得阁学者，唯有房师季芝昌和张小浦及自己三人，湘籍官员中，三十七岁位至二品者，本朝立国二百年来，仅只自己一人。他感激恩师穆彰阿的深厚关怀，感激皇恩浩荡。是的，没有穆相，没有皇上，他这个卑微的荷叶塘农家子，怎么可能在短短的十年间，便成了朝廷的卿贰之贵！

正当曾国藩紧跟穆彰阿，效忠道光帝的时候，道光帝却龙驭上宾了。皇太子奕詝登位，即咸丰帝。咸丰帝做太子时便厌恶穆彰阿在朝中拉派结党，即位不久，就撤了穆彰阿的一切职务，强令致仕。曾国藩因为谨慎，并没有被咸丰帝目为穆党，仍给予信任，但曾国藩却自此失去了一个强有力的靠山。在京中时，曾国藩也悄悄到穆府去过几次。他永远感激穆彰阿的恩德。这次派康福去穆府，固然是去询问消息，也是要康福代他去看望看望。没有想到，两年多不见，恩师已衰弱至此！曾国藩心里觉得冷冰冰的。

康福见两个玉球、一幅字，便使曾国藩沉思这样久，很有点纳闷，他不敢贸然动问，只得在一旁呆立着。

"价人，你慢慢细细地讲，不要怕啰唆，越详细越好。"好半天，曾国藩才回过神来，亲自将条幅卷好，放进竹箱，然后对康福说。

这两句话打消了康福的顾虑，他缓缓地说：

"除开周、袁二位大人外，我还见了我的两位远房亲戚，也听到一些议论。"

"他们在哪个衙门？"从没听说过康福有亲戚在北京，曾国藩有点奇怪。

"我哪有在衙门里做事的阔亲戚。"康福苦笑一下说，"一个在崇文门外开南货店，是我共太公的堂兄的内弟。一个在前门外大栅栏开一家小药店，是我母亲娘家的族弟。"

曾国藩禁不住在心里笑起来：原来是这样远的瓜蔓亲，难怪康福不曾提过。

"这种亲戚，从我个人来说，实在没有走动的必要，但我想了解一下京师下层百姓对湘勇的看法，问问他们还是合适的。"

曾国藩轻轻地点头赞许。康福继续说下去：

"当我到了京城的时候，武昌、汉阳同日克复的捷报先已到了。我的表兄表舅对大人和湘勇的战绩赞不绝口。表兄说'到底还是我们湖南人厉害'。表舅还得意地说他见过大人，那年大公子生病，他亲自送药到府上，说大人是当今的郭子仪。"

"说得过头了。"曾国藩嘴上谦虚，心里却乐滋滋的：不要小看这几句话，这是京师的舆论啊！

康福喝了一口茶，又说下去："我那晚去拜访周学士，恰逢他家中有客，周学士留下大人给他的信，要我明晚再去。第二夜我又到周府。学士甚是客气，看得出，那是一位豪爽旷达、极好相处的人。"

康福对周寿昌的评价，使曾国藩略感意外。自从周寿昌那次在妓院喝花酒后，曾国藩就不喜欢他了，认定他是一个风流放荡的才子，像杜牧、唐寅那样，不是一个成大器的人物。只是上次周寿昌给郭嵩焘来信，谈到奕䜣、肃顺荐举的事，才使得曾国藩觉得他也还重友情，讲义气，于是主动给他去了信，周寿昌也回了信，二人重归和好。至于周寿昌的豪爽旷达、极好相处这些特点，曾国藩先前注意不够，经康福一提，想一想，也的确如此。他想：平素总自诩会识人用人，自跟周寿昌相处这多年了，竟不如康福一面之交看得准确！

"周学士说，他对大人一向尊敬。过去只着重大人的道德文章，没有发现大人的军事才干。周学士说，大人真正有经天纬地、安邦定国之才，大人既然想打听朝中之事，他把与大人有关的情况，就所知的，全部说出来，要我回来告诉大人，好使心中有数。"

"荇农知道许多内情。"曾国藩预感到有些不祥，两只眼睛专注地望着康福，听他的下文。

康福说："周学士从一位王爷那里听到一件极机密的事。"

曾国藩心里紧缩起来。

"那天，皇上正在养心殿东阁批阅奏章，内奏事处送来武昌、汉阳克复的捷报。皇上看后，高兴地离开座位站起，大声说：'想不到曾国藩一介书生竟然建此殊勋，朕要重重地赏他。’立刻吩咐内阁拟旨。内阁拟好后呈上，皇上亲自添了一句：‘曾国藩着赏给二品顶戴，署理湖北巡抚，并加恩赏戴花翎。’内阁将圣旨由兵部用火票递出。第二天，大学士祁寯藻见皇上。皇上又在祁寯藻面前竭力夸奖大人，并说那年幸亏他出班说情，不然真会冤枉了忠臣。谁知祁寯藻那昏老头，不仅不为大人说话，反而，"康福说到这里，犹豫了一下。

"反而什么，说下去。"

"祁寯藻反而说：‘曾国藩不过一在籍侍郎，犹匹夫耳。匹夫居闾里，一呼百应，恐非朝廷之福。’"

"这个老夫子，怎么说出这种话来，岂不是越活越糊涂！"曾国藩在心里狠狠地骂道。

康福见曾国藩脸色不悦，便借喝茶的机会停了下来。

"皇上听了这话如何呢？"曾国藩追问。

"周学士讲，祁寯藻这么一说，皇上像是被提醒了似的，说：‘老先生老成谋国，忠心可嘉。朕一时高兴，没有想到这一层。看来曾国藩不宜署理湖北巡抚。’祁寯藻说：‘老臣今日正为此事而来。我朝制度，兵皆世业，将皆调补，士兵本身登于国家名册，家口载于兵籍，尺籍伍符，兵部按户可稽，国家对于将弁，铨选调补，操于兵部，故军队归于中央。虽然白莲教造反时，各省都组织乡勇，但只是捍卫乡里，剿匪安境而已，人员也不过数十上百。现在曾国藩的勇丁已达二万，勇由将募，将听曾国藩之令。这二万人马，已变成听命于曾国变主意，并且小题大做，加以严伤，无非是给点颜色给曾氏看看：你只能规规矩矩勤王保朝廷，不许有半点出格犯规的行为；倘若不逊，自有至高无上的权威来制裁你！

这件事无疑深深刺激了曾氏，所以在日后不管什么时候，他都有一种如临深渊如履薄冰之恐惧感，并时时都有抽身上岸的想法。】

藩一人之令的军队。皇上想过没有，现在再授予曾国藩巡抚之职，握有地方实权，后果将会如何？皇上，古话说得好：水能载舟，也能覆舟啊！'皇上明白祁隽藻的意思，说：'那就收回成命，赏他一个兵部侍郎衔吧！'"

原来如此！过了好一阵，他才问康福："荇农这个消息可靠吗？"

"周学士说，这是王爷亲口对他说的，绝对可靠。"

"荇农还说了些什么？"曾国藩强压住满腔愤懑，停了片刻后又问。

"周学士说，也是武昌攻克之后不久，皇上有次在南书房，当着潘祖荫等一批值班翰林说，现在江北大营围江宁之北，江南大营围江宁之南，桂明、多隆阿的军队从长江北岸向江宁进攻，曾国藩的湘勇从长江南岸和江面上向江宁开进。朕已布置四路大军将江宁包围住了，谁先攻下江宁，活捉贼首，朕便封他为王。"

"皇上真的这样说过？"曾国藩对此表示怀疑。自平定三藩之乱后，清朝历代再也不封汉人为王。难道是皇上忘记了祖制？还是皇上鉴于长毛气势猖獗，难以平定，特为破格悬此重赏？抑或是皇上断定自己这个四路大军统帅中的唯一汉人，不能最先攻下江宁？

"周学士说，皇上的确这样说过，当时听到这话的有好几个翰林学士。而且，袁大人也知道有这事。"

如同一个古董爱好者的眼前忽然出现了商周彝鼎，曾国藩周身滚过一阵热浪，两只三角眼炯炯发光。大丈夫生当封万户侯。现在岂止是侯，只要努力，竟然可以得到一人之下、万人之上的王的尊贵了。这个荷叶塘的世代农家之子，哪怕是最狂热的时候，也都没敢企望到达这一步。他在心里暗暗下定决心：只要能先克江宁，受封王爵，眼前和今后的所有艰苦委屈，甚至是侮辱，都要忍受下来。这样一想，刚才的愤懑差不多立即化光。他换了一种轻松的口吻问："漱六身体怎样？还是肥肥胖胖的？"漱六是他对亲家湘潭袁芳瑛的昵称。

"袁学士的确很胖。他要我告诉大人，他已外放苏州知府，不久就要离京赴任了。"

"漱六真正好福气。上有天堂，下有苏杭，如果放我去当几天苏州知府，这一生也不枉过了。"曾国藩心情一开朗，说话也有风趣了。

"袁学士的太太还送给夫人一段衣料，送给大小姐一对金手镯，都放在包里，等下一并拿出来。"

"你刚才说，漱六也知道皇上讲的那句话，他还给你讲了些什么？"曾国藩对夫人的衣料、女儿的首饰毫无兴趣，他关心的是朝廷对他和湘勇的看法。

"袁学士对此事比周学士还了解得多些。袁学士说，皇上在南书房里说的话，立刻被传了出来，大家都在议论这件事。据说几天后，科尔沁亲王僧格林沁对皇上说，皇上将最高爵位赏给攻下江宁的人，必定对前线是个极大的鼓舞。但他提醒皇上，江北大营是琦善为首，江南大营是和春为首，北路大军是桂明、多隆阿为统帅，他们都是满人，若立此盖世功勋，当然可以封王。但水路和南路是曾部堂在指挥，倘若曾部堂先攻下江宁，若封王又坏了祖制，不封王又失信于天下。皇上说，琦善、和春就在江宁旁边，当然是他们先攻下江宁。僧王说那不一定，琦善、和春均非成此大功之人，除非皇上对南北两大营再增兵加饷。袁学士说，从那以后，朝廷事事优待南北两大营。袁学士对此颇为气愤，说：皇上是想汉人出力，满人封王。"

袁芳瑛的话使曾国藩大为震动，难怪陕西、江西的协饷至今未到，难道是朝廷把它调给了江南、江北两大营？一股委屈的情绪袭上心头。

"袁胖子这个人就喜欢信口开河，将来会在这点上吃亏的。"说的当然是真话，但这样的真话岂是随便可说的！曾国藩很为自己这位言行不甚检点的亲家担心。

"袁学士还跟我说了一件绝密的事。"

"什么事？"尽管曾国藩听到这些话后时忧时喜，但这些消息的确是太重要了。听说又有一桩绝密事，曾国藩禁不住神情肃然起来。

　　"袁学士讲，那是湘勇尚未出湖南境内时，一日，皇上忽然召见他，袁学士颇为紧张地来到懋勤殿。皇上问：'你和曾国藩是亲家？'袁学士答了声'是的'，心里想，皇上怎么会知道？皇上又问：'有人说，曾国藩在衡州练勇，接受王夫之后人送的宝剑，而这把剑是前明永历所赐，王夫之曾持此剑与我南下大军为敌。你知道这事吗？'袁学士对我说，他当时听到皇上的发问，浑身流汗，内衣都湿透了，心里又惊又怕。这是哪个龟孙子告的密？若皇上存心追究，加上一个谋反的罪名都有可能。王夫之后人赠剑的事，他一无所知。袁学士说，幸而他曾经访问过王夫之故居，知道王氏家藏的这把宝剑的来历，于是他对皇上说：'曾国藩受没有受王夫之后人所送的剑，这事我不知道。但有一点我清楚，藏在王夫之故居的那把剑，并不是永历赠给王夫之的，而是洪武赐给王夫之祖上的。'皇上问：'你怎么知道？'袁学士答：'臣是湖南湘潭人，湘潭离衡州只有两百余里。臣少时在衡州读书多年，到过王夫之的故居，见过这把剑，并且从王夫之后人那里打听过这把剑的来历。'皇上说：'既不是永历赐给王夫之的，那这事就不消过问了。'袁学士说：'皇上圣明。据臣所知，王夫之虽然做过前明的臣子，他后来还是拥护我大清的，故康熙爷赠米给他，死后还被宣付国史馆立传，乾隆爷修《四库全书》时，还收了他的四部著作。曾国藩乃一荆楚下士，蒙两朝圣恩，才有今日的地位。其耿耿忠心，皇上是知道的。何况此剑并非王夫之的，即便是王夫之的，也不能据此而对他的忠心有所怀疑。臣听说曾国藩在湖南练勇，艰苦备尝，其为人刚正廉明，疾恶如仇，在湖南得罪不少人，或许有人挟嫌亦未可知。祈皇上明察。'皇上称赞袁学士奏对得体，没有再问下去了。袁学士对我说，挟嫌之人很可能就是陶恩培。此人惯行的手段是用重金收买京官，又最喜欢向朝廷上密折。衡州知府陆传应是他的心腹，船山后人赠剑事，多半是陆传应得知后，再告诉陶恩培，陶恩培再密告皇上的。袁学士又说，德音杭布极有可能是僧格林沁等满蒙亲贵安置在湘勇中的密探，要大人加倍提防。"

　　康福一直谈到半夜才离开。下半夜，曾国藩一直未眠。两件大惑不解的事总算有了解答。衡州出师之日所受到的降二级处分，改署抚为兵部侍郎衔，原来都事出有因。这些事，年轻的王闿运看得透彻，自己有时反而不清醒。他深悔不该接受王世佺所赠之剑，那时只想到这是攻克江宁的吉兆，却没有料到会授仇人怨家以把柄。好危险啊，若不是袁漱六能言善辩，岂不招致巨祸！"人无远虑，必有近忧"。曾国藩反复默念先哲的格言，仿佛觉得今夜长进了很多。他从心里佩服皇上的圣明，感激皇上的信任，对皇上优待江北江南大营，也宽怀释然了。曾国藩发誓，今生今世要竭忠尽力为国效劳，以报答两朝圣主的知遇之恩。转念，他又想：皇上还年轻，识人和治国的经验都不够，难保今后没有人在他面前再进谗言。尤其是那批满蒙显贵，对汉人从来就抱有深刻的偏见，对手握重兵的汉人更不放心，皇上也最听得进他们的话。历史上带兵在外的将帅，为取信君王，有刘秀遣子侄于朝、王翦索赏田园以示无大志的先例。曾国藩想，到一定时候，这些都可以仿效。而眼下先要在皇上面前建立一个谦虚谨慎、不居功不自恃的形象。他走到书案前，抽出一张纸来，给皇上拟了一道奏折：

　　臣奉命援鄂皖，肃清江面，岂不知艰大之责，非臣愚所能胜任，只以东南数省大局糜烂，凡为臣子，至此无论有职无职，有才无才，皆当毕力竭诚，以图补救于万一，遂自忘其愚陋，日夜愁思，冀收天下之效。然守制未终，臣之方寸，常负疚于神明。虽治军近两年，平日墨经素冠，常如礼庐之日，而夺情视事，此心终难自安。日前田镇大捷，皆臣塔齐布、罗泽南、彭玉麟、桂明、多隆阿等人之功，微臣毫无劳绩。刻下臣拟会同水陆两路，向九江进发。嗣后湖南之勇，或得克复城池，再立功绩，无论何项褒荣，何项议叙，微臣概不敢受。伏求圣上俯鉴愚忱。倘借皇上训诲，办理日有起色，江面渐次廓清，即当据实奏明回籍，补行心丧，以达人子之至情，而明微臣之初志。

　　写好后，天已放明，曾国藩正准备出门散散步，塔齐布急忙来报："长毛伪翼王石达开已到江西，在九江、湖口一带修筑堡垒。请大人下令，急速东下。"

第二章　江西受困

一　浔阳楼上，翼王挥毫题诗

早在湘勇围攻武昌的时候，翼王石达开受天王、东王之命，来到安庆主持西征军务，当田镇失守、湘勇即将出湖北下江西的严峻时刻，石达开率五千劲旅，从安庆渡江来到九江。翼王虽年纪轻轻，却是个文武全才，且为人豪爽倜傥重情义，在太平军中一向有很高威望。翼王进九江后几天，韦俊、石祥祯、罗大纲、林绍璋等陆路逃散的人马也陆续从各地来到九江，聚会在翼王旗帜下。

湘勇离开田镇的消息传到九江的这天上午，石达开决定亲自巡视九江城的防守。

林启容说："殿下，我陪你去。"

"不用。"石达开说，"我和韦国宗、绍璋、大纲等人去看看，都穿老百姓的衣服，不易被人发觉。九江城哪个不认识你？你去反而碍事。"

石达开带着韦俊、石祥祯、林绍璋、罗大纲、周国虞等人，脱掉龙凤绣袍，穿上青衣布履，走出府门。林启容安排几个卫士远远跟着。

展现在石达开等人眼中的九江城，已充满着大仗前夕的紧张气氛。街头巷尾到处响着清脆而迅急的马蹄声，一队队留着长发、包着红、黄两色头巾的太平军士兵，正抬着各种军需，匆匆地向东南西北城门走去，队列整齐，表情肃穆，不时可以看见百姓走上来帮士兵的忙。城墙上飘拂着成千上万面三角蜈蚣旗，全身披挂的将士在上面往来奔走，除开器械碰地时发出的声响和将官们简短的命令外，听不到多少嘈杂的声音。石达开对九江城忙而不乱的军事调配感到满意。这时，他忽然看到城墙上有一个瘦小矫健的人在走动，身影很熟。石达开想起来了：那不是两年前打长沙时火烧城隍菩萨的勇士吗！石达开要上城墙去看看此人。

康禄正在指挥十几个士兵安置一座千斤重炮，回过头来一眼看见身着平民打扮的罗大纲，忙说："罗指挥，这里已基本安排就绪，请你检查。"

罗大纲笑呵呵地说："不忙，不忙，你看看谁来了。"

康禄定睛看时，仿佛眼前突然明亮，站在罗指挥身后微笑的不正是翼王吗？他赶紧跪下叩头："卑职拜见翼王殿下，愿殿下千岁千千岁！"

石达开叫罗大纲扶起康禄，笑着说："两年没有见到你了，还好吗？"

康禄正要回答，罗大纲已抢在先了："翼王，康禄打仗勇敢，现在已是师帅了。"

"好哇！"石达开很是高兴，"你现在已指挥两千多号人了。你要把弟兄们都带成你一样的勇敢，那力量就大了。"

康禄忙说："谢翼王殿下夸奖，兄弟们打仗都还不错。"

石达开拍拍康禄的肩膀，说："看看你这段的城防。"

康禄陪着石达开等人，仔细地查看这段长达一里的防线。石达开见上面安置了三座八百斤、两座一千斤的大炮，炮筒擦得油黑发亮，炮后堆满着火药。兵士们个个精神抖擞，有的在修补砖石，有的在擦刀，更多的在搬运刀枪食品。石达开在心中称赞。

"康禄，"石达开问紧跟在他身后的年轻师帅，"武昌失守，田镇兵败，你以为原因在哪里？"

这是个很重要的问题，康禄这些天来也想过，但没来得及理清。他稍稍思索一下，说："回禀翼王殿下，卑职以为主要原因在于轻敌，其次在纪律不严明，平素缺乏训练。"

石达开点头说："你说得对。孙子曰：'知己知彼，百战不殆。'轻敌，实际上就是不知敌。现在跟我们打交道的曾妖湘勇，不同于绿营、八旗，以对待绿营、八旗的方式来对待曾妖湘勇，这就是我们失败的主要原因。"石达开转过脸来，问韦俊、石祥祯等人："你们认为呢？"

祥祯、韦俊等都赞同翼王的分析。石达开补充道："曾妖湘勇的最大特点是能打硬仗，我们必须以硬对硬。"

众人一齐称是。石达开问康禄："你这一师兄弟们的士气如何？"

康禄答："武昌、田镇两次失败，我师死伤兄弟二百多。前几天，不少兄弟还在颓丧之中，有的甚至提起湘勇就有点怕。"

"孬种，曾妖的湘勇有什么可怕的？"林绍璋忍不住在一旁插话。

康禄说："卑职也训过他们：胜败乃兵家之常事，胆怯害怕的不是男子汉。他曾妖头也是人，我们为何要怕他？湘勇更不必说，先前和我们一样作田做工，岳州、靖港之役照样打得他们抱头鼠窜。吃一亏，长一智，我们会更聪明，还有天父天兄的保佑，曾妖的湘勇哪里打得过我们！"

"说得好！"石达开鼓励道，"我看你是个好带兵人。现在兄弟们的精神好些了吗？"

"现在好多了。兄弟们都说，翼王亲自到九江来指挥打仗，报仇雪恨的日子到了。"

大家兴致勃勃地继续观看城墙上的防卫，也随时提出些改进意见，康禄一一记下。

石达开问康禄："你家里还有哪些人？"

"父母都已过世，唯有一兄。"

罗大纲说："康禄的胞兄武功文才都极好，只可惜在替曾妖卖力。"

石达开严肃地问："你胞兄叫什么名字？"

康禄恭敬地回答："家兄叫康福。"

"禄胞。"康禄以为翼王会大骂他的哥哥，谁知翼王却以亲热豪放的口吻说，"你想法把福胞叫到我们这里来，自家兄弟，迷路走错了道，一概不计较。你就讲是我说的，只要投奔天国，过去的事既往不咎，本王将封他为军帅，给他带兵大权；日后立功了，本王向天王保奏他当丞相、检点。"

康禄赶紧说："卑职遵命！"

一个月前，与康禄一道投军的邻居从沅江下河桥探亲后回来告诉康禄，曾国藩为康福买了三百亩水田，并请乡邻王矮爹代为管理收账，康福将田产分为二份，一份记在康禄的名下。康禄加入太平军后，懂得了很多道理，他深以哥哥接受曾国藩所赐为耻，认为这是不义之财。写信给王矮爹，说他分文不要。

当把这一情况向翼王禀告时，石达开哈哈大笑："康禄，你也太拘谨了。天下财产都是天父天兄的，人人都有份。曾妖给你哥哥，你哥哥分一半给你，你受之无愧。你想想，你不要，三百亩田的收入就全部归你哥哥了。你为何不将你的那份收入接过来，周济四邻乡亲呢？"

经翼王点拨，康禄明白过来，他很是钦佩翼王博大的胸怀和高超的见识，立即说："翼王殿下教导的是，康禄将那一百五十亩水田的收入再要过来，分给下河桥的苦难乡亲。"

"这就对了。康禄，曾妖水陆两军已向九江压来，过两天就有大仗打，你要督促兄弟们严阵以待，再不可轻敌。"石达开又转脸对韦俊等人说："我们到市上去看看吧！"

石达开一行下了城墙，信步来到十字街口。尽管气氛较为紧张，但市面上的店铺仍在营业，百姓们在采购着日常生活用品。士兵们也在买东西。他们照价给钱，公平交易，没有见到强抢掳掠的现象。酒楼茶肆依然人来人往，人们的神情并不惊慌。石达开对林启容治理九江的成绩不禁佩服起来。他想起近日内传出天王将要授予自己的长兄次兄以大权的消息，心里很不是滋味。王长兄次兄只能坐享荣华富贵，他们哪有管理军国大事的才能呀！而眼下这个林启容，才真正是上马带兵、下马治民的人才。是的，待推翻咸丰妖头、光复全国以后，一定要向天王力荐几个像林启容这样的大才，还要越级提拔像康禄那样有头脑有能力的将帅，决不能让王长兄次兄等庸才占据要津，否则，天国的江山难以永固。

石达开正在思考之间，突然传来一阵"闪开，闪开"的威严喝令声，抬头看时，五匹飞骑已来到十字街口。骑兵跳下马来，背着大砍刀，满脸杀气，百姓自然地散开了。旁边有人轻轻地说："太平军又要杀犯事的弟兄了。"

这时，一队十余人的队伍押着两个犯人，正向十字街口走来。犯人是一男一女，都只二十多岁年纪。队伍来到街心，两个犯人自觉跪下，头低着，男的阴沉着脸，女的嘤嘤哭泣。石达开听到旁边的人在议论："这一男一女准是一对夫妻，昨夜相会时被抓的。"

"你怎么知道？或许是通奸吧！"

"我已在这里看到两次了，都是规规矩矩的夫妻，真可怜啦！"

"太平军的纪律其他都好，就是这条太无人道。"

"是呀！当个太平军，连老百姓都不如。"

"我原打算去投军，后知道有这条纪律，我就不敢去了。"

"听说他们当官的可以睡老婆。"

"当官的也不行，除非当王，像天王、东王、翼王就可以讨很多个老婆。"

石达开听到这里，心里很难过。他始终不明白，天王、东王为什么要制定这样一条律令。在自己管辖的部属中，他从来没有认真执行过，只是严禁通奸、偷情和新的男婚女嫁罢了。

队伍的最后是一位骑马的军帅。他凛然地来到街中心，一个两司马上前禀报："大人，犯人已验明正身，请你下令吧！"

那女人一听到这话，突然发疯似的站起，跑到男的身边，抱着男的大哭。男的也紧紧抱住她，大喊："幺妹，是我害了你！"

两人哭成一团。士兵们并不过来拉开，军帅也只是呆呆地看着，不下令，有意让他们去哭。四周围观的百姓纷纷摇头叹息。哭了一阵，男的站起来，随即把女的也扶起来，说："幺妹，我俩二十年后再成夫妻！"

然后朝石达开站的地方走前几步。罗大纲大吃一惊，轻轻地说："这不是韦永富吗？他怎么这样糊涂！"

罗大纲异常痛苦，但束手无策，他干脆闭上双眼，生怕与韦永富的目光接触。石祥祯想起跟蚕儿的事，也为韦永富抱屈。韦俊、周国虞、林绍璋也都看不过意。街中心传来军帅的声音："韦永富、白幺妹，你二人也不要怪我心狠，我也是身不由己，奉命执法罢了。你们死后，我会将你们合葬在一起，好让你们世世代代为恩爱夫妻。"

一番话，说得韦永富、白幺妹又放声大哭起来。石达开再也看不下去了，对罗大纲说："你把那个军帅叫到对面绸缎铺来，我叫他放掉这两个人。"

罗大纲巴不得翼王这句话，立刻纵身跳进十字街心，大喊："刀下留人！"

军帅先是一怔，见是一个粗黑的百姓，顿时恼怒起来："你是什么人？胆敢来犯天王的诏旨、东王的诰谕！"

罗大纲走到军帅身边，对着他的耳朵悄悄说了几句话，军帅立刻神情肃然，跳下马来，随罗大纲走出人圈，进了绸缎铺。过一会儿，军帅重新出现在十字街中心，喜气洋洋地对韦、白二人说：

"永富、幺妹，你们真是三生有幸。翼王训谕：念你们是初犯，宽恕一次，即刻拿刀上城墙，抗妖保城，立功赎罪。"

韦永富、白幺妹不敢相信自己的耳朵，还以为是在做梦，仍如石头般地站在原地不动。军帅下令松绑，两个士兵上前用刀割断绳索，他们这才知道是真的，二人跪下，泪流满面，口里念道："翼王殿下，翼王殿下……"

围观的百姓也终于弄清了事情突变的原因，莫不在心里赞叹："还是翼王英明！"人群中有人喊了句："翼王在绸缎铺，我们看他去！"人们立时蜂拥向绸缎铺，但翼王一行早已走了。

因为救了韦永富夫妻，石达开心里高兴，当他看到耸立江边的浔阳楼时，兴致勃发，对众人说："我们上去喝两杯吧！"

大家一口气登上浔阳楼的最高一层，酒保热情地送上酒菜来。几杯酒下肚，石祥祯想起三个月内连失武昌、汉阳、蕲州、田家镇，忽然间闷闷不乐起来，林绍璋、罗大纲、周国虞也跟着情绪低落。尤其是韦俊，他更是心事重重，倒不是因为武昌、田镇的失败，而是因为前不久接到其兄韦昌辉的密信的缘故。

韦昌辉信里说：自进小天堂以后，天王沉湎女色，隐居深宫，不问军政大事，杨秀清则专横跋扈，唯我独尊，重用亲信，排斥异己。自己虽名为北王，实际上不过是杨秀清一个奴仆而已。前几天，韦的大哥与杨秀清的妾兄为争房屋吵了起来，杨秀清大怒，将韦的大哥痛打一顿，并交给韦发落。慑于杨秀清的淫威，也为了韦氏家族的长远利益，韦不得不狠心将其大哥处以五马分尸极刑。韦决心把仇恨埋在心底，等待时机到来，一定要杀掉杨秀清，报仇雪恨。

韦俊当时看完信后，为大哥的惨死悲痛欲绝，但也不敢有丝毫表露，深夜将信悄悄销毁。韦俊是个精细明白人，一年多来，天王和东王的行径他看得很清楚。他知道，东王会演一出逼宫之戏，只是时间早迟而已，那时免不了有一场大规模的互相残杀，谁胜谁负很难预料。他深知哥哥韦昌辉的为人。昌辉虽富有谋略，却器局狭窄，城府太深，杨秀清加给他的耻辱，他是绝不会善罢甘休的。到那时，自己的哥哥卷入了这场内讧，只会促使内讧更激烈，死人更多，即使哥哥站在天王一边，取得胜利，天国元气也会大伤；倘若败在杨秀清手里，韦氏全族都要被诛夷，自己虽手握重兵，也难逃桩沙、剥皮、点天灯的厄运。

韦俊想到这里，对韦氏家族的命运，对天国的前途深为担忧，两眼呆呆地望着酒杯，已无心思再喝了。

酒桌上的气氛低沉，使石达开心中不快。他不知韦俊的心思，以为也和祥祯、绍璋等人一样，是为前向的失败而痛苦。翼王一向乐观豁达，不以战事胜败为怀，且大战在即，也不容许这些重要将领们有丝毫悲观泄气的心绪。他离席走到窗边，一股江风吹来，很觉舒心。但见头上蓝天白云，闪亮耀眼，脚下大江滔滔，一泻千里；远望依稀可见匡庐顶峰上的烟云，近看九江城繁华富庶，人烟稠密。好一派壮丽非凡的山河！翼王从心里升起一股豪情。他举杯对众人说：

"兄弟们，自古打江山的英雄，谁没有千百次磨难？武昌、田镇眼下虽落入曾妖之手，但只要我们在九江城下打败曾妖，收回失地就易如反掌，何须忧愁烦恼！诸位看，这浔阳楼外的江山是何等的壮美。古人诗云：庐山南坠当书案，溢水东来入酒卮。兄弟们，举起杯子来，为我们光复河山的大业干杯！"

被翼王的豪情所感动，石、罗、林、周一齐站起，将杯中酒一饮而尽，韦俊也勉强起身喝了一口。石达开扫了一眼酒楼四壁，冷笑道："浔阳楼乃江南名楼，各位看它壁上所题的那些歪诗，非粗俗鄙陋，即柔靡颓废，岂不有污它的名声？"

众人知翼王能诗善文，都说："你题一首吧，将那些庸作压下去！"

翼王爽快地答应。罗大纲高叫一声："酒保！"酒保慌慌张张跑过来："客官有何吩咐？"

"拿纸笔来，我们要题诗。"

浔阳楼历来有题诗的风气，酒保不以为怪，立即拿来笔墨。翼王凝神片刻，然后饱蘸浓墨，大步走到一块空白墙壁旁，挥毫疾书：

扬鞭慷慨莅中原，不为仇雠不为恩。
只觉苍天方愤愤，要凭赤手拯元元。
三年揽辔悲羸马，万众梯山似病猿。
妖氛除时寰宇靖，人间从此无蹄痕！

写完最后一字时，石达开放下笔，铜像般地叉腰伫立在粉壁前。他的身旁已聚集一堆人，大家念着赞叹着，不时对诗人投来敬意。浔阳楼掌柜本是个不第秀才，这时从人堆中挤出，恭恭敬敬走到石达开身旁，说："鄙人乃此楼掌柜。客官此诗，气吞山河，声盖宇宙，使四壁诗尽皆失色。客官，请留下大名吧！鄙人将派高匠把这首诗拓下制匾，永久挂在这里。"

石达开见浔阳楼掌柜说得恳切，便从酒保手里接过笔，在诗左边写下"太平天国左军主将翼王石达开题"十四个字，掌柜两眼睁得大大的，四周人群也都惊讶不已。掌柜蓦地两腿跪下，战战兢兢地喊着："翼王殿下千岁，千千岁！"

所有人都跪下，跟着掌柜喊："翼王殿下千岁，千千岁！"

石达开也跪下，石祥祯等人不明白翼王此举的目的，也跟着跪在他后面。石达开眼含泪水，以至诚至敬的神态高声唱道："我们赞美上帝。"

九江城里的百姓在太平军治理下生活了两年之久，对太平军拜上帝的礼节很熟悉，一齐跟着石达开一句一句地唱道："我们赞美上帝为天圣父，赞美耶稣为救世主，赞美圣神风为圣灵，赞美三位为合一真神。"

石达开站起，大家也跟着站起。他激奋昂扬地说："各位兄弟，九江归于天国已达两年，大家在天父天兄的爱抚下，过着幸福的日子。在生快快乐乐，死后灵魂升天堂。现在咸丰妖头指派曾妖率兵侵犯我们，清妖的战船即将来到九江。各位兄弟不要害怕，天父天兄随时都在眷顾我们。天国将士和各位父老一起，誓死保卫九江城，我们不但要把曾妖歼毙在这里，还要打到北京去，活捉咸丰妖头，埋葬满虏丑夷，光复我神州十八省。"

石祥祯等人胸中早已燃起了复仇的怒火，罗大纲领着大家高喊："听从翼王殿下指挥，誓死保卫九江！"

二 水陆受挫，石达开一败曾国藩

在由原九江知府衙门改建的太平军翼王府里，石达开召集韦俊、石祥祯、林启容、白晖怀、罗大纲、周国虞等人，商讨聚歼曾国藩湘勇的办法。

韦俊、罗大纲将武昌、田镇失守的情况向翼王作了汇报，着重强调湘勇水师的凶悍能战。林启容说："我看两位将军把曾妖头抬得太高了。胜败兵家之常，不必因武昌、田镇之挫而长敌人威风。湘勇的底细我清楚，说来说去，无非是书生加农夫而已。前年在南昌，我已杀得他们丢盔卸甲，若不是江忠源出城救援，罗泽南早已成了我的刀下之鬼。诸位放心，九江、湖口一带我们已作了牢固防守，现在翼王殿下又亲来指挥，我们有五万人马在此，曾妖头插翅也飞不过江西。"

林启容三十来岁，广西人，是金田起义的老兄弟，以骁勇善战闻名全军。从金田打到天京，林启容每仗必冲锋陷阵，每仗结束后都必得迁升。杨秀清对他格外器重，有意加以笼络，结为亲信。这次西征，天王点了赖汉英、胡以晃、石祥祯三人。杨秀清认为赖汉英是天王的人，胡以晃是北王的人，石祥祯是翼王的人，活着的四王，唯独自己无人在内，便在后来添派林启容、白晖怀进了西征军。待到九江、湖口等江西十余州县为西征军所控制时，杨秀清便借口赖汉英久攻南昌不下，将他调走。于是，江西就成了杨秀清的领地。林启容是条直汉子，虽然对东王的屡屡提拔和重用很感激，但对赖汉英也很尊敬，而他尤为佩服的却是翼王。对于翼王主持西征军务，这次又亲来九江城，林启容是完全拥护的。

"你与湘勇是重逢了，我可才是第一次看见他们。"石达开也很喜爱林启容的忠勇，他见林启容完全不把湘勇放在眼里，遂提醒道，"不过，今非昔比，一年半之前的湘勇，还只是处在衡州组建时期，今日湘勇，大小打过几十仗，新近又攻下武昌、汉阳、黄州、蕲州、田镇，气焰嚣张，实战能力也大大加强。现在的罗泽南，也大概不会轻易中你的埋伏了。"

"眼下无须埋伏，明日谁敢来攻城，我就叫他眼睁睁地死于我的枪炮之下。"林启容攻占九江已近两年。在他的治理下，这座长江岸边的千年名城百业复苏，市井安宁，万余守城官兵亦训练有素。张芾在巡抚任上，曾几次派兵想把九江夺回来，但每次都碰得头破血流。现在又平添几万人马，还有翼王亲来指挥，九江、湖口真可谓固若金汤，莫说是曾国藩、罗泽南这批书生，就是咸丰妖头御驾亲征，也休想从他手里夺过去。

周国虞说："九江、湖口已经经营一年多，武昌、田镇自然不可比拟。不过，老贼曾国藩水师仗着洋炮，陆师也大增刀枪马匹，且全军新胜，也不可小视。以我跟老贼打的几次交道来看，若不施奇策，恐一时难以取胜。"

石达开说："周将军说的有道理。我尚未跟曾妖头直接交锋过，情况不熟，目前一切军务,仍听林将军安排。曾妖急于进犯天京,估计一两天之内就会来搦战。林将军,这第一仗由你来指挥,我在城头上为你擂鼓助威。"

九江上游十余里处,有一个市镇名叫竹林店,传说是东晋诗人陶渊明的故居,攻打九江的湘勇水陆两支人马,已驻扎在这里几天了。昨天,胡林翼奉杨霈之命,率领二千绿营前来支援,并带来皇上奖励攻克田镇的圣旨和诸如狐腿黄马褂、白玉四喜扳指、白玉巴图鲁翎管、玉把小刀、火镰等赏物,曾国藩及湘勇水陆将领再次沐浴着浩荡皇恩。几乎与太平军会议的同时,在曾国藩宽大的拖罟上,湘勇的军事会议也在紧张的气氛中进行。曾国藩指着挂在船舱板壁上的地图,对身旁的塔、罗、胡、彭、杨、李等人说:"九江北枕大江,东北有老鹳塘、白水港,西南有甘棠湖,西有龙开河,东南多山,林启容在九江盘踞多时。据查,老鹳塘、白水港、甘棠湖、龙开河等地,外有长毛水师把守,内建堡垒,东南山上筑有炮台,看来九江城防很严。现在又来了贼中悍将石达开。据说此人能文能武,又会笼络人心,非寻常草寇可比。明日攻城,诸公有何高见?"

罗泽南一来要报昔日之仇,二来也为感激皇上的恩赏,曾国藩话音刚落,便站起来说:"泽南与贼酋林启容除国仇外,今生还有永不可解之私怨。明日攻九江,正是报仇的时候,泽南定当一马当先。石达开号称贼中枭雄,依泽南看来,那石达开不过二十几岁的人,生在愚氓之中,长在边鄙之地,有何见识?有何本事?只不过是一时被风卷起的水底沉渣罢了。我湘勇水陆二万,乃堂堂正正奉天讨逆之王师,目前正充溢连战连捷之军威,又乘着皇恩浩荡之春风,定可一鼓攻下九江,活捉石逆林逆。我军人马众多,明日可定四面合围之策,决不能让长毛逃走一人。"

这一番话说得曾国藩肃然起敬,众人都纷纷赞同。于是曾国藩命塔齐布、鲍超攻西门,罗泽南、李续宾攻东门,彭玉麟、邓翼升率水师由桃花渡登岸,攻打九华门,杨载福、李孟群封锁江面,挡住从下游湖口增援的敌军,并堵住北门。四路人马合力并举,务必要大获全胜,一举拿下九江城。

平常惯例,湘勇每天吃完早饭后天才亮。今天提早半个时辰,吃过早饭,罗泽南将部队率领到九江城东门脚下时,天才渐渐放亮,犹如那年南昌永和门外一个样,城门紧闭,城墙上亦不见一兵一旗。罗泽南正在四处张望之时,猛听得城内一声炮响，刹那间，东门城墙上竖起无数面犬牙三角旗，城门洞开，林启容亲率一彪人马杀了出来。城楼上，石达开身穿九龙黄绸袍，头戴单龙双凤战盔，亲自监督鼓手擂鼓。

林启容跨马奔出吊桥，直向罗泽南冲来，一眼看见这个当年的手下败将，不觉哈哈笑起来，大声取笑道："腐儒，那年让你跑了，留下一条老命，你也该醒悟了，不在家安安稳稳教蒙童糊口，却又跑到这里来送死，何苦来？"

罗泽南气得咬牙切齿，骂道："我把你这无父无君、造反作乱、灭九族的逆贼碎尸万段。谁给我上！"

话未落音，李续宜拍马舞刀迎去，林启容举枪接过，二人大战开来。战了几个回合，李续宜已觉两手发软，而林启容却在城楼鼓点的振奋下越战越勇。他大吼一声，挺起丈二点钢枪直向李续宜咽喉刺来。眼看李续宜就要丧命，身后参将营官童添云举起狼牙棒挡住，另一参将林源恩也拍马前来助战。三匹马将林启容围在中间，犹如当年三英战吕布。大战几十个回合，林启容卖了一个关子，瞅空冲出包围圈，直向吊桥奔去。石达开在城楼上急令放炮。童添云以为林启容战败了，驱马紧追，冷不防一炮打来，正中前额。童添云惨叫一声，从马上坠下，当即身亡。这时，城上数十门大炮一齐发射，两边山上，炮子如雨点飞来，湘勇队伍中一片一片地倒下。罗泽南只得下令退兵。

正当东门大败之际，西门塔齐布、鲍超也遭到强烈的抵挡。周国虞指挥的数千名从田镇过来的太平军将士，憋足满腔怒火，依仗着九江西门的异常坚固和林启容所布置的强大火力，人人勇气倍增，斗志旺盛，血管里奔涌着报仇雪恨的急流，两眼迸发出焚烧耻辱的烈焰，直杀得湘勇丢盔卸甲，卷旗逃命，塔齐布、鲍超无法制止。

正午，罗泽南、塔齐布带着东西两门溃败的人马回到竹林店。不久，彭玉麟、杨载福两路水师也无功而回。曾国藩心中焦急。

彭玉麟建议绕过九江城，攻取湖口和湖口对面江中的梅家洲，同时，仍遣小部分兵攻打九江，以牵制九江兵力。曾国藩采纳了这个建议。水陆两路在竹林店略事休整，便分兵攻湖口和梅家洲。

石达开亲眼看见林启容大败湘勇，对九江城防很是满意，下游五十里远的湖口防卫如何，他尚不放心。半夜，石达开乘船离九江，天亮时进了湖口县城。湖口也是长江南岸的一个重要码头。它外连长江，内接鄱阳湖，是五百里鄱阳湖的进出口。对面江心梅家洲，是一个长约四十里、宽约四五里的大沙洲。梅家洲北面江面狭窄，大船不能通过，主航道在南面。石达开看中湖口与梅家洲之间，正是聚歼湘勇水师的绝好战场。他一到湖口，便立刻命令罗大纲带一万人马过江驻梅家洲，在洲上筑垒架炮，封锁江面。石达开又巡视湖口的军事部署，将城内兵力抽调三千，交由白晖怀率领，扎在城西五里处的盔山。刚安排妥当，探马报，湘勇水路由彭玉麟、杨载福率领，陆路由胡林翼、罗泽南率领，正向湖口杀来。

　　胡林翼、罗泽南求胜心切，带着六千湘勇和二千湖北绿营一口气奔到湖口县城下，督促兵勇架炮攻城，恨不得将湖口一口吞下。这时，石达开率三千人马从西门冲出，部将石凤昆从南门冲出，将胡林翼、罗泽南围在中间。湘勇分成两队应战。攻城火炮完全不能发挥作用。湘勇远途来攻，太平军以逸待劳，更兼石达开勇猛过人，交战不到半个时辰，湘勇便开始败退。这时，白晖怀率部从盔山上冲下来，切断湘勇西归的退路，湘勇顿时一片混乱。胡、罗只得指挥兵勇死死挺住。

　　江面上，彭玉麟的水师也冲进罗大纲精心布置的火力网中。洲头是数百条战船拦截，洲尾是上百门大炮封锁，彭玉麟的水师前后受敌。自从衡州受命，组建水师以来，彭玉麟几乎没有败过，湘潭、岳州、武昌、黄州、田镇，一路势如破竹，为湘勇的节节胜利奠定了基础，没有想到，现在却在梅家洲遭到围困。他传令将战船集中在一起，避开两个火力点，全力攻其中段，强行登陆，企图在洲上与太平军短兵接战。这时，胡林翼、罗泽南也败退来到江边，招呼彭玉麟接他们上船。彭玉麟将胡、罗溃勇接上船后，改变攻梅家洲中段的计划，集中全力向上游突围。经过一番苦战，终于冲出包围圈。

　　两次水陆失败，使曾国藩很恼火。他决不相信，一个乳臭未干的长毛匪首，能够阻挡乘胜前进的王师。

三　水师被肢解，石达开二败曾国藩

　　曾国藩做梦都没想到，几仗打下来，石达开这个太平天国的年轻王爷，已看穿了水师的致命弱点，要置他的性命所在——湘勇水师于死地。

石达开兴奋而冷静地对众位将领说："连日来，我用心观看了曾妖的水师，见其装备精良，指挥得法，是一支有战斗力的军队，我军水师目前比不上他们，怪不得在长江上连连得手，耀武扬威。但是，曾妖水师有一个致命的薄弱之处，不知诸位看出没有？"

众位将领面面相觑，一齐摇头。石达开继续说："曾妖水师中，长龙、快蟹大而笨，只可用于指挥载重，却不宜迅速移动，必须依靠舢板的灵巧机动，才能发挥战斗作用。反之，舢板离开长龙、快蟹也不能作战。曾妖将大小战船配合使用，相得益彰。这正是曾妖水师的最大长处。但天下事有一利则有一弊，倘若将其大小船分开，则都失去了作用。这叫作合则双美，分则俱败。"

众将十分佩服石达开的卓见，但如何拆开呢？大家都望着翼王，知道他一定成竹在胸。

"曾妖水师自出长沙以来，转战千里，连陷重镇，侥幸获胜，没有得到充分的休整。屡胜则骄，骄则轻敌；久战则疲，疲则松弛。故用兵，骄、疲为失败之因。我这里有个小小的计策，各位将军看可用不可用？"

石达开将自己的主意说出，众将都说好。

从第二天开始，九江、湖口、小池口、梅家洲各处太平军一律遵循翼王将令，任水陆湘勇如何挑战，一概置之不理。入夜，太平军则派兵沿长江两岸鸣锣敲鼓，放出船到江中，将火箭、火球射入湘勇的战船中，弄得湘勇夜夜惊恐，不得安宁。如此相持半个月，石达开估计曾国藩粮草将尽，军心浮躁，便命罗大纲依计而行。

这天半夜，九江码头灯火昏暗，隐约可见江面上一溜儿摆开了数十条货船，一队队太平军士兵一声不响地扛着沉甸甸的麻袋，从城里来到码头边，踏过跳板，来到船舱。有些麻袋扎得不牢，雪白的大米漏出来，撒得满地都是。将到凌晨，货船上都压着垒得高高的麻袋。

九江码头上的这个不寻常举动，早已被湘勇斥候看在眼里，报告了水师协统李孟群。

"涤帅，九江装了满满四十条船的粮食，即将开船运往湖口。"李孟群忙将这个重要情报报告曾国藩。

"装的都是粮食吗？"曾国藩心中一动。

"都是顶好的大米，估计有七八十万斤。"

湘勇在竹林店驻扎已近一个月，二万名水陆将士，一天要消耗四万余斤粮食。陈启迈没有提供军粮，全靠他们自己在瑞昌、黄梅、广济一带筹集。筹粮是件很难办的事，军中存粮只够三四天了。早听得九江城里粮草堆积如山，但城攻不下，一粒也得不到。现在这么好的机会，如何能让它错过！见曾国藩沉默不语，李孟群着急了：

"涤帅，这事交给我去办吧，四十条粮船，我叫它全部掉头向竹林店开来。"

郭嵩焘、陈士杰也认为机会不可错过，只有彭玉麟提出不同的看法："长毛是不是在钓鱼？"

"我看不是。万一情形不对，我再把人带回来。"夺回这批粮食是个很大的功劳，李孟群要争这个功。

军中粮食匮缺，曾国藩何尝不着急。此中是否有诈，他一时犹疑不定。但不管它诈在哪里，抢回这批粮食，就是大胜利。

"鹤人，你带三千水师，将这几十船粮食全部抢回来。记住！务必速战速决，快去快回。"

李孟群调出二百五十条舢板，兴冲冲地离了竹林店。水勇们奋力划船，顺着水势，舢板箭也似的飞向下游。果然，李孟群看见前面缓缓地走着一队粮船，船上码着整齐的麻袋，正向湖口方向驶去。李孟群挥动着表示加速的令旗，二百五十条舢板像端阳竞渡，你追我赶，向粮船冲去。

罗大纲看着后面来了一大片舢板，暗自钦佩翼王的谋算。他站在船头，对着号筒大喊："清妖来抢粮了，弟兄们快点划！"

这是有意让李孟群听到。罗大纲号令一下，四十条粮船明显地加快速度。江面上，太平军的粮船在前拨浪前进，湘勇的舢板在后穷追不舍，不知不觉来到湖口城边。眼看就要追上了，只见粮船向右一转，一齐向鄱阳湖驶去。就要到手的粮食，岂能让它眼睁睁地跑掉！李孟群仗着人多船多，也跟着进了鄱阳湖。谁知湘勇水师一进湖口，便突然从入口处驶出数百条战船，将口子全部封锁起来，康禄指挥火炮猛烈向舢板射击。二百五十条舢板如同掉进锁了口的袋子里，再也无法出去了。这时，李孟群方知中计，便索性指挥舢板向湖心划去。

一直到吃中饭时，尚不见李孟群回来，曾国藩急了，忙派飞骑前去打听。很快回报，二百五十条舢板全部陷入鄱阳湖中。

正在这时，彭玉麟急匆匆地进来禀报："涤丈，长毛的战船向我们开来了！"

曾国藩出舱看时，只见下游黑压压一片，数千条战船向竹林店压来。曾国藩、彭玉麟等急得直跳。全部舢板都已离开，就像猛虎失去四肢，鹰隼砍断双翅，这些快蟹、长龙只能蹒跚笨拙地移动，艰难应敌，昔日那种灵活快速、主动出击的局面已不复存在，全仗船上装的重型火炮，才使得太平军的船只不敢过于靠拢。

　　周国虞认得中间偏后的那艘特大座船是曾国藩的拖罟，便率领十条快船从四面八方围攻。这十条快船如同十条矫健灵敏的猎狗，曾国藩拖罟就像一只愚笨的狗熊，被这群猎狗弄得目眩头晕，终于惊慌失措。先是拖罟上的十二门大炮拼命发射，不多久，炮弹发完，便没有一点还手的能力了。周国虞高喊："清妖的炮弹没有了，大家冲啊！"

　　十条快船一齐冲过来。周国虞率先跳上拖罟，接着快船上的一百名水手纷纷上了船。拖罟上的湘勇仓促应战，一个个倒在甲板上。周国虞握刀寻找曾国藩，要亲手宰掉他，以报从野人山以来所结下的不共戴天之仇。

　　曾国藩虽为二万湘勇的最高统帅，却手无缚鸡之力。他躲在内舱里，身边只有王荆七和几个亲兵，康福、彭毓橘等人都不在拖罟上。曾国藩两眼死死地盯着船上的厮杀，既不能指挥兵勇们去肉搏，更不能自己持刀上前去抵抗，猛然听得一声喊："周将军，曾妖头躲在这里！"

　　立时舱门口出现一个长身壮健的汉子，手拿一把明晃晃的砍刀，杀气腾腾地就要进舱，亲兵们立即一窝蜂上去阻挡。曾国藩看到数步之外刀枪拼击，不觉心胆俱裂，四肢痉挛，知道此次必死无疑。他不愿落到长毛手中遭抽筋剥皮的痛苦，便推开舱门，滚进江中。王荆七也跟着跳下水去。曾国藩自小牢记"道而不径，舟而不游"的孝子之道，从来不敢下水学游泳，这时正如一个秤砣，挣扎两下，便往江底沉去。幸而王荆七跟在后面，立即将他托起。恰好彭玉麟驾着水师中仅存的一条舢板赶来，七手八脚地将曾国藩拖上船，急忙送上岸去。

　　换了一身干衣服后，曾国藩醒过来了。他想起拖罟上有不久前皇上亲赐的黄马褂、玉扳指、玉刀等，还有许多文卷书函，此刻一定都葬于江底了。连自己的座舱、皇上的赏赐都保不住，还当什么水陆两军的统帅！他立即想起靖港败后，湖南官场对自己的冷酷，好比又沉到冰冷的江里，浑身发抖，上下牙齿打起仗来。一阵剧烈的悲痛很快就过去了。靖港败后虽受辱，但接下来的便是武昌大捷、田镇大捷，假若那时真的死了，哪有后来的殊荣！他庆幸刚才的死里逃生，对王荆七、彭玉麟分外感激。不能死，"好汉打脱牙和血吞！"恩师穆彰阿的赠言浮现脑中，日后要用更大的胜利来洗刷今日的耻辱。不过，刚才从水中被救起的形象一定十分狼狈，将士们将会怎样看待自己这个不能舞刀上阵的统帅呢？

"杨国栋，把枣子马牵来！"曾国藩突然高声喊叫。

杨国栋奇怪，这匹马到湘勇军营中两三个月了，曾国藩从来没有骑过，今日遭受这样大的打击，还要骑马做什么？杨国栋牵来枣子马，曾国藩颤悠悠地站起来，叫人搀扶到马身边，又叫人把他扶上马，然后挺起腰板，双手一拱："各位，我曾某人上有负皇恩，下愧对诸公，今日只有效先轸之榜样，死在长毛刀枪之下，才能稍赎罪过。"

说罢就要举鞭。只见彭玉麟平地跳起，抢过马鞭，说："曾大人，先轸不足法。"

杨国栋一手抓紧马缰绳，忽然兴奋地喊："长毛败了！"

曾国藩从马上看去，原来鲍超领着二千外出打粮的人马恰在这时赶回，从太平军的背后杀出。塔齐布、罗泽南等见太平军队伍已乱，于是又重整人马，回头杀去。石达开见水师已大胜，怕陆军有失，便鸣金收兵。曾国藩见太平军撤退，又喜又愧。忽然，一股恶腥涌上心头，喷出一口鲜血来，随即眼睛一黑，从枣子马上栽下来，竟然死了过去。

【唐浩明评点：曾氏进入江西之后，遇到了一个对手，此人即太平天国翼王石达开。石达开文武兼资，是太平军中少有的杰出高级将领。他统率所部与湘军在江西角逐多年，使得曾氏东下江宁的军事计划严重受阻。水师的被分割是湘军的一次重创，曾氏的事业开始从高峰上滑落，一步步向低谷走去。】

四　湘勇厘卡抓了一个鸦片走私犯，他是万载县令的小舅子

曾国藩三十岁时咯过血，后来虽然痊愈，但身体一直不健壮。这次遭受石达开的沉重打击，又加之落水受了惊吓，旧病复发了。众人慌忙将他抬进大营，好半天才慢慢回转气来，但却一病不起，连续几天几夜发高烧，讲胡话，不吃不喝，文武部属都急得不知所措。眼看就要不济了，亏得杨国栋在一个人迹罕至的村落里，寻得一位年近九十的老郎中。老郎中给曾国藩诊了脉，开过处方，几剂药吃下去，居然起死回生了。曾国藩感激不尽，封了五十两银子，叫亲兵送给老人。谁知那个老郎中不但分文不受，反倒送给曾国藩一张纸条，那上面写着："干戈四起，人命如纸，老朽一生行医，以救死扶伤为职志，睹此惨景，心何悲怆！然老朽亦知天心如此，人力难以阻挡，但愿大帅慎积阴功，勿滥杀无辜，是为至盼。"曾国藩览毕，淡淡一笑，顺手将纸条夹在案桌上的《庄子》中。调养几天后，曾国藩实在不能忍耐了，叫荆七将堆积如山的军情文报送到床边。他看着看着，不禁心惊肉跳起来。

原来，就在曾国藩卧病在床的这些天里，石达开又指挥了一场惊天动地的战役。石达开在两败曾国藩后，立即命令驻在安徽的燕王秦日纲、护天豫胡以晃、检点陈玉成率师溯江西上，收复长江两岸失地。几天后，又派韦俊带一万人马增援。这两支人马浩浩荡荡沿江西进，很快收回被清军占领的武穴、田镇、蕲州、黄州，军锋锐不可当。咸丰五年二月十七日，太平天国乙荣五年二月二十七日，韦俊率军第三次攻克武昌。巡抚陶恩培被击毙城中，总督杨霈仓皇出逃，朝野震动。咸丰帝撤了杨霈的职，任命荆州将军官文为湖广总督，擢按察使胡林翼为湖北巡抚。胡林翼匆匆带了二千绿营赶回湖北战场。从武昌到江宁，长江两岸的重要集镇，全部又由太平军控制。江面上，挂着绣龙杏黄绸缎蜈蚣旗的太平军战船往来航行，畅通无阻。太平天国又一段兴旺的时期来到了。

曾国藩登上小山丘，眺望江中上下如飞的太平军战舰，再低头看蜷缩在岸边的东倒西歪的快蟹长龙，想起被锁在鄱阳湖里的舢板，心中很是痛苦。水师是曾国藩的命根，他不能让它就此一蹶不振。为重振水师，他派杨载福带一批

将官回到岳州，不分昼夜，不惜工本，立即造出二百条新的快蟹长龙和四百条舢板；派陈士杰募工匠就地维修，凡能修缮的船只尽量修复；又遣彭玉麟间道赶到鄱阳湖，与李孟群联系上，尽一切力量攻下鄱阳湖边的重镇南康府。

十天过后，彭玉麟送来捷报：内湖水师攻克南康府。进入江西三四个月，终于拿下了一个府城，曾国藩心里略感安定。他命塔齐布带五千陆师继续驻扎竹林店，其余全部人马跟着他迁到南康。曾国藩决定以南康为据点，在江西住下来，不收复九江、湖口，决不离开。

南康城内只有几万居民，到处屋颓墙倒，茅草丛生，一派荒芜冷清的景象。曾国藩将大营设在原知府衙门内，略事安定后，便着手筹办两个工厂。一是火药厂，委托杨国栋负责，制造火药、军械，并设法再向广东购买洋炮。一是修船厂，委托邓翼升负责，修复舢板，制造长龙快蟹，重新装备内湖水师。一切都好安排，唯一缺乏的就是银子。曾国藩冥思苦想，实在想不出别的办法，只好求助于巡抚陈启迈，请他设法速拨二十万饷银到南康来。尽管前次在湖北时碰了壁，曾国藩想，现在是在江西，完全是为了收复江西的失地而与长毛作战，谅他陈启迈不会置之不理。曾国藩根本没有想到，事情大大出乎他的意外。陈启迈不但不拿出分文，反而奚落了他一番。充当特使的德音杭布也受到了冷遇。德音杭布气不过，告诉曾国藩：陈启迈以及藩司陆元烺、臬司恽光宸都说，现在湖南湘乡、平江、新宁一带起屋成风，家里只要有一人当湘勇，全家人都不要做事了，银子用不完。李续宾的父亲买了一千亩水田，湘乡没有买的，买到衡州去了。曾国藩家买的田更多，把皇上的银子都运到自家去了。莫说我们拿不出，就是拿得出也不能给他。这番话，把曾国藩气得暴跳如雷。

这时，有一个人走上前来，对曾国藩说："恩师不必动怒，学生有办法可以得到银子。"

曾国藩转脸看说话的人，原来是前几天来投奔的万载县举人彭寿颐。

彭寿颐本是万载县团练副总，在剿匪事上与县令李浩不和。李浩是陈启迈夫人娘家的侄儿，仗着陈启迈的势力，诬蔑彭寿颐私通长毛。彭寿颐斗不过李浩，便逃到九江，打听到湘勇统帅正是他前年乡试的主考官曾国藩，便来投靠，希冀得到这把大红伞的保护。曾国藩那年主考江西，原是一桩企盼多年的美差：既可以收一批门生，得一大笔程仪，又可以就近回家省亲。谁知行至安徽太湖，忽接母死噩耗。这对他的打击太大了。主考当不成了，他改服奔丧，取道黄梅县，觅舟未得，乃渡江来到九江城，准备雇舟溯江西上。恰在此时，江西学政沈兆霖动员全体应试举子捐银一千两，星夜送到九江城。这一千两银子，对于曾国藩来说，无异雪中送炭，他十分感激江西举子的深情厚谊。因为这层关系，曾国藩对彭寿熙很有好感，加之他又是己中的举人，且说起办团练来头头是道，便欣然认他为门生，留在身边。

当下曾国藩望着彭寿颐，将信将疑地问："你有什么法子？"

彭寿颐说："恩师，饷银一事，学生思之已久，有三条途径可以试着走。"

"三条？"曾国藩想，自己一个办法也没有，他倒可以一口气说出三条，且听听他的主意，"长庚，你慢慢讲。"

曾国藩的火气降下来了，他习惯地半眯着眼睛，靠在太师椅上，认真地听这位江西门生的意见。

"第一个办法，请在籍前刑部侍郎黄赞汤黄大人出面。黄大人为人极是正派，虽在籍守制，但忧国忧民之心未减，听说黄大人亦看不惯陈启迈的行事。若恩师去饶州拜访一下黄大人，请他出面，劝说乡绅捐助，我想一定可以得到几万银子。"

"黄大人什么时候回籍的？"曾国藩暗责自己消息闭塞。咸丰元年，曾国藩署理刑部左侍郎，那时黄赞汤任刑部郎中。咸丰三年，黄赞汤擢升刑部左侍郎。在那个时代，官场上是极讲究关系的，有这层关系在内，自然比别人要亲密三分。

"去年秋上，黄老夫人吃完米寿酒后，当天夜里无疾而终，黄大人立即辞官回来守丧。"

"老太太也真是福寿双全。"德音杭布插话。

"第二个办法，我向恩师告个假，到南康、九江、饶州一带联络几个壬子同年，他们都是殷实之家，又一向慕恩师的道德文章，我估计他们也可以拿出几万银子来。"

曾国藩很赞赏彭寿颐的忠诚灵泛，但嘴上却并不说一句话，只是含笑点点头。

"第三个办法最可靠，也最有效。"

彭寿颐见曾国藩睁开眼睛，榛色双眸晶光闪亮，两道眼光逼得他不可正视。他立即转过眼，继续说下去："我们自己在赣北设厘卡抽税。"

曾国藩微微一怔，双眼立时又半眯起来。设卡抽税之事，他不是没有想过，只因怕招致江西官场的物议，投鼠忌器，不敢贸然下手。现在，陈启迈既然不仁在先，也不能怪我不义了。江北大营可以在扬州设卡，湘勇为何不可在赣北设卡呢？他看了一眼身旁的德音杭布，先听听他的口气再说："泉石兄，你看设卡之事可为吗？"

　　德音杭布不假思索地回答："我看可为，陈启迈不给军饷，朝廷一时又无饷可发，湘勇眼看要喝西北风了。事出无奈，可以权变。陈启迈要是有意见，我愿为大人向朝廷作证。"

　　德音杭布似乎找到向陈启迈发泄的好机会，说起话来显得颇为激动。

　　"泉石兄也支持，那事情就好办了。我明天到饶州去拜访黄大人，若捐输顺利，则不设厘卡，实在不行，再设不迟。"

　　第二天，曾国藩带着康福、彭寿颐等人，在内湖水师保护下，渡过鄱阳湖，当天傍晚在乐亭镇进入鄱江口，也不惊动饶州知府，就在城里一家小小客栈住下来。次日一早，便打轿拜访黄赞汤，并送了五百两银子的赙仪，又以晚辈身份在黄老太太的遗像前磕头。黄赞汤十分惊喜，听完曾国藩陈述到江西几个月的困境后，果然一口答应，并建议曾国藩向朝廷申请一千张空白部照，按银两多少，发给捐输者相应品衔的部照，鼓励他们踊跃捐助。曾国藩很欣赏黄赞汤的建议。翌日回南康，立即向朝廷申请两千张空白部照。半个月后，黄赞汤送来捐银十万两，彭寿颐也募来三万。曾国藩大喜。恰好部照亦到，便给黄赞汤一千张，彭寿颐二百张。一时间，饶州、九江、南康一带，便平添许多八品、九品、从九品的顶戴。这些乡下士绅戴着装有镂花金顶的伞形帽，真个是脸上出油，衣角生风，神气已极。亲朋见了，人人艳羡，没有几天，捐银便又增加好几万。曾国藩见江西的银子并不难得，便采纳彭寿颐的第三个建议。又见彭寿颐能干，一发将办厘卡的事也交给他。

　　彭寿颐领下办厘局的美差，心中踌躇满志，决心要好好地办出一番事业来。这厘局是真正的肥缺，委派一下来，便有许多人来找彭寿颐，想在厘局谋个差事。彭寿颐的家远在万载，自家的亲戚一时无法来，便依靠在南康府的两个朋友，一个叫夏镇，一个叫吕伦，两个都是壬子乡试同年。夏、吕二人见彭寿颐受曾国藩器重，便格外起劲地巴结他，偷偷地给彭寿颐送一万两银子。彭寿颐自己留下五千两，将另外五千两交给曾国藩。曾国藩委夏、吕二人为厘局委员。

彭寿颐在南康设总局，又在星子、瑞昌、德安、建昌、武宁、靖安、奉新、安义、丰城等县设分局，每个县的重要关隘、集市都设上厘卡。后来曾国华在瑞州打开局面，彭寿颐又在高安、上高、新昌设分局。厘局开办一个月，便收厘金六千两。彭寿颐自己留下一千，将一千分给委员们，给曾国藩上缴四千。曾国藩着实将彭寿颐夸奖了一番。但设卡之处，无不民怨沸腾，弱者忍气吞声，敢怒不敢言，强者则与厘卡人员争吵、斗殴，毁卡杀人的事件时有发生。消息传到南昌，陈启迈大为恼火：

"江西是我当巡抚还是曾国藩当巡抚！居然不与我商量，便在我的治下办起厘局来，欺人太甚！"

"姓曾的也太目中无人了。中丞，我们要向朝廷告他。"恽光宸也很愤怒。

陆元烺的火气虽然没有陈启迈、恽光宸大，但也觉得曾国藩的手伸得太长了。这样大的事，越过地方衙门，自行做主，无论怎么说都讲不通。他也同意陈、恽的意见，暂不惊动曾国藩，先向朝廷告发，待圣旨下来后再来收拾。陈启迈的告状折发出不久，瑞州厘局就出了一桩大事。

瑞州厘局的总管便是夏镇，夏镇的父亲是瑞州的大财主。夏镇平时都住瑞州，上个月来南康走亲戚，与彭寿颐往来密切。夏镇先在总局当委员，后来彭寿颐任命他为瑞州分局总管。他领了这个任命，兴冲冲地回到家乡，在瑞州府辖地到处设厘卡，委用自己的三亲六戚、朋友相好为卡丁。这些人乘机大肆勒索，高抬厘率，贪污中饱。夏镇平均每天可得一百两厘金。他算了一算，一个月可得三千余两，上交两千两，净赚一千余两，半年下来，五千两的本钱就捞回来还有余，只要当上三年的总管，便可捞上三万余两雪花银，实在不亚于一个知县！他心里美滋滋的。瑞州的百姓则恨死了这些到处林立的鬼门关。地方官员也厌恶，但他们一则不敢得罪手握重兵的曾国藩，另一方面，夏镇和各分局的头头们也时常分些钱给他们。既然巡抚都没有出面干涉，他们也便不作声了。

这一天，瑞州城外锦江码头厘卡拦住一只大货船，货主大名叫高山虎。其人左脸上有一块极不体面的长疤，绰号叫高疤脸。高疤脸声称船上装的是浏阳夏布，运到南昌去卖。厘卡头领赵有声，是夏镇的表弟，排行老三，身材矮小，尖嘴猴腮，卡丁们当面叫他三爷，背地里叫他山猴子。

山猴子上了船，用一根约三尺长的细铁棍，敲打着用粗棉纱布包的包包。

"这里装的都是浏阳夏布？"山猴子用怀疑的眼光盯着高疤脸。

"是的，是的。老总，船上装的都是浏阳夏布。"高疤脸哈着腰，满脸恭敬地回答。

山猴子用铁棍这个包敲敲，那个包戳戳，然后阴沉地命令："抽十两厘金！"

"老总，哪能抽这多！这些夏布值几个钱！"高疤脸急了，原以为顶多二两。

"值几个钱？"山猴子冷笑道，"你这船夏布往少说也卖得五百两银子，值百抽二，抽十两还算多？"

"老总，你莫取笑了，这船布最多也只值一百两银子，况且我们在界埠已被抽去二两，在灰埠又被抽去二两。你看，"高疤脸指着包上的灰印说，"这都是界埠、灰埠两处盖的。"

"我不管这些！"山猴子对灰印不屑一顾，又用细铁棍死劲戳着顶上一个布包。戳进去后，又用力将铁棍从包里抽出。因用力过猛，布包顺势滚下，在山猴子脚边散开了，露出雪白的夏布来。山猴子家里正要夏布做蚊帐，极想将这包夏布弄到手。他把散包的夏布一拖，突然，从夏布里滚出一个纸包。这时，高疤脸的两片脸一下子变得煞白。山猴子是个久混江湖的人，晓得包里有名堂。他一边嘿嘿地笑着，一边把纸包撕开。一块块棕黑色的膏片露出来，船上立时充斥着一股恶臭。山猴子高声嚷道：

"好啊！你违抗朝廷禁令，私贩鸦片，该当何罪？"

山猴子走到高疤脸面前，舞起铁棍，声色俱厉地威胁。他以为高疤脸会马上跪在他的面前，告饶求情。谁知高疤脸这时脸反而不白了，异常冷静地微笑着。原来，这高疤脸并不是一个普通货主，他乃是万载县知县李浩姨太太的弟弟，堂堂七品县太爷的小舅子。这船货本是从万载县开出的，为保密才诡称从上高来。高疤脸仗着姐夫的关系，偷偷地从广东经湖南偷运鸦片，然后再把这些鸦片运到南昌，卖给南昌的官场、商场，从中牟取暴利。高疤脸把利润分一半给姐夫李浩，李浩又从中分出一部分给陈启迈。这个生意，高疤脸已做了大半年，虽有人探得点风声，但谁敢惹怒他！高疤脸先想以一个老实胆小的小商贩的面目混过厘卡，现在见原形败露，知道哀求无用，只有狠心出一笔大钱来买通。高疤脸的沉着，反而使山猴子感到奇怪。山猴子是个有经验的人。没有金刚钻，不敢揽瓷器活，这小子敢于走私鸦片，必定非良善之辈。山猴子想到这里，反而收起了刚才的凶相。

"老总，请舱里坐。"高疤脸客气地邀请。山猴子叫卡丁们上岸去，他一人跟着高疤脸进了舱。坐下后，高疤脸开门见山地说：

"老总，要多少银子过关，你开个价吧！"

山猴子眯着眼，歪着头，在心里掂了掂，说："倒三七吧！"

高疤脸听了，嘿嘿笑道："老兄，你也太心贪了，顺三七吧！"

"你说我心贪，好，老板，我明告诉你，管厘局的可不是陈中丞，而是曾大人。曾大人在湖南是有名的曾剃头。你不愿意，我也不勉强。我把这些禀报曾大人，但到那时，恐怕是你一个子也拿不到，还得坐几年班房。"

这一招确实厉害，高疤脸好一阵开不了口。

"老兄，倒三七，总没有这种开法的吧。如果你硬要这样，我宁肯去坐班房。你想想，那样做，你又捞得了一个子？"

两人讨价还价，结果达成对半分的协议。这一夜，山猴子在船上将所有的布包都搜查了一遍，一共搜出二百斤鸦片，按当时价，可卖一千五百两银子，获利八百两，对半分，山猴子可得四百。这四百两银子，山猴子想独吞，他要一手交银，一手放船。高疤脸说："船上现在没有这么多银子，你稍等两天，我打发伙计回去拿。"

山猴子于是在船上住下来。第二天刚断黑，一个家人慌慌张张跑到船上："三爷，太太和姨太太又打起来了！"

"这两个贱人！"山猴子骂了一句，把家人拉到一边吩咐，"你给我好好地看着，不准任何人上下船，我去去就来。"

山猴子走后，高疤脸见机会来了，笑嘻嘻地对赵家的家人说："老兄，辛苦了，来，喝两杯。"

这家人并不知船上所发生的事，见高疤脸客客气气地，又有好酒好菜，便和他对酌起来。舱外，高疤脸的伙计正按照他的布置，将二百斤鸦片用油纸包得严实，再绑两块石头在上面，直溜溜地把它沉到江底。趁着家人微醉的时候，又悄悄叫船老大将船向下游方向移动二十多丈。一个时辰后，山猴子急急赶回船。鸦片沉了，高疤脸不怕山猴子了。第二天一早，他便皮笑肉不笑地对山猴子说："老兄，我们要开船了，请回府吧！"

"回去？四百两银子呢？"山猴子边擦眼睛边问。

"谁欠了你的银子？你怕是梦还没做醒吧！"高疤脸轻松地跷起二郎腿。

"好哇，你想赖账，我也不要银子了，你和我到衙门里去走一趟。私贩鸦片，看你如何赖得掉！"山猴子凶恶地盯着高疤脸，两只袖子捋了起来，做出一番打斗的架势。

"哈哈哈！"一声狂笑，把山猴子弄得莫名其妙，"你血口喷人！谁私贩鸦片，鸦片在哪里？！"

说罢，一步步紧逼过来，露出县太爷舅子和江湖无赖的本色。山猴子有点慌了，无头神似的在船头船尾到处乱找，哪里还有鸦片的影子！"糟了！莫不是他把鸦片运走了？"他把家人喊过来，问："我走后有人上船吗？"

"没有。"家人很惶恐。

"船上有人背东西离开吗？"

"也没有。"家人见主人急得那副模样，心里愈加害怕。山猴子一把抓住高疤脸的衣领，两眼圆睁，发怒道："你这个蟊贼，你一定把鸦片沉到江里去了！"

高疤脸一听，又急又恼，伸出右手来，朝山猴子的腰上就是一拳，山猴子痛得哇哇叫，他一手捂着腰，一只手向高疤脸的头上击来。高疤脸的脑袋向旁边一躲，一边向后退。就在这时，高疤脸被拴铁锚的绳子绊住脚，身子朝后一仰，后脑勺碰在铁柱上，当即死去。这下，山猴子害怕了。高疤脸在船上的几个伙计一声喊起，立时拿绳子把山猴子捆绑起来，上岸到瑞州府衙门，击鼓告状。瑞州知府阙玉宽平素也恨厘局作威作福，当即准状。阙知府坐轿来到江边，上船验了尸，把山猴子打入死牢，一面飞报抚台衙门。这边家人回去告诉李浩，李浩姨太太哭哭啼啼，李浩气得胸口堵塞，一边写信请阙知府秉公办理，又连夜打发人晋省告诉陈启迈。

陈启迈接到阙玉宽和李浩的信，心里暗暗高兴。他和陆元烺、恽光宸一商议，要借这个案子好好地将厘局和曾国藩整一整。他当即将阙玉宽的信以咨文形式过录一通，送到南康府，要曾国藩按律惩办凶手。曾国藩看完陈启迈的咨文后，把彭寿颐叫了来，对他说："这个案子非比一般。江西官场原本与我们有隙，这次会借机闹一场。"

彭寿颐深愧自己用人不当，惹出了乱子，给曾国藩增添了麻烦："恩师，学生有负信任。学生亲到瑞州去一趟，一定要把这事处理妥当。"

彭寿颐带着两个局员来到瑞州，他一进瑞州知府衙门，便被高疤脸的伙计认出：这不是潜逃在外的彭举人吗？急忙将这一发现告诉李浩。李浩得知彭寿颐当上了曾国藩手下的厘局总管，这一气非同小可，当即飞马报知陈启迈，同时派出四名捕快，叫他们不露声色地将彭寿颐捉拿归案。

四名捕快来到瑞州衙门，乘彭寿颐不备，将他拿下。彭寿颐大怒："你们是什么人，竟敢捆起我来？"

捕快头贺麻子冷笑道："彭举人，不要大喊大叫了，我们奉了李老爷李浩的命令，特来捉拿你到万载归案。"

彭寿颐没料到这几个人竟然是万载县衙门的人，只得自认晦气，但他凭借曾国藩的力量，并不害怕："既然这样，那就请把我送到南昌去吧！"

李浩已知彭寿颐非过去可比，事先就已告诉贺麻子，要他将彭直接送给陈启迈。送来了潜逃在外的彭寿颐，这是陈启迈的意外收获。他要恽光宸亲自处理，非要彭寿颐招供滥杀无辜、侵吞长毛赃银的罪行不可。

一波未平，一波又起，两桩事情搅得曾国藩很不安宁。他决定带着刘蓉等人，亲自到瑞州去走一趟。

五　参掉同乡同年陈启迈的乌纱帽

曾国藩的亲自到来，使瑞州知府阙玉宽感到意外，他率领文武出城门迎接。曾国藩吩咐阙玉宽将山猴子和当时在场的卡丁、两家的伙计家人和船老大一齐叫来，他和刘蓉一一亲加审讯。首先带上堂的是山猴子。刘蓉喝道：

"赵有声，今天曾大人亲自提审你，你要将如何打死高山虎的事从头老实招来，休得有半句假话！"

山猴子一听堂上坐的是曾大人，忙连连将头对着砖地磕，喊道："曾大人，您老可要为小人申冤啊！"

山猴子一把眼泪一把鼻涕地把事情的经过说了一遍，只是不提自己想得四百两银子。末了，他重复说："曾大人，这件案子冤枉。第一，高山虎的确私贩鸦片，足足有二百斤，小人亲自验过，还有卡丁可以作证。第二，高山虎的确是自己碰死在铁墩上的，并不是小人打死的。曾大人，求您老给小人做主。"

曾国藩把夏镇唤到公堂。夏镇跪着说："学生有负恩师信任，不该叫赵有声办厘务。不过学生也听说过，高山虎的船上确实装有鸦片。他私贩鸦片有半年之久了，请恩师明察。"

接着又审讯卡丁。卡丁们证明，船上确有鸦片，只是数量多少不知。又审讯高山虎的伙计。伙计先是否认，禁不住曾国藩的严词追问，最后只得说出私贩鸦片的事实，并供出高山虎是李浩的内弟。

退堂后，刘蓉说："看来高山虎私贩鸦片是实，只要坐实这件事，这个案子就好办了，关键是把那二百斤鸦片找出来。"

曾国藩说："就当时情况来看，鸦片十之八九是沉到江底去了。明天派人去打捞。"

第二天，派了两个当地的船民下水打捞，在停船的地方打捞了一天，并未发现鸦片的踪影。瑞州知府暗自得意。曾国藩和刘蓉感到奇怪：鸦片到哪里去了呢？灯下，二人苦思不得结果。好一会，刘蓉突然失声笑道："我们重蹈刻舟求剑的覆辙了！"

曾国藩恍然大悟。船老大被带上来了。曾国藩分开扫帚眉，吊起三角眼，船老大见这副凶神恶煞的模样，早吓得浑身像筛谷般地颤抖。曾国藩盯着船老大的脸，半天不语，船老大魂已吓跑，只知一个劲地磕头不止。突然，传来一声炸雷："你从实招来，那夜赵有声上岸后，你的船开动了多远？"

船老大抖抖索索地回答："回大人的话，那夜赵有声上岸后，高山虎陪赵家家人喝酒，后来又叫我把船向下游移动了二十多丈远。"

"你说的是实话？"

"小人有几个脑袋，敢在大人面前说谎。"

曾国藩把船老大锁在一个小屋子里，不让他出去。天亮后，曾国藩带着船老大来到江边。船老大指着一个地方说："船原来就停在这里。"

两个船民下了水，很快便抬出一个油纸包。打开一看，正是鸦片！搜出了鸦片，曾国藩踏实了。他告别阙玉宽，径直回南康府。他指使夏镇、吕伦等分头搜集陈启迈来江西的所作所为。这一夜，他将所得材料整理了一下，亲自给咸丰帝上了一份"奏参江西巡抚陈启迈"的奏折，给陈启迈列了几条罪状：一为已革总兵赵如春冒功邀赏，二为奉旨正法守备吴锡光虚报战功，三多方掣肘饷银，四对有功团练副总彭寿颐无端捆绑，拟以重罪，五指使万载县令李浩伙同其内弟私贩鸦片，牟取暴利，六丢失江西五府二十余县。这六条罪状写好后，曾国藩料想陈启迈的乌纱帽保不住了，为向皇上表示一片公心，他又提笔写了几句：

> 臣与陈启迈同乡同年同官翰林院，向无嫌隙。在京时见其供职勤谨，来赣数月，观其颠错倒谬迥改平日之常度，以至军务纷乱，物论沸腾，实非微臣意料之所及。

想起恽光宸一味跟着陈启迈走，严刑拷打彭寿颐的可恶，曾国藩又在折末添了一笔：

> 臬司恽光宸不问事之曲直，严刑拷打办团之缙绅，以伺奉上司之喜怒，亦属谄媚无耻，不堪居此要职。

全折写好后，曾国藩又逐字逐句细读一遍，自认无一字瑕疵后，方才叫司书连夜誊抄。这时，刘蓉进来了。刘蓉看了奏折后，说："痛快！对这种庸吏就要这样严参。"过一会，又对曾国藩说："陈启迈就厘局之事已上告朝廷，你不妨再附一片，陈述不得不办厘局的苦衷，并说明目前赣南尚无厘局，请饬江西省迅速在赣南建局，以助军饷；同时表明，一俟湘勇离开江西，赣北所建之局全部归还江西。这样既可使朝廷放心，又利于与新巡抚相处。"

"你想得真周到！"曾国藩对这个主意甚为赞赏。

曾国藩知道德音杭布也恼火陈启迈，便将奏折送给他看，请他履行向朝廷作证的诺言。德音杭布也拟了一折，把陈启迈和江西吏治大

【唐浩明评点：曾氏一生，保举了不少人，也参劾了不少人。这道"奏参江西巡抚陈启迈"折，参的是一个现任巡抚。作为一省之主，曾氏向陈启迈挑战，从某种意义上来说，实际上是向整个江西官场挑战。折中提到臬司恽光宸，提到饶州、广信两州的失守，提到万载县令，牵涉面较广。细究这道参折，我们可以看到曾氏为获取弹劾的胜利，是煞费了苦心的。而折中最厉害的，当属"粉饰欺蒙"和"颠倒是非"两条。

凡当领导的，最忌讳的就是下属欺骗他。因为领导者绝不可能事事躬亲，摊子越大，相距越远，越不可能去躬自参与。他对所领导的对象的掌握，靠的是什么？主要便是靠下属的汇报。下属汇报上来的情况，成了他对全局了解的重要基础，决策的重要依据。正因为领导者不能躬亲，故而下属为了自身的利害，常常敢于不将真实的情况汇报。如此，"欺蒙"便几乎成了人

骂一通，寄给兵部尚书阿灵阿，托他代奏。正当曾国藩为出了一口怨气而舒心的时候，康福进来报告："塔提督在九江没了！"

真如晴天一声霹雳，曾国藩被这突来的噩耗震得双目失神，六神无主。

六 塔死罗走，曾国藩感到从未有过的空虚

塔齐布盛年溘然去世，是曾国藩根本不能想象的事。正是曾国藩将塔齐布由一名都司衔署理抚标中营守备，一年多时间，便迅速提拔为湖南水陆提督。也正是这个塔齐布，知恩图报，尽心尽力为曾国藩打赢了几场大仗，为湘勇大壮声威。曾国藩需要塔齐布带兵打仗，更需要塔齐布为他制造一个满汉亲密无间的形象，以消除朝野内外的各种猜忌、嫉妒以及形形色色的流言蜚语。如今在战时进退维谷、局面晦暗不明的时候，塔齐布却因九江久攻不下呕血归天，曾国藩整整一夜为此而黯然神伤。

第二天一清早，曾国藩便带着一批高级将官和幕僚，骑马离南康赴竹林店。曾国藩在塔齐布的灵柩边饮泣不已，亲自指挥，在灵堂两侧挂上昨夜写就的一副挽联："大勇却慈祥，论古略同曹武惠；至诚相许与，有章曾荐郭汾阳。"又吩咐从湘勇内银钱所拿出两千两银子，先行派专人送给塔齐布的老母，又派副将玉山带三百弁兵护送塔齐布的灵柩至南昌，在南昌公祭之后，再由守备长春护送回原籍；又亲自

类社会管理机制中，一个难以治愈的痼疾沉疴。在中国的官场中，这个现象更为普遍。所谓"天高皇帝远"，皇帝于是成了最好欺蒙的人。他所遭受的欺蒙，大概也是最多的了。到了战争爆发后，隐瞒败仗，夸大小胜，便成了南方各省的通病；因为败与革职惩罚、胜与奖赏升官是密切联系在一起的。凡可欺蒙的，都欺蒙，实在不能欺蒙的，则推卸责任。当时的官场几乎都如此。太平军的迅速崛起，就得益于清廷官场的这种风气。倘若洪秀全、杨秀清他们早期的活动，就得到当地官府及时而真实的逐级汇报，并采取强硬措施的话，何来日后的蔓延半个中国？咸丰皇帝当然也最恨欺骗他的人了，想必在读完这一条后，陈启迈的顶戴在他心里便已被摘掉了。

另一条置陈启迈于绝境的罪状，则要数"颠倒是非"一条了。县令弃城逃命，这是朝廷最恨的事，陈启迈为之掩饰；办团练，这是朝廷提倡的事，陈启迈则加以破坏。这两桩事加在一起，一个不与朝廷保持一致的巡抚形象便凸现了出来。当然，这样的巡抚，不是朝廷所希

望的封疆大吏。

为了说明参陈纯是为公而没有私见，曾氏在参折末段特别指出他与陈乃"同乡同年同官翰林"。读者切勿淡看了这"三同"，在当时的官场上，这可是彼此信任、互相利用、相与关照的三个坚实基础。通常情况下，两人可成为"有事好说"的铁哥儿们，但居然就闹崩了，可见不是私嫌，而是公事。估计咸丰读到这里，心中一定想：若不是实在合不拢了，曾国藩怎么会走这一步！

一个省的一把手、三把手，凭一道参折便立即丢了乌纱帽，这在今天看来，有轻率之嫌，即使在一两百年前的承平时代，也不会这样的。朝廷也还得派人调查调查，听一听相关人士的意见，然后再作决定。之所以如此立竿见影，是因为那是特殊时刻的特殊省份。特殊时刻，是指当时乃战争期间；特殊省份，是指江西当时乃朝廷与太平军较量的主要战场所在地。特事特办，便有了"折到人倒"的现象出现。当然，这种特事特办，也要看是谁的事。

自从同日打下武昌、汉阳给朝廷拟折，奏明塔齐布创建湘勇、屡获战功的勋绩，并请在长沙为其建专祠。塔齐布遗言，荐周凤山统带驻扎竹林店的五千人马。曾国藩认为绿营出身的周凤山担不起这个重任，出于对塔齐布的感情，也按他的遗言办了。曾国藩对塔齐布的丧事料理得如此周到细致，对其身后倍加尊崇褒奖，使湘勇将官勇丁都十分感动。

曾国藩回南康不久，江西官场发生大的变化。咸丰帝接受曾国藩的参劾，罢免巡抚陈启迈和臬司恽光宸的官职，将原湖北藩司文俊升为江西巡抚，原吉南赣道周玉衡升为臬司，陆元烺依旧当他的藩司不变。文俊是个旗人，老于官场，深通世故。他一上任，便亲到南康拜访曾国藩，邀他搬到南昌去住。曾国藩谢绝了，文俊心中不悦。不久，他便看出曾国藩身边的幕僚，惟德音杭布与众不同。凭着他的官场经验和旗人特有的嗅觉，知道此人来头非比一般，便倾力结交，和德音杭布认了世谊，往来密切。周玉衡本是陈启迈的亲信，他对陈、恽的被罢感到委屈。不过一则惮于朝廷对曾国藩的倚重，二则自己也是靠了这次变故才获得迁升的机会，便也不言语。文俊不敢像陈启迈那样，与曾国藩明目张胆地对立，但也不甘心江西白花花的银子都落到湘勇的手中，他在湘勇还没来得及设卡的地方，全都设上厘卡，在湘勇设卡的地方也加卡，把湘勇的厘税夺走了一半以上。百姓则更苦不堪言。江西官场从司道到府县，都对曾国藩打长毛无功，收厘金起劲的做法不满，不少府县暗中怂恿人殴打湘勇卡丁，以便挤走他们，让自己的厘卡独霸地盘。湘勇厘卡的诉苦书一封封报到南康，曾国藩对此毫无办法。

太平军方面，石达开率主力进入湖北战场，在鄂东、鄂南一带接连收复好几座城池。林启容、白晖怀依然分别驻扎九江、湖口，周国虞驻梅家洲，罗大纲驻小池口，均按翼王的部署，暂按兵不动。江西战事出现相对平静。

这一天，罗泽南单骑匹马，从义宁赶到南康。曾国藩很觉奇怪，问："罗山来南康何事？"

"有大事相商。"坐定后，罗泽南对曾国藩说，"江西军事宁静，早晚必有大战爆发。"

"你看出什么啦？"

"石逆统兵进湖北，意在巩固武昌，巩固武昌的目的，又在于保证长江水道的通畅，一旦武昌巩固，就会卷土重来江西。那时，其挟湖北取胜之余威，与屯兵休养之九江、湖口逆贼联合，必与我军有一番恶斗。"

曾国藩眼睛顿时明亮起来，说："罗山顾虑的是。"

"若贼不能固武昌，则无暇来江西，故依泽南看来，一定要与石逆拼力争武昌。"

罗泽南见曾国藩点头，便侃侃而谈："长江要害凡四处。一曰荆州，西连巴、蜀，南并常、澧，自古以为重镇；一曰岳州，湖南之门户也；一曰武昌，江汉之水所由合，四冲争战之地，东南数省之关键所在；一曰九江，江西之门户。此四处，皆贼与我死力相争之地。今九江与贼相持，而贼又上据武昌，长江四处要害已失两处。欲制九江之命，必由武昌而下，欲破武昌，必由崇、通而入。今润芝军驻麻城、黄安一带，鹤人兵在黄陂、孝感，均未制贼之要害。依我

之后，曾氏及其所领导的湘军便受到朝廷的特别重视，朝廷将平定太平天国收复东南的重任寄托在曾氏的身上，故而对于曾氏所参劾的直接影响战争进展的文武官员，朝廷自然是有参必准。】

之见，须由江西增援劲旅，从崇阳、通城进入湖北，配合润芝、鹤人三路夹击，则武昌可复。而江西境内亦同时攻九江、湖口，大局庶有转机。若不主动出击，待石逆从湖北回师，则江西势更危迫。"

说罢，两只戴着墨镜的眼睛紧紧盯着曾国藩。曾国藩暗思，罗泽南的这番话不错，但眼下江西能调得出人马吗？

"仁兄说得有理，但哪有人进湖北呢？"

罗泽南立刻接话："这就是我到南康来与你相商的大事。我思来想去，当前唯有我率领在义宁的三千人马去才行。"

"你去？"曾国藩惊讶地说，"塔智亭刚去世，周凤山实际上统不了九江军。次青平江勇只两千人，温甫的那几营才募集不久，不能挑大梁，江西靠的正是仁兄的这支人马。仁兄若率之入鄂，江西的力量不要说再打九江、湖口，就是应付长毛，亦感费力了。你不能去，实在要去，次青带平江勇去吧！"

"涤生，若真的要早日收复武昌，就不能让次青去。倘若次青败在石逆之手，反而增加逆贼的气焰。我还有一个顾虑，不知你想到没有？"

"你是怕润芝、鹤人不是石逆的对手？"

"不是。润芝富有谋略，鹤人亦勇猛善战，估计石逆亦难轻易取胜。我是想，石逆兵力已到咸宁、蒲圻，他们很可能会再犯湖南。"

罗泽南看到曾国藩手中的茶杯微微动了一下。

"涤生，若石逆再犯湖南，季高、璞山匆忙之间，势必难以堵住。这批无父无君的匪盗，什么事干不出？湘勇这两年和他们结下了血海深仇，他们会饶得过将士们家中的亲人吗？"

曾国藩心里打了一个冷战。石达开进湖南，第一个要攻打的必是荷叶塘，第一批要杀的必是自己的老父稚子，第一批要刨的必是自己的祖坟！

"倘若湖南有个风吹草动，"罗泽南说，"湘勇必定军心动摇。所以泽南此番入鄂，当分军两路，一攻武昌，一扼通城、蒲圻，决不让长毛一兵一卒再犯湖南。"

曾国藩想了一下，说："三千人马不可再分，要么集中攻武昌，要么集中扼鄂南。不过，兵机瞬息万变，进湖北后再相机行事吧。"

罗泽南连夜赶回义宁。塔齐布死了，罗泽南又要走，曾国藩心里感到一种从未有过的空虚，一连几天，心绪不宁。这天午后，人报刘蓉病重，卧床不起，曾国藩闻讯急忙赶到刘蓉的身边。只见刘蓉闭目躺在床上，面有戚容。曾国藩摸摸刘蓉的额头，体温正常，看看室内，陈设整齐。想起前两天，刘蓉说要告个假，回湘乡省母的事，曾国藩心里明白了。塔死罗走，军机不顺，曾国藩几乎天天要跟刘蓉商量大事，怎么能走呢？他对老朋友此刻的这种想法很不高兴。曾国藩深知刘蓉的为人，遂坐在他的床头，一边轻轻地抚摸着刘蓉的脸，一边以真挚悲怆的声调说："梅九，梅九，你可千万不能走哇，你能甘心让我当欧阳子吗？"

一连说了几遍，刘蓉终于忍不住笑起来，掀被坐起，责备道："涤生，人家心乱如麻，你还有心开玩笑。"

原来，这里有个典故，除曾、刘二人外，别人都不知道。那还是他们相识不久的时候，二人都自负文章好。曾国藩有次戏言：我俩好比欧阳修与梅尧臣。刘蓉说：那谁是永叔，谁是圣俞？二人都要当欧阳修，不愿屈为梅尧臣。最后曾国藩说：欧阳修后死，梅尧臣先亡。以后我们二人，谁后死谁是欧阳修，刘蓉同意。想不到二十年后，曾国藩还记得这个故事，在目前军机不顺的时候，还有这份闲心情。

"孟容，你心思乱，你知不知道，我的心思比你还乱？这个时候，你能忍心抛下我回湘乡过逍遥日子吗？"

刘蓉心软了，但并不松口，说："你是朝廷重臣，你有责任，我是你的私人朋友，我没有责任，我想走就走，没有我，自然继续有人为你办事。"

曾国藩心里想，莫不是刘蓉对至今还是一个候补知府衔有意见，或是对前途失去信心？他说："你回家省母是大事，我怎能不同意，况且又不是一去不回。只是我不能须臾无你在身旁，今日有难同当，来日有福同享。一听你要走，我的方寸已乱，想写首诗送给你，都感到难以成句了。"

"那好吧，你就写首诗给我吧，若写得好，我就不走了。"

"你定要回家，我的诗即使写得好，你也不会说好，如何评判呢？"

刘蓉想了想说："这好办，我看后笑了就算好，不笑不算好。"

"说话算数？"

"我什么时候说过空话？"

曾国藩背着手在屋里踱来踱去，一刻钟后，他走到书案前，挥笔写了一首诗，递给刘蓉："你看吧！"

刘蓉看时，却是一首宝塔诗，轻声念道：

"虾。豆芽。芝麻粑。饭菜不差。爹妈笑哈哈。新媳妇回娘家。亲朋围桌齐坐下。姑爷一见肺都气炸。众人不解转眼齐望他。原来驼背细颈满脸坑洼。"

刘蓉不动声色，曾国藩在一旁有点着急，屏住气，不敢作声。隔一会儿，只见刘蓉的头点了两下，终于扑哧一声笑出声来。

"好，笑了，笑了！"曾国藩孩子似的乐了起来。

"涤生，你把你们荷叶塘骂新姑爷的俚语拿来逗我！"

"管他俚语也罢，村言也罢，你笑了就好！"

"我再给你续两句吧！"刘蓉提笔在后面再补下两句："涤生诗才大有长进真堪夸。刘蓉认输留在军营莳竹栽花。"

"妙，妙！孟容，你真是诚信君子。"

离开刘蓉回到书房，曾国藩沉思起来。从刘蓉告假一事上，他终于明白了罗泽南离赣赴鄂的真正用心。原来他们都对江西战局失去了信心，功名心重的罗泽南要到湖北去建功立业，功名心不太重的刘蓉则想及早抽身回籍。曾国藩情绪低沉，不断地问自己：我在江西真的就陷入了困境吗？

七　樟树镇受辱，石达开三败曾国藩

不久，咸丰帝实授曾国藩为兵部右侍郎，仍在江西督办军务，其职由沈兆霖兼署。这道任命并没有改变曾国藩在江西孤悬客位的局面，各府县听的是巡抚、两司的命令，并不买兵部堂官的账。前几天，曾国华派人来诉苦，说手下一哨长因公夜行，被新昌县当长毛拿获。曾国华拿着盖有"钦差兵部右侍郎关防"的公文去交涉，竟被新昌县令置之不理，还说以前的公文盖的都是"钦差兵部侍郎衔前礼部侍郎关防"，为何又变了，曾大人到底是个什么官？弄得曾国华啼笑皆非。曾国藩窝着一肚子气，又无法发作。到头来，还得动用文俊的巡抚大印才放了那个哨长。彭寿颐也来诉苦，说厘金日渐减少，卡丁一天到晚尽受气，被打死活埋的事屡有发生。曾国藩苦恼极了，没有银子，这支庞大的军队如何生存打仗？

"银子的事，还有办法可想。"郭嵩焘的父、叔都经过商，到底于此见得多些。他见曾国藩一天到晚为饷银事愁眉苦脸，出主意说，"我为你跑一趟杭州，游说浙抚何桂清，要他支援三万引浙盐。这三万引浙盐在江西推销，估计可获利十万两银子。另外，还可向朝廷陈说困难，请朝廷从上海关税中拨一批饷银来。上海商贾云集，货物山积，银子多得像水一样，分出十万八万应无问题。"

曾国藩认为这两个主意都很好，立即委派郭嵩焘去杭州，又奏请朝廷速拨十万上海关税银子，以济湘勇燃眉之急，并提名由苏州知府袁芳瑛专办。又派人送家信至湘乡，要九弟国荃在原募勇丁基础上扩大一倍，从醴陵一路入赣，以填补罗泽南去后的空缺。正当曾国藩为摆脱经济、军事困境而多方措力的时候，太平天国翼王石达开和他的战友们又在谋划一场大的行动了。

石达开兵进湖北后，一路势如破竹，鄂东南的州县几乎全被太平军克复。罗泽南入鄂后，自己带一支人马直向武昌奔去，他想以奇兵冲进武昌，夺下收复武昌的首功；另分偏师由李续宾统带，扼住蒲圻一带，防太平军南下。石达开放开大路，让罗泽南长驱直入。他的策略是关门打狗，放罗泽南进来，然后再和韦俊、胡以晃联合起来，南北夹攻，全歼罗泽南军。

"殿下，卑职有一个不同的想法。"因埋伏湖口截击李孟群舢板有功，被越级提拔为中军总制的康禄对石达开说。

"小兄弟有何想法？"石达开很喜欢艺高心灵的康禄，虽然他比康禄只大得两岁，但在石达开的高级僚属中，康禄和陈玉成一样，毕竟是属于年纪最小的一批，故石达开常称他和陈玉成为小兄弟。

"殿下，南北合击罗泽南的主意很好，但卑职以为，韦国宗等在武昌防守坚固，罗泽南好比鸡蛋碰石头，不足为虑。现在倒是曾妖头在江西的老巢，却因塔齐布死、罗泽南走而空虚。卑职听说，曾国华骄而无能，周凤山勇而无谋，李元度优柔寡断，彭玉麟内湖水师陷在鄱阳湖。曾妖在江西，已是势孤力弱。此时我军不如返旆回赣，乘机一鼓捣毁湘妖老巢，活捉妖头曾国藩。"

石达开极为赞赏康禄这个主意，神不知鬼不觉地率师翻越幕阜山，以迅雷不及掩耳之势，一举攻克义宁州。三四天之内，便接连拿下新昌、万载、上高等县，曾国华被迫东逃。消息传到南昌，文俊大惊，飞马请曾国藩派勇抵挡。曾国藩调周凤山率驻竹林店的五千人马，先往瑞州遏制，自己协助曾国华整顿溃勇，随后跟上。就在赶赴瑞州的路上，又听到一连串的不利消息：石达开在江西天地会大龙头周培春的配合下，相继攻下临江府、袁州府十余州县，才上任的按察使周玉衡及吉安知府陈宗元被击毙于吉安，翼王旗已插上了赣南名城吉安城楼。

　　曾国藩带领周部、华部两支人马七千余人，来到离临江府五十里远的樟树镇，吩咐就地驻营。周凤山、曾国华不解。曾国藩说："樟树镇西近瑞、临，东接抚、建，为赣江沿岸重镇，省城咽喉。石逆兵力今集中在吉安府一带，料近日内必率师北上进犯南昌，水陆两军都必经樟树镇。我军在此安营扎寨，以逸待劳，必可取胜。"

　　周凤山、曾国华都赞同这个分析。曾国藩又火速派人通知彭玉麟率内湖水师出青岚湖，由武阳水过三江口镇，驶进赣江，南下到樟树镇集结，与长毛在樟树决一死战。

　　几天后，康禄带中军来到永泰市。探马报，曾妖头亲率七千陆师驻扎在樟树镇、横梁、芗溪一带。康禄命令扎营，等候翼王到来。次日，石达开带领殿右一指挥赖浴新赶到了。赖浴新打仗最是勇猛，湘勇恨他怕他，称他为赖剥皮。

　　石达开策马查看樟树镇的地势。只见这一带除一道赣江外，尽是起伏不定的黄土丘陵，南面接着百丈峰的尾部。此地两旁是山，中间一条大路。时为早春，雨水未至，山上的树木枯干，似乎堆放了满山遇火即着的干柴。石达开看在眼里，心里有了主意，对赖浴新、康禄说："曾妖头打仗，从来不亲上战场，只躲在后边营寨里。上场交战的是周凤山、曾国华，这两个草包求胜心切，当可利用。"

　　康禄说："适才随翼王查看地势，我想百丈峰麓那片干树林，是天赐我们的有利条件。"

　　"好放火！"赖浴新一语点破。

　　石达开和康禄都笑起来。达开说："我们都想到一块了。就在此地火烧湘妖。不过，周凤山、曾国华再是草包，也会防这一着，得想一个办法诱他们上钩。"

　　翼王、总制、指挥三人细细考虑着。

　　第二天黎明，康禄带二千人来到樟树镇搦战。康福在曾国藩身边，看着弟弟身着龙袍凤盔，神采飞扬地骑在高头大马上，心里很为弟弟高兴，想到骨肉相残，又顿觉悲凉起来。曾国藩命周凤山、曾国华带三千人前去应战。曾国华对周凤山说："你在正面应付他们，我从侧面冲他们的后队。"

说罢，带着一千五百人与周凤山分道而行。

康禄拍马上前，与周凤山交战，战了十余回合，便渐渐不支，周凤山暗暗高兴，越战越有劲。正在这时，曾国华从后面杀出，两支军队前后夹攻。康禄抵抗不住，打马向东冲去，二千人马溃不成军，纷纷将身上背的东西丢下，夺路而逃。湘勇多时没有打过胜仗了，见丢在路旁的包袱、什物，个个眼红，慌忙来抢。打开一看，尽是金银珠宝，喜得咧嘴大笑。曾国华提醒周凤山："为何长毛丢下这多值钱的东西，此中有诈。"

周凤山说："六爷过虑了。长毛劫来的财宝，不随身带，放到哪里？打败了，只得忍痛丢下逃命。"

曾国华见康禄带兵远远逃去，不像是设下的圈套，便不再制止，让手下的勇丁去你争我夺抢个饱。晚上，周凤山对曾国藩说："看来石逆还在吉安没来，领头的小贼是个无用的家伙。"

曾国藩也一直未见有翼王字样的旗号，心想：正好趁石逆未来之前歼灭这股敌人，鼓舞久已衰竭的士气。当晚将周凤山和六弟着实称赞一番。

隔天，康禄又来挑战。尝足甜头的湘勇个个奋勇，人人争先，康禄边战边退，慢慢地将周凤山、曾国华引到百丈峰脚，太平军纷纷丢下身上的东西，朝树林中逃去。湘勇见又有东西可捡，无不高兴，先头部队不知不觉地进了树林。周凤山和曾国华刚进林子，便有亲兵来报，说前面路边竖起了十来幅大画，全画的是曾大人。周凤山、曾国华好生奇怪，驱马进了树林。行不到几丈远，果然见前面竖起好些牌牌。这些牌牌约有五尺见方，钉在木桩上。牌上糊着白纸，纸上画着图画。周、曾二人看时，第一幅画的是一把大刀，拦腰砍断一条大蟒蛇。旁边一行大字：刀砍癞皮蛇——曾妖头！曾国华气得七窍冒烟，在马上大叫："给我把这个牌子剁碎！"

勇丁们一窝蜂上来，捣毁了这个牌；再向前走几步，又是一块牌，画的是靖港投水：曾国藩披头散发，正从船舱狼狈跳向湘江。勇丁们不待吩咐，又一齐上前毁掉。原来，太平军最喜画画，军中有不少会画的人才。每到一处，周围都贴满了漫画，一来作为娱乐，二来借此鼓舞士气。所以翼王定下这条计策，很快就有高手画出了十来幅大画来。全画的曾国藩靖港、岳州、九江、湖口打败仗的情景。数千湘勇都怀着好奇心，争先恐后挤进树林，一边看，一边捣毁，一边议论，几乎忘记是在打仗了。大家正在得意忘形之时，一骑飞进树林，向周凤山、曾国华传令：

"曾大人有令，前面树木密集，须防火攻，速速撤退！"

周凤山、曾国华如梦方醒，急令撤退，但已来不及了。猛听得一声炮响，树林中飞出无数条火蛇来。这些火蛇斜着向树梢飞去，擦着树枝便燃烧起来，落下后，又燃烧地上的枯枝败叶。一刹那间，树林中烧起无数堆烈火，劈劈啪啪，越烧越旺，浓烟升腾，火星四溅，把挤进林中的数千湘勇吓得惊慌失措，四处乱窜，被踩死的不计其数。这时，林中到处插上了绣着斗大"石"字的翼王旗，周凤山、曾国华才知石达开早已到了，勇丁们丧魂失魄，勇气全失。周、曾指挥湘勇从来路上冲出去，劈头看见虎目圆睁的赖浴新，心里叫苦不已，不敢恋战，仓皇夺路逃命。一万太平军将士从四面八方包围过来，杀得湘勇鬼哭狼嚎，抱头鼠窜，大片大片地跪下磕头求饶。

在另一条路上，康禄率领五百轻骑直袭樟树镇湘勇老营。曾国藩知道前部惨败，勇丁已无斗志，便下令撤退，自己由康福、彭毓橘保护，向南昌方向逃去。康禄因在白杨坪见过曾国藩一面，便跟着骑在枣子马背上的曾国藩死追不放，一边高喊："弟兄们，活捉骑红马的曾妖头！"

康福听见喊声，知道是自己的弟弟在追，便紧随曾国藩的左右，一步不离。康福深知弟弟飞镖的厉害，从腰间抽出刀来，留心谛听马后的声音。这时，康禄已甩掉后面的将士，独自一人在前追赶曾国藩。曾国藩枣子马的速度，是其他骏马追不上的，身旁除康福外，也再无别人了。康禄在后面又喊起来："曾妖头，下马投降，可以饶你一死！"

曾国藩将手中的马鞭用力一抽，枣子马发疯似的向江边小路奔去，康福紧紧跟在后面。江中水面上，远远地已见一队船驶来。康禄怕曾国藩从江上逃走，便从镖袋里取出一支镖来，运足气力，向曾国藩的后背打去。康福听到飞镖的声响，将腰刀向后一挥，只听得"哐当"一声，飞镖碰在腰刀上，迸出一星火花，一齐落在马屁股下。康福知道一镖不中，还有第二镖飞来，急中生智，从自己的马上一跃而起，跳到枣子马上，坐在曾国藩的后面，回头高喊："兄弟，你哥哥康福在此！"

康禄正要打出第二镖，听得这声喊，愣住了：果然是自己的亲哥哥！这镖怎能放？康禄手一软，镖掉到草丛中。枣子马乘隙飞奔。船队靠近了岸，曾国藩看到前头大船甲板上站的正是水师统领彭玉麟，高喊："雪琴救我！"

彭玉麟忙将船划过来，把曾国藩和康福接上船。船上水勇一齐朝岸上太平军放炮，逼得康禄勒马回头。彭玉麟将溃勇收上船，张开风帆，顺流向鄱阳湖开去。

船开出多时，曾国藩惊魂始定。他抚摸着康福的肩膀说："今日多亏贤弟，否则，此时早已不在人世了。"

康福忙跪下说："大人何出此言，这是大人的福气。只是大人赐我的腰刀，不慎被飞镖击落，遗憾不已。"

"一把腰刀值什么！"

"大人亲手所赐，康福视它如同性命。"

曾国藩听了，感动地说："请起来，回南康后我再亲手赠你一把。"

康福说声"谢大人"后，站了起来。

"价人。"曾国藩看着慢慢后退的房屋田陌，缓缓地说，"我在马上听你对后面的追贼高喊兄弟，那个追贼是你什么人？"

康福见曾国藩的眼中闪过一丝阴冷的光，知道已不可隐瞒，便将弟弟的事告诉曾国藩，但有意隐去了白杨坪行刺一节。他想起在武昌亲眼见到的剐目凌迟惨象，忽然毛骨悚然，再次跪下说："大人，亲兄弟沦为造反逆贼，做兄长的却不能使他改邪归正，心中万分痛苦。康禄不忠不孝，罪不容诛。望大人看康福薄面，有朝一日将康禄擒拿后，千万容康福见一面，劝说他弃暗投明，为朝廷效力；若康禄不听教诲，再杀不迟。"

曾国藩抚须眯眼，半晌不语，良久，才慢慢地说："良家子弟失身为贼，已是家中的败类贼子，何况死心塌地为逆首卖命，即使剐目凌迟，亦不为过。不过，既然是你的胞弟，自当别论，且我亦爱他武艺高超，倘若肯弃暗投明，为国效力，本部堂不但不杀他，而且要重用他。你放心吧，日后遇到机会，一定要把兄弟劝说过来才是。"

康福忙说："小人一定谨遵大人钧命，劝说兄弟脱离贼窝，归顺朝廷。"

稍停一会，曾国藩自言自语地说："那年在家，也遇到一个善用飞镖的刺客，今番又是一个会使镖的，我难道前世与镖手结了仇？"

康福只当没听见，走进了船舱。船已到三江口，只见前锋掉过船头来报："湖口逆贼白晖怀拦住了下游。"

彭玉麟怒气冲冲地命令："准备厮杀！"

【唐浩明评点：罗泽南是湘军中一个重要将领，其所率之部战斗力最强。罗之战死，对湘军来说是个极大的损失，且罗极具湖湘士人的典型性。罗出身于耕读之家，功名不顺，三十三岁才考取个秀才；带兵之前，一直做塾师。罗刻苦求学，尤究心洛闽之学，并注重将学问贯注到人生中。罗带勇时将读书之风搬到军营。时人记载罗泽南的部队白日与敌人鏖战，入夜则在帐房里诵读四书五经，往往刁斗声与读书声相杂。临终时，他对伺立一旁的部属说："乱极时站得定，才是有用之学。"此话广为传播，对有志做事的湖湘士人影响极大。罗是文人带兵的一个突出代表。】

"且慢！"曾国藩制止彭玉麟，"雪琴，陆师大败，士气低落，此刻不是打仗的时候，不如改道由赣江西下，暂住南昌，休整几天再说。"

彭玉麟遵令指挥战船改道复入赣江，直向南昌奔去。

曾国藩一行刚进南昌的第二天，石达开便率部将南昌团团包围起来。南昌城里，曾国藩和文俊、陆元烺慌了手脚。曾国藩一面指挥城内军队死守，一面飞马传调鲍超、李元度火速来南昌救援。连日来，太平军不断向城内发射火箭、炮子，又四处挖地洞，绑云梯，攻势十分凌厉。李元度、鲍超的陆勇和李孟群的水师被堵在包围圈外，不能入内。曾国藩每天登上城楼，看城外太平军旌旗飘扬，人山人海，心胆俱碎。他决定立即把在湖北战场上的罗泽南、李续宾部调回。刚把传令的亲兵打发出去，随罗泽南出师湖北的参将刘腾鸿单骑冲进南昌城内，将一个意想不到的凶讯告诉曾国藩：初一日，罗泽南在武昌城下右额中弹，初八日死在军营。曾国藩惊得目瞪口呆。刘腾鸿将罗泽南临终前写的信递给曾国藩。上面写着：

涤生仁兄大人左右：

二十余年前，与兄相识于高嵋山下，即结骨肉之情。四年来，追随兄创办湘勇，赖兄之德识才力，湘勇复岳州，出洞庭，下武昌，夺田镇，威播大江，名震寰宇。实指望与兄饮马下关，全歼巨寇，使我大清中兴；岂料中道分手，宏愿未竟，悠悠苍天，此恨曷极！犹记离赣时，兄再三叮嘱："君所部仅五千，贼众常数万，是可合不可分，分则不足以支大敌。"泽南此次败，恰败在分军上。兄言在耳，追悔莫及。方今武昌未复，江西又危，正不知兵火何时能熄。泽南年已半百，死何足惜，事未了耳！迪庵忠贞之士，余部可命其统率，润芝宽厚得众，足可为湖北之主。雪琴、厚庵、璞山，均世之英才，堪寄以大任。左季高，人中蛟龙，可为百万大军统帅，不宜让其久困湖南。泽南一生，自谓求学尚能刻苦，然学业未成，事业未就，愧见先祖于九泉。近年来与长毛作战，亦有一点心得。今将远别，愿送与我兄："乱极时站得住，才是有用之学。"万语千言，难以倾诉，愿仁兄为国珍重。

曾国藩阅毕，泪如泉涌，哭道："罗山大才，世所罕见，中道分手，乃我湘勇之大不幸，所遗诸言，自当谨记！"

传令在南昌城为罗泽南设灵堂，亲自率众吊唁。城外，石达开指挥太平军攻城更急。城内到处是火堆，三街六市一片混乱。曾国藩强令五十岁以下、十五岁以上的男子全部上城抵抗，自己骑着枣子马昼夜巡逻。他暗自下定决心，一旦城破，立即自刎，追随塔齐布、罗泽南于地下。曾国藩把荆七叫到身边："倘若城破，你要设法逃出去。"又指着一个包袱说："这里包的是几年来皇上的朱批、朝廷的命令及历次奏稿与信函的副本，你要把它送到我的老家去，留给后世子孙观看。"王荆七点头答应。略停一会，又说："南康衙门里，有我平时积蓄的八百两银子，你把它带回荷叶塘。事已危急，不能详细作书，当为你写一字条。"

随手拿来一张黄竹纸，匆匆写了几行字：

父亲大人万福金安：

儿已为国尽忠。这八百两银子不是军饷，乃儿之俸银，今由荆七带回，其中四百两为父亲大人养老之用，四百两为纪泽娶亲之资。请父亲大人多多珍重。

男国藩跪禀

这夜，曾国藩将王世佺所赠宝剑放在枕边，以便随时自裁。待到天黑时，城外炮声渐渐稀落，劳累几天几夜，曾国藩一倒在床上，便呼呼入睡了。一觉醒来，文俊进来兴奋地说："长毛全撤了！"

曾国藩擦擦眼睛，见窗外红日高挂，知不是梦。他忙登上城楼，只见五万太平军一个不留地走得无影无踪。他暗自诧异，却不知何故。各路援军都已进得城来，曾国藩看着他们，恍如死而复生，感慨万千地说："前几天闻春风之怒号，则寸心欲碎，见贼船之上驶，则绕屋彷徨，真不料还有今日相逢之一天。"

曾国藩还没有高兴几天，从东边北边又连连传来丰城、进贤、安仁、万年失守的消息。原来，向荣江南大营围攻天京，石达开奉天王洪秀全之命，率部出江西，取道皖南返回天京解围，故一夜之间全部撤离南昌。石达开走后，江西军务先由翼贵丈黄玉昆、后由北王韦昌辉主持，相继攻克抚州府和饶州府。到咸丰六年六月，江西十三府有九府掌握在太平军手中，形成了一片比较巩固的天国统治区。这九府是：九江、临江、袁州、吉安、抚州、建昌、瑞州、南康和饶州。曾国藩在江西处于危困的顶点。

八　在最困难的时候，曾氏三兄弟密谋筹建曾家军

曾国藩瞅着太平军一个空子，又把南康夺回来了。他吸取过去在长沙与湖南官场不合的教训，湘勇老营仍设在南康，尽量离官场中心远一点。就在曾国藩接连吃败仗的时候，九弟国荃却乘着石达开大军撤离江西的机会，一进江西，便攻占了安福县。首次带勇出省便攻下城池，这给一向心高志大、办事果决的曾国荃以极大的信心，也给屡败中的曾国藩带来希望。他有许多事要跟九弟商量，派人来到安福，叫国荃立即到南康去。

曾国荃今年三十二岁，除开眼睛细长和肩膀单瘦外，其他无一处不酷肖大哥。他十七岁时跟着父亲进京，在大哥家一住三年，终因不能接受大哥严谨规范的家教而回到荷叶塘。他渴望像大哥那样年轻高中，步步高升，却又不能像大哥那样刻苦攻读，看着别人一个个进学中举，升官发财，自己却一次又一次地落榜，急得两眼发红。二十七岁那年，好容易才中了个秀才。去年，湖南学使特意赏他一个优贡，曾麟书为此在荷叶塘摆了三天酒庆贺。这个外表单薄文弱的书生，为人办事却异乎寻常地倔犟凶狠。八岁那年，大哥曾国藩还未中秀才，曾家在荷叶塘并无权势。国荃喂养的一只心爱的小狗，被邻家的牯牛踩死

了，他失声痛哭，从厨房里拿了一把柴刀，背着人磨得锋快。他持刀跑到邻人家门口，声言若不赔他的狗，就要杀死邻人家的牛。邻人不理睬他。他便坐在那人的门口，一坐就是一整天，任何人也拖不回。直到半夜，邻人真怕这个犟伢子杀了他的牛，只好赔了一只小狗罢休。这两年，曾国荃眼睁睁地看到湘勇在外打胜仗，发洋财，心里早就羡慕死了，一再写信给大哥，要到军营来杀贼立功。自从大哥要他在家募勇后，便和国华一人招募一千勇丁，日夜勤练，决心抛掉"四书""五经"，走上战场立军功之路。几个月前，一则因为妻子难产，二则见勇丁尚未练好，他有意暂不出山。这次进江西，曾国藩指示他改道援吉安。他以下吉安为由，将原一千勇丁和临时扩招的一千勇丁改编为四营，分别命名为前、后、左、右营，都以吉字为头，他觉得兆头很好。果然给他碰上了好机会。太平军安福守将韦有房是个粗鲁贪杯的汉子，平时待兵士苛严。攻下安福后，他为了表示对兄弟们的奖赏，让他们开怀痛饮三天，自己更是天天烂醉如泥。他只知道曾国藩的军队在北面，做梦也没想到，曾国荃的吉字营从西边攻来。吉字营的勇丁急着要发财，都猛冲猛打不怕死，城里的守军是人人两腿软绵绵，两眼红通通，交战不到半个时辰，安福城便易了主。曾国荃将安福城里一切可以动用的财产，全部赏给吉字营的兄弟们，自己一匹快马，带了几个侍从，匆匆赶到南康。

又有两年未见面了，今日见到首战告捷的九弟，曾国藩喜不自胜，国华也闻讯赶来。吃过晚饭后，兄弟三人秉烛夜谈，分外亲切。

国荃将这次攻占安福的战事，绘声绘色地对两个哥哥演说了一通。曾国藩边听边惊讶不已，想不到九弟还是个将才！打虎还靠亲兄弟。真正靠得住的，还是自己的亲弟弟。日后再把国葆叫出来，自己运筹帷幄，三个弟弟各领一支军队，这不就是曾家军了吗？曾国藩将九弟着实称赞了一番后说："沅甫有识见，有一次信里明白跟我说，现在湘勇主力是罗山的人，要尽早建立自己的嫡系。过去我总想，大家以诚相待，目的在剪灭长毛，管他谁的人都一样，若在湘勇中建嫡系，便是自己先不诚了。这两年，先是璞山瞒着我，叫两个弟弟在湘乡募勇，后又是次青公开提出扩大平江勇，连罗山那样的志诚君子，也要率部离赣去鄂。虽说援鄂可以阻挡长毛进犯湖南，但我知罗山内心里是怕跟着我困在江西，立不了功。我遍视湘勇诸将官，除雪琴外，人人心里都有自己一把小算盘。眼下湘勇势力还不大，日后胜仗打多了，诸将功劳大了，人马扩充了，一定有尾大不掉的一天到来。"说罢，轻轻地叹了一口气。

沅甫说："大哥顾虑的是。天下事，先下手为强。现在罗山已死，璞山在湖南，罗山原来的一支人马，就只有迪庵在湖北的那几千人了。鲍超粗直，是大哥一手提拔的，谅必他日后不敢与大哥作对。周凤山是绿营的人，不会跟我们始终一条心。依我看，塔提督留下的人，就干脆让春霆统带算了。"

"鲍超虽无野心，但军纪太差。"温甫打断沅甫的话，"春霆手下的人，大部分人强抢掳掠，为非作歹，人马交给他不行。"

"温甫说得对，春霆只能为将，不能为帅。"曾国藩对此早已深思熟虑，现在见九弟出手不凡，遂下定最后决心，"周凤山不能再当统领了，塔智亭的人分为三支，分出二千人由鲍超统带。春霆打仗勇敢，也能督促部下不怕死，病在军纪差，纵容部属抢劫，这大概也是春霆有意以此为刺激。另一支划给温甫。加上这一支二千人，温甫你有多少人了？"

"有三千五百多人。"

"好。日后再招募一些，有五千人就可以打大仗了。"

"另外还有一千五百余人就给沅甫。沅甫加上这支人马，也有三千五百人了，也慢慢发展到五千人。"

"不，大哥，攻下吉安后，我立即就回湘乡募勇，吉字营明年就要达一万人。"

沅甫的勃勃雄心，使曾国藩甚喜，说："打下吉安后，你招一万人可以，不过军饷你要自己筹集，我手里没有那样多银子。"

"我自己有办法，一切不要大哥操心。"曾国荃斩钉截铁地答应。

"沅甫，你的长处是敢于任大事，不畏艰难，这自然是好的。但带勇之事，千难万难，日后困难还多得很，要慢慢磨炼。你手下目前最缺的是营官，我送几个好营官给你。"

沅甫很高兴，问："哪些人？最好要湘乡人。"

曾国藩笑道："岂止是湘乡人，还是我们的亲戚世谊哩！这几年，我身边有六个贴身亲兵，我有意按营官的要求培养他们，他们也还争气，现在可以派他们作大用场了。彭毓橘、萧庆衍、萧启江、江继祖，过两天都由沅甫带去，前后左右，恰好四个营官。"

"谢谢大哥厚赐。"沅甫立即起身致谢。

温甫说："大哥也太偏心了，一下送四个，上次只送两个给我。"

曾国藩笑道："都是亲弟弟，哪有偏心的道理。我身旁的人，除康福外，只要满意的，再挑两个去。两双对四个，一碗水端平。"

说着，兄弟三人都大笑起来。沅甫说："六哥明年人马也要扩大，至少也得一万人。这些年来，日日夜夜巴望建功立业，出人头地，现在是时候了，我们如果不能放开手脚，烈烈轰轰做一番事业，那就成了好龙的叶公。"

温甫点头说："九弟好气派，我何尝不这样想，只是大哥先前总不大赞成。"

曾国藩不语。沅甫继续说："现在大哥看清楚了，真的要完成剿灭长毛的大业，还得靠我们自家亲兄弟。四哥在家照顾家乡田产，贞干也让他出来。我和六哥一人带三万，贞干带二万，有八万军队在我们兄弟手里，其他什么人都可不必指望。我担保，凭着这八万曾家军，一定能辅佐大哥平定逆贼，建千古不灭之功勋。"

曾国藩望着慷慨激昂的九弟，眼中射出兴奋的光芒。他多么希望，当初从长沙杀出的湘勇将官，人人都这样痛痛快快地向他宣誓效忠啊！但可惜没有一人！就是最可信赖的彭玉麟，也没有这样坦率地表白过，亲兄弟到底是亲兄弟，与外人就是不同。他庆幸二十余年来，自己对诸弟的教育没有白费。若把那些年代的教诲比作耕耘，那么，现在就是收获的时候了。为着使两个弟弟在最困难的时候坚定信心，曾国藩将近日收到的郭嵩焘的密信拿了出来。郭嵩焘从杭州寄来的信上说：江宁城内，长毛内部争权夺利，愈演愈烈，大有内讧之势头。沅甫看完信，兴奋得用手猛地一拍桌子，高声喊道："若真如筠仙信上所说，那将是天助我也！"

曾国藩急用手捂住他的口，轻声说："莫大喊大叫，军中现在除我们兄弟三人外，无一人知道此事，你们务必不能泄露半个字。若露出风声，军营就会丧失斗志，坐等大功告成。如这样，反而自己害了自己，懂吗？"

沅甫明白过来，很是敬佩大哥的谨慎有远见。

"大哥，"隔一会儿，沅甫问，"有一事要请教你。俘虏的长毛如何处置，是不是都杀掉？"

"对长毛喊口号、贴布告，自然要讲明投降不杀、胁从者释放回籍的话，不过，"曾国藩轻松地说，"其实这两年来，凡捉到的长毛，无论男女老少，一律剜目凌迟，无一例外。"

"剐目凌迟？"沅甫心微微一跳，"大哥，那也太残酷了点，难道不可以少杀些吗？"

曾国藩站起来，轻轻地一拍沅甫的肩膀，亲切地说："九弟，你还初离书房，没有打过几天仗，怪不得有此仁慈之念。我当初也和你一个样。孟子说君子远庖厨，读书人连杀羊杀牛都不忍看，岂能亲手操刀杀人？但现在我们已不是书斋里的文人，而是带勇的将官。既已带兵，自以杀贼为志，何必以多杀人为忌？又何必以杀人方式为忌？长毛之多虏多杀，流毒南纪，天父天兄之教，天王翼王之官，虽使周孔生于今日，亦断无不力谋诛灭之理。既谋诛灭，断无不多杀狠杀之理。望弟收起往日书生的仁慈恻隐之心，多杀长毛，早建大功，做一个顶天立地的真男子。"沅甫点头，牢牢记住了大哥这番教导。

谈了大半夜国事，兄弟三人又扯到家事。曾国藩问："沅甫，你刚从家里来，我问你一件事。"

"什么事？"看到大哥一脸正色，沅甫猜想一定问的是大事。

"去年年底，我写信要各位老弟代我将衡州五马冲的一百亩水田退掉，不知现在退了没有？"

"早退了。"沅甫听问的是这么一件小事，心想，这也值得如此认真！遂不经意地说，"大哥还挂着那件事！接到大哥的信后不久就退了。四哥也是一番好心，说大哥在外带兵，顾不得家事，我们把大哥寄回的钱买点田放在这里，今后也好为侄儿们谋点家业。五马冲的田，还

【唐浩明评点：笔者原来以为，在衡阳买田是欧阳夫人和纪泽的想法，看到曾国藩写的家信，才知是四爷干的好事。不仅为大房买田，又自作主张在省城兑用二百两银子。四爷以为，这都不算什么，大爷随便从军饷里动点指尖就行了，他则乐得个讨好大嫂，又让自家宽裕点。不料，大爷斩钉截铁："余何敢妄取丝毫！"而且还大幅度减少寄家的银子，除父、叔外，其余亲族一概不寄；进而连对这个胞弟也不信任了："以后余之儿女婚嫁等事，弟尽可不必代管。"想当年曾四爷接到这封信后，脸上必定极为尴尬。曾氏刚踏上仕途，便以做官发财为羞耻，带勇之初便公开申言"不怕死不爱钱"。这些话说说容易。笔者相信，古今百分之九十九的文武官员都曾经对人如此表白过。但面对着白花花的银子和红通通的鲜血，不爱钱不怕死，却的确很难很

104

是请欧阳老先生去看的，田蛮好。"

"退了就好。澄侯及各位老弟的心意我领受了。纪泽母子在家，承大家照顾，大哥心里已很感激，还要买什么田呢？父亲与叔父至今未分家，老班兄弟尚且怡怡一堂，哪有大哥自置私田之理！此风一开，将来澄侯必置产于暮下，温甫必置产于大步桥，沅甫、季洪必各置产于中沙、紫甸数处，将来子孙必有轻弃祖居而移徙外家者。"

说到这里，曾国藩脸色严峻，温、沅也敛容恭听。

"昔祖父在时，每讥人家好积私产者为将败之征，又常讥驼五爹开口便言水口，达六爹开口便言桂花树，想诸弟亦熟闻之。你们嫂子女流不明大义，纪泽年幼无知，全仗诸弟教训，引入正大一路，若引之于鄙私一路，则将来计较锱铢，局量日窄，难以挽回。子孙之贫富各有命定。命果应富，虽无私产亦必有饭吃；命果应贫，虽有私产多于五马冲十倍百倍，亦仍归于无饭可吃。大哥我阅历数十年，于人世之穷通得失思之烂熟。"

温甫、沅甫见大哥说得道理凛然，深为钦佩，说："大哥教导的是。"

"家业之兴与败，全在勤、敬二字上。能勤能敬，虽乱世亦有兴旺气象，一身能勤能敬，虽愚人亦有贤智风味。祖父在生时留给我们八字家训，这几年，你们都照办了吗？"

"祖父留下的考、宝、早、扫、书、蔬、鱼、猪八字，虽不能说样样都办得好，但在父亲督促下，人人都不敢忘。"沅甫答道。

难。曾氏的难得之处，便是说到做到，即便万分保险不至于被揭发，他也不做这种违纪违法之事。这靠的什么？靠的是心性的修养。这种修养的最高境界就是慎独。慎独，即慎重地对待一人独处时的一言一行。】

【唐浩明评点：曾国藩是个精于思考并善于提炼之人，他常常将自己或他人的修身、齐家、治学、处世、行政、为官的体悟心得，以非常简洁、准确的语言，加以提升总结，度与他人。这其中就包括他祖父星冈公一生践行的这八个字。书、蔬，指读书、种菜；鱼、猪，指养鱼、喂猪，泛指家庭养殖。他认为喂猪为一家"内政之要"，养鱼可为家庭蓄"一种生气"。大意是讲，一个人对长辈应该孝敬，慎终怀远（考）；对亲族邻里要常来常往，嘘寒问暖，济急帮困（宝）；每天自己要早起（早），参与打扫房屋等必要劳动，使庭院清洁；一个家庭要耕读传家，谨朴明理（书），勤俭自足（蔬、鱼、猪）。】

曾国藩感叹地说:"祖父有过人之智能,只是生不逢时罢了。即就这八字而言,一家奉之,一家兴旺,家家奉之,国泰民安。"

说到这里,沅甫想起纪泽、纪鸿各有一封给父亲的信,连忙拿了出来。曾国藩见八岁的纪鸿也能写几句通顺的话来,心里甚是欢喜,看了纪泽的信后说:"这孩子新近完婚,还望祖父和各位叔父严加督教。父亲当年完婚亦系十八岁,满月即就外傅读书,纪泽上绳祖武,亦宜速就外傅,不能虚度光阴。新妇是贵家小姐出身,未习劳苦,过门后要遵我家风,教以勤俭恭谨,纺绩以事缝纫,下厨以议酒食,孝敬以奉长上,温和以待同辈。这些都是妇道之要。我要写信给纪泽,以后新妇和女儿们,每人每年要亲手给我做一双鞋,做几样腌菜送来,看看谁做得好。"

沅甫笑道:"老辈妯娌正是这样做的。"

说着从包里将欧阳夫人及四个弟妇所做的六双鞋、六双袜子,欧阳夫人单独做的两套衣服取出,国藩一一收下。

第二天,温甫带着本部人马奔瑞州,沅甫则带着彭毓橘等人回安福,准备进攻吉安。曾国藩把其他营的饷银压下来,给两个弟弟一人十万两银子。

郭嵩焘所听到的传闻,终于变成千真万确的事实。咸丰六年七月二十二日,太平天国丙辰六年七月十六日,杨秀清在天京金龙殿公开威逼洪秀全封他为万岁,刚烈自负的洪秀全岂能受此挑衅,密令正在江西战场上的北王韦昌辉、苏南战场上的燕王秦日纲和湖北战场上的翼王石达开,回京制杨护驾。清历八月初四日,天历七月二十七日凌晨,韦昌辉和秦日纲带兵冲进东王府,把杨秀清和他的家人及王府侍从全部杀尽。为剪除杨的党羽,韦、秦又行苦肉计,诡称天王降旨,严责杀戮过多,愿自受杖刑四百。杨秀清部下五千多人,放下军械前来观看,待杨部全部进入两座预先准备好的空屋后,韦、秦士卒将两座屋包围,五千赤手空拳的将士,一个不剩地被杀掉。待到这五千武装人员被戮以后,杨部其他人便束手就擒。三个月里,天京城里血流成河,尸积如山,杨秀清部二万余人同归浩劫,连婴儿都不能幸免,演出了中国历史上空前未有的一幕内讧惨剧!天国人心惶惶,几于崩溃。石达开急速从武昌赶回,严斥韦昌辉灭绝人性的凶暴行为。韦昌辉大怒,布置兵丁欲杀石达开。达开连夜缒城出走。韦遂杀石全家。石达开在安庆起兵靖难,请天王杀韦以正国法、平民愤。洪秀全联络朝中各官，将韦昌辉诛杀。这场亘古未有的农民起义军内部自相残杀的悲剧发生后，清廷朝野上下，莫不深感意外，他们相信这是天助圣清，长毛必灭。咸丰帝立即任命江南提督和春为钦差大臣，接办七月间在丹阳自杀的向荣的军务，和帮办江南军务的张国梁一起，重建江南大营。尤其是处在湖北、江西、安徽、江苏、浙江前线的清将官兵勇，如同看到步步进逼的敌营忽然瘟疫疾行，顿失战斗力，纷纷庆贺自己死里逃生。乘此机会，胡林翼率部再克武昌，李续宾、杨载福率水陆二军沿江东下，连克兴国、大冶、蕲州、蕲水、广济、黄梅，陈师九江城下。这期间，李元度攻克宜黄、崇仁，鲍超攻下靖安、安义，周凤山率新从湖南募来的勇丁攻下分宜、袁州，曾国华攻下武宁、瑞州，曾国荃攻下安福，李续宜攻下瑞昌、德安。江西局面对湘勇来说略有好转，但太平军的力量仍很强大。十三个府城还有七个控制在太平军手中，林启容雄踞九江，屡挫围师。这个江西战场上众望所归的将领，将各路人马团结在自己的周围，忍受着天京内讧的巨大悲痛，依然顽强地对付着湘勇的进攻。曾国藩并没有从危困中解脱出来。

一日，刘蓉对曾国藩说："林启容初为杨秀清部下，由杨一手提拔。今杨逆被杀，林逆心中一定怀怨，攻城不破，可以转而攻心。涤生作书一封陈说利害规劝，事或可为。"

曾国藩说："《襄阳记》上说得好，用兵之道，攻心为上，攻城为下，心战为上，兵战为下。不是你提醒，差点忘了这个不易之道。只是这下书人，找谁为好呢？"

曾国藩话音刚落，一人朗声应道："若恩师信得过，学生愿当下书人。"

曾国藩转脸望见说话之人，心中甚为满意。

九　邹半孔出卖奇计

原来说话的人，正是彭寿颐。他走前一步，说："寿颐蒙恩师重用，并无尺寸之功。前错用赵有声，几给恩师带来大麻烦，学生前去九江下书，以赎前愆。"

曾国藩说："林启容是贼中死党，不一定能被言辞所动，你此去或有不测风险。"

彭寿颐说："大不了一死耳！学生幼读诗书，粗知大义，杀身成仁，正志士之归宿。"

曾国藩抚着寿颐的肩膀亲切地说："江西读书人都如足下，长毛不足平。"曾国藩当即修书一封。彭寿颐带着信，飞马出了南康城。在九江城外见过李续宾后，只身来到永和门外。守城卫兵拦住，喝道："哪里来的清妖！"

彭寿颐答："我受曾部堂之命，从南康来到此地，要面见林将军，将曾部堂的信交给他。"卫兵搜遍彭寿颐全身，除一封信外，并不见任何东西，便用黑布蒙住他的双眼，将他带到贞天侯衙门。卫兵禀过以后，林启容传令带见。卫兵去掉黑布，彭寿颐走进大堂，只见堂上正中端坐着一位面孔黧黑、五官端正的年轻将领，他料想此人必是林启容无疑，便上前一步，双手作揖："万载举人彭寿颐叩见林将军。"

林启容把彭寿颐看了半晌，然后问："你是清妖举人，我是天国上将，我们之间水火不容，你来见我作甚？"

"我奉曾部堂将令，特来九江送亲笔信一封给林将军。"

彭寿颐说罢，从身上取出信来，早有一个小兵下来接过信，交给林启容。林启容见信上写着：

林启容将军麾下勋鉴：

盖闻知几为哲人，识时为俊杰，时危势去而不觉悟，则为下愚，徒为智者之所鄙笑也。自洪秀全、杨秀清倡乱以来，蔓延十省，掳船数万，自以为横行无敌。乃渡黄河者数十万人，屠戮殆尽，片甲不返，匹马不归，而军势顿衰。本部堂办理水师，分布湖北、江西，烧毁逆舟，截其粮源，而军势更衰。洎今年七月，韦昌辉诛杀杨秀清，凡东嗣君及杨氏家族官属，斩刈无遗。石达开自武昌归去，几不免于杀害，而后洪秀全又杀韦昌辉。金陵内变，而军势于是乎大衰。想林将军亦深知之而深恨之，痛哭而无可如何也。

本部堂前在九江时，统率水陆环攻浔城，林将军兵单粮少，坚守不屈。本部堂嘉尔有强固之志。守军拔营之后，尔未尝毒杀百姓，本部堂嘉尔无殃民之罪。尔林将军亦可谓一杰出者矣。昔者统领尔党、慑服众心者，杨秀清也；能知将军用将军者，杨秀清也。今杨氏既诛，谁能统领而服众乎？谁能知尔用尔乎？尔与石达开皆杨氏之党，韦党必思所以除，此尔目前之患也。本部堂嘉尔有一节之可取，特谕招降。尔能剃发投诚，立功赎罪，奏明皇上，当以张国梁之例待之。可以保身首，可以获官爵，并可诛戮韦党，以快私仇。为祸为福，在尔一心决之。熟思吾言，无遗后悔，或愿或否，速行禀复。

　　林启容看完，冷笑着。他有心揶揄几句，便问彭寿颐："听说你家大帅浑身生着蛇皮癣，每天晚上要四个女人轮流给他搔痒，才能入睡，是真的吗？"

　　堂上一阵哄笑。彭寿颐虽恼怒，却不敢发作，说："将军不要听信谣传，曾部堂身边并无一个女人，所患牛皮癣，近亦痊愈。"

　　"你不要为你家大帅遮丑了，他是个有名的伪君子。他想凭这一张纸就要我交出九江城，像张国梁那样认贼作父，真是白日做梦！"

　　堂上一片肃杀，刚才嬉笑的场面已消失得无影无踪，仿佛根本不曾出现过似的。

　　"曾国藩是我的手下败将，你回去告诉他，要他好好回忆一下，从那年罗泽南在南昌城外打败仗算起，一直到今天，他和他的喽啰们在我手下奔逃过几次了？"

　　林启容威严的声音使彭寿颐的心怦怦乱跳。他自思到九江来，只是送封书信而已，信送到了，任务也就完成了，千万不要再多说一句话，万一哪句话说歪，惹怒了这个杀人不眨眼的魔王，脑袋立即就会搬家。想到这里，他觉得就是刚才为曾国藩辩护的话也不应该说。他下决心再不开口。

　　"你回去告诉曾国藩，不要为天京城里的事高兴得太早了，江西大部分城池还在我们手里，圣兵还有十万之众，只要我一声令下，什么时候都可以取曾国藩的头。"

　　林启容将曾国藩的信撕得粉碎，从堂上掷下，喝道："滚吧！"

　　彭寿颐抱头鼠窜，恨不得一步跨出九江城。

　　"慢着！"林启容拖长声音叫道。彭寿颐惊恐地站住，忐忑不安。"你回去怎么向你家的大帅交差呢？曾国藩会相信你到过九江城吗？来呀，弟兄们。"

　　只听见两个亲兵高声答应一声，走上前来，彭寿颐吓得面如死灰。

　　"为让曾国藩相信这个彭举人送到了书信，割下他一只耳朵为证！"

　　彭寿颐浑身乱抖，一个亲兵拿着一把明晃晃的牛耳尖刀过来，另一亲兵拿出一个瓷盘，彭寿颐早已瘫在地上，任凭他们摆布。那亲兵提起彭寿颐的右耳，只轻轻一划，一只耳朵掉进瓷盘。彭寿颐惨叫一声，捂着右边脸跟跄走出大堂。

当曾国藩看到失去了一只耳朵的彭寿颐，听完他沮丧的禀告后，勃然大怒。刘蓉也为自己的失策而惭愧。这时，康福进来禀告："大人，大门外有人贴了一张红纸条，上写'奇计出卖，价格面议'八个大字，旁边尚有一行小字，'问计者请到状元街灰土巷找邹半孔'。门人觉得好笑，特揭下送了进来。"

说着将红纸条递上去。曾国藩看了一眼，扔在桌子上。彭寿颐说："这邹半孔莫不是个疯子！"

曾国藩又拿起红纸条，细细地欣赏一番，然后缓缓地说："康福，你带一顶轿到状元街去一趟，把邹半孔接来，我要当面向他问计。"

康福领命，骑着马，带着两个轿夫，一顶空轿，一路寻问，来到状元街灰土巷。在一间破败低矮的旧屋里，找到了邹半孔。此人五十岁左右，留着稀稀疏疏的山羊须，高高瘦瘦的，面孔蜡黄，衣衫不整，一看便知是个落魄的文人。康福不敢怠慢，恭恭敬敬地说："曾大人派我来接先生前去面商奇计。"

邹半孔并不谦让，摇着一把纸扇上了轿。轿子抬进衙门二门，曾国藩已在花厅等候了。邹半孔抢着上前一步，跪下说："学生邹半孔叩见。"

曾国藩忙扶起，说："先生免礼。"

邹半孔坐下，王荆七端过茶来。曾国藩将邹半孔仔细端详一番后，问："先生贵庚几何？"

邹半孔答："学生今年四十有九。"

说完，又伸出几个指头比画着，露出很不自然的笑容来，坐在凳子上，手脚不知如何放。曾国藩见此人举止神态有点猥猥琐琐，心中不甚欢喜。

"平日在家治何经典？"

"学生不治经典，平生喜爱的是稗官野史。"

此人不是正经读书人。曾国藩心想，接着又问："也读兵书吗？"

"最爱读兵书。"邹半孔得意地回答。

"先生常读哪些兵书？"

"学生第一爱读的兵书是《三国演义》。"

曾国藩一听，双眉紧皱。曾国藩最不喜欢的书便是《三国演义》，认为它纯粹胡编瞎扯，何况《三国演义》也不是兵书。邹半孔没有注意曾国藩脸上的变化，劲头十足地说："《三国演义》是历朝历代最好的兵书，书中的计策学不完、用不尽。孔明是最好的军师，学生最佩服他，故改名为半孔，希望做半个孔明。"

曾国藩心里冷笑：真是一个不自量的人！

"先生说有奇计出卖，请问卖的是何奇计？"

邹半孔洋洋自得地说："听说大人几次攻打九江不利，学生在家一直为大人思索良策。那日重读空城计，突然大悟，思得一妙计，因见不到大人，故贴红条相告。"

曾国藩认真地听着，不知他葫芦里卖的是什么药。

邹半孔眉飞色舞地说下去："我想，大人也可以学孔明来个空城计，将南康城内人马全部撤出，埋伏在四面八方，派一小股人去九江，将林启容引进南康，然后伏兵四处出动。这样，林启容也捉了，九江也破了。"

康福在一旁忍俊不禁，曾国藩这时才真正明白，来者乃是一个心里不明白的人，便有意逗弄他："邹先生，倘若林启容不出九江，此计不成呢？"

邹半孔瞪大眼睛，扣着脑门想了半天，忽然大声说："有了。大人，你可以在军中找一个丹凤眼、卧蚕眉、面如重枣的人，化装成关云长，要他领着兵马去打九江。长毛最怕关帝爷，关爷一去，九江必下。"

"哈哈哈！"曾国藩终于忍不住大笑起来。

邹半孔不明白曾国藩笑什么，挺认真地说："大人手下上万名将士，一定可以找到一个和关爷长相差不多的人。若大人信得过，邹某愿代大人到军中一个个查看。"

曾国藩站起来，笑着说："好！先生献的果是好计。荆七，拿十两银子来酬谢邹先生。"

说罢，拱手与邹半孔道别，进了内屋。康福跟着进来说："大人，这个姓邹的不是呆子便是骗子，你何必白白送他十两银子，还要遭人讥笑。"

"价人，你知道古人千金买马骨，筑台自隗始的故事吗？我今日对邹半孔这样的人尚待之以礼，真有才能的人必会挟长来就了。"康福半信半疑地点了点头。果然不出所料，第二天，第三天，曾国藩衙门便来了十余起人。有献八面围城计的，有献里应外合计的，有献掘壕引江计的，也有献反间计的。曾国藩反复权衡，觉得掘壕引长江水断绝城内城外联系，将林启容困死在城内的计策最为稳当可行，便指令李续宾遵行。但行之半月，并无成效。掘壕的兵勇一个个被太平军杀死在壕边，壕沟未成，兵勇倒死了不少。曾国藩一筹莫展。恰在这时，折差送来一份兵部火票，又把曾国藩抛进忧愁之中。

十　大冶最憎金踊跃，哪容世界有奇材

兵部火票递的是军机大臣的字寄，抄录关于上海厘金的上谕：

前因曾国藩奏请在上海抽取厘金，接济江西军饷等情，当谕令怡良等体察情形具奏。兹据奏称，江苏军需局用款浩繁，专赖抽厘济饷，未能分拨江西。且上海地杂华夷，该地方官绅年余以来，办理尚能相安。若再行派员办理，实多窒碍。所奏自系实情。所有上海厘金只可留作苏省经费，曾国藩所请饬调袁芳瑛专办抽厘以济江西军饷之处，着毋庸议。

曾国藩读完这道上谕，心里凉了半截。调拨上海厘金，并由袁芳瑛专办的如意计划，竟遭到两江总督怡良的断然拒绝。

"怡良可恶！"曾国藩在心里狠狠地骂道。如今朝廷，居然这般软弱，怡良说不给就不给。曾国藩想，这种事在宣宗时代是绝不可能发生的。哎！今日之情势，真要办事，非得要有督抚实权不可！随便在哪个省当个巡抚，供应二万勇丁都不成问题，何来向人乞食这副狼狈相。曾国藩在房间里踱来踱去，心中充满委屈。这时，门被轻轻推开。

"哎呀！筠仙，你几时回来的！"正在为军饷担忧的曾国藩，一眼瞥见从杭州运盐回来的郭嵩焘，仿佛见到赵公元帅一样高兴。

"刚到南康，就来向你交差了。"

几个月的劳累奔波，郭嵩焘显然黑瘦多了。曾国藩亲切地说："这趟差使辛苦你了，看瘦成这个样子。"

按照待老友的惯例，曾国藩亲手为郭嵩焘泡了一杯浮梁茶。

"瘦一点不打紧，事情没办好。"郭嵩焘满脸倦容。

"三万引盐如数运到广信，你为军营立了大功，怎说没办好呢？"曾国藩知道郭嵩焘一向不讲客气话，这中间必有难处。

"涤生，现在世道人心都坏了。国家遭大难，本应和衷共济，共拯危难，其实大谬不然。"郭嵩焘很气愤，"一到浙江，先是巡抚何桂清高低不肯拨，说是浙江也是受长毛蹂躏区，不能承担八万军饷的义务。幸而不久户部下来公文，他只好勉强接受。派去办理的各级官吏层层盘剥，弄得百姓怨声载道，知道是要运到江西充军饷，都骂你没良心。"

"愚民无知，就让他骂去吧！"曾国藩苦笑道，"自出山办团练以来，我也不知挨过多少无端的咒骂了。"

"好容易运进江西，在玉山解开几包准备食用时，发现上当了。"

"怎么啦？"曾国藩惊讶地问。

"盐里掺了观音土。一包盐一百斤，至少有十斤观音土。"

"这批混蛋！"曾国藩脱口骂道。

"这倒也罢了。"郭嵩焘继续说，"原拟每引盐可售价二十五两，除去成本和各项开支外，在广信一带出售，每引可赚四两多。谁知每引只能卖到二十两左右，几乎赚不到钱。"

"这是什么原因？"曾国藩感到事情严重了，净赚十万两的计划岂不要落空！

"后来一打听，近来大批走私淮盐正在出售，价格也在每引十九、二十两之间，有的还便宜些。"

"三令五申严禁私盐，为何没有堵住？"曾国藩气得站起来，在屋里走来走去。

"江西的州县，不是你这个兵部侍郎所能管得了的。你可能还不知道，那些从安徽贼区买淮盐的私贩子，几乎个个都有官府做靠山。走私盐是州县官吏的一大财路，他们会真正地禁止吗？据说，"郭嵩焘走到曾国藩身边，小声说，"藩司陆元烺、署理盐法道南昌知府史致谔就是最大的走私犯。"

"筠仙，你有确凿根据吗？"曾国藩转过脸，咄咄逼人地问，"如果有，我即刻上奏弹劾。这班人，简直是国之巨蠹！"

"确证当然有。不过你可以弹劾一个陆元烺，弹劾一个史致谔，你能弹劾掉全江西的官吏吗？世道人心已坏，整个风气已坏，是根本无法扭转的。"

曾国藩长长地叹了口气，不再作声。他觉得自己已走在荆天棘地之中，前面是张开血盆大口的虎豹豺狼，这似乎还好对付些，而身后及左右的蚊虫蛇蝎、刺丛陷阱，却无力制裁防范。他咬紧牙关，狠狠地吐出一句话："如果有朝一日我当了两江总督，我要把这些腐败家伙全部清除！"

"涤生，我这次来一则向你交差，二则向你辞行。"

"怎么！你也要离开军营？"曾国藩深感突兀。

"我已服阕，理应回京供职，明日我即离开南康，先回湘阴安置一下，然后再北上。"

"江西局面仍在危困之中，你再帮我一把吧！"曾国藩实在不愿意郭嵩焘离开。

"涤生，按我们的交情，我是应该留在这里帮帮你的，但这次办理盐务，办得我心灰意冷了。我想，我们大清帝国怕真的要亡了。不是亡在长毛手里，而是亡在自己人手里。我这次在杭州，看到一本介绍英国国情的书，夷人有许多长处值得我们学习。我真想到英国去亲眼看看。"

"夷人的确有许多东西比我们好，就拿他们造的船和炮来说，就强过我们百倍不止。你帮我平定长毛，大功告成后，我向皇上奏明，保你出洋考察何如？"

郭嵩焘苦笑说："我不过说说而已，你就抓住这点和我做起交易来了。这几年的辛苦奔波，也使我烦腻了。你是知道的，我这个人最耐不得烦剧，你还是让我到翰林院去过几天清闲日子吧！"

曾国藩知不可挽留，说："明天我和孟容为你置酒饯行。"

郭嵩焘见曾国藩答应了，反觉过意不去，他深情地望着曾国藩，说："涤生，你顽强坚毅，定会做出大事业来。我禀性柔弱，在这方面不能望你项背。刚才所说的，我自思也过于灰心了。有志者事竟成，国事也并非就到了不可收拾的地步。明天我要走了，今天我要送你几句肺腑之言。"

曾国藩也颇动感情地说："贤弟请讲。"

"你若像我这样，不在地方办事，又不带勇剿贼则罢，倘若指望办成大事，剿灭逆贼，你有些做法要改。"

"旁观者清。我哪些地方做得不对，你就直言不讳吧！"曾国藩已感受到郭嵩焘的一片真心。

"第一，要联络好地方文武，不要总是站在与他们为敌的地位，当妥协处则妥协。常言说得好，强龙不压地头蛇。第二，越俎代庖之事不能再做，费力

114

不讨好，反招怨敌。第三，要利用绿营的力量，不要再单枪匹马地干。若做到这三点，许多事情会办得好些。"

"筠仙，你这三点的确是金玉良言。今后是要按你的意见办，否则弄得焦头烂额，最后还是一事无成。"曾国藩说到这里，想起江西局面的困危，眼眶潮润了。

第二天，曾国藩请来刘蓉，一同为郭嵩焘送行。曾国藩拿出一幅字来，对郭嵩焘说："贤弟要走了，我无物可赠，心绪烦乱，亦无佳作，现录十六年前旧作，权当为贤弟送别。"

郭嵩焘接过来看时，写的是四首七律，题作《寄郭筠仙之浙江四首》：

其一
一病多劳勤护持，嗟君此别太匆匆。
二三知己天涯隔，强半光阴道路中。
兔走会须营窟穴，鸿飞原不计西东。
读书识字为何益？赢得行踪似转蓬。

其二
碣石逶迤起阵云，楼船羽檄日纷纷。
螳螂竟欲当车辙，髑髅安能抗斧斤？
但解终童陈策略，已闻王歙立功勋。
如今旅梦应安稳，早绝天骄荡海氛。

其三
无穷志愿付因循，弹指人间三十春。
一局楸枰虞变幻，百围梁栋藉轮囷。
苍茫独立时怀古，艰苦新尝识保身。
自愧太仓縻好爵，故交数辈向清贫。

其四
向晚严霜破屋寒，娟娟纤月倚檐端。

自翻行箧殷勤觅，苦索家书展转看。

宦海情怀蝉翼薄，离人心绪茧丝团。

更怜吴会飘零客，纸帐孤灯坐夜阑。

录道光二十年旧作为郭筠仙送行，咸丰六年冬于南康军营

郭嵩焘接过这幅字，看着上面刚劲挺拔的字迹，往事浮上心头。那是曾国藩大病初愈时，郭嵩焘应浙江学政罗文俊之聘离京入浙，也似今日，曾国藩在寓所为他置酒饯行，后来又将这四首诗写在信里寄给他。郭嵩焘想：涤生今日把这四首诗重新抄给我，是不是暗责我在困难时离他而去呢？他心里怀着一丝歉意。

"涤生，我到京城住两年就回来。"似乎是为了表示自己的惭愧，郭嵩焘说出这句言不由衷的话。

"筠仙，你的性格才情，宜在翰苑，而不宜在军旅。你回京是件好事，今后若不是别有缘故，也不必再到军中来。你为我在京联络京官感情，了解朝中大事，勤写信来，就是帮我大忙了，或许比在军中起的作用还大。"

刘蓉说："刚才涤生提起联络京官感情，了解朝中大事，倒使我想起一件事，不知二位知道不？"

"什么事？"曾国藩心中有一种莫名的不祥预感。

"前几天，文中丞府里的袁巡捕到南康来清点湘勇在营人数。"

"文俊又不按人头发饷银，他凭什么来管我的人多人少？"曾国藩打断刘蓉的话。

"袁巡捕说，大军在江西，地方招待不好，文中丞准备给兄弟们发点礼，故来点一下人数。"

"这里头有蹊跷。"郭嵩焘说。

"我也觉得不大对头。袁巡捕又说不必跟曾侍郎说了，我便更加怀疑。于是留下他，客客气气地请他吃饭，乘他酒酣耳热之时，我拿出一副象牙骨牌送给他。"

"你哪来的这种东西。"刘蓉一向规矩严谨，从不涉牌赌，曾国藩对他有骨牌感到奇怪。

"我哪里有这种东西。"刘蓉笑着说,"这是春霆的战利品,他要我给他保管,说金银丢了不要紧,这东西不能丢,放在我这里保险。"

"春霆就是爱赌爱喝酒,终究不是将帅之才。"郭嵩焘一向不喜欢粗野的鲍超。

"我把这副象牙骨牌送给袁巡捕,他高兴极了。"刘蓉不想议论鲍超,接着说,"我乘势问他,省城近日对曾侍郎和湘勇有些什么看法。姓袁的附在我耳边悄悄说:'我前天听文中丞和德音杭布在议论曾侍郎。'"

曾国藩两眼盯着刘蓉那张已变粗黑的脸,心中有点七上八下。

"姓袁的讲,德音杭布说,寿阳相国跟皇上提过,曾某人在江西一无成就,但勇丁却不断增加,现在又叫一个弟弟招募几千兵到江西来了。一家三人都带兵,而且都集中在江西,这可不是一件好事呀!"

曾国藩听到这里,心里一阵恐慌,手心渗出冷汗。

"又是那个祁老头子在使坏,早就该致仕了,却总这样恋栈,成事不足败事有余。"郭嵩焘很愤怒。曾国藩两条扫帚眉锁成一条线,三角眼黯淡无光,嘴唇紧闭。

"姓袁的讲,文中丞听后说:'寿阳相国老成谋国,所虑的是。'文中丞还说,姓曾的刚愎冷酷,不能相处,陈子皋是他的同乡同年,军饷拨慢点,就下此毒手。跟此人共事,得处处提防,并要德音杭布注意点。德音杭布说姓曾的城府深,心思摸不到。我当时听到这些胡说八道,直气得发抖。心想,这分明是文俊、德音杭布和祁隽藻上下串通一气,在算计我们。一旦有个风吹草动,他们就会第一个弹劾。"

"这一伙魑魅!"郭嵩焘骂道。

屋子里的空气顿时紧张起来。良久,曾国藩长叹一口气,无力地说:"夕阳亭事,不久就会重演了。"

刘蓉心里一紧。他后悔刚才不该一股脑把话都倒出来,引起曾国藩这样大的伤感,便安慰道:"杨伯起生当乱世,又遭权贵所害,才弄得被迫自杀。今日天子圣明,祁寿阳虽然糊涂,究竟不是权奸,他与你个人无私怨,那年对你冒死直谏也很称赞。我想他只是对你这几年所做的事尚不甚了解,想到历史上常有拥兵作乱的事,提醒皇上注意罢了。即使不是你,换成另外一个汉人,他也会有这种疑心的。"

曾国藩说："孟容这话倒也不错，虽然祁寿阳上次也在皇上面前说过我的坏话，不过，此人到底还不是耿宝一流人。"

"再说，皇上比汉安帝也英明百倍。"郭嵩焘插话。

"是的。"刘蓉继续说，"今后你事事注意点，一切小心谨慎，必可避祸趋吉，平安无事。"

"小心谨慎自是应该，不过，"曾国藩的紧张心绪已消除，代之而起的是极为委屈的痛苦，"当世如祁相国这样的人，学识才具，二位都很清楚，顶多当个'平庸'二字，却天子信赖，群僚拥戴，位高秩隆，身名俱泰，且这种人尚不只祁隽藻一人。咸丰二年，国藩乃一在籍侍郎，本可不与闻国事，只是想到两朝恩重，斯文无辜，不忍心看鼎移贼手、孔孟受辱，才不自量力，以一书生募勇练团。实指望上下齐心，扫除凶丑。谁知在长沙时，鲍起豹不容，靖港败后，一片诟骂，湘勇进城者竟遭毒打。这两年在江西，步步艰难，处处掣肘。在地方上受如此苦不说，还要在朝中遭无端猜忌。唉！虹贯荆卿之心，见者以为淫氛而薄之；碧化苌弘之血，览者以为顽石而弃之。看来我死之日将不久矣。二位他日为我写墓志铭，如不能为我一鸣此屈，九泉之下，永不瞑目。"

说罢，神情黯然，怆叹良久。忽然，他离开酒席，走到书案边，奋笔疾书。然后，对郭嵩焘说："刚才那幅字不要带了，我另送你一首诗。"

郭嵩焘和刘蓉接过看时，上面写着：

送郭筠仙离营晋京
域中哀怨广场开，屈子孤魂千百回。
幻想更无天可问，牢愁宁有地能埋。
夕阳亭畔有人泣，烈士壮心何日培？
大冶最憎金踊跃，哪容世界有奇材！

郭嵩焘嗟叹，刘蓉饱噙泪水，三人望着冰冷的杯盘，再也无心吃下去了。突然，门外响起急促的脚步声，曾国藩的心立即紧缩起来。

十一　重踏奔丧之路

　　"大人，瑞州紧急军报！"康福一阵风似的进门来，将一封十万火急请援书送到曾国藩手里。这是曾国华从瑞州军营里派人送来的。原来，在湖北战场上失利的罗大纲、周国虞率所部人马，从湖北来到江西，将瑞州城团团包围，扬言要攻下瑞州，千刀万剐曾老六，以报昔日之仇。曾国华见城外太平军人山人海，一时慌了手脚，火速派人请大哥救援。曾国藩对六弟遇事惊慌很不满意，但又不能置之不管，若真的瑞州城丢失了，六弟在湘勇中就站不起来。但眼下四处吃紧，哪方兵力都不能动。他想来想去，唯有李元度一军可暂时移动下。当曾国藩带着李元度的两千人马急急赶到瑞州城下时，罗大纲、周国虞已在先天下午撤走了。他们原本路过瑞州，只不过借此吓吓曾国华而已，并没有真打瑞州的意思。这场虚惊过后，曾国藩心里更忧郁了，江西长毛气焰仍旧嚣张，军事毫无进展，银钱陷于困境，一向被视为奇才的六弟竟然如此平庸，自己与江西官场方枘圆凿，今后如何办？他遣李元度仍回南康，自己留在瑞州帮六弟一把。再不济，也是自家兄弟，今后还得依靠他来当曾家军的主将哩！

　　这天深夜，曾国藩跟六弟在书房谈了大半夜带勇制敌之道，正要就寝，康福来报："蒋益澧在门外求见。"

　　"他怎么来了？"曾国藩深为奇怪，"快叫他进来。"

　　蒋益澧风尘仆仆地进得门来，向国藩、国华行了礼。曾国藩问："芗泉，你不在南康侍候德音杭布，跑到这儿来干什么？"

　　"回禀大人，"将益澧恭恭敬敬地回答，"我不是从南康来，而是从南昌来。"

　　"德音杭布又到南昌去了？"

　　"是的。大人先天走，他第二天就要我收拾行李，陪他到了南昌。"

　　"他这样迫不及待地到南昌去干什么？"曾国藩皱着眉头，像是问蒋益澧，又像是自言自语。

　　"大人不知，"康福在一旁插嘴，"前几天，文中丞给他在胭脂巷买了一套房子，又用一千两银子在梨蕊院里赎了一个妓女，那烟花女据说是豫章一枝花。他早就想到南昌去，只是碍着大人在那里。"

"怪不得大哥一走，他就急急忙忙往南昌溜。"曾国华是曾氏五兄弟中对女色最有兴趣的一个，家有一妻一妾，还时常在外面寻花问柳。对德音杭布的艳福，他甚是羡慕。

"康福，你怎么知道得这样清楚？"曾国藩笑着问。

"我是从彭寿颐那里听说的，他早两天到南昌去过一趟。"康福嘴边露出诡秘的一笑。

曾国藩望着蒋益澧，打趣地说："芗泉现在跟着这位满大人，正好在花花世界里享受一下，为何深夜跑到这儿来？"

益澧红着脸说："我岂敢忘了大人的嘱托，夤夜至此，有重要事情相告。"

众人都收起笑容。荆七给益澧送来饭菜。跑了两个时辰的快马，又累又饿，蒋益澧不讲客气，狼吞虎咽地连吃了几大碗饭。他抹抹嘴，对曾国藩说："昨天夜晚，文中丞、陆藩台、耆臬台、史太守四人请德音杭布到南昌知府衙门喝酒。他有意不要我跟着，愈发引起我的怀疑。中途，我借送衣的机会进了衙门，偷偷地躲在屏风后面，听他们谈话。没想到这些堂堂大员，酒席桌上谈的全是美食和女人，我听了大倒胃口。正想退出，忽听得史致谔问德音杭布：'听说曾侍郎准备给朝廷上折，严令禁止淮盐进入江西，德大人知道有这事吗？'德音杭布说：'有这事。这次郭嵩焘从杭州贩浙盐亏了本，据说是因为淮盐入赣的缘故。'德音杭布说完后，酒席间沉默片刻，然后是陆元烺的声音：'看来曾侍郎打算在江西长期待下去。'只听见德音杭布叹了一口气，说：'也是我的命苦，好好地在盛京，却被皇上派到军营来受罪，也不知哪辈子作的孽。'耆龄说：'是的哩！有一个娇滴滴的解语花，又不能天天陪着，还要趁人家离开南康的机会，急匆匆地来偷情，也真可怜。'满座哄堂大笑。"

"这些人，一说起女人来，就兴致高得很。"康福鄙夷地说。

"笑过之后，陆元烺说：'德大人要想带如夫人回盛京享福亦不难。'德音杭布忙问：'陆大人有何法教我？定当重谢。'陆元烺压低声音说：'皇上要你来看着曾侍郎，曾侍郎不再辛苦了，你的差使不就完了吗？''正是的。但那个姓曾的倔强得很，任是怎么打败仗，怎么碰壁，也是死不回头。他如何肯离军营？''曾侍郎自己当然不会离开，他亲手创建的军队，他肯拱手让给别人？若皇上不要他在军营了，他还待得住吗？'这话像是提醒了德音杭布。略停一会，他说：'各位大人提供点材料，我给皇上上个折子，话说得重点，让皇上撤了他的督办军务的职，我便感激各位不尽。'"

曾国藩听到这里，脸皮绷得紧紧的，心里骂道：这个祸国殃民的德音杭布，不惜拿皇上的江山来换他个人的享乐，真正可耻可恶至极！口里却不动声色地问："他们都编派些什么？"

蒋益澧说："我竖起耳朵听，听见他们在杯筷之中凑了这样几条：一是纵容部属奸虐掳抢，举了鲍超一军攻下靖安为例。一是网罗一批痞子流氓无赖办厘局，公开卖官鬻爵，举了夏镇、吕伦为例。"

曾国藩心扑通扑通地跳：这两个例子都挨得上边，真的让皇上知道，撤职查办是完全可能的。

"这些鬼蜮！"曾国华气得一拳打在桌上，油灯也给掀翻了。荆七忙过来点灯。蒋益澧说："更毒辣的还在后面，是陆元烺说的。这个老混蛋说：'我听几个湘籍勇丁说，他们的曾大人诞生那天，老太公梦见一条龙从天上飞进曾府。曾大人是真龙下凡，日后有天子福分。德大人，把这条也写上去。或许今后真正篡皇位的，不是长毛，而是曾国藩。'"

"砰"的一声，曾国藩手中的茶杯掉在地上，打得粉碎，把大家都吓了一大跳。只见他脸色煞白，几乎昏厥过去。曾国华忙过来扶起大哥，蒋益澧赶紧停住嘴。过一会儿，曾国藩恢复过来，又问："他们还说了些什么？"

蒋益澧说："德音杭布听后，高兴地说：'行了，仅这一条，就可以置姓曾的于死地。'接着又是一片劝酒劝菜声。我估计后面不会有再重要的东西了，也怕待久了被人发觉，就悄悄地溜出来。今天下午，我便打马来到瑞州。"

"你离开南昌，是怎么跟他说的呢？"

"我说回南康取东西。"

"好！你今天太辛苦了，好好睡一觉，明天吃过中饭就回南昌。"

"大人，"蒋益澧着急了，"这批恶棍真是狼心狗肺，你就让他们这样上告皇上吗？"

曾国藩淡淡一笑："他要告，我有什么办法呢？你放心去睡觉，容我慢慢对付他。"

蒋益澧走后，曾国华气愤地说："大哥，不能由他们这样诬陷你，要给他

121

一点厉害瞧瞧。"

康福也说："德音杭布是满人，他果真上这样的折子，对大人是极为不利的。"

"岂止不利，杀头灭门都不为过。"曾国藩又是淡淡一笑，"前些年在湖南，鲍起豹、徐有壬、陶恩培他们虽不能容我，但尚不至于这般卑鄙阴毒。他们是明火执仗，表里一致。这些恶魔，则是口蜜腹剑，笑里藏刀，当面是人，背后是鬼。倘若不是芗泉听到，岂不是死在他们手中，尚不知冤在哪里！正是康福说的，他们五人中有三个满人，且德音杭布又是皇上亲自派来的，皇上自然会相信他们的话。"

康福说："陆元烺从前比陈启迈、恽光宸还客气一点，现在何以变得这样黑心？"

曾国藩说："查淮盐走私，查到他的致命处了。还有史致谔，原本也还马马虎虎过得去，我一查淮盐，他就又怕又恨了。关键还是在德音杭布身上。此人既贪又蠢，为了不在军营吃苦，真是不择手段，这人终究会吃大亏的。文、陆正是利用他的愚蠢来达到自己的目的，他却一点都看不出，日后朝廷查出是诬告，惩办的又是他，文、陆都会赖得干干净净。"

"大哥，量小非君子，无毒不丈夫。我看我们得先下手！"曾国华杀气腾腾地走到大哥身边。

"你说怎样下手法？"曾国藩两只三角眼里，射出冷气逼人的凶光。

"杀掉德！"曾国华低低地但却是沉重地抛出三个字。

曾国藩望着六弟，两把扫帚眉连成一条横线，阴沉沉的脸上没有一点表示。他抬起左手，慢慢地抚摸着垂在胸前的胡须。康福神色庄重地说："六爷说得对。德音杭布一死，那个折子也就吹了，还为我们湘勇拔去一个眼中钉。大人，这个任务就交给我吧！我会像捏死一只蚊子一样干得干净利落。"

曾国藩仍旧在抚摸着胡须，仿佛那是一个智囊，可以给他以启迪和智慧，又仿佛那是千军万马，可以给他以勇气和胆量。终于，他将胡须向右边一甩，霍地站起来，两道阴森森的目光朝康福、曾国华扫了一眼，然后一言不发地走进卧室。这是一个经过反复考虑后而决定的杀人的信号，曾国藩身边的人都清楚。

"六爷，我明早和芗泉一起去南昌，你看还有什么要吩咐的。"康福摸了摸腰间的新腰刀问。曾国华沉思一会儿说:"你要耐着性子,寻一个好机会,最好让他死在文俊、陆元烺的衙门里。到时,我再要大哥给朝廷上个折子,告他一个谋杀之罪,让他们一世脱不了干系!"

康福、蒋益澧走后的第四天傍晚,文俊衙门的袁巡捕急匆匆地来到瑞州,哭丧着脸对曾国藩说:"曾大人,德大人德音杭布昨夜被人暗杀了!"

曾国藩心中甚喜,脸上故作惊讶地问:"德大人在南康好好的,怎么会被人暗杀呢?"

"德大人他,他不是死在南、南康,而是死在南、南昌。"袁巡捕一着急,说话就有点结巴,他有意慢点说,"德大人早在十多天前就到南昌来了。昨夜,文中丞请他来巡抚衙门议事。两人在书房密谈。一会儿,文中丞外出方便,回来一看,吓了一大跳,德大人已倒在血泊中断了气。文中丞立时命人封锁衙门,却找不到刺客的踪影,文中丞已下令四处严查。"

袁巡捕说到这里,凑近曾国藩耳边把声音放低:"文中丞因德大人死在他的衙门里,当时又无第三人在场,心里有点怕,怕说不清楚。"

干得好,康福有心计。曾国藩心里想,口里却严峻地对袁巡捕说:"德大人是朝廷派来的留都郎中,圣祖爷的后裔,当今皇上的叔辈,就是本部堂亦敬重他,兵凶战危之地,从不让他去。他住在南康,有一队亲兵专门保护,现在却无缘无故地死在文中丞的衙门里,又没抓到刺客,叫我如何向朝廷交代!"

说罢,拿出手绢来擦眼睛。袁巡捕见状,也只得陪着流泪,又结结巴巴地说:"文、文中丞自知保护不力,有负朝廷,故遣卑、卑职恭请大人到南昌商、商量,一起捉拿凶手归、归案。"

曾国藩冷冰冰地说:"瑞州军务繁忙,我如何离得开!"

袁巡捕哀求道:"文中丞一再叮、叮嘱卑职,务必请大、大人放驾。"

曾国藩心想,不去看来不行,今后朝廷追问起来,也不好回话。去呢,又有点心虚。他坐在椅子上,做出一副又哀又怒的样子,让心情慢慢平静下来。他深恨自己胆气薄弱,缺乏董卓、曹操那种乱世奸雄的禀赋。这事做得神鬼不知,天衣无缝,你怕什么来?曾国藩经过这样一番心理上的自责自慰后,胆子壮起来:"好!我明天和你同去南昌,一定要把这件事查个水落石出。"

袁巡捕慌忙鞠躬:"多谢曾大人!"

"大哥！"曾国藩正要叫人收拾行装，准备明日启程，忽见曾国华哭着进了门。

"什么事？"堂堂五尺大汉，居然泪流满面，岂不是脓包一个！曾国藩真的有点看不起这个六弟了。

"大哥。"曾国华经此一问，哭得更厉害，"父亲大人去世了！"

"你说什么？听谁说的？"曾国藩猛地站起来，双手使劲抓着六弟的肩膀问。

"四哥打发盛三送讣告来了。"

曾国藩手一松，瘫倒在太师椅上，泪水从微闭的双眼中无声地流出来。好一阵子，他才睁开眼睛，轻轻地吩咐左右："拿丧服来！"然后转过脸，对袁巡捕说："国藩遭大不幸，不能应命前往南昌，请代我多多向文中丞致意，务必请他早日缉拿凶手归案，以慰德大人在天之灵。"

深夜，曾国藩从悲痛中苏醒过来。他前前后后冷冷静静地想了又想，如果说当年母亲去世最不是时候的话，那么父亲不早不迟死在这个时刻，真可谓恰到好处。目前局面，处处掣肘，硬着头皮顶下去，日后会更困难，无故撒手不管，上下又都会不许，不如趁此机会摆脱这个困境，把这副烂摊子扔给江西，给朝廷一个难堪。这水陆二万湘勇，除开他曾国藩，还有谁能指挥得下？到时，再与皇上讨价还价不迟。曾国藩的心绪宁静下来，他坐在书案边，给皇上拟了一个《回籍奔父丧折》："微臣服官以来，二十余年未得一日侍养亲闱。前此母丧未周，墨绖襄事；今兹父丧，未视含殓。而军营数载，又功寡过多，在国为一毫无补之人，在家有百身莫赎之罪。瑞州去臣家不过十日程途，即日奔丧回籍。"他想起德音杭布之案，今日之境遇，是越早离开越好，决定不待皇上批复，即封印回家。

咸丰七年二月二十一日，是个愁云惨淡、天地晦暗的日子。早几天气温和暖些，水边的杨柳枝已吐出星星点点的嫩牙尖，这几天又被呼啸的北风将生命力凝固了，偶尔可看到的几朵迎春花，也全部萎落在枯枝下。光秃秃的树枝，在寒风中瑟瑟发抖。鸟儿不敢出来觅食，全部蜷缩在避风的窝里，企望着艳阳天的到来。吃过中饭后，曾国藩告别前来瑞州送行的彭玉麟、杨载福和康福等文武官员僚属，以及文俊专程派来吊唁的粮道李桓和瑞州城的知府、首县等人，

124

带着六弟国华、九弟国荃、仆人荆七踏上回家奔丧的路途。

兄弟三人都不说一句话，默默地骑在马上赶路。曾国藩的心更像满天无边无际的阴云一样，沉甸甸、紧巴巴的。他望着水瘦山寒、寂寥冷落的田野和马蹄下狭窄干裂、凹凸不平的千年古道，陷入了深深的悲哀之中。这悲哀不是为了父亲的死。父亲寿过六十八岁，已身功名虽仅只一秀才，但儿子为他请得一品诰封和皇上的三次赏赐，整个湘乡县，没有第二人有如此殊荣。做父亲的可以瞑目，做儿子的也对得起了。曾国藩悲哀的是他自己出山以来的处境。

从咸丰二年十二月出山以来，五年过去了，其中的艰难辛苦，屈辱创伤之多，正如眼前的锦江水一样，倾不完，吐不尽。锦江水尚可以向人世间倾吐，自己肚子里这一腔苦水，向谁去倾吐呢？——"好汉打脱牙和血吞"，他也不愿向别人倾吐。望着不见一只航船的枯浅的锦江，他眼中出现了水面平静的湘江和波涛起伏的长江。这两条曾被他深情吟咏过的江河，差点儿吞没了他的躯体。两次投江，羞辱难洗，多少年后都将成为子孙后世的笑柄。满腔热血、一颗忠心为了收复皇上的江山，捍卫孔孟名教的尊严，却落得个皇上猜疑、地方排挤、四面碰壁、八方龃龉，几陷于通国不容的境地。这几年除了痛苦，得到了什么呢？论官职，依旧只是个侍郎。江忠源带勇，从署理知县升到了巡抚。胡林翼带勇，也从道员升到了巡抚。这倒也罢了。还有许多像陶恩培、文俊、眷龄一类人，心地又坏，才质又庸劣，也一个个加官晋爵，手握重权。天下事真是太不公平了。但是，想想自己，他又不禁摇头叹气。论功劳，武昌、汉阳、蕲州、田镇，收复了又丢失，最后还是别人再夺回的。来江西两年多，九江、湖口至今未下，长毛仍控制七府四十余州县，有何功劳可言！难道说长毛不能灭，大清不能兴吗？难道说今生就只配做一个书生，不能做李泌、裴度吗？

不远处的田塍上，一个农民牵了一头羸弱的水牛在走着。看着这头疲惫不堪的牛，曾国藩突然想起了衡州出兵那天，用来血祭的那头牛。水牛渐渐地消失在薄暮中，看不见了。曾国藩低头看着自己，猛然发现，这几年来，自己明显地瘦弱了。还不到五十岁，何以衰老得如此之快！脑子里又浮现了石鼓嘴下的那头牛，它即将断气，痛苦地抽搐着，两只榛色的眼球鼓鼓地望着苍天。曾国藩奇怪地觉得，那头牛仿佛就是他！

天色更暗，北风更紧，黄昏来临了。四周的山河、田地、房屋、道路慢慢模糊起来。出路在哪里？前途在哪里？曾国藩无法预卜，只觉得眼前天昏地暗，心情万般苍凉。他现在什么都不想了，也不要了，仅仅巴望着早点回到荷叶塘。他太疲倦了。他要在父亲的墓旁静静地休息一段时期，然后，再将这几年所经历的一切，作一番细细的回顾……

第三章　进军皖中

一　丑道人给曾国藩谈医道：岐黄可医身病，黄老可医心病

入夏以来，天气一天比一天炎热，近半个月，湘中一带又刮起了火南风。这风像是从一座巨大的火炉中喷出似的，吹在人的身上，直如火燎炭烤般地难受。山溪沟渠中的水，全被它卷走了，连常年行船的涓水河，也因水浅而断了航。禾田开了坼。几寸宽的坼缝里，四脚蛇在爬进爬出。已扬花的禾苗，因缺水而显得格外的枯黄干瘪。什么都是蔫不拉几、半死不活的，连狗都懒得多叫一声，成天将肚皮贴在地上，吐出血红的舌头喘粗气。人们在摇头叹息。上了年纪的人都说，三十年没有见过这样恶毒的火南风了，这是连年战乱不休，互相残杀，引起了天心震怒。火南风是上天对世人的惩罚啊！

午后，天气更加燥热，一向最能吃苦的荷叶塘农夫，这时也忍受不了烈日的无情炙烤，都躲在茅屋里不敢出来。四野静悄悄的，只有一声递一声尖厉单调的蝉鸣，从粉墙外的柳树叶上，传进黄金堂两边厢房里，和着屋子里混浊不清的老年男子的哼哼声，使这一带的空气益发显得滞闷难耐。

黄金堂东西两边共有十多间厢房，它是曾府中最好的住屋，东边住着曾国藩一家人，西边住着曾国荃一家人。去年秋天，曾国华应李续宾之邀去了湖北，紧接着曾国荃也重返吉安战场。这几天里，曾国荃的妻子熊氏就要临产了。两个月前，纪泽的妻子贺氏在黄金堂难产死去。贺家坳的张师公说黄金堂有鬼，

贺氏是被那鬼捉去当了替身，贺氏也要在此找替身。熊氏很害怕，一心想请张师公进来捉鬼，但又怕大伯骂。因为曾国藩素来恪遵祖父星冈公家教，不准巫师进门。妯娌们商量后，决定请张师公在曾国藩午睡时进府来做道场。

吃过午饭后，看着曾国藩睡下了，张师公带了一个小徒弟，偷偷地进了黄金堂，将熊氏卧房关好，在里面点起蜡烛线香，穿上法衣，仗着一把桃木剑，作起法来。一切都是轻轻地：轻轻地跳跃，轻轻地念咒，轻轻地敲锣。看看道场快要完了，谁知小徒弟一不慎，将搁放在柜顶上的一面锣碰了下来。在这安静的午后，这一面锣掉在铺着青砖的地上，犹如放炮打雷，发出惊天动地的响声。

"什么鬼名堂！"正在东边厢房里睡觉的曾国藩被惊醒了，他愤怒地坐起来，大声喊叫。西边厢房里，欧阳夫人、熊氏、邓氏几妯娌吓得不敢作声。欧阳夫人忙跑过来，气喘吁吁地说："没什么，一面破锣摔下来了。"

"锣为何摔下来？"曾国藩望着夫人脸色发白，神色惊慌，觉得奇怪。

"是老黄猫弄下来的。"欧阳夫人急中生智。

曾国藩走出东厢房，来到正厅。只见西边房门紧闭，门缝里隐隐约约透出一丝烟气来。曾国藩怒气冲冲地走过去，一脚将门踢开，身穿法衣的张师公和他精心布置的道场，立刻毫无遮拦地展现在曾国藩的面前。曾国藩这一气非同小可。他冲上前去，一把抓住张师公，破口大骂："你是哪个？狗胆包天，敢在我家胡作非为！"

干瘦的张师公早吓得魂不附体，双膝跪在曾国藩面前，哀求道："曾大人，小人不是私自闯进来的，是九太太要我来的呀！曾大人，您老饶命，饶命！"

张师公连连磕头，小徒弟看着这个凶神恶煞般的曾大人，早吓得哇哇大哭起来。熊氏也嘤嘤哭着，挺着大肚子，走到曾国藩身边："大伯，都是我的不好，是我叫他来的。大伯，你就骂我打我吧！"

"你们这批蠢猪！"曾国藩瞟了一眼熊氏，又环视着站在一旁的欧阳夫人、邓氏，"祖父在生时，是怎么教训的？这两年，我们兄弟在江西不顺利，都是让你们这批贱人把师公巫婆引进黄金堂来弄坏的。厚二！"曾国藩高叫满弟曾国葆的乳名，曾国葆慌慌张张地跑来。

"把这个鸟师公给我赶出去！什么乌七八糟的道场！"说罢，铁青着脸回到了东厢房。

坐在竹床上，出了半天粗气后，曾国藩的情绪慢慢平息下来。回家守父丧以来，他不断地回忆这些年带兵打仗的往事，每一次回忆，都给他增加了一分痛苦。一年多里，他便一直在痛苦中度过。比起六年前初回荷叶塘时，曾国藩已判若两人。头发、胡须都开始花白了，精力锐减，气势不足，使他成天忧心忡忡。尤其令他不可理解的是，两眼昏花到看方寸大小的字都要戴老花眼镜的地步。他哀叹，尚不满五十岁，怎么会如此衰老颓废！他甚至恐惧地想到了死，但他绝对不甘心。假若这时真的死去，他曾国藩千年万载都不会瞑目，他那缕屈抑不伸的怨魂，日日夜夜都会绕着高嵋山岰，飘在涓水河上，永远不会化开。是的，曾国藩怎么想得通呢？这些年来，为了皇上的江山，他真可谓赴汤蹈火、出生入死，到头来，江西的局面一筹莫展，不仅粮饷难筹，连他本人和整个湘勇都受到猜忌。天下不公不平的事，还有过于此吗？

去年回家不久，他收到了湖南巡抚衙门转来的上谕：赏假三个月，假满后仍回江西督办军务。他深知江西军务的难办，估计无人可以代替自己，遂援大学士贾桢的先例，请皇上同意他在籍终制。皇上不允。曾国藩心中暗自高兴，对付长毛，皇上到底还是知道缺他不可，于是趁机向皇上要督抚实权。说非如此，则勇不能带，仗不能打。谁知此时，何桂清正任两江总督，他利用两江的富庶，倾尽全力支持江南大营，雄心勃勃地要夺得攻下江宁的首功。江南大营在源源不断的银子的鼓励下，打了几场胜仗，形势对清廷有利。咸丰帝便顺水推舟，开了他的兵部侍郎缺，命他在籍守制。曾国藩见到这道上谕后，冷得心里直打颤，隐隐觉得自己好比一个弃妇似的，孤零零、冷冰冰。

后来，湘勇捷报频传。先是收复蕲水、广济、黄梅、小池口，接着水师外江内湖会合，夺取了湖口，打下了梅家洲。四月，又一举攻克九江城，林启容的一万七千名太平军全军覆没。为此，官文、胡林翼赏加太子少保衔，李续宾赏加巡抚衔，杨载福实授水师提督，彭玉麟授按察使衔，均赏穿黄马褂。消息传来，曾国藩又喜又愧。喜的是自己亲手创建的湘勇，建立了如此辉煌的战功；惭愧的是自己过去自视太高了。这一年多来不在前线，湘勇水陆两支人马在胡林翼、李续宾、杨载福、彭玉麟的指挥下，反而打得更好。看来，对付长毛的能人多得很。

于是，曾国藩又添三分痛苦：照这样下去，湘勇很有可能在一年半载中便打下江宁；自己建的军队，却让别人驱使着，摘下那颗盖世硕果。这个滋味，曾国藩无论如何不愿意去品尝。他几次想向皇上请缨，但终究不敢下笔。这样出尔反尔，岂不贻笑天下？思前想后，左右为难，曾国藩的病情愈来愈严重，心情愈来愈烦躁。这一向，他看什么都不顺眼，常常无端发脾气，弄得曾府上下，人人提心吊胆。但他毕竟还是有节制的，像刚才这样粗暴的行动、粗鄙的话，过去还没有出现过。今天发作，事出有因。

铜锣掉在地上之前，他正在做一个噩梦：江宁攻下了，最先冲进城里的，竟是僧格林沁的蒙古马队，接下来的是耀武扬威的旗兵、绿营，多隆阿、官文、桂明等人骑在高头大马上，神气十足地走在前列；江面上，何桂清指挥着胡林翼、李续宾、彭玉麟、杨载福等人在摇旗呐喊，城门外、大江里，四处是湘勇血肉模糊的尸首。一会儿，咸丰帝来到了江宁，接受了僧格林沁的献俘。皇上给每位立功者都赏了一件黄马褂。江宁城里，一片金灿灿的。忽然，曾国藩惊讶地发现，德音杭布也披着一件黄马褂，在向皇上哭诉着什么。皇上听着听着，大喝一声："带曾国藩！"曾国藩心惊肉跳。正在这时，哐啷一声，他惊醒过来了……

欧阳夫人端来一碗冰糖莲羹。他吃了两口，心里略觉舒坦一点："九弟妹还在哭吗？"

"还在哭，劝都劝不住，她说她一个人在这里害怕。"欧阳夫人拿起竹床上一把大蒲扇，轻轻地给丈夫扇着，"你们男人哪里晓得，女人生孩子，和男人上战场一个样，肚子一旦发作，是生是死，难以预料，况且贺妹子死去不久，你叫弟妹怎么不怕？她说大伯不让捉鬼，她就打发人去叫老九回来壮胆。"

"真是妇道人家！老九为女人生孩子回来，他的脸往哪里放？"想起兄弟在前线打仗卖命，自己为这点事对弟妹大发脾气，太对不住兄弟了。曾国藩怀着歉意对夫人说，"你再过去对她说，刚才是大伯不对。大伯这一向心烦，容易发脾气。再说，她违背祖训，偷偷请师公到家里来做道场也不对。若是真害怕，明天派一顶轿，送她回娘家去生孩子，满月后再回来，大伯为她母子接风。"

"好，有你这句话就行了。"欧阳夫人感激地望了丈夫一眼，顺手接过空碗，说，"我这就去告诉九弟妹。"

"哥，那个骗人的张师公走了。"过了一会，国潢进来禀告，"我狠狠地骂了他一顿，警告他，今后若再进曾府大门，我就打断他的狗腿。张师公说他再不敢来了。"

这些年，曾府四爷经营家政，比以往更神气，派头更大了。这不仅因为老六、老九每攻下一座城池后，便大量往家里搬运金银财宝，还因为曾家手握重兵，乱世年头，谁个不畏惧、不巴结？湘勇在外面打仗，湘乡县四十三都的反应，比上报给皇上的奏章还要来得快而准确。只要看到永丰河、涓水河上行驶着装满货物的船队，便可知湘勇最近打了胜仗。祖祖辈辈穷怕了的作田人，看着这些财物，眼热得不得了，都要把儿子、丈夫往湘勇里送。自己找上门的，辗转托人说情的，天天不断，把个曾四爷捧得晕晕乎乎。这一年多来，国潢见哥哥心情不好，时常生病，心里很着急，四处延医求药，打听偏方，一心巴望哥哥早日恢复健康，好重上战场，为曾家攫取更多的财富更高的地位。昨天，他又有了新发现。

"哥，蒋市街碧云观里来了个游方道士，有起死回生的绝技，什么疑难怪病，他都可以治得好。明天我陪哥去见见他如何？"

"一个游方道士能有这样高的医术？"曾国藩怀疑地问，"你听谁说的？"

"雁门师亲口对我说的。"国潢坐到竹床另一头，神秘地说，"雁门师前几天到碧云观去寻访老友九还道长，见观里有一位面孔丑得出奇的新道长。九还道长介绍说，这是他的道友，新近从广西游历到此。雁门师见他脸虽难看，却仙风道骨，因而喜欢。丑道长也钦佩雁门师的学问。两人谈得十分投机。当夜，雁门师留宿碧云观，又谈到深夜。谁知兴奋过头，雁门师的老气痛病发作了，急得九还道长手足无措。丑道长不慌不忙地拿出一根银针来，在雁门师的耳根上扎了一针。真是怪事！雁门师马上就不痛了。他于是知丑道人医术精湛，向道长求断根之方。丑道长开了一个药方。雁门师服了两三剂后，觉得精神大振，手脚轻便，仿佛年轻了十岁。雁门师昨天到碧云观去道谢，丑道人要他切莫外传，说从不替凡夫俗子看病。我昨天到蒋市街，恰遇雁门师出观。他悄悄地告诉我这件事，要哥亲到碧云观去拜访这位道人。"

曾国藩素来尊敬这位给他启蒙的忠厚塾师，既然是雁门师的亲身经历，还有什么可怀疑的！

蒋市街离荷叶塘有十七里路。第二天，兄弟俩起个大早，乘两顶竹凉轿，趁着上午凉快的时候，赶到了碧云观前。

建在蒋市街的碧云观已有两百年的历史了。观不大，几间草房，一圈竹篱，向来不大引人注目。三十年前，曾国藩还未考取秀才。一次，他挑了几十个自家编织的菜篮子赶蒋市街的集，想换几个纸笔钱。毕竟是读书人，总觉得做买卖是丢脸的事，曾国藩急着要脱手，把价钱压低，买主都围在他的摊子前面。这下惹怒了另外两个卖菜篮子的汉子。曾国藩和他们争辩。那两个汉子讲不过他，便来蛮的。正在这时，从碧云观里走出一位道长，喝退了那两个大汉，把曾国藩带进观里，请他喝茶，并劝他不要出来卖东西，这不是读书人做的事。曾国藩十分感激。后来，曾国藩进了翰林院，想寄点银子给道长修观，一打听，道长早已仙逝，便也作罢了。今日来到这里，见碧云观与三十年前并无多大差别，而自己却由昔日的英俊少年变得衰老不堪了。曾国藩心里感叹不已。

兄弟二人推开虚掩的竹门。院子里静悄悄的，沿篱笆种了一溜葫芦藤，青藤翠叶间，时而垂几个油绿发亮的小葫芦。这些小葫芦，两个圆球配合，上小下大，造型天然成趣，给碧云观增添盎盎生气。一个身材颀长的道人正在给葫芦藤浇水。道人背对着竹门，前面是高耸壁立的黛色山崖。好一幅令人羡慕的仙居图！曾国藩在心里赞叹。

"道长，打扰了！"曾国潢走前一步，客气地叫了一声。

那道人转过身来，和蔼地说："是找九还道长吗？他昨天出观访友去了。"

曾国藩看那道人，果然丑得出奇：脸上满是发亮的疤痕，一边眉毛稀稀拉拉，另一边则干脆脱落尽净，代之以粗糙的皱皮，嘴唇略向右边歪斜，下巴上横着一道裂痕，将胡须明显地划成两半。面孔虽丑，两只眼睛却分外明亮宁静，充满着睿智的光芒。遂忙拱手施礼，笑道："我们兄弟不会九还道长，特来拜谒您。"

"找我何事？"丑道人放下手中的水壶，微笑着问。那笑容里满是和善、亲切。就凭这一脸纯真的笑容，曾国藩断定这是一个内涵深厚、宅心光明的人。

"昨闻雁门先生盛赞道长医道精深，有妙手回春绝技，家兄久患重病，特来拜谒，求道长法眼看一看。"曾国潢努力做出一副谦谦君子的样子，几句简简单单的话，害得他字斟句酌地说了很久。

"哈哈哈！"丑道人爽朗地笑起来，"雁门先生谬奖了，那天不过偶尔碰中而已，哪有什么医道精深、妙手回春。"

"仙师请了。"曾国藩略微弯了弯腰，说，"雁门师忠厚长者，从不谬许人，是他特为叫弟子前来恳请仙师，以悲天悯人之心，布春满杏林之德，好叫弟子早脱病患苦海，略舒平生鄙怀。"

丑道人收起笑容，正色看了曾国藩良久，轻轻地摇摇头，说："我今日能与二位在此相会，也算是缘分吧，请随贫道进屋。"

说罢，自己先迈步进门，曾国藩兄弟跟着他进了草房。道房里无甚摆设，几件简朴陈旧的日用家具收拾得干干净净，一尘不染，正面粉壁上悬挂一幅古色古香的老君炼丹图。曾国藩心里叹道："真个是仙家风味，清净无为！纸醉金迷、钩心斗角的世俗生活，在这里简直就是污秽不堪的痈疽。"

丑道人让座斟茶完毕，拿出一方薄薄的棉垫来，平放在茶几上，让曾国藩伸出一只手搁在其上，自己在对面坐下来，微闭双眼，默默切脉，不再说话。许久，道人示意换一只手，又切起来，仍不说话。曾国藩见道人切脉的手上也布满疤痕。他心中好生奇怪：望闻问切，乃医家治病必不可少的程序，为何这个道人不望不闻不问，只顾切脉，而又切得如此之久呢？他注意观察道人的表情：从容安详，凝神端坐，似已忘却人世，遨游仙乡。曾国藩越看越觉得道人的脸型神态，尤其是那双眼睛，仿佛在哪里见过。他想了很久想不出。的确，在他的所有故旧友人中，没有这样一张丑陋难看的脸。

时光已近正午，往日此刻，正是热得难受的时候，但今日坐在道房里的曾国藩，却感到身边总有一股习习凉风在吹，遍体清爽。四周异常的安静、清馨。窗外，可隐隐约约听见花丛中蜜蜂振翅飞翔的嗡嗡声；房里，小火炉上的百年瓦罐冒出吱吱的声响，传出沁人心脾的茶香。历尽战火硝烟的前湘勇统帅，此刻如同置身于太虚仙境、蓬莱瀛洲，心里偷偷地说："早知碧云观这样好，真该来此养病才是！"

道人足足切了半个时辰的脉，这才睁开眼睛，望着曾国藩说："贫道偶过此地，于珂乡人地两生，亦不知大爷的身份。不过，从大爷双目来看，定非等闲之辈，但可惜两眼失神，脉亦缓弱无力。实不相瞒，大爷的病其来已久，其状不轻呀！"

曾国藩心里一怔，国潢正要抢着说话，他用眼色制止了，说："弟子眼光虽有点凶，但实在只是荷叶塘一个普通的耕读之徒。请问仙师，弟子患的是什么病？"

丑道人微微一笑，收起棉垫，慢慢地说："大爷得的是怔忡之症，乃长期心中有大郁结不解，积压日久而成。"

曾国藩点头称是，甚为佩服道人的一针见血。

"大爷。"丑道人轻轻地叫了一声，使得曾国藩不自觉地挺起腰板，端坐聆听，"《灵枢经》说，五脏已成，神气舍心，魂魄毕具，乃成为人，可见神乃人之君。《素问经》说，得神者昌，失神者亡。贫道看大爷堂堂一表，肩可担万民之重任，腹能藏安邦之良策，只可惜精神不振，目光黯淡，朦胧恍惚，语气低微，此乃失神之状也。贫道为大爷惋惜。"

曾国藩见丑道人谈吐高深，眼力非凡，想此人真非比一般，与之交谈，必定有所收益，遂问："请问仙师，适才言在下之病，乃郁结不解所致，人为何会有郁结？"

"大爷问得好。"道人莞尔一笑，"凡病之起，多由于郁。郁者，滞而不通之意也。人禀七情，皆足以致郁，喜则气缓，怒则气上，忧则气凝，悲则气消，恐则气下，惊则气乱，思则气结，行气紊乱，皆致壅滞，足以郁结。"

曾国藩又问："在下近来常患不寐症，一旦睡着，又怪梦连翩，请问这是何故？"

"此亦七情所伤之故。"丑道人缓缓答道，"情志伤于心则血气暗耗，神不守舍；伤于脾则食纳减少，化源不足，营血亏虚，不能上奉滋养于心，心失所养，以致心神不安而成不寐。各种情志又多耗精血，血不养心，亦多致不寐之症。故《景岳全书》上说：'凡思虑劳倦，惊恐忧疑，及别无所累而常多不寐者，总属真阳精血之不足，阴阳不交，而神有不安其室耳。'大爷睡中梦多，总因思虑过多之故；思虑过多则心血亏耗，而神游于外，是以多梦。"

这番话，说得曾国藩连连点头，说："仙师说得甚是深刻。在下之病，的确乃忧思而致气不活，血不足，心神摇动，精力亏欠。不过，在下年不到五十，尚思做点事情，盼望早日根治此病，略展胸中一点薄愿。请问仙师，有何药物可治疗？"

丑道人听后，开口笑了起来："大爷胸襟，贫道亦知。然大爷之病，乃情志不正常而引起，无情之草木，岂能治有情之疾病？"

"难道就不能治吗？"曾国潢忧郁地问。

"可治，可治。"道人严肃地说，"大爷之病，乃情志所致之心病也。岐黄医世人之身病，黄老医世人之心病，愿大爷弃以往处世之道，改行黄老之术，则心可清，气可静，神可守舍，精自内敛，百病消除，万愁尽释。"

丑道人这几句话，真使曾国藩有振聋发聩之感，不觉肃然端坐，病已去了三分。他恭敬道："愿听仙师言其详。"

"《素问经》上说，上知天文，下知地理，中知人事，可以长久。这既是立身之本，亦是处世之方。"丑道人两目灼灼有神地说，"天文地理，自有专著论及，贫道不能详说。这人事之学说，依贫道看来，仅只黄老一家道中要害。故太史公论六家之要旨，历数其他五家之长短，独对道家褒而不贬。此非太史公一人之私好，实为天下之公论也。《道德经》虽只五千言，却揭出人事中极奥极秘之要点，一句'江海之所以为百谷王者，以其善下之'，便揭橥世上竞争者取胜的诀窍。可惜世人读《道德经》者多，懂《道德经》者少，以《道德经》处世立身者更少。大爷想必从小便读过此书，谅那时年轻不更世事，不甚了了。请大爷回去后，结合这些年来的人事纠纷，再认真细读十遍，自然世事豁达，病亦随之消除。"

道人不急不徐、从容平淡的一番话，对于满腹委屈、百思不解的曾国藩来说，犹如一滴清油流进了锈坏多年的锁孔，顿时灵泛起来。他起身打躬道："谢仙师指点。"

"大爷请坐，如此客气，贫道怎受得了。"道人和蔼地招呼曾国藩坐下，解开床头上的小布包，取出一部蓝布封面的书来，双手递过，"大爷，贫道平生一无所有，只有这本宋刻《道德经》乃先师所珍传。当年先师曾有言，日后遇到有根底之人，可以将此书赠送。今日得遇大爷，亦是贫道三生有幸，愿大爷精读善用，一生成就荣耀、平安泰裕，都在此书之中。"

曾国藩起身接住，丑道人的眼角边露出一丝不易觉察的谲笑。

"道长，你还给家兄开个单方吧！"曾国潢见道人说的都是不着边际的空话，送的是一本《道德经》，而不是医书，心中着急：若这样回去，岂不白来了一趟！

"二爷不必着急。"道人瞟了一眼曾国潢，"我想令兄心中已明白，这部《道德经》便是最好的单方了。虽然如此，贫道还得为大爷开一处方。"

道人磨墨运笔，很快写出一张处方来，交与曾国藩。曾国藩接过处方，问："弟子还想冒昧请教仙师，眼下天气炎热，万物焦躁，弟子更是五内沸腾，如坐蒸笼，为何今日在仙师处，总觉有凉风吹拂而不热呢？"

"大爷所问，一字可回答。"道人套上笔筒，说，"乃静耳。老子说：'清静天下正。'南华真人发挥得更详尽：'水静则明烛须眉，平中准，大匠取法焉。水静犹明，而况精神？圣人之心静乎，天地之鉴也，万物之镜也。夫虚静恬淡、寂寞无为者，天地之平而道德之至也。'世间凡夫俗子，为名，为利，为妻室，为子孙，心如何静得下来？外感热浪，内遭心烦，故燥热难耐。大爷或许忧国忧民，畏谗惧讥，或许心有不解之结，肩有未卸之任，也不能静下来，故有如坐蒸笼之感。切脉时，贫道以己心之静感染了大爷，故大爷觉得有凉风吹拂而不热。"

"多谢仙师指点，弟子受益匪浅。"曾国藩说。心里叹道：真是惭愧！过去跟镜海师研习静字之妙，自认已得阃奥，其实连门槛都没入。到底方外人，排除了俗念，功夫才能到家。

道人微笑着说："还是我方才说的两句话：岐黄可医身病，黄老可医心病。有的身病起源于心病，故还得治本才能奏效。大爷回去后，多读几遍《道德经》和《南华经》，深思反省，再益以所开的处方，自然身病心病都可去掉。"

曾国藩又鞠一躬，发自内心地说："多谢了！"

丑道人说："时候不早了，大爷兄弟也请回家，贫道今日和大爷兄弟一起离开碧云观，回庐山黄叶观去，从此采药炼丹，不复与世人交往矣。"

说罢，和曾国藩兄弟走出碧云观，稽首告别，飘然北去。曾国藩望着远去的道人，又一次觉得那洒脱的步伐也似曾见过。

二　曾国藩细细地品味《道德经》《南华经》，终于大彻大悟

　　曾国藩回到荷叶塘，关起门来，一遍又一遍，反反复复地读着丑道人所送的《道德经》。果然如道人所言，此时重读它，似觉字字在心、句句入理，与过去所读时竟大不相同。

　　曾国藩早在雁门师手里就读过《道德经》。这部仅只五千言的道家经典，他从小便能够倒背如流。进翰林院后，在镜海师的指点下，他再次下功夫钻研过它。这是一部处处充满着哲理智慧的著作，它曾给予曾国藩以极大的教益。类似于"合抱之木生于毫末，九层之台起于累土，千里之行始于足下"等格言，他笃信之，谨奉之，而对于该书退让、柔弱、不敢为天下先的主旨，仕途顺遂的红翰林则不能接受。那时的曾国藩一心一意信仰孔孟学说，要以儒家思想来入世拯世。对自身的修养，他遵奉的是"天行健，君子以自强不息"；对社会，他遵奉的是"以天下为己任"。也正是靠的这种持身谨严，奋发向上，关心国事，留意民情，使得他赢得了君王和同僚的信赖，在官场上春风得意，扶摇直上。咸丰二年间，正处于顺利向上攀援的礼部侍郎，坚决地相信"治乱世须用重典"的古训以及从严治军的必要性，遂由孔孟儒家弟子一变而转为申韩法家之徒。他认为自己奉皇上之命办团练，名正言顺，只要己身端正，就可以正压邪，什么事都能办得好。谁知大谬不然！这位金马门里的才子、六部堂官中的干吏，在严酷的现实中处处碰壁，事事不顺。

　　这一年多来，他曾无数次痛苦地回想过出山五年间的往事。他始终不能明白：为什么自己一身正气、两袖清风，却不能见容于湘赣官场？为什么对皇上忠心耿耿，却招来元老重臣的嫉恨，甚至连皇上本人也不能完全放心？为什么处处遵循国法、事事秉公办理，实际上却常常行不通？他心里充满着委屈，心情郁结不解，日积月累，终于酿成大病。

　　这一年里，他又从头至尾读了《左传》、《史记》、《汉书》、《资治通鉴》，希望从这些史学名著中窥测前人处世行事的诀窍，从中获取借鉴。但这

137

些前史并没有给予他解开郁结的钥匙，反而使他更痛苦不堪：前人循法度而动成就辉煌，偏偏我曾国藩就不能成功！

他也想到了老庄，甚至还想到了禅学空门。但是他，一个以捍卫孔孟名教为职志的朝廷重臣，一个以平叛中兴为目标的三军统帅，能从老庄消极遁世的学说中求得解脱吗？不，这对他来说，是绝对不可能的。

这些日子，在实实在在的民事军旅中亲身体验了许多次成功与失败的帮办团练大臣，通过细细地品味、慢慢地咀嚼，终于探得了这部道家经典的奥秘。这部貌似出世的书，其实全是谈的入世的道理。只不过孔孟是直接的，老子则主张以迂回的方式去达到目的；申韩崇尚以强制强，老子则认为"柔胜刚，弱胜强"，"天下之至柔，驰骋天下之至坚"。"江河所以为百谷王者，以其善下之。"这句话说得多么深刻！老子真是个把天下竞争之术揣摩得最为深透的大智者。

曾国藩想起在长沙与绿营的龃龉斗法，与湖南官场的凿枘不合，想起在南昌与陈启迈、恽光宸的争强斗胜，这一切都是采取儒家直接、法家强权的方式。结果呢？表面上胜利了，实则埋下了更大的隐患。又如参清德、参陈启迈，越俎代庖、包揽干预种种情事，办理之时，固然痛快干脆，却没有想到锋芒毕露、刚烈太甚，伤害了清德、陈启迈的上上下下、左左右右，无形中给自己设置了许多障碍。这些隐患与障碍，如果不是自己亲身体验过，在书斋里，在六部签押房里是无论如何也设想不到的，它们对事业的损害，大大地超过了一时的风光和快意！既然直接的、以强对强的手法有时不能行得通，而迂回的、间接的、柔弱的方式也可以达到目的，战胜强者，且不至于留下隐患，为什么不采用呢？少年时代记住的诸如"大方无隅""大音稀声""大象无形""大巧若拙"的话，过去一直似懂非懂，现在一下子豁然开朗了。这些年来与官场内部以及与绿营的争斗，其实都是一种有隅之方，有声之音，有形之象，似巧实拙，真正的大方、大象、大巧不是这样的，它要做到全无形迹之嫌，全无斧凿之工。

"人之生也柔弱，其死也坚强，草木之生也柔脆，其死也枯槁。"柔弱，柔弱，天下万事万物，归根结底，莫不是以至柔克至刚。能克刚之柔，难道不是更刚吗？祖父"男儿以懦弱无刚为耻"的家训，自己竟片面理解了。曾国藩想到这里，兴奋地在《道德经》扉页上写下八个字："大柔非柔，至刚无刚。"

他觉得胸中的郁结解开了许多。

读罢《道德经》，他又拿起《庄子》来温习。这部又称为《南华经》的《庄子》，是他最爱读的书，从小到大，也不记得读过多少遍了。那汪洋恣肆的文笔、奇谲瑰丽的意境，曾无数次地令他折服，令他神往。过去，他是把它作为文章的范本来读，从中学习作文的技巧，思想上，他不赞同庄子出世的观点，一心一意地遵循孔孟之道，要入世拯世，建功立业，泽惠斯民，彪炳后昆。说也奇怪，经历过暴风骤雨冲刷的现在，曾国藩再来读《庄子》，对这部前无古人、后无来者的巨著，有了很多共鸣之处。甚至，他还悟出了庄子和孔子并不是截然相对立的，入世出世，可以而且应该相辅相成，互为补充。如此，才能既做出壮烈奋进的事业，又可保持宁静谦退的心境。曾国藩为自己的这个收获而高兴，并提起笔，郑重其事地记录下来：

静中细思，古今亿百年无有穷期，人生其间数十寒暑，仅须臾耳，当思一搏。大地数万里，不可纪极，人于其中寝处游息，昼仅一室，夜仅一榻耳，当思珍惜。古人书籍，近人著述，浩如烟海，人生目光之所能及者，不过九牛一毛耳，当思多览。事变万端，美名百途，人生才力之所能及者，不过太仓之粒耳，当思奋争。然知天之长，而吾所历者短，则忧患横逆之来，当少忍以待其定；知地之大，而吾所居者小，则遇荣利争夺之境，当退让以守其雌。

139

老子说:"将欲歙之,必固张之;将欲弱之,必固强之;将欲废之,必固兴之;将欲夺之,必固与之。"这些便是老子与世界打交道的策略。由此可知,柔弱并不是其目的,刚强才是他的希望;退抑也不是其目的,胜出才是他的心愿。正是基于这样的认识,所以古时便有人说老子是阴谋家。

吴嘉宾的这番议论,也可能源于别人的启示,也可能是自己的独自见解,不管怎样,它能帮助我们从另一个角度来读老子。】

老庄深邃的哲理,如一道梯子,使曾国藩从百思不解的委屈苦恼深渊中,踏着它走了出来,身心日渐好转了。

这天夜里,曾国藩收到了胡林翼由武昌寄来的信。信上说浙江危急,朝廷有调湘勇入浙的动议。他已向皇上奏明,请命曾国藩再度夺情出山,统率湘勇援浙。为加强此奏的分量,他说服了官文会衔拜发。

曾国藩从心里感激胡林翼对自己的关心和照顾,在这样的时候能仗义上疏,请诏复出,简直有再生之德。尤为难得的是,他能说动名为支持湘勇、实则嫉妒汉人的满洲权贵官文一起会衔,真个是用心良苦,谋划周到。湖北能有今天的局面,湘勇能在江西走出低谷,全凭着武昌城内官胡水乳交融的合作。此刻,曾国藩的脑子里,浮起了胡林翼屈身事官文的往事。

官文是满洲正白旗人,出身军人世家,年纪轻轻便做了殿前蓝翎侍卫,累迁至头等侍卫,出为广州汉军副都统,走的是满洲贵族子弟的特权道路,一帆风顺,青云直上。杨霈被撤职后,他由荆州将军任上调湖广总督。此人于游冶享受样样精通,就是于打仗治民不通,占着湖广总督的高位,什么事都不做,却又出于满洲权贵防范汉人的本性,对胡林翼事事横加干涉,弄得胡处处为难。一气之下,胡要幕僚起草奏折,向皇上告状。幕僚劝告:江南汉人手握重兵,朝廷如何放心得下?官文名为总督,实是朝廷派到湖广监视汉人的耳目,告官文的状,只会徒增皇上的反感。最好的办法是取得官文的支持,督抚同心,共成大业。胡林翼经此指点,立刻醒悟。不久，官文三十岁的六姨太生日，总督衙门向武昌官场大发请柬，要为六姨太热闹一番。谁知湖北司道府县大部分官员平日对官文都无好感，耻于为一个年轻的姨太太祝寿。生日这天，日上三竿了，总督衙门还冷冷清清。官文心里着急，六姨太气得嘤嘤哭泣。将近正午了，武昌城里的重要官员，仍无一人登门。官文无法，只得降尊纡贵，派人四处再请。正在这时，一顶绿呢大轿抬来，前面仪仗森严，后面跟着几顶花呢绣轿。一个家丁飞奔过来，递上一个名刺。管家接过一看，上面赫然写着湖北巡抚胡林翼的大名。管家喜出望外，连忙进府报告官文。官文欢喜异常，亲到大门外迎接。胡林翼不但自己来了，还带来了老母和正妻静娟夫人，以太太之礼，给六姨太送了一份厚礼。六姨太破涕为笑，在二门外恭迎胡家太夫人、夫人。听说巡抚以如此隆重的礼仪庆贺官文六姨太的生日，不到一个时辰，湖北藩司、臬司、粮道、盐道、汉阳知府、武昌知府全部来齐了。六姨太得了一个全脸面。宴席上，胡太夫人、静娟夫人尽选些好听的话恭维六姨太，把个六姨太喜得合不上嘴。临别时，胡太夫人又郑重邀请六姨太到巡抚衙门去做客，六姨太乐滋滋地接受了。

第二天一早，一顶花呢大轿将六姨太抬进巡抚衙门，胡太夫人、静娟夫人设盛宴款待，陪着玩牌听曲，扯家常。六姨太自幼丧母，见胡太夫人这样喜欢她，便认胡太夫人为母。胡太夫人高高兴兴地收下这个义女，又叫她拜见了兄长胡林翼。胡太夫人送给六姨太金镯、金耳环、金戒指各一副，算是给义女的见面礼。六姨太回府后，在枕边对着官文说起胡家母子的千好万好。并说，从今以后两家认了亲，就是一家了，就不要再为难胡林翼了。官文对这个娇媚聪敏的六姨太向来百依百顺，果然从此再不给胡林翼找岔子了。军事民事，全付与胡林翼一手办理，他只在上面画诺而已；而胡林翼也表面上对他恭敬顺从。武昌城里督抚关系之亲密，为全国之首。

先前，曾国藩听到官胡这段故事后置之一笑。他笑胡林翼太软弱了，竟然用讨好一个姨太太的手腕来换取官文的合作，岂不太失堂堂大丈夫的气节！现在，他明白了，这正是胡林翼的高明之处，也是胡林翼胜过他的地方。"柔弱胜刚强"，胡林翼早已深懂此中之味，并运用得相当熟练了。

"润芝啊，你竟比我早得道！"曾国藩高兴得拍着几案，不自觉地喊出声来。这一拍不打紧，把一支正燃着的蜡烛给震倒了，恰跌在摊开的《道德经》上。曾国藩心疼地抚摸着，却意外地在一个烧残的夹层之中发现一块薄薄的白绢。他小心地将白绢抽出，见上面写着几行字：

涤生侍郎大人麾下：

山人有幸，又与大人相晤，只是面容为山火所毁，不知惊吓故人否？尝思以陌路相接谈，或更少成见梗阻，故未能相认，尚乞谅宥是幸。山人为此次晤谈，计谋日久，思虑至深，所谈者，句句为医病，亦句句为立身。满人主中原两百年之久，何尝轻授兵权于汉人？大人虽雄才大略，连克名城，然亦气运转移，得乘时之利也。湘勇系大人所手创，听大人所调遣，替大人立功，亦为大人招妒也，此故岷樵、润芝位列封疆，而大人仍客悬虚位也。当此之时，战战兢兢犹恐不及，岂能四处开罪人耶？《道德经》一部，可以五字概括：柔弱胜刚强。前此不十分顺心，盖全用申韩之故也。山人试问大人：古往今来，纯用申韩，有几人功成身全？大人不久将再次奉命出山。山人夜观天象，见荆楚将星倍添光彩，知大人时运已至。望从此明用程朱之名分，暗效申韩之法势，杂用黄老之柔弱，如此，则六年前山人为大人许下之愿，将不日实现。盼好自为之。

江右陈敷顿首谨拜

"怪不得我觉得似曾相识，原来是广敷先生，他竟然如此用心良苦地来启迪我，真难为了他！"曾国藩喃喃说着，笑出声来。这段日子里，他仿佛真如陶渊明所说的"悟以往之不谏，知来者之可追"，对过去的一切，已大悔大悟，大彻大明了，精神状态进入了一个全新的境地。

不出陈敷所料，几天后，援浙诏命由湖南巡抚衙门递到荷叶塘。经过这番痛苦锻炼的曾国藩相信，他必能以更为圆熟的技巧、老到的功夫，在东南这块充满血与火的政治舞台上，演出一幕迥异往昔的精彩之剧来。

三 敬胜怠，义胜欲；知其雄，守其雌

当九江被攻下的时候，太平军在江西已处于不利局面，罗大纲、周国虞奉天王之命，率领在赣的三万余名太平军官兵，从饶州、广信一带，与李秀成在浙江的部队会合，北卫天京、南辟福建。

李秀成，广西滕县人，是内讧以后崛起的重要军事将领。此人智勇双全，对天国忠心耿耿，受到天王的器重。天京内讧后，在广大将士的衷心拥戴下，石达开进京主持朝政。但这时的洪秀全被内讧吓怕了，再也不敢完全相信异姓人，他名义上尊石达开为义王，实际上却把权力交给了两位昏庸贪劣的兄长洪仁发、洪仁达，封他们为安王（后改封为信王）、福王（后改封为勇王），监视石达开。石达开气愤至极，率领十多万精兵离京出走。天国又一次面临危局。洪秀全当机立断，重新组建最高军事领导集团，任命赞王蒙得恩为正掌率、中军主将，成天豫陈玉成为又正掌率、前军主将，合天侯李秀成为副掌率、后军主将，李秀成堂弟李世贤为左军主将，韦昌辉的弟弟韦俊为右军主将。

罗大纲、周国虞与李秀成会合后，声势浩大，浙江告急。朝廷欲急调湘勇赴浙江，但浙江提督周天受资望浅，不堪统率，只得任命钦差大臣、江南大营提督和春指挥。恰逢和春患病，不能受命。胡林翼趁此机会，联合官文火急上奏，请起复曾国藩，又鼓动骆秉章支持。湘勇出湖南后，骆秉章于钱粮支持甚厚，曾骆关系大为改善。骆亦不愿湘勇落于满人手里，便欣然上奏，并答应湖南继续全力支持饷糈。朝廷环顾四方，的确再无合适的人可以代替曾国藩，于是再次赏他一顶兵部侍郎空衔，命火速奔赴前线；同时又谕令官、胡、骆，既作保人，则必须确保湘勇的粮饷。

咸丰八年六月初三日曾国藩接到上谕，初七日便整装离开了荷叶塘。他不再向朝廷讨价还价，要督抚实职了，反而生怕收回成命，离家前便打发荆七赍着"奉命援浙，即日择将出兵"的奏疏，先行赶到长沙，借湖南巡抚衙门的官封拜发。曾国藩之所以立即受命上路，除急于重统湘勇以酬夙志外，还有一件事，使他确信此次援浙，是走向立功坦途的一个吉兆。

六年前，还是在为江氏守丧的时候，曾麟书对曾国藩兄弟说，四十年前，他去南岳烧香拜菩萨，在上封寺求得一签。签云：双珠齐入手，光彩耀杭州。曾麟书欣喜异常，回来对江氏说："我今后必有两个儿子在浙江做官。"

"真是灵验！"曾国藩心想，"可惜父亲死了，不然，看着儿子带勇入浙，该有几多高兴！"

去年春天，曾国藩不待皇上批准，匆匆回籍奔丧的事，引起左宗棠大为不满。他肆口谩骂曾国藩自私无能，临阵脱逃。左宗棠是个从不掩饰情感的人，情绪一上来，就不顾一切，骂曾国藩骂得起劲的时候，他甚至把这个曾令他佩服的老友说得一无是处，连曾国藩多年自我标榜的忠敬诚信，也被他一概斥之为虚伪。左宗棠如此带头攻击，一时间长沙官场哗然和之，给蛰居荷叶塘守丧的曾国藩极大的刺激。他本已身心憔悴，经此打击，更添一重痛苦。曾国藩恨死了不念旧情的左宗棠，也恨死了不明事理的长沙官场，发誓永不与左宗棠说话，也永不与长沙官场往来。

在前往长沙的途中，就如何会见左宗棠一事，曾国藩思考了很久。先前的发誓自然已经过去，既然复出带兵，怎能不与左宗棠说话？已经大彻大悟的曾国藩，对左宗棠一年前骂他的所有的话都可以不再计较，唯独对"虚伪"二字难以释怀。他一生最恨别人虚伪，想不到这个最招他厌恨的字眼，竟然由相交二十多年的老友加于自己的头上，如何不令他气愤伤心！想到这里，曾国藩决定把与左宗棠的会见降到最低的规格，学孔子见阳货的办法，俟其外出时，到他的家里走一趟，然后留一张名刺，匆匆离开。这是一个最妙的办法，说见了又未见，说未见又见了。转念一想，这个办法不好。心高气傲、明察秋毫的左宗棠一眼就会识破这个陈旧的小花招，造成的后果必然是二人的关系进一步恶化。

无论对湘勇，还是对他个人，左宗棠都是有大恩在前的；何况人才难得，对江西战事的几次建议，当时不在意，现在想起来，吃亏就吃在没有听这个今亮的话。左宗棠信中反复谈用兵之道贵在审势，而自己恰恰就在审势这一点上欠缺功夫。这是一个古今少见的将材！今后还得要重用他，让他带一支人马独当一面，万不可冷淡！

瞻前顾后地想了很久，曾国藩决定把这次与左宗棠的会见，当作自己转向黄老之术的第一步，实地检验一下究竟效果如何。

昨天夜晚，骆秉章打发人告诉左宗棠，说是曾国藩在拜会他的时候说过，今上午亲来左府看望老友。骆秉章深知左宗棠的倔脾气，特为关照，希望他不再计较去年的事，把这次曾的主动来访，当作捐弃前嫌、和好如初的好机会。

左宗棠对曾国藩的恨意仍未消，他不大情愿见曾国藩。今年三月，他把妻儿从东山接出，和陶桄夫妇一起，住在戥子桥外的陶公馆里。一大早，左宗棠打发陶恭在门外十字路口探听曾国藩来访的情况，随时向他报告。他自己则带着前几天从湘阴来的老表吴伟才，一同巡查后花园的施工。

陶公馆后面有一大片荒芜的土地，过去陶桄没有理会它，左宗棠看着荒在那里可惜，便自己设计了一个花园，命人按图施工。现在，这个花园就要全面竣工了。

花园的正中是一个大水池。盈盈清水中养着几百尾鱼，青翠的荷叶罩在水面上，益发增加几分幽静。正当盛夏，粉红色的荷花满池绽开，如同西子湖从杭州移到了长沙。左宗棠看着欢喜，给它取个名字，叫"武侯池"。凿池开挖出来的泥土就堆在旁边，形成一座小小的山冈，上面栽些青篁幼松。再热的夏日南风，经过松竹的过滤，也增添三分清凉。左宗棠称它为"卧龙岗"。卧龙岗下有一栋竹篱编就、茅草为顶的房子。房子里正中矮几上摆一张古琴，壁上挂着主人最喜爱的"隆中对"古画。这个茅屋被命名为"隐贤庐"。

左宗棠的官职虽只是一个在籍四品卿衔兵部郎中，实则此时已名动九重。早在咸丰五年，御史宗稷辰向朝廷推荐人才，他的名字便赫然列在首位。自那以后，每逢两湖有人进京，咸丰帝则询问左宗棠。前不久又在养心殿西暖阁召见郭嵩焘，详细问明左宗棠的情况，鼓励他努力办事。当得知左常以举人功名自憾，极欲会试时，咸丰帝竟然宽慰道："何必以进士为荣，文章报国与建功立业，所得孰多？他有这等才能，务必充分发挥才是。"这些话传到左宗棠耳中，自然更激发他要做一番轰轰烈烈大事的雄心壮志，也促使他更加自命不凡。他今年虽已四十七岁，精力却仍旺盛过人。几个月前，张氏妾又给他生了一个儿子。近半百的人再添男丁，他欢喜无尽。

两老表并肩来到武侯池边的一座石牛雕像旁。这是一头壮实的大水牛，头、腹、尾、四蹄都雕得极好，尤其那对弯曲的角，在头的两侧画出两个圆圈，既逼真又很具美感。整个石牛的尺寸，与一头真牛的大小完全一样，再加上用黑色岩石雕出，远远地看起来，还真是一头刚从池中沐浴上岸的耕田牯牛哩！

"表哥，你的后花园有武侯池、卧龙岗、隐贤庐，这我晓得，你是当今的诸葛亮，缺不了这些名目。但为何要雕一个石头牯牛放这里？从小起，牛还见得少吗？一个石头牛有么子好看的？"老表吴伟才指着石牛问。

左宗棠的这个表亲是他的三姑母的次子。说来也真是凑巧，两个人竟是同年同月同日同时所生。吴伟才家住湘江东边，左宗棠家住湘江西边，生日那天，两家报喜的人居然在江边相遇。过几年长大了，都争当表哥，谁也不愿做表弟。左宗棠对吴伟才说："我们也不要争了，谁的书读得好，谁就当哥哥。"结果每次考试，左宗棠总是第一，吴伟才终于服了输，称左为兄。吴伟才读书不成，加之后来家道中落，于是改行做了屠户。

表兄弟俩有次一同请人算八字。左宗棠报了壬申年辛亥月丙午日庚寅时之后，瞎子用手掐了半天，突然大声说："恭喜恭喜，这是一个大富大贵的八字。"左宗棠大喜。

吴伟才也高兴，忙对瞎子说："我的八字也是壬申辛亥丙午庚寅，你也给我算算。"

瞎子也掐了半天，再摸摸他的头，又摸摸手，叹口气说："八字虽好，可惜生的地方没选好。请问你是生在河东，还是河西？"

"河东。"吴伟才答。

"这就对了。"瞎子翻了翻两只白眼珠，说："生在河西者，杀人万万，出将入相；生于河东者，杀牲万万，屠猪宰羊。"

三十年后，左宗棠果然拜相封侯，吴伟才也当了一世的屠户。左宗棠特为赏那瞎子五百两银子。不料瞎子命不好，生病无钱治，早死了，也没有妻儿。左宗棠便给他砌了一座好坟墓，墓前立了一块高高的石碑。吴伟才气不过，夜里偷偷把碑给砸了。

这是个传闻故事，想必不是真的。世上真有这等料事如神的瞎子，他早就为自己寻找一个发财致富的机会了，何至于贫病交加，无家无室！

当时左宗棠听了表弟的提问后，正色道："这你就不懂了，我原本是牵牛星下凡。"

"牵牛星下凡？你是如何晓得的？"屠户很惊讶。

"我三十岁生日那年，太白金星亲自托梦给我，说我前生乃是牵牛星，今生注定要为世人吃苦负重。"

吴伟才看他神色庄重，并无半点说笑话的味道，感叹起来："怪不得我和你八字相同，命却相差这样远，原来你是天上的星宿下凡，我哪能跟你比！"

左宗棠抚摸着石牛的弯角，没有说话，那样子显然是赞同老表的这番感慨。

"老爷，曾侍郎已到了营盘街。"陶恭急急忙忙地跑进后花园禀告。

"是坐轿，还是骑马？"左宗棠停止抚摸石牛，双目闪亮地望着陶府家人。

"曾侍郎是坐轿来的，坐的绿呢大轿。"

"你去传我的话，关闭大门小门，今日任何客都不见，叫他曾侍郎打轿回府！"左宗棠斩钉截铁地下命令。

"是！"陶恭虽然遵令，两脚却并未移动。他深为不解：曾侍郎专程来访，为何要关门不见？

"站着干什么？快去！"左宗棠挥手，"关门是门房的事，你依旧到外面去观察，有什么动静，再来禀报。"

陶恭出去了。吴伟才说："表哥你这样做，曾侍郎会要见怪的。"

"让他见怪去好了。"左宗棠又细细地审看起石牛来，对老表说，"你看它的下巴是不是还要肥一点才好？"左宗棠边说边摸着自己胖胖的下巴，仿佛那头牛就是以他为原型雕的一样。

"老爷，曾侍郎在司马里口子上下了轿，徒步向这里走来。"一会儿，陶恭又进来禀报。

"什么！他下了轿？"左宗棠大出意外。略停片刻，又问，"他穿的什么衣？官服，还是便衣？随从有多少人？"

"他没有穿官服，穿的是一件灰灰的长褂子，也没有随从，一个人。"陶恭在陶府当了二十年的差，办事能干，观察事物也仔细。

"没有看错？"左宗棠拉长声调问。

"没有看错。"陶恭回答得干脆。

左宗棠沉吟一会，断然说："打开右边的侧门迎接！"

"季高，四年多不见，你比先前还显得年轻了！"曾国藩刚从右侧门槛进来，一眼看见左宗棠，便抢先打招呼。那笑容的真切，声调的亲热，仿佛在他们的友谊中从来就没有过裂痕似的，一如以往的亲密无间。

"涤生，是你来了！"对于曾国藩的如此态度，左宗棠颇感意外，连声说，"书房坐，书房坐。"一边高喊献茶，一边忙将自己手中的旧蒲扇递过去。

"这么热的天气，你还放驾，难为了！"左宗棠望着曾国藩说。心里想：四年多不见，他的确是衰老多了。这样想过后，觉得自己去年对他的肆意攻讦有点过分了。

"昨天下午见过骆中丞后，我就要来看你。骆中丞说你这两天偶有不适，劝我晚上莫打扰了。"曾国藩轻轻摇着大蒲扇，关切地问，"今天好些了吗？"

"好多了，明天就去衙门办事。"

这时，陶恭端来一大盆切好的西瓜。左宗棠招呼曾国藩吃西瓜。曾国藩没有客套，拿起一块瓜，大口大口地吃起来。看着曾国藩全无芥蒂的神态，左宗棠心里隐隐升起一股歉疚，说："伯父安葬妥帖了吗？这一年多来，琐琐碎碎的事情很多，也没有给他老人家去磕个头，真是很对不住。"

"哪里，哪里！"曾国藩拿起毛巾擦擦嘴巴，说，"我这次能够得以为父亲办理身后之事，尽一个做儿子的孝顺，全是靠的你赐予呀！"

"这话从何说起？"左宗棠一时不解。

"季高，那一年在水陆洲，不是你一番开导，我早就作一个不忠不孝的罪人死了，哪还有为父亲送葬的时候？！"

曾国藩的态度极为诚恳真挚。左宗棠见他此时此地，绝口不提自己去年对他的攻讦，反而以感激的心情回忆那夜船舱里的责骂，不禁大为感动起来。他是个直性情的人，觉得应该表示一点自己的歉意。"涤生，你去年从江西回来，我当时认为有些不妥，说了几句你不爱听的话，你不会介意吧？！"

"季高，看你说到哪里去了！我们二十多年的交往，情同骨肉，那几句话还能记在心里？况且，你说的都有道理。"曾国藩真诚地说，"就如当年一样，你话虽说得重了点，但纯是一片好心。这几年，你在很艰难的条件下，为湘勇筹拨了二百九十万两饷银。你为江西战场做出的贡献比我大得多。你的几点军事建议，我后悔没有早采纳，不然九江、湖口早就拿下了。"

"正是这话！"左宗棠素来不会谦虚客套，直来直去，心里怎么想的，嘴里便怎么说，"实话对你讲，润芝、雪琴他们之所以连克长江沿线城镇，就是用我的主动出击的主意。涤生，稳扎稳打，是你的长处，不能出奇制胜则是你的短处。要想百战百胜，必须两者相结合。这次复出带兵，我希望你能更多地注意审时度势，出奇制胜。"

"你说得很对，我的失败，就在于太平实，缺乏奇策。在这方面，你今后还要多给我指点指点。"这句话，一半是为了讨得左宗棠的欢心，一半也是曾国藩的心里话。这段时期来，他检讨自己的过失，十分清楚地看到了这个问题。

"的确，你的打仗和你的为人一样。"左宗棠笑着说，"为人要稳重实在，不过兵者阴事，越诡计多端越好。"

"不错，不错！"曾国藩也爽朗地笑起来。

过一会，他以极其恳切的语调说："说句实在话，我并不够格统领湘勇，你才具备着真正的统帅之才。"

这句话，说到左宗棠的心坎里去了。不过，再直爽的他，也不能说出"彼可取而代之"的话，遂微微一笑道："湘勇的统帅是你，这是皇上钦命的，谁还能不承认？看今后战事的发展如何，如果有必要的话，我也可以自领一军，作你的辅翼。"

"若这样，那就太好了！"曾国藩兴奋地站起来，走到左宗棠身边，郑重地说，"季高，我想求你一事。"

"何事？"左宗棠见他一副严肃的模样，心里想：八成是求我给他筹一笔大饷。

"我在荷叶塘守制时，取《道德经》之义，凑了一副联语，想用篆体写出来，挂在居室中，可惜我的篆字太差。你是三湘篆字高手，求你给我书写如何？"

说左宗棠是篆字高手，这分明是出格的恭维。湖南的书法家多得很，篆字写得好的也大有人在，左宗棠自知他的字，包括篆体在内，充其量在长沙城里也只算得上二流。不过，左宗棠一向喜出格恭颂。他心里高兴，忙说："你想的是哪几句话，讲吧！"说着便起身到大柜边去拿纸。

"这副联语的上联是：敬胜怠，义胜欲。"

"行！"没等曾国藩说完，左宗棠便插话，手里拿着一叠宣纸。

"下联是：知其雄，守其雌。"

左宗棠把纸摊开在桌面上，正要取笔，听到下联，心里一怔：这是什么意思？很快，他明白了：曾涤生这个滑头，原来是借这副联语，在我的面前进一步表明他的心迹。他将我比作雄，自己甘愿为雌。唉，也真难为了他！左宗棠想到此，停住了笔，笑着说："涤生兄，听人说，你这一年多守丧期间，天天不离《道德经》、《南华经》，俨然成了老庄的入室弟子。别人听了为你高兴，我听后为你惋惜。"

曾国藩不露声色地坐到椅子上，等待着这位怪杰发出与众不同的议论来。

"老庄之说，养心则可，办事却不行。尤其是身处今世，我辈人更不可为其所迷。"左宗棠放下笔，严肃地说，"当今天下纷乱，强寇蜂起，君父处寝食不安之际，百姓在水深火热之中，正靠的英雄豪杰以刚强果敢之手段，杀尽匪贼，速平祸乱。这里要的是拯难救苦的良知，倡导的是敢为天下先的血性，窃以为柔退只能是授人以首的自灭之计，逍遥则更是极不负责任的逃避态度。老庄之道，今日诚不可取！"

出自于左宗棠口中的这一番激昂的陈辞，曾国藩一点儿也不觉意外，这正是他自己多年来所怀抱的态度。他只能赞许，不能有任何非议。不过，今天的

【**唐浩明评点**：这一年零四个月的守丧家居日子，曾氏经历了一个被他称之为"大悔大悟"的过程。所谓悔，便是对过往的许多做法，经过分析认识后而予以改悔。改悔的最主要方面，是集中在对"申韩之法"的奉行上。他的朋友欧阳兆熊认为他悔改的结果，是将申韩之法变为黄老之术。所谓悟，便是悟出自己并不是一个能包打天下的英雄，而是在很多方面不如别人。他集前人之句而成的联语"敬胜怠，义胜欲；知其雄，守其雌"，便是对这一重大转变的自我表白。但不管如何样的大悔大悟，他都没有悔悟到不该投身战争的地步；相反，他与江西前线、与湖广两省的军政界都保持着密切的联系，关心时局中的每一件事，以他力所能及的最大可能参与其中。】

曾国藩，其心中的境界已升华到新的境地，不是左宗棠所能领略到的。他不想与左宗棠争辩。他知道辩亦无益。眼前这位气冲斗牛的左师爷，世上有几人辩得过？更何况他挟的是儒家以天下苍生为念的凛然正气，正可谓横扫千军如卷席一般，谁敌得了？曾国藩微微笑着，轻轻地点头，嘴里说："有道理，有道理！"

"涤生，你的心意我已明白，这副联语不写了罢，我另送你一副，集的是武乡侯的话，可能对你的用兵打仗更有实益。"

说罢，也不管曾国藩同意不同意，立时挥笔写就。上联写的是："集众思，广忠益。"下联是："宽小过，总大纲。"曾国藩看了拍手称快，高兴地说："很好，很好，我收下了。你落个款吧！"

左宗棠于是又提起笔，在后面补了几行小字："涤生兄奉命复出，嘱余书老子'守雌'之言以自束。余以为不可，改书古亮之言以贻之。今亮咸丰八年六月于只进不退斋。"

曾国藩双手接过这份重礼。

"这几天你下榻哪里？"左宗棠问。

"暂住在城南书院。"

"明天一早我来拜会你，与你谈谈这次浙江用兵的一些想法。"

"好！"曾国藩感激地说，"我在书院恭候大驾！"

当左宗棠亲送曾国藩出门时，只见陶公馆中门大开，十多名衣冠整齐的仆从肃立两旁。曾国藩心里暗暗得意：此行的目的已圆满达到了！

四　巴河舟中，曾国藩向湘军将领密授进军皖中之计

　　一连几天，曾国藩坐着绿呢大轿，遍拜长沙各衙门，连小小的长沙、善化两县知县，他也亲去造访。手握重兵的湘勇统帅，如此不计前嫌、谦恭有礼的行动，使长沙官场人人自惭，纷纷表示要尽全力支援子弟兵在外打胜仗，立军功。

　　与骆秉章、左宗棠商量后，曾国藩决定带张运兰的老湘营五千人、萧启江的果字营四千人赴浙江。去年八月，王鑫率老湘营在江西乐平一带打仗，病逝于军营中，老湘营便由张运兰统领。不久，老湘营奉调回湖南。当年射雁得腰刀的张运兰，在曾国藩的脑子里有深刻的记忆。张运兰告诉曾国藩，王鑫临死前，将曾所赠的《二十三史》留给了他，叮嘱他以前代名将为榜样，把老湘营带成一支百战不败的军队。曾国藩听后感叹不已。一个不可多得的人才，正在自己的激励下逐步走向成熟，可惜三十三岁便遽尔身亡。张运兰不具备独当一面的大将之才，但他有心向学，敢于任事，曾国藩认为这便可取；能如此，即便是中才，也可以做出大事来。他勉励张运兰继承璞山遗志，莫负厚望，并命他加紧准备，十天后便率部由醴陵进入江西，在广信府河口镇集结待命。萧启江字浚川，和张运兰一样，也是湘乡人，监生出身。咸丰二年来长沙投营，曾国藩见他厚实可靠，便把他留在亲兵营着意培植，后又荐他到吉字营当营官，不久便因母丧回籍。他患耳病重听，大家都喊他萧聋子。这次，曾国藩少不了也勉励他一番，要他率果字营和张运兰一起入赣。

　　刘蓉这时正在家守母丧，不想随曾国藩入浙。曾国藩也以刘蓉跟着他几年，未保一官半职而觉得亏待。不仅刘蓉，还有康福、李元度、彭寿颐、杨国栋等人，都未曾保荐。前几个月，李元度的母亲来信质问他这事，曾国藩无可回答，只能说些充满感情的"三不忘"之类的话来搪塞，并约结儿女亲作慰藉。过去认为这是为朝廷矜惜名器，通过这次自省，他也认识到了，这也是先前战事不顺畅的原因。没有重赏重保，怪不得部下不出死力。在这点上，胡林翼做得好。自从接管江西的湘勇后，他将李续宾的父亲接到武昌抚署，以父礼待之，又将自己的妹妹许配给罗泽南的儿子，使得李续宾兄弟和罗泽南旧部感激奋发。曾

国藩决心在这方面今后也要改弦易辙。陈士杰这两年在家办团练，自建一营，号称"广武军"，正干得起劲，也不想出来。曾国藩于是请王鑫族叔王人瑞管理营务处，李瀚章总理转运局，彭王姑的儿子彭山屺护理粮台，老营官邹寿璋管理银钱所，郭嵩焘的二弟郭崑焘管理公牍，江西举人许振祎管理书启，军械所和文案将由仍在江西军营的杨国栋、彭寿颐管理。

曾国藩一一接见王人瑞、李瀚章、郭崑焘等人，以大义剀切晓谕，以优保暗作许诺，听者心中明白，个个踊跃。同时，又分批召见老湘营、果字营哨官以上的将官和参与军事的随行人员，和他们个别交谈。对于其中有特点的人，则简短地记在当天的日记中，以备今后量才使用。曾国藩在道光十九年开始逐日记日记，后来停止了。为日日督促自己，并记下当天的主要事情，这次复出后，他恢复了中断十三年的日记。曾国藩又向驻扎在江西的李续宾、曾国华、曾国荃、杨载福、彭玉麟、鲍超、李元度等人发出函札，令他们接信后迅速赶到巴河见面，有要事商量。

尽管天气酷热得流金铄石，曾国藩却一扫一年多来的颓靡心绪，每天从清晨忙到半夜，将各项应办大事小事，考虑得周密细致，处理得井井有条。

在长沙忙了半个月后，曾国藩带着一班随员解缆北进。骆秉章、左宗棠等大小官绅，一齐到小西门码头送行。曾国藩站在甲板上，满脸堆笑，谦容可掬，一再弯腰举手，向送行者频频致意，与当年蔑视湖南官场的在籍礼部侍郎相比，判若两人。

长沙城渐离渐远。江风吹拂战旗，波浪拍打船头，曾国藩看在眼里，觉得通体舒适。他走进舱内，正想靠着窗口打个盹，却忽然想起一件应办的事还没办。

欧阳夫人提过多少次了，纪泽原配贺氏死去多时，家妇不可久缺，宜早为他定继室；四女纪纯十三岁了，尚未定亲，此事也不能再拖。前向心情不好，无心操办。启程那天，夫人再三叮嘱，离长沙前一定要把儿女婚事定好，写好庚帖付回。谁知一到长沙，便忙得不可开交，曾国藩为未尽到父亲之责而感到歉疚。其实，他心里早有考虑，只是尚未最后拿定主意。二十年来，与他关系最为亲密，前几年又为他出力最多的人，一是郭嵩焘，一是刘蓉，而这两人都没得过他的丝毫好处。现在，他们一在京师，一在湘乡，今后想保举也不可能了，唯一补救的法子便是结儿女亲家。曾国藩不再犹豫了，立即拿出三张红纸来，分别写上："曾纪泽　生于己亥十一月初二日寅时　父曾国藩"，"曾纪

纯　生于丙午九月十八日未时　生父曾国藩"，"曾纪纯　生于丙午九月十八日未时　继父曾国葆"。原来，满弟国葆结婚多年未有生育，咸丰四年由曾麟书做主，将国潢之子纪渠和国藩之四女纪纯、满女纪芬出继给曾国葆为子女，故他为四女写了两张庚帖。又拿出两个信封来，一个写上："曾国藩谨拜孟容刘蓉几下，戊午六月二十七日长沙舟次"，将纪泽的庚帖装进这个信封里。一个写上："曾国藩谨拜筠仙郭嵩焘几下　戊午六月二十七日长沙舟次"，将纪纯的两份庚帖装进这个信封里。又给欧阳夫人写了一封家信，告诉她，郭家也必须来两份庚帖，一份给生父，一份给继父；并将请彭玉麟、杨国栋为儿子的媒人，请李续宾、杨载福为女儿的媒人。完成这桩事后，曾国藩感到一阵轻松。二子五女，唯一只剩满女未定亲了，家事也只这一桩了。兵凶战危之地，随时都有生命之虞，必须尽快为满女寻一个好婆家，那时即便死去，作为一个父亲，也算大致尽到职责了。

　　一路顺风，船航行七日后到了武昌。作过一番官场应酬后，曾国藩一头扎进了巡抚衙门。从私交到国事，从朝廷到地方，从湘勇到太平军，从过去的失误到今后的设想，曾国藩和胡林翼足足谈了三日三夜。在离开武昌前往巴河的途中，对今后的用兵方略，他已成竹在胸了。

　　巴河是长江边一个小镇，在黄州府下游五十里处，彭玉麟的内湖水师有五个营驻扎在这里。船开出黄州府不远，彭玉麟就亲驾小舟前来迎接了。

　　"涤丈，江西湘勇盼望您老复出，真如大旱之望云霓，婴儿之望慈母呀！"彭玉麟上了大船，以充满感情的声调说。听得出，当年渣江街上的奇男子，今日威名赫赫的水师统领的话是发自内心的。曾国藩紧握彭玉麟的手，注视良久，动情地说："雪琴，这一年来，你瘦多了！"停一会，他忽然笑问："听说你去年打下小姑山后，在石壁上题了一首绝妙好诗？"

　　"它居然传到荷叶塘去了？"彭玉麟快乐地说。

　　"这叫作不胫而走。"曾国藩抑扬顿挫地念着，"书生笑率战船来，江面旌旗一色开。十万雄师齐奏凯，彭郎夺得小姑回。雪琴，这最后一句，真正是妙语天成！"

　　曾国藩这几句笑话，又勾起彭玉麟感情最深处的那缕情丝。后人只能读懂这句诗的文字，至于深处的情意，他们将永远不可能理解。彭玉麟心想。曾国藩正要问国秀母子的情况，李续宾和曾国华的座船到了。曾国藩和李续宾及六弟亲亲热热地道着别情，大家合坐一条船一起下行。将到巴河时，远远地看见杨载福、李元度、鲍超、杨国栋、彭寿颐等人在船头眺望。只有曾国荃因吉安城外的战事正处在白热化阶段，暂且不能脱身外，所有该到的将领都来了。分别一年多了，今天重见这些和他一起从硝烟中走过来的旧部，曾国藩心里百感交集。在荷叶塘时，他就听别人讲过：湘勇官兵，朝廷命令难以调遣，绿营将帅不能统领，但得曾国藩一纸书函便千里赴命，不辞水火。这些话，当时令他忧多于喜。现在见他们一个个由衷地热情接待，曾国藩欣慰万分。他于此看出了当年的功夫没有白费，也看到了自己的力量所在。

当天夜晚，曾国藩召见李、杨、彭、曾、鲍等人。这是一次异乎寻常的重要军事会议，会址选在彭玉麟宽大的座船上。为做到绝对保密，船划到了江心。船头船尾又安排了几名亲兵巡视。

见面以后，李续宾、彭玉麟等人便向曾国藩提出了一系列问题，如：目前在江西的人马是否全部赴浙江？各路人马进军路线如何？水师怎么走？等等。这些问题，从接到上谕那天起，曾国藩就开始考虑了。不过，他考虑得更多的是整个东南战局的设想，是如何稳扎稳打，步步进逼江宁。从荷叶塘到长沙，从长沙到武昌，从武昌到巴河，他沿途都在想，计划慢慢地由模糊到清晰，由零碎到完整。今夜，他要对这批心腹将领全部倒出来，再听听他们的意见。

"诸位的人马都暂且不到浙江去。"曾国藩开头的一句话，便把大家弄糊涂了：朝廷明文命令湘勇援浙，为何都不去呢？"张凯章和萧浚川的九千人目前已到分宜，援浙一事由他们担负。我和润芝都认为，长毛在浙江不会待得太久，很可能是个诱兵之计，想引诱我们到福建去，利用福建的崇山峻岭和我们兜圈子，企图把湘勇的斗志消磨在雾岚瘴气之中。"

李续宾等人都没有想到这一层，鲍超伸了伸舌头说："长毛都是从山里杀出来的，最会兜圈子，咱老鲍可吃不了这一套，一进山，便辨不出东西南北了。"

众人都笑了。

"所以不派你鲍春霆去。"曾国藩也淡淡笑了一下，便接着说，"不过，也得作两手打算，还得调一支人马到浙江附近。次青，平江勇实有多少人？"

"号称五千，实有四千一百人。"李元度答。

"平江勇在饶州府，离浙江最近，你回去后率之南下，驻扎玉山、广丰一带。凯章、浚川二十天后将到河口，那时你再和他们联系。"

"是！什么时候赶到？"

"从明天算起，十二天内到玉山，做得到吗？"

"到防不成问题，只是官勇们缺饷三个月了。"李元度答。

最大的问题就是饷银！过去这事最叫曾国藩头痛。没有督抚实权，客悬虚位，调不出半点钱粮，一年到头，像个叫化子一样向四方乞讨。现在仍只是一个侍郎空衔，处境并没有改变。一路上，曾国藩愁的就是它。这个李元度，话不及三句，便索起饷来了。幸而骆、胡慷慨资助，这几个月还勉强对付得过去。

"朝廷未拨款下来，经费十分枯竭，各位都要勒紧裤带，先开拔再说。"他转过眼望着李元度，"待胡中丞解来银子后，再拨四万一千两给你。"

听前面的话，李元度失望了，后面这句话，他又转忧为喜，心想：好厉害的曾涤生，算好了一人十两。先知如此，我五千人一个不减！

"我们怎么办呢？仍在原地不动？"一向心高气躁的曾国华忍不住了，急着问。

"这就是我们今夜要商量的大事。"曾国藩严肃地向四周望了一眼，"诸位，六年前，我们在长沙初建湘勇时，大家便有一个想法，那就是今后要打到江宁去，彻底荡平这股巨寇。我想，这个初衷，诸位都没有忘记吧？！"

"哪里忘得了！"杨载福说。

"日日思之，念念不忘。"彭玉麟插话。

"应该这样。不但诸位要这样想，还要告诫部下都不要忘记。我湘勇数万将士都要以此作为最高目标，不达此目的，誓不罢休！"说完这几句话后，曾国藩换了一种平缓的口气，"诸位都知道，洪逆是从长江上游东下而占据江宁的，故江宁上游乃洪逆气运之所在，现湖北、江西均为我收复，江宁之上，仅存皖省，若皖省克复，江宁则早晚必成孤城。"

"涤师的意思，是要我们进兵安徽？"一贯深沉寡言的李续宾，已从曾国藩的话中窥测到下步的用兵重点，他试探着问。

"对！"曾国藩以赞赏的目光看了李续宾一眼，"迪庵说得很好，看来你平日对此已有思考。为将者，踏营攻寨算路程等等尚在其次，重要的是胸有全局，规划宏远，这才是大将之才。迪庵在这点上，比诸位要略胜一筹。"

曾国藩顺势揄扬李续宾几句后，从竹箱里拿出一幅鄂皖赣苏浙地图悬挂起

"我全体湘勇，除沅甫吉字营继续攻打吉安外，其余的将新开辟两个战场。一是奉旨援浙，由我统领，凯章老湘营、浚川果字营为陆师先锋，次青平江勇为后援，厚庵水师为接应；一是进兵皖中，由迪庵统率陆师，温甫为副，春霆霆字营充援军，雪琴水师控制江面，封锁安庆以上的水路，严格控制过往船只，尤其是洋船。皖中用兵的最后落脚点在安庆。"

众人一齐点头。李续宾问："我们的进军路线呢？"

"你们从大同镇进入安徽。"曾国藩拿起朱笔，在鄂皖交界的大同镇三字上画了一圈，"然后再翻越独山，打下太湖，继而拿下潜山，进兵桐城、庐江，从东北两面包围安庆。春霆暂在浮梁不动，拖住徽、池一带的长毛，待迪庵、温甫兵围安庆之后，再从南面渡江支援。"

"大人，我们霆字营已断饷多时了。"鲍超也叫起苦来。

"待胡中丞的饷银解来后，也会给你们发点。不过，我听说霆字营这几个月越来越不像话了，有的人甚至白日抢劫，有没有这事？"曾国藩严厉地问鲍超。

"断饷日子久了，弟兄们做出些越轨的事可能有。"鲍超支支吾吾地。

"实在无钱了，你们去把婺源县城打下来，把长毛聚敛的财产拿出分一点都可以。抢劫百姓的东西，这是自掘坟墓，懂吗？"曾国藩瞪了鲍超一眼。

"懂！"鲍超爽快地回答。有这句话，他

【唐浩明评点：咸丰七年十月，李续宾擢升浙江布政使。李无功名，仗军功一路迁升，以一文童又未曾有一天地方官员经历的身份，骤然实授一省布政使。比起江忠源来，他的迁升虽不算太快，但从军不过五年，起点又如此之低，其擢升之骤，亦无任何人可比。曾氏在写给曾国荃的信中曾仔细地研究李的成功，发现了他的两个诀窍：一是用兵得一暇字诀，一是处世得一浑字诀。曾氏用"从容整理"、"回翔审慎"、"定静安虑"来形容李用兵打仗的好整以暇。"好整以暇"对于以"紧张""剧烈"为特征的军人来说，乃是一个不易达到的境地，它是游刃有余、炉火纯青的自然表现。自古以来，便是对名将一种很高的赞扬。曾氏抉出李的"暇"字来，可见他对李的评价甚高。至于"浑"字，曾氏于此感触更深。他看出李"一味浑含，永不发露"

今后可以名正言顺将婺源县城抢劫一空了。不过，他心里也在想：从前曾大人可从来没有这样开过恩呀！

"长毛在皖中的驻兵虽不多，但陈玉成的兵集结在六合一带，数日间便可进入皖省，我和温甫的人马合起来不过七千人，兵力单薄了些。"李续宾颇有顾虑地说。

"自古兵在精而不在多，七千人也不算少了；且鲍超尚有四千精兵，加起来已过一万。实在嫌少，到时还可以联络本地团练。不过，安徽的团练十分复杂，你们要慎重行事。"

"我们不要团练，实在不够，我再回湘乡募勇。"曾国华大大咧咧地说，"一个月内，一定要拿下太湖、潜山，兵临安庆城下。"

"温甫气概可嘉，但亦不可轻敌。"曾国藩说，"皖省多年来陷于石逆之手，石逆在皖省以减租抗租手段笼络人心，收买愚民；且皖中为江宁屏障，洪逆必然拼死抵抗，你们要做好打恶仗的准备。"

李续宾神态坚毅，曾国华不以为然，但都不再说话了。

"对于整个用兵方略，诸位还有什么高见？"曾国藩环视四周，众人或凝望着地图，或托腮思考，一时都说不出更好的意见来。李续宾站起来坚定地说："涤师放心，我和温甫一定通力合作，力争三个月内收复皖中全境，以慰罗山、璞山在天之灵。"

"好！"曾国藩神情庄重地对大家说，"我在此向各位交个底。援浙一事，是奉命而行，长毛的动向一旦有所变动，我们也要随之变化，

的处世态度，并用外表看来全不识世态的模样表现出来，真是绝妙得很。曾氏曾用这样的话来描述他对李的这一特征的观察："公含宏渊默，大让无形，稠人广坐，终日不发一言。"将李的处世之浑字诀来对照自己，曾氏有一个很大的提高。】

故这并不是一个固定的战场。而进兵皖中，乃是目前我们的根本方略，它关系到夺取江宁首功的大局，无论局势发生什么变化，这个战场决不能改变。今夜会议到此为止，明早各人上岸去，按此部署进行。"

曾国藩的话音刚落，几个厨子便鱼贯进舱，端来香气四溢的鸡鸭鱼肉。这是彭玉麟为大家准备的夜餐。见夜空月色皎洁，曾国藩心中欢喜，遂步出舱门。

长江月夜，江面如同无边无际的汪洋大海，显得莽莽苍苍、恢廓大度，有一种迥异白日的朦胧壮观之美。曾国藩望着江景，随口吟起了苏东坡的《赤壁赋》："壬戌之秋，七月既望，苏子与客泛舟游于赤壁之下。清风徐来，水波不兴，举酒属客，诵明月之诗，歌窈窕之章。少焉，月出于东山之上，徘徊于斗牛之间。白露横江，水光接天。纵一苇之所如，凌万顷之茫然，浩浩乎……"

突然，他停止吟咏，意外地发现约在二十多丈远的江面上似有一个人头在出没。他揉揉眼睛，再仔细盯着：的确是一个人，正在向下游游去！这是什么人呢？是守夜的渔翁？还是有急事过江的弄潮儿？不，应该说都不可能是！曾国藩在心里想着，难道是偷听军情的奸细？他想到这里，不觉心里一惊，悄悄地把彭玉麟喊到身边，指着江中起伏不定的黑影问："雪琴，你看江面上那个黑圆坨坨是什么？"

彭玉麟顺着曾国藩手指的方向看去。

"哦！那是一头江猪。"他笑着说。

"江猪？"曾国藩疑惑地说，"你再看看，好像一个人头。"

"不是的。"彭玉麟又看了一眼，肯定地说，"那是江猪，我在长江上看得多了。它的书名叫江豚，老百姓都叫它江猪，样子就像一头小猪，背部黝黑黝黑的，在江浪之上一起一伏的，就像一个人在游水。唐才子许浑有一首金陵怀古诗还提到了它。"彭玉麟想了一下，念道，"石燕拂云晴亦雨，江豚吹浪夜还风。这江猪最喜夜游。"

"听你这样说来，那真的是江猪了。"

彭玉麟有根有据的回答打消了曾国藩的疑惑。他再看远处，那个黑影已消失不见了。

"涤丈，进舱用夜餐吧！我特为您老安排了最好吃的长江红烧鲫鱼。"

"好哇，去尝尝巴河厨师的手艺！"曾国藩兴冲冲地回到了船舱。

五　东王显灵

事实上，彭玉麟错了，江面上的确是一个人在游水。此人专程前来刺探湘勇绝密军情；他不是别人，正是官封太平军总制的康禄。曾国藩复出的消息传到浙江后，他奉李秀成之命，化装来到巴河打探军情。这几天，巴河镇纷纷传说曾国藩将在这里召见各路将领，康禄暗暗高兴。午后，康禄在河边亲眼看到了曾国藩在李续宾、彭玉麟等人簇拥下，边走边谈，沿着石阶上了岸。这个两次险些死于他手下的湘勇统帅尽管精神尚好，但已明显地衰老了。康禄与曾国藩打了多年交道，知道曾国藩办事一向不分昼夜，既然各路将领都已到齐，今夜必有重要活动。

康禄密切注视着巴河镇的动向。傍晚，他见曾国藩一行走进停泊在江边的大船，接着船又开到江心。他明白了。趁着云彩遮住月光的时候，康禄潜游到了船边。轻手轻脚地上了船，又将守在舱外的那个亲兵不露声响地掐死了。康禄换上那个亲兵的衣服，紧靠着舱边站定。月色朦胧的夜晚，谁也没有发觉这个亲兵是太平军假冒的。舱中的议论，清楚地传入康禄的耳中。一切都已听到后，他才悄悄离船下水。

康禄水性很好，他轻而易举地游出两三里，然后大摇大摆地上岸走了。第二天早上，他觅得一匹快马，日夜兼程，赶到湖州，将曾国藩分兵两路，重在向皖中进军的机密报告了李秀成。

这个面白身小、状如秀女的后军主将，正在全力应付曾国藩的入浙，听完康禄的报告，心里一怔：这个老奸巨猾的妖头！

李秀成本人并没有和曾国藩交过手。这些年来，他的对手是江北、江南大营和江浙两省的绿营。不过，对曾国藩，他已久闻其名了。李秀成对曾国藩以进兵皖中为重点的用兵方略不敢等闲视之。他当即做出两条决定：一是派人火速进京，将此情报上奏天王，请天王令陈玉成、李世贤、韦俊和他自己在安徽枞阳集会，商讨应付办法；二是命林绍璋按原定计划，打着他的旗号，由浙江下到福建，把曾国藩引到赣闽交界的丛山之中，使其水师不起作用，然后再团团包围，一鼓聚歼。他料定曾国藩明知是圈套，在朝廷的敦促下，也不得不入。接到天王同意的诏书后，李秀成带着罗大纲、周国虞、康禄等人星夜奔赴枞阳。

　　枞阳分上下两镇，两镇相距八里地，扼控破岗湖、菜子湖、禧子湖三湖入长江之口，下距安庆水路八十里，是个军事要镇，李秀成的亲信吴定规带领一万精兵驻扎在这里。

　　这两年来，李秀成内心深处很痛苦。天京城内血流成河、尸积如山的惨景，在他脑子里的印象太深刻了。每当夜深人静之时，他常常会无端地听到女人的悲号、婴儿的啼哭。这个出身赤贫，举家投奔天国的太平军老兄弟，这时心里便会一阵阵剧痛。天王毕竟是战火中打出来的领袖，在翼王出走后的关键时刻，将几十万大军重新组织了起来。尤其令李秀成庆幸的是，天王没有把韦俊排斥在外。是的，韦俊手下有一支强大的人马，决不能把他推到清妖那边去！对建立五军主帅这个决策，从整体上说，李秀成是很支持他的，但他也有不满。论年纪，李秀成长陈玉成十岁；论才能，论战功，李秀成也不在陈玉成之下，为什么陈玉成的爵位和权力都要在他之上呢？李秀成是顾全大局的。他清楚，目前天国的万斤重担已压在他们几个人的肩上，再不能因个人的利益吵闹了，否则，天国这只风雨飘摇的船，就真要倾覆了。自天京事变以来，天国再也没有召开过这样大规模的高级军事会议，李秀成很希望通过这次大会，将大家再次凝聚起来，重振当年百战百胜的威风，彻底挫败曾妖头的阴谋。

　　几天后，陈玉成、李世贤、韦俊以及皖省战场上的六十余名高级将领都陆续来到了枞阳。连日来，秀成、玉成、世贤、韦俊四个主将和参加会议的全体高级将领深入分析了敌我双方的形势。认为曾国藩刚刚复出，还未来得及从容调度各方兵力，江北、江南大营将骄兵惰，暮气沉重，宜趁此机会来一场大仗。一个想法闪电似的骤然出现在李秀成的脑中，他与玉成一商量，一拍即合。

　　三天后，即太平天国戊午八年七月二十七日，是杨秀清被杀两周年忌日。内讧平息后不久，洪秀全念及杨秀清是开国巨勋，又愤怒韦昌辉的滥杀无辜，为安定军心，维系国运，他恢复了杨秀清的东王爵号，让其第五子袭封为幼东王，并定东王被害这天为东升节。

　　二十七日子夜，枞阳镇上，无论兵营民房，门口都点灯两盏，供茶三杯、白饭三碗、菜三盘。兵营由最高长官、民房由户主带头率领全体人员，手捧三炷香，跪拜在地，对天祷告：愿东王在天堂永享尊荣，并庇佑下界生灵早得幸福。

在原枞阳上镇的首富马家大院里，所有参加会议的将领们已恭立在花厅中，这里的仪式比镇上兵营、民房的仪式要隆重得多。

花厅正面，临时扯起一道青布帷幕，帷幕上悬挂着一幅东王升天图。图上的东王，并不是事实上的血肉模糊、横尸卧室，而是身穿龙袍，飘发仗剑，由和风瑞云徐徐送到半空。东王像前摆着一张条形长几，上面燃着十多支龙凤大蜡烛。也只三杯茶，不过那茶杯是景德镇制的御用青龙雪底镂花细瓷杯。也只三样菜：一盘辣子爆炒狗肉，一盘武昌团头鲂鱼，一盘炖熊掌——都是东王生前最喜欢的，不过那盛菜的盘子，却是专程从江宁宫中运来的全金御用盘。也只三碗饭，不过那饭是用天王宫中珍藏的江永黄土坳香米煮成，虽只小小的三碗，却香溢整个花厅。四周燃着数百根蜡烛，每个将领手中也都捧着三炷香。香烟缭绕，烛光闪烁，众人面对着栩栩如生的东王像，心中升涌着神圣崇高的情感。

悼念仪式由又正掌率、前军主将成天豫陈玉成主持。玉成双手捧着一张黄表纸，纸上有朱笔写的几行字，神色庄重地走到东王像前三鞠躬，秀成、世贤、韦俊、大纲、国虞等人站在玉成后面，也跟着三鞠躬。鞠躬完毕，玉成跪下，众人也跟着跪下。玉成拿起黄表纸，高声朗诵："我们赞美——"

花厅里顿时响起一片和声："我们赞美——"

接着，他们跟着玉成一句一句地诵道："我们赞美上帝为天父，是魂爷为独一真神；赞美天兄为救世主，是圣主舍命代人；赞美天王是圣贤，是拯救万物圣人；赞美东王是神圣风，是圣灵赎病救人；赞美西王为雨师，是高天贵人；赞美南王是云师，是高天正人；赞美翼王是电师，是高天义人。"

这本是甲寅四年燕王秦日纲撰写的"赞美诗"，其中还有三句："赞美北王是雷师，是高天仁人；赞美燕王是霜师，是高天忠人；赞美豫王是露师，是高天真人。"后来，豫王被削去王爵，赞美诗的最后一句跟着删去了。内讧之后，赞美北王、燕王的两句也删去了。

朗诵完毕，陈玉成转过身，将黄表纸焚烧，众人起身，一齐大呼："愿我真天命太平天国禾乃师赎病主东王在天堂永享富贵！"

李秀成走出队列，来到几案前，对众位将领讲话。李秀成本是杨秀清一手提拔的人，对杨秀清有着深厚的知遇之恩，又对他卓越的才干很崇拜。李秀成满怀深情地讲述了东王从金田起义以来的赫赫战功以及治理天京的超群才能，赞美他料事如神，爱才如命，爱兵如子。说到动情处，这个坚强的广西汉子泪如雨下，声音哽咽。

花厅中的将领，包括陈玉成、李世贤在内，绝大部分也都是杨秀清所提拔的，无不对杨秀清有极深的感情。秀成的演讲，把他们带到了昔日跟随天王、东王所向无敌、节节胜利的年月。那是多么激动人心的日子啊！武昌攻下了，九江攻下了，安庆攻下了，百万大军一瞬间便进了小天堂。东王在天王宫里，代表天王向各位有功将领颁赐爵位，封授官职。永安许下的诺言，没有失信！那时的天国将士，意气风发，英雄豪迈，北征、西征，凯歌阵阵，捷报频传。这是一个多么壮丽辉煌、蒸蒸日上的事业啊！眼看北京就要攻下，全国就要光复，孰料风云陡变，祸起萧墙，东王倒在血泊中，三万将士喋血天京。天国的军事实力大受挫伤，然而，挫伤更重的还是心灵。一时间，在不少将士的心目中，美好的信仰毁灭了，坚定的信念动摇了。为什么高喊人人平等的领袖们，却要制定等级森严的礼仪制度？为什么同是天父的儿子，却要兵刃相见，残忍毒杀？大部分从金田和两湖过来的老兄弟们，对天国有着极其深厚的感情，他们对这两年来的局面痛心疾首，他们对翼王由倾心仰慕、寄予厚望到日渐不满，由对翼王的不满又转而怀念东王，怀念东王罕见的军事组织才干，更怀念东王领导他们打胜仗、灭清妖的峥嵘岁月……

"弟兄们！"秀成洪亮的广西官话声震屋瓦，"东王没有死，他正在天堂陪着天父天兄，保佑我天国国土及数十万将士。他近来常托梦给我，要我们忠心服从天王，吸取教训，重新团结起来，彻底消灭清妖的日子已经不远了，我天国已度过了最艰难的关头，国运正在好转，大家舍命奋斗两三年，就可以永享大富大贵了！"

这时，一阵风起，花厅中的蜡烛大部被吹熄，只见似有似无的烛光中，东王升天图飘落下来。突然，一个令人惊骇万分的怪事出现了：原来挂图的地方，现在笔挺挺地站着一个人。这人头戴单龙双凤冠，身穿九龙团绣袍，双目炯炯，面孔黑红。这不是东王吗？众人先以为是眼花看错了，揉揉眼睛，定神再细看，不错，果然千真万确是东王！众人在心里呼喊："东王显灵了！"大家既兴奋异常，又恐惧不安，战战兢兢地重又跪下。

"玉胞、秀胞。"东王威严的声音响起，只是比在生时缓慢嘶哑，"清妖江北大营气数已尽，你们速去歼灭。清妖进犯皖中，自取灭亡，你们可在三河一带消灭它。我走了。"

说完，东王起身，向花厅外走去，唬得众人磕头不止，不敢仰望。过了好长时间，众人才把头抬起，东王早已回天堂去了。玉成激动地对大家说："今夜大家亲眼看到东王显灵了。东王命我们歼灭清妖江北大营，在三河消灭曾妖头，弟兄们，我们怎么办？"

"听从东王诰谕！"众人毫不犹豫地高声呼喊。

六　七千湘勇葬身三河镇

部署用兵方略的次日下午，曾国藩的座船起锚下行。在武穴，他会见了多隆阿。这一年多来，多隆阿的绿营仗着湘勇的声威，也打了几次胜仗，他自己因此升了官，赏了黄马褂，士兵们也跟着发了财。尽管对湘勇仍有很深的偏见，比起其他满蒙文武来，他的态度算是友好的了。曾国藩把他着实恭维了一番，图谋皖中的事暂不告诉，只建议他的部队移防到滁州、和州一带，明说是作下一步攻江宁的准备，实是安排他的人马堵从江宁过来的援兵，保证李续宾、曾国华的成功。多隆阿不明白此中奥妙，欣然接受了。

船过九江府，曾国藩来到塔齐布祠，燃香焚纸，凭吊了一番。第二天到了湖口。这是内湖外江水师的大本营。所有哨官以上的将官，一齐整队在此恭候。曾国藩见到自己亲手创建的水师如此兴旺，且一如既往地对自己忠心耿耿，欣喜异常。他破例给每个水勇赏钱二千文，又亲到湖口水师昭忠祠祭奠。然后来到长江边，摆上供饭供果，焚香烧纸钱。曾国藩在供品前跪下，望空三拜，放声大哭，将供饭供果一齐抛进江中，又把亲撰的"巨石咽江声，长鸣今古英雄恨；崇祠彰战绩，永奠湖湘子弟魂"挽联点火焚化。仪式隆重，感情亲切，陪祭的水师将官无不为之动容。

到了南昌，曾国藩如同在长沙一样，主动遍拜南昌官场，并每人送上一篓上等君山毛尖。南昌官场这一年多来也发生了很大的变化。文俊因德音杭布事，被撤去了巡抚职，召回北京，原布政使耆龄升任巡抚。曾国藩对耆龄等人检查了自己过去在江西的差错，承担了未与地方商量擅建厘卡的责任，缓和了以往与南昌官场格格不入的气氛。

曾国藩正拟按原计划赴广信府，与张运兰、萧启江会合东进浙江时，接到五百里紧急上谕。上谕说浙江局势稍苏，闽省吃紧，命曾国藩率部改道入福建。曾国藩接到上谕后，便从抚州府，经水路去建昌府。就在曾国藩赴闽途中，陈玉成、李秀成有意调走皖中部队，集中优势兵力回扑江北，在乌衣至江浦一带大败德兴阿的江北大营。正在向皖中进兵的李续宾、曾国华趁着这个空隙连战连胜，接连攻下太湖、潜山、桐城、舒城。掠足了金银财宝的湘勇，沉浸在一片狂喜之中。下步兵锋指向何处？南下打安庆，还是北上攻庐州？李续宾欲暂时驻兵舒城，略事休整，待鲍超霆字营过江后，再合围安庆。曾国华不同意。

　　"迪庵兄，用兵之道，在于乘势，今我军连克四城，兵势正盛，亟宜乘势北进，攻克庐州，岂可屯兵休整？"

　　曾国华生性骄躁，好大喜功，前些年初带兵时常受挫，尚能做到谨慎收敛，近来轻取四城，遂以为用兵打仗亦不过如此，功可立成，名可立就，对李续宾的稳慎颇为不满。见李续宾尚在沉吟，他继续慷慨陈词："庐州地处皖中，城池大而富庶，皖省运往江宁的粮饷，陆路大半经庐州运输，实为发逆老巢之西面屏障；且今日庐州已为皖省临时省垣，其地位更非往日可比。庐州收复，则皖省全局皆在掌握之中，北出凤阳、颍州，南下安庆、池州，都可居中从容调度。"

　　"涤师在巴河舟中已指示我们先围安庆，且春霆不久即可过江，我看还是以南下为宜。"李续宾不善言辞，说起话来，远不如曾国华的酣畅淋漓。他觉得曾国华的话虽有道理，但不甚稳妥。

　　"迪庵兄，"曾国华笑了笑，不以为然地说，"兵机瞬息万变，难以预料，且我大哥亦未指示不能打庐州，我军目前距庐州仅一百五十里，距安庆有二百五十里。安庆城高池深，一时难以攻破，当作长期打算，而庐州到底不如安庆之难下。以今日形势言，下一庐州，其功胜过下皖省十县。"

　　曾国华这话有道理。六月份，署理巡抚李孟群阵亡，庐州失守，朝廷震惊。新巡抚翁同书只得将抚署暂设在寿州。朝廷责翁同书速下庐州，翁同书无力为之，将全部希望都寄托在湘勇身上。收复庐州，功劳自然不小。但李续宾还有一层顾虑。

　　"据探报，陈玉成、李秀成正集结在浦口、六合一带，与江北大营鏖战。若是庐州危急，增援部队三五天便可赶到。打庐州，不一定会胜利。"

"迪庵兄,你过虑了。"曾国华拍着李续宾的肩膀说,"陈、李二逆围江北大营,志在解江宁之围。正因为德兴阿扯住了陈、李,我们才可以放心打庐州。你不必再犹豫了,就让他德兴阿去卖命,我们摘现成的果子吧!满人处处占我们的便宜,这次也轮到我们占占他们的便宜了。"

说罢,得意地大笑起来。曾国华身为曾国藩的嫡亲兄弟,一向被大哥视为奇才,李续宾不便再坚持下去,心想:待攻下庐州后再回兵安庆也行,克复临时省垣,毕竟是一桩大功。

李、曾统率的这七千人,其基础是长沙建大团时的罗泽南一营,系湘勇中的精锐之师,当即全部开出舒城,兼程向庐州进发。沿途太平军不战自退,李、曾心中高兴。傍晚,湘勇驻扎在金牛镇。探马报:前方四十里处的三河镇外,长毛新筑石垒九座,镇上粮草堆积如山,兵器甲仗无数,从舒城、桐城一带溃逃的太平军亦聚在这里,看阵势,欲在此与湘勇决一死战。

曾国华大喜说:"皖中粮食奇缺,据说人肉卖到一百二十文一斤。长毛大批粮食聚积此地,真乃天赐我军。"

李续宾也高兴地说:"今夜安稳睡一觉,明早一鼓作气拿下三河。"

二人正商议间,忽一人闯入帐内,高喊:"大帅,前进不得,请速退兵!"

曾国华看时,原来是一个年轻的读书人,不经通报,径自闯了进来,大怒道:"你是谁?知此处是什么地方吗?"

"大帅,"那人并不害怕,神色自若地说:"小生特地冒死前来相告,据确凿消息,陈玉成、李秀成已在乌衣镇大败德兴阿,江北大营全军溃败,目前正反戈进皖,三河乃陈、李设下的陷阱。"

"江北大营溃败?"李续宾大惊。这个消息使李续宾对来人改容相待,忙请他坐下,亲兵献茶。李续宾问,"足下尊姓大名,何以知德兴阿已败于陈、李之手?"

"小生姓赵名烈文,字惠甫,江苏阳湖人。今天上午从全椒来到此处访友。昨天在县城见到长毛先头部队,并听他们说大军随后就会到。"

"不要紧,三河离庐州只有六十里,待我们明日拿下三河后,即全速北进,等陈、李二贼赶到庐州时,我们早已进城了。"曾国华并不把此事看得很重。

"大帅,这三河镇不比别处。它前傍界河、马栅河,后为巢湖,右侧为白石山,左侧为金牛岭。从南面入三河镇,只有金牛镇上一条大道。当地人称三河镇一带为一天然水葫芦，葫芦口即为金牛镇，里面装着半葫芦水。此地易守难攻，故长毛将粮草器械存于此处，以便随时接济庐州、江宁。今长毛在镇外添筑九垒，金牛镇大道撤除防兵，是有意让大帅军队进葫芦口，请千万莫上当。"

"依你之见如何？"赵烈文将三河镇一带的地势说得如此详细，引起带兵多年的李续宾的重视。

"依小生之见，立即从此地南下，趁庐江守贼不备，奇袭庐江城，定可一战成功。"

"赵先生，谢谢你的好意。用兵打仗，岂同儿戏，北进庐州已定，不能改变，赵先生请回吧！"李续宾正在思索时，曾国华已不耐烦地下逐客令了。一个素不相识的青年后生的几句话，就可以改变如此重大的进军目标吗？他生怕李续宾和赵烈文再谈下去，被赵的话打动。赵烈文只得讪讪告退。

"兵机岂书生所知。"曾国华断然对李续宾说，"管他水葫芦、酒葫芦，我们都要把它捅破。迪庵兄，明日起个早，我们分头攻打。"

李续宾不想扫这个曾府六爷的兴头，同意了他的计划。

吴定规半个月前来到三河，按照陈玉成、李秀成的布置，环镇构筑九个石垒。这些天来，奉命让城的太湖、潜山、桐城、舒城四城守将相继来到三河，当他们得知李续宾、曾国华已驻兵金牛镇的时候，无不佩服陈、李二主将的神机妙算。当天深夜，吴定规便派飞骑将这一重要军情报告了已到全椒的陈玉成、李秀成。

第二天清早，李续宾、曾国华率领七千湘勇，气势汹汹地开到三河。一天激战下来，九座石垒全部被攻破。石垒中尽是金银美酒，湘勇个个喜笑颜开。

曾国华得意地说："长毛只能吓唬胆小无能的人。那个姓赵的既有心知兵事，又胆小无识见，可怜！打下庐州城，我请你到包孝肃祠堂痛饮三杯如何？"

"一定奉陪！"李续宾也快乐地笑起来。

此后，接连三天，湘勇对三河镇发起强攻，均无功而回。原来，太平军在镇前挖了一道八丈宽、二丈深的护城河，西接马栅河，东连巢湖，护城河被水灌得满满的。湘勇的进攻，都被河对面的火炮、强弩所压住。连战连胜的湘勇并不气馁。一道护城河，能挡得几天？白天无功而回，晚上回营照旧大吃大喝，不少人怀揣着掠来的银子，半夜偷偷溜出营房，到附近农家去，找个女人睡上一两个更次，再趁着夜色朦胧时回营来。大家都觉得这样很痛快，巴不得不战不和地在三河镇多待些日子。曾国华也偷偷干起这个事来。他勾引了镇郊一个小饭铺的年轻寡妇。那妇人美貌风骚，远胜他荷叶塘的妻妾。曾国华天天晚上瞒着李续宾在饭铺过夜，并思量着如何把她藏在军营中带走。

就在这个时候，陈玉成、李秀成带领十二万人马昼夜兼程，步步进逼三河。庐州守将吴如孝会合捻军首领张乐行南下，阻遏可能从皖西来的增援部队。当探马将这一严峻形势报告李续宾和曾国华时，他们才如梦方醒，但为期已晚。李续宾一面火速派人向湖广总督官文求援，请调驻扎在罗田、黄梅一带的绿营前来帮忙，一面修筑工事，准备迎战。而此时恰巧胡林翼因母丧回籍，官文拿着李续宾的求援书遍示僚属，取笑道："湘勇名将九江都打下了，小小的三河算得了什么？"遂不派一兵一卒。李续宾大为失望，又不好意思厚着脸皮再请求。

太平军在白石山、罗家埠、北夹关一带布下天罗地网，却并不立即向湘勇进攻。这一夜，曾国华按捺不住对饭铺寡妇的思念，二更后，见毫无动静，又悄悄溜出营房，钻进了饭铺的后门。

三更刚过，金牛岭、白石山上陡起秋雾。雾越来越大，越来越浓，霎时间，从金牛镇到三河镇，方圆三四十里地面上的山水房屋，全部消失在一片夜雾之中。此时，陈玉成、李秀成将布置多日的大网开始收拢了。

陈玉成率本部七万人从金牛镇大道向三河推进，李秀成指挥五万人从白石山翻过来，吴定规统领三河镇上一万人马踏过护城河，吴如孝、张乐行带一万人由西向东。四路人马十四万人，从东南西北四个方向，将七千湘勇团团包围在三河镇郊。当震耳欲聋的鼓角声，把李续宾和湘勇们从睡梦中惊醒时，他们面临着的，已是无可挽回的灭顶之灾了。湘勇们惊慌失措，心胆俱裂，成百上千的人，稀里糊涂地顷刻间便做了无头鬼。浓雾中，即便打起灯笼，十几步外的人和物也看不见，李续宾又急又恨。周国虞命令手下人齐声高喊：

"活捉李续宾！"

"抓住李妖头，抽筋剥皮，报仇雪恨！"

李续宾慌乱之中顾不得找曾国华，提着一把剑仓皇而逃。

曾国华睡在寡妇温暖的被窝里，忽然被一阵粗暴的打门声惊醒："快开门，快开门！老子们要砸了！"

原来，这是几个太平军。前几天，还是德兴阿手下的绿营士兵，乌衣镇兵败后投降了太平天国，他们想趁混乱之机打家劫舍，发点财。曾国华猛地从被

167

窝里爬出，赶紧穿衣，寡妇吓得脸色惨白，紧紧抱住他。曾国华推开寡妇，抽出佩剑。门被冲开了。火把之中，士兵们一眼看见放在床头的曾国华的官服，惊叫道："这是一个清妖！"

"还是一个官儿哩！"

"抓活的！"

说话间，几个士兵一拥而上。曾国华毕竟是一介书生，如何是他们的对手。交手不过两三下，剑便被击落，立即被活捉了。士兵们狂呼乱叫起来，拿麻绳将曾国华绑得死死的，吆喝着推出门外。一个士兵盯着寡妇，舍不得走，有人在门外吼："色鬼！想打水炮了？你若不去，赏银没你的分。"

那人走到寡妇身边，在她的脸上重重地掐了一下："小娘们，待会儿再跟你痛快玩一阵。"

曾国华垂头丧气地走出门，听见四面八方的喊杀声，方知太平军已展开了全面进攻，后悔不迭，心中寻思着如何逃走。

太阳出来后，雾消散了。李续宾带着百余名亲兵，慌乱之中逃到一个小山包上。只见山包周围，太平军人山人海，无数面红、黄、蓝、白、黑旗帜迎风招展，李续宾知今日已难逃厄运，懊丧地靠在一棵树边低头长叹。他后悔不该听信曾国华的无知妄见，后悔没有采纳赵烈文的建议，恨官文不出兵救援，更恨自己麻痹轻敌，没有料到敌人在雾夜中偷营，面临着的毫无疑问是全军覆没。从咸丰三年来，大大小小百十个战役所赢得的三湘名将的声誉将扫地以尽，涤师的进军皖中的用兵计划也被全盘打破了。这时，周国虞带着一支人马冲上山来，大喊：

【**唐浩明评点**：曾国华说不上良将，但心高胆大。曾国荃打下吉安后，面对着吉字营三千人马的去留一事与两位兄长商量。老九的意思是全部裁撤回籍，老六却主张全部留下作为湘军的基本队伍，老大取中庸之道：酌留一部分。后来老九采纳了大哥的意见，留下一千人，其余的都裁了。但依笔者看来，老六的意见更值得采纳。湘军此时虽有数万之众，但真正属于曾氏的嫡系人马却并不多，而最可靠的当然又是自己兄弟所带出的人。吉字营为老九所招募，又在围攻吉安城的两年中经受了战争的锻炼且取得了胜利，是一支可资利用的军队，实在不宜裁掉，而应畀以重任。从这件事上，可以看出曾国华是个有心计有长远眼光的人，只是命运不济，兵败身死；倘若没有三河之败，其日后的勋绩当与老九不相上下。】

168

"树下的那个清妖便是李续宾！活捉的，赏银一千两！"

话音未落，几百名士兵呐喊着冲上山来。内中有几个野人山的人，更是痛恨已极，高叫："抓住李续宾这个狗娘养的！""把这条恶狗碎尸万段！"

李续宾身边的亲兵慌忙迎敌。李续宾双脚都已受伤，他刚一迈步，便痛得锥心般难受。眼看太平军就要冲上山顶，李续宾咬咬牙，解下腰带，向北跪下三叩头，然后将腰带挂在树杈上，踩着一块石板，将头伸进带圈中，追随他的老师罗泽南去了。

正午时分，陈玉成、李秀成胜利地结束了对太平天国后期起着重大作用的三河战役，七千湘勇除两三百名侥幸逃走者外，全部葬身三河镇。

七 曾国华死而复生，不得已投奔大哥给他指引的归宿

当李续宾、曾国华全军覆没的消息传到江西建昌府时，曾国藩被这突如其来的噩耗吓得几乎晕死过去。他对李续宾寄托极大的期望，也相信李能不负重托。谁知恰恰就是这个老成可靠的李续宾坏了大事，不仅经营皖中、谋夺攻克江宁首功的如意算盘被打得粉碎，就连让六弟依附李续宾成名的想法也破灭了。他知道李续宾、曾国华在这种情况下定然难以生还，良将顿失，骨肉永别，心中伤悼不已。

这是湘勇出师以来，最为惨重的失败。建昌军营上自将官，下至勇丁，几乎人人都与三河阵亡的人员有联系：或为亲戚，或为朋友，或为乡邻，或为熟人。消息传来，不待吩咐，各营各哨便自动地焚纸燃香，挂起招魂幡，军营上下，蒙着一片阴霾。一连几天，曾国藩看到这种情景，心里难受至极。他想到此刻的湘乡县，不知有多少人家正在举办丧仪，有多少寡妇孤儿在哀哀欲绝。湘乡县的悲痛，将十倍百倍地超过建昌军营。湘勇的元气如何恢复？进军皖中的用兵方略改不改变？曾国藩陷于极度的痛苦之中。几天后，他从痛苦中清醒过来。"好汉打掉牙和血吞"，重振军威，报仇雪恨，才是大丈夫之所为。他甚至还怀着一线希望，李续宾、曾国华也可能死里逃生了，说不定哪天会突然出现在他的面前，那时再把皖中的事交给他们。他相信，受此大挫后，李续宾和曾国华会更加成熟。曾国藩想通后，下令军营中所有招魂幡一律烧掉，不准

169

再谈三河失败的事，一切都按原计划去做。

十天过后，派到三河阵地上查访尸体的勇丁回来报告，李续宾的遗体已找到，将由安徽巡抚翁同书出面隆重礼葬，曾国华的遗体一直未见。阵地上的无头尸身成百上千，估计曾国华是被砍头致死。又过了十多天，武昌、湘乡、长沙、寿州，各处信件先后来到，均未见曾国华的踪迹，曾国藩认定六弟已死无疑。

这一天，他郑重其事地给朝廷上折，详奏曾国华自咸丰四年带勇以来所立下的桩桩功劳，以及这次殉国的悲壮。拜折之后，又给在家的四弟、满弟写了一封信，要他们安慰叔父及温甫妻妾；并再三指出，这种时候，全家务必要比往日更和睦亲热，又检讨自己在家时脾气不好，兄弟不和，今后要引以为戒。又叫他们去查看父母坟茔，是不是被人挖动了，泄漏了气运。半个月后，朝廷发来上谕，追赠候选同知曾国华为道员，从优议恤，加恩赏给其父曾骥云从二品封典，咸丰帝还亲书"一门忠义"四字，以示格外褒奖。

曾国藩接到这道上谕，甚感宽慰，立即派专人将皇上御笔送回荷叶塘，要家中把"一门忠义"四字制成金匾，高悬在黄金堂上，以此旷代之荣上慰父母在天之灵，下励儿孙忠君之心。至于赏给叔父从二品封典一事，却把曾国藩弄得哭笑不得。早在道光三十年，曾国藩在侍郎任内曾邀貤封叔父从一品封典，不想八年后反倒来个从二品封典。曾国藩心中暗暗埋怨礼部官员糊涂马虎，连随手查查的事都懒得一为，现在弄得他左右为难，受亦不是，不受亦不是。曾国藩为此很费了一番思考。他在仔细斟酌之后，给皇上上了一道谢恩折，先将历次封典之事的过程叙说一通，然后写上："诰轴则祇领新纶，谨拜此日九重之命；顶戴则仍从旧秩，不忘昔年两次之恩。惟是降揖稠迭，报称尤难。臣唯有竭尽愚忠，代臣弟弥未竟之憾，代臣叔抒向日之忧，以期仰答高厚于万一。"

不久，满弟国葆受叔父之命来到建昌，代兄带勇。曾国藩着实勉励一番，拨五百勇丁让他统领，又给他改名贞干，字子恒，意为吸取靖港之败的教训，为人办事，忠贞有恒。

这天半夜，曾国藩在灯下再次修改近日写成的《母弟温甫哀词》。他哀悯六弟满腹才华，却功名不遂，正要凭借军功出人头地之时，却又兵败身死，真可谓命运乖舛。又怜悯风烛残年的叔父。叔父因无子才过继六弟，谁料继子又不得永年，老而丧子，是人生的大不幸；继而又怜悯已成孤儿的侄子。小小年纪，便从此永远失去了父亲，心灵要承受多大的痛苦！作为大伯，曾国藩决定，今后将由自己承担起对这个侄子的抚养教育之责，让他如同纪泽、纪鸿一样地得到慈爱温暖，长大成人，继承叔父一房的香火。曾国藩就这样边想边改，时常停笔凝思，望着跳跃着的烛火出神。

"大哥，快开门！"急促的声音，惊得曾国藩回过神来。这是贞干在外面喊。

曾国藩打开门，贞干急忙闪进屋，身后还跟了一个人。

"大哥，你看谁来了？"曾国葆有意轻声地说，但语气中的兴奋之情显然压抑不住。

昏暗的烛光中，曾国藩见来人衣衫破损、面容憔悴。看着看着，他不觉惊呆了：这不是自己刻骨思念的六弟温甫吗？他不敢相信，温甫失踪一个多月了，宾字营、华字营全军覆没，统领李续宾已死，高级将领无一人生还，全军副统领、华字营营官今夜怎么可能出现在这里？曾国藩拿起蜡烛，走到那人身边。他把烛火举高，照着那人的面孔，仔仔细细地审看着。不错，这人的确是他的胞弟曾国华！

"你是温甫？"尽管这样，他仍带着怀疑的口气问。

"大哥，是我呀！"曾国华见大哥终于认出了他，不禁悲喜交集，双手抱着大哥的肩膀，眼泪大把大把地流了下来。

千真万确是自己的亲兄弟活生生地站在面前，一刹那间，曾国藩心里充满着巨大的喜悦：六弟没有死！叔父抹去了丧子之痛，侄儿免去了孤儿之悲，这真是曾氏一门中的大喜大庆！

"快坐，快坐下，温甫，你受苦了。"

曾国藩双手扶着弟弟坐下，两眼湿润润的。死里逃生的曾国华见大哥这种手足真情，心里感动极了："大哥，这一个多月来，我想死了你和老满！"

"我们也很想念你！"曾国藩真诚地说，并亲手给弟弟端来一杯热茶，又转脸问满弟，"贞干，你是在哪里找到温甫的？"

曾国葆高兴地回答："今日黄昏时，我从镇上回营，路过一座作废的砖窑，忽然听见有人轻轻地叫我的名字。进去一看，原来是六哥在那里。我又惊又喜。六哥当即要我带他来见大哥，我说现在不能去，半夜时我再带你去。"

"做得对。"对满弟的老成，曾国藩甚是满意，他转问六弟，"温甫，三河之战已经一个多月了，你为何这时才露面，害得全家着急，都以为你死了。你这一个多月来在哪些地方？"

"那天半夜，大雾弥漫，长毛前来劫营，我寡不敌众，正拟自裁殉国，突然被一长毛从背后打掉手中的刀，给他们捉住了。"曾国华不敢讲出在寡妇家被抓的真相，编造了这套谎言。"长毛不知我的身份，把我关进一家农户的厨房里，又去忙着抓别的人，不再管我了。我靠着磨盘上下用力擦，将绳子擦断，偷偷地逃了出来。沿途打听到大哥在江西建昌府，就径直向这里奔来，途中又不幸病倒。就这样边走边停，挨过了一个多月。"这几句倒是实情。他说罢，将一杯茶一饮而尽，那样子，的确是病赢饥渴。曾国藩听完六弟的叙说，心中凄然。

"温甫，你们为什么要去打庐州？我是要你们与春霆一起去围安庆。"给六弟添了一杯茶后，曾国藩问。

"大哥，这是我的失策，迪庵也是主张南下围安庆的，我想打下庐州后再南下。"温甫并不掩饰自己的过错，使曾国藩感到六弟的坦诚。

"打三河一事，军中有人提出不同看法吗？"一向留心人才的曾国藩，想以此来发现有真知灼见的人才。

"军中没有谁提过，倒是有一个来三河作客的读书人闯营进谏，说不能打三河，要转而打庐江。"

"这人叫什么名字？"曾国藩带有几分惊喜地问。

"此人自称赵烈文，字惠甫，江苏阳湖人，寓居全椒，年纪不大，二三十岁。"

"难得，难得。"曾国藩轻轻地拍打着桌面，感慨地说，说得曾国华脸红起来，大声叫道："大哥，你让我回湘乡去招募五千勇丁吧，我曾国华若不报此仇，枉为世间一男子！"

"小声点！"曾国藩如同被吓了一跳似的，忙挥手制止。六弟这一句气概雄壮的话，不仅没有引来大哥的赞赏，反而使得见面时的浓烈亲情消失殆尽，代之而起的是满腔的恼怒：正是因为违背了原定的作战方案，才招致这一场空前的惨败。精锐被消灭，进军皖中的大计彻底破产，前途困难重重，作为全军的统帅，他所承受的压力有多巨大呀！他真想把六弟大骂一顿，甚至抽他两耳光，以发泄心头的这股郁闷之气。但他没有这样，只是呆滞地望着温甫，也不作声。曾国华见大哥对他的话没有反应，又再说了一遍："大哥，过几天我就回湘乡招勇如何？"

"温甫，你太不争气了！"望了很久之后，曾国藩终于忍不住慢慢地吐出一句话。

"大哥，我对不起你，对不起迪庵和死去的兄弟们，我有罪，罪孽深重。我要重上战场，杀贼赎罪呀！"曾国华从心底里发出自己的呼喊。他深知自己的过失太大了，大哥的这句轻轻的责备，不足以惩罚，他倒是希望被狠狠地杖责一百棍。

"唉！"曾国藩长长地叹了一口气，六弟的痛悔冲淡了他心中的怨怒，一股怜悯之情油然而生。眼下的处境，温甫自己是一点不明白呀！他能出现在大家面前吗？全军覆没，唯独自己的弟弟、负有直接责任的副统领生还，曾国藩怎么向世人交代？怎么向皇上交代？没有温甫的阵亡，哪来的"一门忠义"褒奖！温甫虽破坏了进军皖中的大计，却又为曾氏家族挣来了天家的旷代隆恩。带兵打仗的曾国藩，是多么需要这种抵御来自各方猜忌的荣耀身份啊！它的作用，要远远超过温甫再募的五千湘勇！如何处置这个意外生还的弟弟呢？既要不负圣恩，又要让他继续活在世界上，曾国藩的脑子在苦苦地盘算着。

见大哥久久不语，曾国葆劝六哥："莫这样急，你现在身体很差，无法带兵，回家休息两三个月后再说。"

"不！"曾国华蓦地站起来，坚决地再次请缨，"大哥，你就答应我吧！"

曾国藩苦笑了一下，将桌上那页《母弟温甫哀词》文稿拿起，递给曾国华说："温甫，可惜你早在一个多月前便死在三河了。"

曾国华接过哀词，看了一眼，一把扯碎，笑着说："那是讹传，我不是好好地在这里吗？"

"不，你早死了。"曾国藩重复了一句。看着大哥那张变得严峻冷酷的脸孔，分明不是在说笑话，曾国华顿时心凉起来，冒出一股莫名的恐惧。

"大哥，你为何要说这话呢？我没有死，没有死呀！"曾国华凄惨地喊起来。

"不要喊！"曾国藩威严地止住，口气中明显地含着鄙夷，曾国华立时闭了嘴。

"哀词你可以撕掉，皇上的谕旨你能撕掉吗？"曾国藩从柜子里将内阁转抄的上谕找出来。曾国华一看，脸刷地白了。

"三河战败之后，迪庵的遗体很快找到，我等你等了二十多天，一直没有消息，派人查访也未找到，只能断定你已死。全军覆没，你身为迪庵的副手，也只有战死沙场，才能说得过去。我因此上奏皇上，说你已壮烈殉国。"曾国藩缓慢而沉重地说着。曾国华看得出，大哥在压抑着心中的巨大痛苦，听到最后一句话，他浑身起了鸡皮疙瘩。大哥继续说："天恩格外褒奖，从优议恤，不仅追赠你为道员，还赏叔父从二品封典。我日前已申明，叔父大人早蒙赏从一品，请求加恩纪寿及岁引见，想必会蒙俯允。尤其是因你之殉国，皇上御笔亲书'一门忠义'四字，我已命家里制匾悬挂黄金堂上。这是旷代殊荣，足使我曾氏门第大放光辉。你现在要生还回家，我将如何向皇上交代，我们曾氏一家如何向皇上交代？"

"请大哥再向皇上拜折，叙说我生还缘由，请收回一切赏赐，行吗？"曾国华试探着问。

"你说得好轻巧！"曾国藩瞟了六弟一眼，不悦地说："欺君之罪，谁受得了？"

"这不是有意的。"曾国华分辩。

"纵然不是有意的，但天下人都知道你曾国华是杀身成仁的伟男子，皇上是优待功臣的仁义之君。现在又上折说你未死，岂不贻笑天下！此举将置皇上于何地？"稍停一下，曾国藩沉痛地说，"温甫，当'一门忠义'的金匾从黄金堂取下时，你想想看，那会使我曾氏家族蒙受多大的耻辱！"

曾国华又起一阵冷战，他完全没有想到，事情竟有这般严重。沉吟良久，他问大哥："如此说来，我今生已不能再带勇杀贼，报仇雪恨，显亲扬名了？"

"不能了。"曾国藩轻轻地答。

"好吧！"曾国华下了最大的决心，"我明日就布衣回荷叶塘，躬耕田亩，课子读书，了此一生。"

"荷叶塘你也不能回。"

"这是为何？"曾国华害怕起来，难道当一个厮守妻妾儿女的普通老百姓也不成？他简直不能理解。

"哎，温甫，你今年三十六岁了，怎么还这样不晓事？"曾国藩皱着眉头说，"三河战败，湘乡县几乎是家家丧亲，户户招魂，他们明里不说，心底里谁不把迪庵和你恨得要死。总是你们无能，才招致他们失去亲人。你若跟着他们一起战死，我曾氏全家尚能略感心安。你现在又未死回家，你有何面目见家乡父老？且我湘勇历来最恨从敌营中逃回来的人，你说是自己逃回来的，谁为你作证？乡亲们会说你害得兄弟们死去，自己又投敌乞命。到那时，千夫所指，只怕你曾温甫会无病而亡吧！"

贞干本想替六哥说几句，听了大哥这番话，吓得不敢再开口。

"带勇不行，回家不行，难道我真的要去死吗？"兄弟三人相对无言默坐良久，曾国华绝望地吐出一句话。

"温甫，你想到哪里去了。"曾国藩起身，走到六弟身旁，温存地拍着六弟的肩膀，细声说，"你是我的亲兄弟，大哥怎么会叫你去死。大哥为你想了一条生路，不知你情愿否？"

"请大哥明示。"曾国华已完全无主见了，唯有仰仗大哥。

"陈广敷先生，你还记得吗？"

曾国华点点头。

"前几个月，他来到蒋市街与我会晤，告诉我离开湘乡后，就回庐山黄叶观隐居。你去投奔他，拜他为师，后半生你就在黄叶观作一道人。陈先生是一个超脱尘世的人，你可以把事情的原委都说给他听，他不会怪你的，也不会张扬出去。你看如何？"

曾国华禁不住一阵战栗，眼泪刷刷地流了下来。这个功名心极重、人世欲望极浓的曾六爷，听说后半生将要与黄卷青灯为伴，与古木山猿为友，心如刀绞，但反复想想，觉得现在已无路可走，只得勉强答应："大哥，你让我悄悄回一趟荷叶塘，见见叔父大人和寿儿再去吧！"

"温甫，休怪大哥不通情理，你委实回不得家，趁着天黑赶快离开此地，不要让人看见了。过段时间，我要贞干回家一趟，将实情告诉叔父大人，再安排他们去黄叶观与你相会。平定长毛以后，大哥再到黄叶观去看你。"曾国藩说着说着，不觉流下泪来。国华抱着大哥泪如雨下，贞干也在一旁抽泣。

曾国藩吩咐贞干不要惊醒厨子，悄悄地盛些冷饭给国华吃了，又收拾几件衣服，拿出一百两银子来给他。然后，双手抱着六弟的肩膀，嗓音哽咽，好一阵才说出四个字："兄弟珍重！"

国华说不出话来，只能点点头，恋恋不舍地离开了军营。

待六弟走后，曾国藩又关起门来，与满弟密谈了很久。第二天，贞干亲自去三河战场寻找六哥遗骸。二十多天后回来了，后面还跟着一具棺木。一到军营门口，贞干便放声大哭起来，引得勇丁们纷纷出来观看。贞干走进屋，哭倒在大哥面前，高叫："大哥，六哥的忠骸找回来了，可惜没有了头！"

"你是怎么找到的？不会认错吧！"曾国藩惊讶地问。

"哪里会错！莫说四肢还在，就是烧成灰，我也认得出。"

曾国藩抚棺痛哭，一边叫人打开盖板。曾国藩见躺在棺材里的那人除无头外，四肢都尚完好。他拉开死者的左裤脚，看到一道三寸长的疤痕后，立即喊起来："温甫，你到底回来了，大哥找你找得好苦呀！"

说罢，又大哭起来。哭了一阵后，他对四周围观的人说："温甫八岁那年，

176

爬上塘边一棵桃树摘桃子吃，我怕他摔到塘里去，便高声喝骂他。他吓得赶紧从树上跳下来，腿不慎被树枝划破了，一直烂了两个月才好，从此便落下了这个疤。近三十年来，我一直为此事抱疚。"说着说着，又对死者高喊："温甫，我的好兄弟，你为国捐躯，死得英勇。大哥为你伤心，大哥也为你荣耀呀！"

曾国藩越哭越厉害，引得围观者嗟叹不已，在杨国栋、彭寿颐等人竭力劝说下，好不容易才止住。

夜里，曾国藩为温甫设了一个简朴的灵堂。湘勇将领们络绎不绝地前来吊唁，曾国藩对着温甫的神主诵读了哀辞。并从第二天起，为六弟吃七天斋。到了第八天清晨，贞干带着二十多个勇丁，护送温甫灵柩回湘乡，曾国藩亲自送到盰江码头。

八 李鸿章给恩师献上皖省八府五州详图

正当建昌军营因三河之变而士气沮丧的时候，围攻两年多的吉安城，终于被曾国荃的吉字营攻克。接着，鲍超趁陈玉成部返回天京附近、李秀成部再度经营苏南的时机，在皖南连打几次胜仗，站稳了脚跟。紧接着，李元度部又挫败从福建过来的太平军。这些胜利，使士气重新振作起来。曾国藩从吉安之胜中，看出了九弟倔强不屈的性格和带勇打仗的才能，认定他是个可当大任的人物。恰好康福这时又从老家跋山涉水来到了建昌。去年，曾国藩回籍不久，康福也请假回沅江去了。曾国藩赏给他的三百亩水田，王矮爹替他经营得兴旺。一到家，王矮爹又为他张罗着娶了一房妻子。康福将田产分为两半。一半归于弟弟康禄的名下。康福不愿意作个财主终老，他要建功立业，光耀康氏先祖，接到曾国藩的信后，便匆匆赶来了。曾国藩派他前往吉安，代他奖赏吉字营。国荃将吉字营安置后，便和康福一同来到建昌。

曾国荃送给大哥的战利品是一部《欧阳文忠公文集》。曾国藩轻轻地翻着这部已发黄发黑的文集，惊喜地问："这是南宋庆元年间刻的，是欧阳子文集的最早刻本，你是怎么得来的？"

"吉安是欧阳修的故乡，大哥不是要我留意他的遗墨吗？"曾国荃得意地说，"打下吉安后，我也不管是不是欧阳修的后人，凡姓欧阳的，我统统把他抓了起来，要他们交出遗墨来，否则杀头。"

"你怎么能这样做？"曾国藩没有想到九弟用这种手段来搜集遗墨，倘若欧阳修九泉有知，岂不愤怒至极！

"不这样做，怎么可能得到它？"曾国荃指了指大哥手中的文集，"就这样，几百个姓欧阳的互相商议，逼得那些欧阳修的后人无法，实在找不出遗墨，便以这部供在祠堂里的宋本来充数。"

"沅甫，你给我送回吉安去！"曾国藩生气了，板着面孔命令弟弟。

"大哥，这样的珍本到哪里去找？你若过意不去，我给他们三百两银子算了。"曾国荃不服气。

"九弟！"曾国藩严肃地说，"咸丰三年练勇之初，我便对你们说过，长毛毁孔孟、焚书籍，得罪了天下读书人。我们就是要抓住这一点，把读书人争取过来。在《讨粤匪檄》中，我将维护中国数千年的礼义人伦、诗书典籍昭告天下，也是为了得读书人的心。这些年来朝廷失政，老百姓易被长毛笼络，只有读书人才是我们依靠的力量。你以杀头的手法，逼一代文宗的后人交出他们的传族之宝，此事传扬出去，岂不冷了天下读书人的心？九弟，你要明白此中的利害！"

大哥的话有理，曾国荃不作声了。曾国藩把文集仔仔细细翻了一遍，递了回去，曾国荃默默地收下。

"沅甫，乘这次攻破吉安的好机会，你回家去一次，招募几千人，将吉字营扩大到一万人。看来，温甫收复皖中的未竟事业，要由你来担负了。"

大哥的话太合国荃的心意了。这次在吉安得的大量金银，正要运回家去买田起屋，为今后自立门户作准备，至于募勇扩营，更是他多年的心愿。

"大哥，无论为国为家，我都要和长毛血战到底！"曾国荃慷慨激昂地表示。在建昌小住几天后，便匆匆回荷叶塘去了。

不久，石达开率部离开福建，经江西、湖南向西开拔。朝廷分析石达开有可能入四川，急调曾国藩入川剿堵。一旦入川，则远离江宁，今后只能眼睁睁地看着别人拿下它。这是曾国藩极不情愿的事。他上奏皇上，请求让他进兵皖中，为三河之役报仇。奏折刚拜发，荆七送来一封信。原来，这信是李鸿章从五里外的县城里，托人捎来的。信上说，咸丰二年六月与恩师在京分别后，第二年正月，便随同工部侍郎吕贤基回籍办团练，与长毛、捻子作战。这些年来，

178

巡抚福济不明事理，钦差大臣胜保多方猜忌排挤，在安徽很不得意，欲投奔恩师，不知肯收留否？

曾国藩览毕微微一笑，对于这个年家子，他是再了解不过了。

道光二十五年，李鸿章遵父命晋京，投奔曾国藩门下，拜他为师。曾国藩见李鸿章长得身材修长，五官俊美，言谈文雅，举止倜傥，心中甚是高兴，更兼李鸿章有人所不及的乖觉，过目不忘的记性，深为曾国藩所赏识。道光二十七年，李鸿章与郭嵩焘一起中进士，入词馆，时年二十五岁。真个是少年高第，春风得意。曾国藩将他、郭嵩焘及同年入翰苑的陈鼐、帅远燡视为丁未年四君子。但李鸿章心气高傲，性格疏懒，为人不够实在，细节上不大检点，这些方面，与曾国藩脾性不合。李文安曾给曾国藩讲过他儿子小时候的一个故事：

李家以前养过一缸好金鱼。李文安一日偶与家人戏言，如今年金鱼产子多，则门徒中进学的多。后果然这一年产子很多，李文安扳着指头，数着这个可进学，那个可进学，又说长子瀚章今年也可进学。第二天，一缸金鱼全部死尽。文安奇怪，问家人，鸿章坦然承认。文安问何以害鱼。鸿章说："这么多人进学，唯独我不进，此鱼不可留。"文安笑道："你今年只有十一岁，怎能进学？"鸿章不语。李文安从这件事上，知儿子虽心高志大，但胸襟未免太狭窄，手段也太刻毒了。

这几年李鸿章在安徽打胜仗少，打败仗多，曾国藩也知道些。他甚至还听到过有人以"翰林变绿林"的刻薄话来挖苦李鸿章。曾国藩将来信锁进柜子，既不复函，也不派人传话，他有意要挫挫这个高足的锋芒。

十天过去了，没有动静，曾国藩派人悄悄地到建昌旅馆查看。回报说，李鸿章在旅馆读书写字。又过十天，曾国藩再派人去窥视李鸿章。回报说，李鸿章仍在读书写字，并无回安徽的表示。当天，曾国藩传令叫李鸿章来军营相见。

李鸿章一进军营，便急趋向前，走到曾国藩身边，行门生叩拜大礼。曾国藩凝然端坐，并不起身。待李鸿章行完礼，才招呼他坐下。六年多不见了，李鸿章已步入中年，战火奔波，使他面色黧黑，而腰板却显得比过去在书斋时硬朗多了。近来常感右目痒痛、精力不支的曾国藩，看到眼前这个踔厉风发的门生，又是喜欢，又是羡慕。

"少荃，这些年来你干了不少大事，人也发福了，官也做大了，现在是道员衔，还是按察使衔？"曾国藩充当过多次乡试主考和会试阅卷大臣，且诗文为一时之冠，故而门生甚多，但真正经他指教过的受业生，仅李鸿章一人。对李鸿章，他有一种父兄对子弟的情感。早就盼望李鸿章来了，但直到在安徽混不下去了才来投靠，曾国藩心里不太满意，二十天不理不问，也含有这层原因。

"恩师取笑了！门生早就想投奔恩师帐下，并托家兄转达过此意，怎奈福中丞执意挽留。福中丞是门生的座师，门生亦不好强违。这次我不管他肯不肯，下决心离开了他，追随恩师左右。门生虽蒙圣恩赏加按察使衔，但在恩师面前，门生永远只是个小学生。"

李鸿章的话提醒了曾国藩。的确，李瀚章曾跟他说起过老二要投奔的事，且二十天未见，李鸿章不以冷落为意，仍这样谦恭有礼，恍如十多年前碾儿胡同里的恂恂学子。曾国藩心中的一丝不快消失了。

"少荃，此间局面狭窄，恐艨艟巨舰，非潺潺浅濑所能容。你既与胜保不和，何不回翰林院供职去？"曾国藩望着李鸿章笑着，三角眼里射出的是慈爱的光芒。

"恩师，"李鸿章认真地说，"您老从来教导门生，男儿立身，不在高官厚禄，更不应贪图个人享受，当为君分忧，为国出力。目前逆贼肆虐，四海鼎沸，门生岂能违背恩师教导，视国难民危不顾，而回翰苑享清福呢？"

真是本性难移。多年的挫折，并没有打磨掉他的棱角，说起话来，仍是这般大言莘莘，但曾国藩喜欢听。他心里暗暗赞许，脸上却无特别的表示。

"这几年，门生在家乡东撞西突，前后追随过吕侍郎、福中丞，均茫然无指归；现在又遇了个胜保，心中无点滴才学，偏又目空一切，视汉员如同仇人一般。门生冷眼观察过许久，无论福中丞，还是何制台，以及和春、张国梁，都不是戡乱之才，更不要说胜保之流了。东南半壁浊浪滔天，真正的中流砥柱，实只恩师一人，万望恩师收留门生，日后也好附恩师骥尾光宗耀祖，这也是家父临终时的遗言。"李鸿章说到这里颇为动情。

"少荃，你来我这里，是想自己带勇，还是作参赞？"曾国藩不再盘马弯弓了，直接问。

"门生虽出身词臣，但这几年也曾几十次亲历沙场，略懂一点打仗的道理，门生想在恩师帐下作一名偏裨将佐。"李鸿章答得也直截了当。

"哦，你想带勇，那好哇！"曾国藩边说边思考，略停一会说，"不过，我身边暂缺一个办文书的人，先委屈你帮帮忙，掌几天书记文案如何？"

在曾国藩看来，安徽的团练办得一团糟，李鸿章的那一套根本就不能带到湘勇中来，必须先在他的身边跟着学习一段时期再说。

"好！门生正要跟着恩师学习起草奏折哩！"绝顶聪明的李鸿章将失望藏起，装出一副满心喜悦的样子，"家兄曾跟我说过，筠仙有次起草奏折，中有'屡战屡败'四字。恩师看后，将'战''败'二字互换位置，变为'屡败屡战'。家兄对此佩服得五体投地，说位置一换，满篇精神大变。门生在安徽时，听福中丞说，恩师奏折，当今无双。门生过去跟恩师学古文时不用心，现在要补上这一课。"

李鸿章此时提起这件往事，真是恰到好处。曾国藩开心地笑笑说："好吧，你今天回旅馆去结账，明日一早到军营来。"

几天下来，李鸿章在建昌军营办事顺利。他留心观察幕府一切事务，觉得也并没有什么与众不同之处，从书启到赞画都可胜任，唯一难以适应的，便是天未明就吃早饭这件事。湘勇规矩，天未明就得吃罢早饭，有仗打仗，无仗操练，不容许睡懒觉。幕府跟军营一样。曾国藩自己以身作则，每天和幕僚们一起吃早饭。吃饭时，他说古论今，谈笑风生。饭桌上，他不再是一个严厉的统帅，而是幕僚们极随和的朋友。李鸿章却有睡懒觉的习惯。平素在家乡，他要团勇们清早起床操练，自己则总是日上三竿才大梦方觉。

这几天凌晨，天还是漆黑漆黑的，军营便放炮吃饭了。一会儿，亲兵便来敲门叫起床，李鸿章正睡得香甜，哪里愿意出被窝！他借故不起。一连三天，曾国藩看在眼里不作声。第四天天未亮，亲兵又来敲门了。李鸿章烦躁地喊："我病了，不吃饭！"

过一会，一幕僚来敲，李鸿章仍不起。又过一会，康福来了："李翰林，请起床吃早饭！"

"告诉你们我病了，为什么三番两次总来喊？"

"曾大人说，有病也得起来，大家等你去后再用餐。"

李鸿章一听，心里发毛了，赶紧披衣，踉踉跄跄地奔进餐厅。曾国藩瞟了李鸿章一眼，端起碗吃饭，幕僚们跟着端起碗来。曾国藩面色峻厉，一言不发。吃完饭后，他放下碗筷，一字一句地说："少荃，既到我这里来，就要遵守我的规矩。此间所尚的，唯一诚字而已！"

说罢，起身走出餐厅，看也不看李鸿章一眼。李鸿章惊呆在板凳上，半天做不得声。

从那天起，李鸿章一改过去骄懒的文人习气，虚心学习周围的一切，这才发觉恩师所带的湘勇，与自己过去所带的团练确有许多不同之处，愈加从心里佩服。这天晚上，他对曾国藩说："门生这次给恩师带来了一件小小的东西。"

说罢从布包里拿出一卷纸来，曾国藩认得这是大内珍藏的特制棉纸。

"恩师请看。"李鸿章微笑着展开，竟是一幅皖省全图。曾国藩拨亮灯，仔细查看。图上画着安徽全省大的山川和府县界线，都标有名字。图下边还注明图与实地的比例关系。图虽画得精工，但并无特别之处。这样的地图，曾国藩手头有，他微笑着没有作声。

"恩师，这是几幅安徽分府地图，请您老过目。"李鸿章又从布包里拿出一卷纸，打开第一张，图上方标明"凤阳府"三字。只见这张地图大异刚才那一张，图上密密麻麻地标着山名、水名、县名、镇名，甚至较大的村庄名、神庙名都写上了。曾国藩心里吃了一惊："少荃，庐州府的详图有吗？"

"有。八府五州都有。"李鸿章不慌不忙地找出了庐州府地图。

曾国藩接过地图，急忙打开，右手食指在图上快速地移动，嘴里不停地说："三河，三河在哪里？"

"在这里。"李鸿章一下子就点出了三河镇。

【唐浩明评点：曾氏对李的这种严格要求，正是他的有心雕琢、着意栽培。他在给李瀚章的信里说："令弟少荃，自乙未之际，仆即知其才可大用。"曾氏早知李鸿章是块美玉，是棵大树，但有瑕疵有病枝，不去掉那些疵病，是难以成大器的。今日之苛严，正是为了日后的大用。曾氏这种用人之策，对我们今日的领导者仍有相当的启示。】

曾国藩两眼死死地盯住三河。图上明明白白地标出了三河镇四周的形势地名：镇建在马栅河与界河的交汇处，巢湖在东边，只有四十五里远，西边是金牛岭，东边是白石山，一条大道贯穿金牛镇直达三河镇。这样详尽的分府地图，曾国藩还是第一次见到。看着看着，他慢慢地两眼潮润，嗓门嘶哑："少荃，早几个月看到你这张图，迪庵、温甫和七千湘勇也不至于遭厄难。"

曾国藩将其他府州的地图略微翻了翻，都像凤阳、庐州一样，山川城镇，一一标列得清清楚楚。这是他多年来梦寐以求的地图啊，想不到今天居然由李鸿章送上门来了。看着这几张地图，曾国藩仿佛看到了湘勇的战旗正插在一个个城池上，规复皖省、攻克安庆已有了可靠的保证。他真想站起来，紧紧地拉着李鸿章的手，大声地说："少荃，你这个礼物太好了，我收下！"但他很快地控制了自己的感情。李鸿章毕竟是他的晚辈门生,在晚辈门生面前怎能失态！他以惯常的神情说："少荃，你来我这里好些天了，怎么今天才把皖省地图拿出来，你对我还留一手吗？"

"哪里，哪里！"李鸿章已知这几张地图在曾国藩眼中的分量，兴奋地说，"门生巴不得把一切都贡献给恩师，哪有留一手之理，前几天之所以没有拿出来，是怕露丑。这两天我见恩师这里用的仍是乾隆内府图，故才敢奉献。"

曾国藩心想：毕竟长了几岁年纪，比以往稳重多了。他慢慢地梳理着已见花白的长须，说："地图莫精于康熙内府图，其准望勾弦，皆命星官亲至各处，按诸天度测量里差。乾隆内府图又拓而大之，亦甚精当，盖出齐次凤宗伯之手。近时阳湖董方立孝廉依此二图订正差误，合为一本，李申耆先生付诸剞劂，据说是现在最精确的地图。我已托人去重金购买，至今未得到。这批皖省分府地图确比乾隆内府图精细多了，你是怎样得来的？"

"恩师。"李鸿章欠身答道，"咸丰三年初，我随吕侍郎在家乡办团练，几仗打下来，吃了不少苦头。这些苦头，大部分来自对地形不熟悉。有一次，我与长毛打仗，打败了，想找条路逃都找不到，结果几十个弟兄送了命，我幸而躲在草丛中才免于死。长毛走后，我问当地百姓。他们告诉我，穿过松树林后就是一条大路，路口左右是两座小石山，是天然的堡垒，只要百把个弓箭手埋伏在石山上，就是一千人也都会死在那里。我听后半晌做不得声，倘若早点知道此处地形，不仅那几十个弟兄不会死，说不定还可反败为胜。我于是下定决心要绘制一套详细地图，远胜朝廷颁发的乾隆内府图。我从团练中抽出几十个知书识字、头脑灵活、办事可靠的人，派他们到各府去实地调查，足足用了十个月时间，终于绘制了这十四幅地图。"

"少荃，你做了一件顶好的事，假若东南八省都有这样的分府图，我们就可以立于不败之地了。"

"恩师过奖了。这地图虽较细，但打起仗来，还是嫌简略了，如果再详细到每个小山包、每条小溪港、每个小村庄都有的话，那就好了。"

"好哇，待平定长毛后，你就去做这件事吧！全国十八省，省省都绘制，那真是一桩惠泽子孙的大好事。"

"太好了，那时在恩师指导下，我一定会干得比现在的好得多。"李鸿章高兴地说。

"少荃，你把地图送给我，你自己不就没有了吗？"

"有，我还有一份，照这份原样影绘的。我那时想，万一一份丢了或损坏了，还可以有一个底子再补绘。"

是比先前长进多了，曾国藩心想。过会儿，他对李鸿章说："少荃，我即将率师入川，远离你的家乡，你要不要先回家去安顿一下，我们再在芜湖码头相会。"

"不用了，门生来建昌之前，家事已作了安排。"李鸿章说，"不过，门生斗胆向恩师进一言，四川不可去，也不必去。"

"这话如何讲？"曾国藩靠在椅背上，习惯性地抬起右手，慢慢地梳理着胡须。这神情，显然是要李鸿章说下去。

"今夜只恩师与门生两人，门生就直言吧！"李鸿章略为停顿了一下，说出他在建昌旅馆里的一番深远思虑来，"咸丰三年正月，江宁陷落，东南半壁冒出了一个与朝廷敌对的叛逆国号，其势力尤强在苏南、皖中、江西三个地方。自咸丰六年逆贼内讧后，江西已渐为恩师统率的湘勇光复，逆贼势力只有苏南、皖中两处。依门生愚见，与长毛决战的主要战场也只有这两处。长毛气焰，乃顺江由西而东，江宁之西，为长毛后方所在，江宁之东，不过长毛之门面而已。数年间，恩师已洞悉此中机要，由武昌而黄州，由黄州而武穴，由武穴而九江，由九江而湖口，步步进逼，节节获胜。门生在安徽细细观看思考，见长江两岸，恩师每复一城池，长毛气焰辄消一分，门生从心底里佩服恩师高屋建瓴，深谋远虑，其取势百倍胜过江北江南大营。门生心里早已明白，平巨憝，复江宁，非恩师莫属。"

李鸿章越说越有劲，双目晶亮，神采奕奕，令曾国藩暗为惊诧：今日之李少荃，已非吴下旧阿蒙。他随手拿起穆彰阿赠送的玉球，在手里慢慢旋转。此情此景，使他想起了二十年前与穆彰阿的一夕谈话。薪尽火传，这个才大心细、见识不凡的门生，不正是自己的传火人吗？

"朝廷已对江宁逆贼撒下了天罗地网，你何以知下江宁者非我莫属。少荃啦，这等大事，可不许你信口开河。"曾国藩打断李鸿章的话，"你说四川不可去，不能去，道理在哪里呀？"

"是，门生说漏了嘴。"李鸿章素知老师行事谨慎，这层意思，点到即可，他马上转入正题，"门生说四川不可去，其原因也正是刚才所说的，恩师多年浴血奋战，已将长毛逼在皖中、苏南一隅之地，现在反而忽然掉头入蜀，到千里之遥去堵流寇，将这伸手可摘之熟桃让给别人，就是恩师不在乎，湘勇将官弟兄也不情愿呀！就是门生在一旁，也为恩师抱不平。"

曾国藩微微一笑，在心里说：这个机灵的李老二，说话的本事是越来越高了，他的老子与哥哥都远不及。

"况且川督王庆云为人器局狭小，很久以来就想当蜀王，他决不会愿意恩师入川的。门生说四川不必去，是指石逆目前已成流寇，军心不稳，士气不旺，此去四川，将很可能走向末路，四川兵力足可制服他，不必动用湘勇这把牛刀。门生以为，恩师须立即向皇上陈明入川之非和入皖之要，同时亦请官帅、胡帅代为说明不能离开东南的原因；官帅、胡帅要成功，也是离不开恩师的。为使朝廷明白此中道理，恩师可命令目前在徽州、宁国的鲍超之部暂且撤离皖南。这样，长毛一定会乘虚而入，翁中丞必定急奏朝廷，那时各方交章挽留，恩师将免去入川之劳。"

曾国藩不得不佩服这个比他小十二岁的门生的见事之明。在湘勇主要将领中，有彭玉麟的忠贞、有杨载福的朴直、有鲍超的勇猛、有李元度的策划、有曾国荃的顽强，但无一人有李鸿章这样洞察全局的清醒、机巧应变的手腕！人才难得呀！两江一带，历来是人文荟萃之地，要留心访寻延揽。想到这里，曾国藩忽然记起温甫讲的赵烈文进谏的事。

"少荃，你是庐州人，全椒就在庐州旁边，你有没有听说一个寓居全椒的阳湖秀才赵烈文？"

"恩师何以知道赵烈文？他是门生的好朋友。"

"那太巧了！前次迪庵和温甫误攻三河，此人到军营进谏，可惜他们未听，不然也不至于有三河之变。我看这是个有识见的人才。"

"赵烈文确是个非比一般的读书人，他不乐举业，留心国事，潜研兵法，熟知舆地，尤工于谋划，的确是个好的军事参谋。"

"是呀，草莱之中，常有异才，日后到了你的家乡，我一定亲去拜访他。"曾国藩边说边抽出日记簿来，记上："赵烈文，字惠甫，阳湖人，寓居全椒，知舆地，工谋划。少荃竭力推荐。"

"何劳恩师亲去，我写封信叫他来就行了。"

"不！还是我去见他为好。"

师生二人在军营一直谈到次日鸡鸣方止。第二天，曾国藩修书给官文、胡林翼，请他们代为向皇上说情，为不使皇上不悦，曾国藩尽起在建昌的水陆两支人马，踏上赴川的道路。当曾国藩将到武昌时，接到了上谕。上谕命曾国藩暂驻湖北，与官、胡熟商进剿皖省之计，援川部队从湖南选调。官文、胡林翼在武昌置酒为曾国藩道喜。席上，官文提出派永州镇总兵樊燮带二千人入川，曾、胡一致同意。于是官文以制军身份下令，调樊燮立即入川。谁知这一纸命令，倒惹出一桩轰动全国的大事来。

第四章 总督两江

一 天下不可一日无湖南，湖南不可一日无左宗棠

永州镇总兵樊燮接到命令后，兴冲冲地带着二千绿营启程入川。樊燮为官不清廉，仗着是官文五姨太娘家亲戚有恃无恐。湖南巡抚衙门接到不少参劾信函，骆秉章不愿得罪官文，压着这些信不理睬，左宗棠碍着骆秉章的面子，也不便处理。

这一日，樊燮路过长沙，将兵士们安置在城外，自己带着几个亲兵入城，径直来到又一村巡抚衙门里。巡捕见是樊镇台，不敢怠慢，忙进内通报。骆秉章正与左宗棠在谈论曾国藩驻兵湖北的事，听到通报，连声说："有请，有请。"樊燮大步踏进签押房，向骆秉章鞠躬请安："卑职参见中丞大人。"

骆秉章忙站起，笑道："樊镇台免礼。"

樊燮正欲靠着骆秉章坐下，忽然见左宗棠板着面孔坐在对面，便走前一步说："左师爷一向好。"

左宗棠看了樊燮一眼，冷冷地说："樊将军客气了。"

樊燮心中不快，又开两腿坐在骆秉章身边。骆秉章打着哈哈说："樊镇台，这次官中堂亲向朝廷保举你去四川剿贼，想镇台一定会以频频捷报答谢皇上圣恩和官中堂的器重。"

"石逆孤军远窜，成不了气候，樊某不敢夸口说一举获胜，但终究要剿灭那些乱臣贼子的。"樊燮不无得意地说，似乎有意让左宗棠知道他的厉害。

"大将威风，果然令人敬畏，令人敬畏！"骆秉章仍然打着哈哈说。

"长毛不过跳梁小丑而已，算得了什么？"

樊燮任永州镇总兵不过一两年，根本没有跟太平军交过手。前两个月，石达开围宝庆府，弄得长沙官场紧张得不得了。左宗棠亲自指挥人马，费了九牛二虎之力才勉强对付过去。听了樊燮这种欺世大言，左宗棠如何能不动怒："此话过头了吧！朝廷调兵几十万，糜饷几万万，至今尚未把长毛平定下去；且石达开乃贼中枭雄，曾涤生侍郎都数败于其手，你说这话，不脸红吗？"

樊燮吹牛时不脸红，听了这句话，倒真的脸红了，他强压怒火说："左师爷，我也不和你打嘴皮仗，以后看吧！"

樊燮来巡抚衙门，本是一种官场应酬，见气氛不好，起身朝骆秉章拱手道："卑职告辞。"

说罢转脸便走，并不理睬左宗棠。左宗棠勃然大怒，喝道："回来！"

"何事？"樊燮站住，气愤地反问。

"樊燮，你进衙门不向我请安，出衙门不向我告辞，你太猖狂了。湖南武官，无论大小，见我都要请安，你不请安，是何缘故？"

樊燮也怒了，高声说："朝廷体制并未规定武官见师爷要请安。武官虽轻，也不比师爷贱，何况樊某乃朝廷任命的正二品总兵，岂有向你四品幕僚请安的道理！"

左宗棠一时语塞，气得环眼暴凸，燕颔僵硬，虎地站起来，冲过去，抬起脚就要踢樊燮，骆秉章慌忙拦住："季高，你这是干什么？"

左宗棠气得呼呼大喘，好半天，才冒出一声雷鸣："王八蛋，滚出去！"

樊燮火冒三丈，青筋鼓起，欲再与左宗棠争辩，骆秉章忙说："樊镇台，你请回吧！本抚就不送你了，祝你马到成功。"

樊燮只得含恨退出，当天下午便离长北去。

樊燮窝着一肚子气到了武昌，谒见官文，添枝加叶地把左宗棠如何无视朝廷命官、骄横跋扈、独断专行的情形，向官文哭诉了半天。官文听后老大不快。左宗棠居然敢对他的姻亲、朝廷指派的援川将领如此无礼，他岂能容忍！当天夜晚，官文便给皇上上了一个折子，将樊燮所说的摘要写了几条，又给左宗棠戴了一顶"劣幕"的帽子，说他把持湖南，为非作歹。

咸丰帝接到官文这道奏章，方知左宗棠居然是这样的幕僚，他大为吃惊，随即在奏章上批道："湖南为劣幕把持，可恼可恨，着细加查明，若果有不法情事，可就地正法。"

奏折递回武昌，六姨太知左宗棠与胡家的关系，便悄悄地把此事告诉静娟夫人。静娟夫人怎能眼见自己兄弟的丈人吃官司不救，便求胡林翼设法搭救。胡林翼一面火速打发人送信到长沙，将事情原委告诉左宗棠，一面发信给郭嵩焘和王闿运。郭嵩焘此时供职南书房，王闿运则在已升为协办大学士的肃顺家做西席。咸丰四年八月，曾国藩率湘勇出省入鄂，王闿运没有随行。咸丰五年，王闿运中举，次年赴京会试。会试告罢后留京温习，被肃顺看中，延入府中。胡林翼请郭、王密切注视朝廷动向。

左宗棠接到胡林翼的信后，借口赴京会试，向骆秉章辞职。骆再三挽留不住，只得放行。左宗棠含恨离开长沙，回湘阴小住几天后，便带着一个仆人，冒着严寒乘船北去。这时，郭嵩焘给胡林翼来了一封急信，说皇上怕官文所奏不实，特地派都察院湖广道监察御史富阿吉来湘查访，将于近日由运河南下。胡林翼将家人胡汉唤进书房，密授机宜。胡汉受命，星夜乘快马赴河北，在山东德州遇上了富阿吉。

胡汉在德州出高价雇了一只大船，船上陈设华丽，肴馔精美。趁富阿吉的船泊在德州码头的时候，胡汉先请富阿吉的仆人上船玩，并以好酒好菜招待。仆人于是劝富阿吉改乘胡汉的大船。富阿吉到船上看了看，满口应允。待富阿吉上船后，胡汉又从德州妓院雇来四个能歌善舞的漂亮妓女陪伴他。富阿吉是个世家子弟，胸无点墨，靠祖上的军功，年纪轻轻地便做上了五品御史，平日最好的就是声色犬马、醇酒美妇。这一下，如同进了天堂，他不愿早日入湘，只想在船上多盘桓些日子。舟子似乎懂得富阿吉的心思，那船走得极缓极慢，又时走时停。就这样，富阿吉从北京到武昌，足足用了三个月。这期间，胡林翼将左宗棠留在襄阳听消息，暂勿进京。

富阿吉一到武昌，就被接进巡抚衙门，胡林翼亲自设宴为之洗尘。酒吃到兴起时，胡林翼对富阿吉说："星使为查办左宗棠，不畏辛苦，跋山涉水，令人敬佩。"

富阿吉谦虚地说："仆受皇上差遣，查朝廷要案，无辛苦可言。"

胡林翼连声说"可敬，可敬"，又殷勤劝了一杯酒，问："星使从前知左宗棠其人否？"

富阿吉答："不曾听说。"

"林翼与左宗棠同乡，对其人略知一二。"

"请中丞说说。"富阿吉放下筷子，显出一副专注的神态，似乎查办左案就从这里开始了。

"湖广一带人士，凡稍涉国事者，莫不知左宗棠乃当今一人才。值此宇内纷扰，三湘略能安枕者，固仗骆中丞镇抚之功，亦靠左宗棠赞襄之力。远的不说，这次长毛伪翼王窜扰宝庆府，全省震惊。正是因为左宗棠指挥省内绿营、团练同心协力作战，宝庆府城才得以保存，湘省人民才免遭涂炭。"

"哦，如此说来，左宗棠这人也还有些本事。"富阿吉生长在钟鸣鼎食之家，战火兵灾从未见过，心想：倘若叫我去杀贼卫土，还不知如何应付哩！

"岂止是有些本事！"胡林翼认真地说，"实为当今戡乱大才。只因左宗棠耿介成性，嫉恶如仇，又缺乏涵养，故开罪小人。据说告状的永州镇总兵樊燮贪婪庸劣，士兵百姓都有怨言。左宗棠对他的呵责，并非蔑视朝廷命官，而是发泄心中对贪官污吏的愤恨，希望星使为保全人才计，替左宗棠说几句话。"

富阿吉不在意地说："仆奉命查办，总期水落石出，案情大白。中丞放心，一定会公事公办。"

"公事公办，诚为至论，但目前谣诼纷纭，星使又不明内情，恐怕欲秉公办理而不能。"

富阿吉问："如中丞所说，该如何办才是？"

胡林翼说："依鄙人之见，星使当先存爱才之心，后方能做到秉公办理。"

"中丞是要我袒护左宗棠？"富阿吉警觉起来。

"不能说袒护，乃为惜才耳。左宗棠之才出类拔萃，天下纷乱，养成一人才不易，宁忍加以摧残？鄙人之意，实为国家社稷着想，非为私情。星使若理解，就请在武昌停驻，中止湘行，鄙人已代星使拟好奏稿，为左宗棠辩诬，星使可在武昌拜发后返旆回京。"

富阿吉一听，顿时变色，拿出钦差大臣的架势来，一本正经地说："中丞此言差矣。仆奉使命而不赴湘查办，住在武昌，岂不欺罔朝廷，蒙骗皇上？左宗棠之案已立于都察院，仆岂能凭中丞一面之词而定谳？中丞刚才这番话，既有谀左宗棠之嫌，又陷仆于不忠，还望中丞三思才是。"

说完就要起身，仿佛这桌酒席是害他不忠的陷阱。

"慢点！"胡林翼冷冷地说，一面从柜子里拿出一份奏折来甩到富阿吉的面前，"星使不发代拟之折，鄙人将拜发此折了。"

富阿吉莫名其妙地拿起奏折，看着看着，冷汗淋漓，面如死灰。原来，胡林翼的奏折是一份措辞强硬的弹劾。内中列出富阿吉自出京以来，如何骚扰民间，奸淫民女，耽于享乐，有意延误行程等等罪状，人证物证俱在，不容辩驳。富阿吉是个未谙世事的纨绔青年，看着这个奏折，早已吓得魂飞魄散，手抖抖地不能自己，忙赔着笑脸说："中丞，开玩笑何以至如此。常言说得好，官官相护，共保无事，请中丞万勿拜发此等奏折，仆感激不尽！"

胡林翼也换成笑脸说："星使也不必过于害怕。舟中之事，鄙人不告发，谅旁人也不知。鄙人不求星使感激，请星使就此拜发代拟折吧！"

富阿吉无奈，只得遵命拜发。

在此同时，官文也打发几个人装模作样地到长沙住了几天。回到武昌，按早已定好的调子也拜发了一份奏折，证明樊燮所说属实，请杀左宗棠以儆效尤者。

咸丰帝接到两份截然不同的奏折，有些为难，便与肃顺商量。肃顺回府后，与王闿运谈起这事。王闿运乘机在肃顺面前极言左宗棠之才，请他保全。肃顺久闻左宗棠能干，也有心保护，便对王闿运说："听说左宗棠与曾国藩、胡林翼相交甚深，我劝皇上特旨垂询曾、胡，你再去跟郭嵩焘说说，联络几个名翰林上书皇上。到那时，我就好说话了。"

当时最有名的翰林，是壬子年探花，时为内阁学士的吴县人潘祖荫，其祖父乃鼎鼎有名的状元大学士潘世恩，郭嵩焘与他同值南书房。潘祖荫喜爱古玩，尤爱收集鼻烟壶。传说他主考乡试时，遇到两个不相上下的考生，而又只能二者取一时，他便拿出红绿两个鼻烟壶来放在口袋里，先定好红为甲，绿为乙，然后信手摸，摸出红来取中甲，摸出绿来便取中乙，决不改变。郭嵩焘在王府井古董店里，重价买下一只明万历年间利玛窦从意大利带来进贡的镶银玛瑙鼻烟壶，邀请潘祖荫来家喝酒。酒酣耳热之际，郭嵩焘卖弄似的拿出鼻烟壶，果然引得潘祖荫胃口大开，欣赏把玩，爱不释手。

"伯寅兄，你是个收藏鼻烟壶的专家，要是看得上，就送给你凑个数吧！"

"真的？"潘祖荫喜出望外，"筠仙，你这个礼物太贵重了，叫我如何感谢你！"

"感谢嘛，不敢当。"郭嵩焘摸摸已经发福的圆胖脸，笑道，"只求你的大手笔做一篇有益于国家的文章。"

"这个容易，你只管说。"

要探花潘祖荫写篇文章，就好比要小孩子搓个泥蛋一样，既乐意办，又容易办。

"左宗棠的事，你听说过吗？"

"你是说官文告状的事吗？"潘祖荫一边用玉签剔牙，一边摆弄着杭州檀香扇，扇上的诗画都出自他的手笔，一副十足的名士派头。

"官文是诬告。"

"真的吗？"潘祖荫觉得奇怪，左宗棠这几年为湖广局面的稳定出过不少力，京师都有传闻。官文作为湖广总督，为何要诬告一个师爷？待郭嵩焘将事情的经过和这中间复杂的关系，原原本本地告诉潘祖荫后，潘恍然大悟。潘祖荫才华横溢，少年气盛，十分恼火满蒙亲贵的尸位素餐、嫉贤妒能，况且他的家乡四周已落入太平军手中好多年了，迫切盼望早日光复，而光复的希望又只能寄托在曾、胡、左等人的身上。潘祖荫边听边打腹稿，待郭嵩焘说完后，他的腹稿也已打好。瞬息之间，便草就一篇折子。

"筠仙，你看看要得不？"

郭嵩焘接过，轻轻念道："湘勇立功本省，援应江西、湖北、安徽、浙江，所向克捷，虽由曾国藩指挥得宜，亦由骆秉章供应调度有方，而实由左宗棠运筹决策，此天下所共见，久在我圣明洞察之中也。前逆酋石达开回窜湖南，号称数十万。以本省之饷，用本省之兵，不数月肃清四境，其时贼纵横数千里，皆在宗棠规划之中。设使易地而观，有溃裂不可收拾者，是国家不可一日无湖南，湖南不可一日无左宗棠也。"

读到这里，郭嵩焘神采飞扬，拍案叫绝："伯寅兄，你真不愧为探花郎！'国家不可一日无湖南，湖南不可一日无左宗棠'。这真是千古佳句！万千称赞左宗棠的话，在这两句面前都显得软弱无力。我今天真是服了你。"

"你读完吧，读完后我们再来一句句斟酌。"潘祖荫微笑着，心中十分得意，檀香扇在手中轻轻地摇动。天气其实还很冷，扇子在他手里，不过是一种习惯、派头的表现而已。

"宗棠为人，秉性刚直，嫉恶如仇。"郭嵩焘继续念下去，"湖南不肖之员，不遂其私，思有以中伤之久矣。湖广总督惑于浮言，未免有引绳批根之处。宗棠一在籍举人，去留无足轻重，而楚南事势关系尤大，不得不为国家惜此才。"

"好，就这样送上去，一个字都不用动了！"郭嵩焘发自内心地赞叹。

"筱仙，你莫客气，该改该删的地方，都由你做主。"

"真的妙极了。这样的奏疏，日后必然传下去，尤其是两个'不可一日无'，一定会传诵千古。"

"传诵千古不敢当。不过，这两句也确是神助之笔。一篇好文章，靠的就是一两句警句支撑。比如《滕王阁序》，靠的是'落霞与孤鹜齐飞，秋水共长天一色'，《岳阳楼记》靠的是'先天下之忧而忧，后天下之乐而乐'。"潘祖荫摇头晃脑地说着，看来，他也被自己创造的警句陶醉了。

过几天，曾、胡的回奏先后到达咸丰帝的手里。曾国藩说："左宗棠刚明耐苦，晓畅兵机，当此需才孔亟之时，或饬令办理湖南团防，或简用藩、臬等官，予以地方，俾得安心任事，必能感激图报，有裨时局。"胡林翼说得更恳切："臣查湖南在籍四品卿衔兵部郎中左宗棠，精熟方舆、晓畅兵略，在湖南赞助军事，遂以克复江西、贵州、广西各府州县之地，名满天下，谤亦随之。其刚直激烈，诚不免汲黯大戆、宽饶少和之讥。要其筹兵筹饷，专精殚思，过或可宥，心固无他。恳请天恩酌量器使，饬下湖南抚臣，令其速在湖南募勇六千人，以救江西、浙江、皖南之疆土，必能补救于万一。"

肃顺借着潘、曾、胡的奏疏，请皇上免查左宗棠之过失，予以重用。咸丰帝接受肃顺的建议，下诏左宗棠以四品京堂候补，随同曾国藩襄办军务。后来，左宗棠又请骆秉章代他上一道奏折，详细奏明樊燮贪劣无能之种种情事，樊燮终被革职。

樊燮带二子回到原籍湖北恩施，建一栋楼房。楼房建成之日，樊燮宴请恩施父老，说："左宗棠不过一举人，既辱我身，又夺我官，且波及我先人，视武人为犬马。我把二子安置楼上，延名师教育，不中举人进士点翰林，雪我耻辱，死后不得入祖茔。"

樊燮重金聘请名师，以楼房为书房，除先生与二子外，别人一律不准上楼。每日酒饭，必亲自过目，具衣冠延先生下楼坐食，席上有先生未动箸者，即撤去另换。二子不准着男装，都穿女子衣裤；又将左宗棠骂他的"王八蛋，滚出去"六字写在木牌上，置于祖宗神龛下侧，告诫二子说："考上秀才进学，脱女外服；中举脱女内服，方与左宗棠功名相等；中进士、点翰林，则焚木牌，并告诉先人，已胜过左宗棠了。"

二子谨受父命，在书案上刻"左宗棠可杀"五字。后来，樊燮的第二子樊樊山果中进士。报捷那天，他恭恭敬敬地在父亲坟头报喜，当场焚烧"王八蛋，滚出去"木牌。这些都是后话了。

二　江南大营溃败后，左宗棠乘时而起

就在朝廷处理樊燮、左宗棠一案的这段时期里，曾国藩将大营移到安徽宿松，作重新规复皖省的准备。左宗棠应曾国藩之邀，由襄阳来到宿松，一住就是二十天。二人在宿松大营里昕夕纵谈东南大局，商量补救方略。曾国藩又将近年来辑录的《经史百家杂钞》底稿给左宗棠看，请他提意见。军务这样繁忙，曾国藩居然能忙中偷闲，不忘文人本职，编辑了百万字的大部头古文选本，使左宗棠自叹不如。他接过底稿，认认真真地看起来。

这一天，彭玉麟差人来报，属外江水师的澄海营与属内湖水师的定湘营，同在长江上截获一条运粮往安庆的洋船，因分货不均而发生械斗，请派人前去调停。事态严重，曾国藩决定亲到彭泽走一趟。他与左宗棠约定，回来后听左谈对《经史百家杂钞》的意见。曾国藩刚走，左宗棠便收到了胡林翼的信。信上说皇上将命

【唐浩明评点：咸丰九年底，左宗棠因樊燮一案离湘北上，次年闰三月下旬来到曾氏所在的宿松军营，在营中住了二十多天。曾氏与左几乎天天见面谈话，这二十多天是曾左两人一生中关系最为密切的一段时期。曾氏日记中有这样的记录："与季高、次青觇谈，夜又与季高久谈。季高言凡人贵从吃苦中来，又言收积银钱货物，固无益于子孙，即收积书籍字画，亦未必不为子孙之累云云，多见道之语。"在人要有吃过苦的阶段以及不留银钱财富给子孙这两点上，曾左两人的看法完全吻合。这两点"见道之语"很值得今人体味。】

他回湘募勇，可早作准备。左宗棠欣喜异常，只等曾国藩回到宿松后，即告辞回湘。正在这时，一场意外的变故发生了。

取得三河大捷的陈玉成、李秀成先后被洪秀全封为英王、忠王，以后李世贤也被封为侍王。咸丰十年正月间，三王为解天京之围，策划了一次大的军事行动。李秀成、李世贤由苏南率军进入浙江，大兵猛压杭州。浙江巡抚罗遵殿慌忙向江南大营统帅和春求救。和春派总兵张玉良带兵两万，由江宁赶救杭州。张玉良刚走到半路，李秀成、李世贤带兵离杭北上，猛扑江南大营。此时，陈玉成率皖北之兵强行渡江。两军会合，数日之内连破江南大营外围要地高淳、溧阳、溧水、句容、秣陵关。江南大营被包围了。和春、张国梁分头拼死抵抗。太平军与清军连战九昼夜，江南大营彻底崩溃，天京之围顿解，李秀成、陈玉成围魏救赵之计获得全胜。太平军趁势南下，和春、张国梁节节败退。张国梁死于丹阳，和春毙命于浒墅关。七万江南绿营，除张玉良部二万人外，至此全部瓦解。

消息传出时，曾国藩正在彭泽。他既感意外，又在意中。杨载福对败兵沿途的骚扰非常愤慨，彭玉麟则担心太平军的气焰会更加炽烈。曾国藩心中却隐隐生出一丝快意：江南大营的瓦解，或许将预示着湘军的转机！他匆匆离彭泽返宿松。船过泊劳湖时，接到正驻军宁国的李元度的信。李向他报告江南大营的情况，并捎上一句耐人寻味的话：和春死，桂清逃，东南大局，天意将属于谁？

"这个平江才子，想得也太多了。"曾国藩心里说，随手点起火，将信烧了。宿松老营的反应如何呢？曾国藩心中交织着忧虑、沉重、庆幸、热望等各种复杂情绪，究竟哪种为主，连他自己也说不准。夜里，他躺在船上，辗转反侧，难以入眠。后半夜，癣疾又发作了，奇痒难耐，害得他整夜不能合眼，抓得皮屑满床，血迹斑斑。

天亮时，船靠了羊角塘码头，他换了轿子，匆匆向宿松老营奔去。老营扎在县城外，气氛仍如几天前的平静。曾国藩一进屋，便看到案桌上堆了一尺多高的文报。他拿起最上面的一份，随便浏览。

"涤生，你到底回来了，我天天都在盼望。"人未进门，声音就雷鸣般地灌了进来，除开左宗棠，再没有第二人这样。"出大事了，你知道吗？"

"你是说江南大营的事？"曾国藩放下文报。

"江南大营已不复存在了。"左宗棠边说边在对面木凳上坐下。

"四五万人马，十多天的日子便毁了，真不堪设想，可惜呀！"曾国藩面带戚容，比起左宗棠洪亮的嗓音来，他的音色干涩多了。

"有什么可惜的，这个脓包早点穿了的好！"左宗棠的爽直，使曾国藩吃惊。

"你说得太刻薄了，江南大营毕竟经营了七八年，担负着抵抗长毛的大任呀！现在和帅、张军门惨死，数万弟兄身亡异乡，朝廷辛辛苦苦部署的计划全部打乱，今后只会使长毛的气焰更嚣张，我们的道路更艰难。"

"和春、张国梁死不足惜，数万弟兄虽可怜，但这也是无可奈何的事。不过，对消灭长毛的大局来说，"左宗棠两眼逼视着曾国藩，略微压低了声音，"涤生，莫怪我说得直，它倒是一件天大的好事。"

"你说什么！"曾国藩故作惊讶地问，"这是我之不幸，敌之万幸，何来天大的好事可言？"

"涤生，我不信你真的没看出来。"左宗棠一笑。他这人要说的话藏不住，痛痛快快地倒出来后，心里就舒服了。"江南大营早已千疮百孔，腐臭冲天。当将官的莫不锦衣玉食，倡优歌舞，士兵则多抽鸦片，嫖赌成风，士气溺惰、军营糜烂。这两年来，何桂清每月给它十多万两银子的接济，想利用它来做个中兴名臣；朝廷则受何的欺骗，以为江南大营是抵抗长毛的干城，反倒将我们湘勇视为可有可无。不要说你和在前线打仗的弟兄们不服，就是我这个留守大臣都怄了一肚子气。真正是蝉翼为重，千钧为轻；黄钟毁弃，瓦釜雷鸣呀！现在江南大营彻底覆没，将使朝廷从此清醒过来，岂不是天大的好事！"

"你知道何桂清逃命的情形吗？"左宗棠说的是实话，曾国藩怎会不知道！对朝廷的决策，他历来采取谨慎的态度，从不妄加议论，何况当着这位心直口快的左季高的面！对何桂清则不同。曾国藩恨何桂清，最先起于郭嵩焘购浙盐的事；后来，何桂清常向他的靠山——军机大臣彭蕴章写密信，说曾国藩胆小，不会打仗，彭蕴章把这股阴风吹到了皇上的耳边。这些，都是郭嵩焘在南书房当值时听到的。现在，何桂清终于惨败了，曾国藩如何不快意！

"不知道！"左宗棠摇头。他对于这些身居高位的官僚有种本能的敌意，极乐于听他们的倒霉事，"你说吧。"

"败兵逃到常州，何桂清才知江南大营破了。他不思抵抗，立即带着僚属跟在和春的后面南逃。常州士绅知道了，半路拦下他的轿子，哭着跪着请他留下。何桂清这个丧尽天良的家伙，居然命令亲兵开枪，打死了几个乡绅，然后冲出人群，逃到苏州。徐有壬闭门不纳，只得连夜绕城墙往上海方向逃去。向攀轿挽留的乡绅开枪，大清二百年来，还没有这样的总督！"义愤私怨混合在一起，使曾国藩出现了少有的激动。

"偏偏都是这些混蛋得到重用，倘若不是这次长毛打到常州，过不了几年，这个油滑小生又要入阁了。"天下这些不平事，左宗棠恨之入骨，提起便有气。这次樊案给他很大的教训，他告诫自己要克制肝火。他有意端起茶杯，大口大口地喝起茶来。火气略为平息后，他告诉老朋友，皇上已命他回湘募勇，明天就要离开宿松。

"明天就走？"曾国藩希望左宗棠多住几天，关于局势变化后湘勇的用兵计划，他很想与这个今亮商讨商讨，"《经史百家杂钞》编纂如何，你还没有提意见呢！"

"我猜你是想超过姚鼐？"左宗棠诡谲地笑笑。

"姚姬传先生博大精深，我粗解文章，乃姚先生启之，哪里敢有超过他的野心！"曾国藩诚恳地说。

"当然，要想超过姚鼐，也的确不易。"左宗棠收起笑容，认真地说，"不过，你将姚先生义理、辞章、考据的治学路径有意拓宽一条，把经济加了进去。从这点上说，你有所超过。但大醇小疵，里面也有些篇章还可再斟酌斟酌，眼下我无心和你多说，待平定长毛后，再来详论如何？"

"好！平定长毛后再谈。先说说，你准备招多少人！"

"多则一万，少则七八千，名字我已想好了，就叫它楚军。"

"楚军？"曾国藩想起当年王鑫在赵家祠堂张贴"湘军营务处"招牌的事，"季高，叫楚军不宜，你既然要另树一帜，还是叫楚勇为好，日后免得遭人诘难。"

"虽然是勇，但它既出省作战，还是叫楚军为好，究竟名正言顺些。"左宗棠不是王鑫，他不愿受曾国藩的制约，做事也没有曾国藩那么多的顾虑，有声有色，轰轰烈烈地干一番事业，是他几十年梦寐以求的愿望。前几个月，因樊燮告状，他在长沙处境不利，有人甚至偷偷写一些辱骂的小条子，半夜贴在他的门上以泄积怨，常常惹得他怒火中烧。有一张帖子上甚至写着"钦命劣幕衔帮办湖南巡抚大公馆"，极尽挖苦之能事。现在此案已平，因祸得福，且又正遇江南大营溃败的非常时机，年已四十九岁、中举达二十八年之久的左宗棠怎能失掉这个大好机会！他恨不得招集十万八万雄师，尽展胸中奇才，一年半载便荡平巨寇，克复江宁。他相信自己有这个本事。

左宗棠刚告辞出门，亲兵送来一个讣帖：罗遵殿家明日举行家祭，请曾国藩参加。

"淡村死得可怜！"曾国藩自言自语，满脸阴云，转而对亲兵说，"你告诉罗家，明早我亲来府上吊唁。"

三　想起历史上的权臣手腕，曾国藩不给肃顺写信感恩

罗遵殿是安徽宿松人，一年前由湖北藩司任上调任浙江巡抚。他与胡林翼关系极深。何桂清出于对湘系人员的嫉妒，讨厌罗遵殿。张玉良奉和春命带兵援浙时，何桂清指示亲信江苏藩司王有龄，以视察苏州城垣为名，将张玉良留在苏州两天，结果贻误军情，致使罗遵殿城破自杀。曾国藩很为罗遵殿抱不平，他凝神良久，为罗写了一副挽联："孤军断外援，差同许远城中事；万马迎忠骨，新自岳王坟畔来。"第二天，曾国藩亲到罗府，在罗遵殿的灵柩前鞠躬致哀。当他所撰的挽联被高高悬挂起来的时候，所有前来吊唁者莫不感慨唏嘘。

凭吊完毕，曾国藩特地叫罗遵殿的儿子罗忠祐到后院叙谈，以示关怀。他要罗忠祐将父亲冤死之事上奏皇上，严惩贪生怕死、祸国殃民的何桂清。又

勉励罗忠祜好好读书,锻炼才干,方今四方多虞,有才者必不会久处囊中。

"曾大人,晚生年幼,虽极愿读书,但不知生在今世,以读哪种书为急务。"罗忠祜一向敬佩曾国藩的学问,趁机向他请教。

曾国藩想了想,说:"先哲经世之书,莫善于司马文正公《资治通鉴》。其论古皆折衷至当,开拓心胸,如因三家分晋而论名分,因曹魏移祚而论风俗,因蜀汉而论正闰,因樊、英而论名实,皆能穷物之理,执圣之权。又好叙兵事所以得失之由,脉络分明。又好详名公巨卿所以兴家败家之故,使士大夫怵然知戒。实六经外不刊之典。足下若能熟读此书,而参稽三通、两衍义,将来出来任事,自有所持循而不失坠。"

罗忠祜很受启发,说:"大人这一番教导,使晚生从迷津中走了出来。晚生今后就遵照大人的教诲,好好研习《资治通鉴》。"

正说话间,忽见一人踉跄闯进灵堂,高呼:"淡翁,你死得惨呀!"

曾国藩抬头看时,原来是湖北粮台总理阎敬铭。他走过去,拉着阎敬铭的手问:"你是从武昌专程来的?"

阎敬铭说:"润芝要我代他来宿松吊唁,他还有封信要给你。"

曾国藩点点头,不再问了。

罗府家祭完毕,曾国藩请阎敬铭同到军营。

"吊淡村是名,送它才是实。"进了内室后,阎敬铭从靴页中间抽出一封信来,双手递给曾国藩。

曾国藩心想：这是一封什么信，如此神秘！他一看信封，更感奇怪了：信封上并不是写的他的名字，而是胡林翼的大名。拆开看时，才知这是肃顺近日写给胡林翼的一封密信。信上说的是这样一件事：江南大营溃败，皇上近来寝食不安；何桂清临阵脱逃，皇上更为愤恨。皇上打算在东南几省内选一个可靠的人代替何桂清，为此事垂询过几位亲贵大臣。昨夜，皇上对肃顺说，拟授胡林翼为两江总督。肃顺听后沉吟片刻，说："胡林翼才学优长，足堪江督之任，但若调离，鄂抚一职则无人可代。"皇上问："叫曾国藩任鄂抚如何？"肃顺说："六年前，皇上命曾国藩署鄂抚，几天后又撤销前命，曾国藩想必心中不快。事隔六年，又叫他任鄂抚，显得皇上恩德不重，不如干脆叫曾国藩作江督。胡与曾是好友，必定会协调合作。那时上下一气，东南局面将有转机。"皇上点头说："你考虑的是，就这样办吧！"

曾国藩看到这里，激动得手微微发颤，心里充满着对肃顺的无限感激。肃顺信最后写道：

润芝向来深明大义，顾全大局，想不会因此事而有芥蒂。望与曾涤生和衷共济，力挽狂澜，建攻克江宁大功。异日筑凌烟阁，同绘润芝与涤生像于其首。

信的边角还有一行小字："请送与涤生一阅。"

曾国藩将信重新折好，郑重装进信套，双手退回给阎敬铭，说："烦你转告润芝，就说我已经拜读了。"待阎敬铭将信又塞进靴页中间后，曾国藩问："润芝还说了些什么？"

阎敬铭答："润芝要我告诉你，说难得皇上身边有肃相这样的贤臣，以天潢贵胄之尊，对我汉族士人如此垂青，实我朝仅见。看来大事有济，国家中兴有望，可以放手大胆去干一场了。"

"是呀！君圣相贤，国事有可为。"曾国藩从心底深处涌出这句话。

"润芝还说，欲复江宁，还得从皖省下手，建议沅甫带吉字营速围安庆。沅甫才大器大，足可独当一面。"

"才根于器，确为良论。"曾国藩笑道，"看来，我这个做哥哥的，还不如润芝对沅甫了解得深透。你回去告诉润芝，就说我按他的部署，立即调沅甫去安庆。"

200

"好，我不在宿松久留了，明天就回武昌。"

阎敬铭刚走，又响起敲门声。"这么晚了，还有谁来？"曾国藩心想。

门打开了，进来的是李鸿章。

"恩师，睡不着觉，想跟您老聊聊。"

李鸿章知道曾国藩有个好夜里聊天的习惯。

"什么事害得你睡不好觉，这可是少有。"与曾国藩相反，李鸿章则瞌睡极重。这点，曾国藩也知道。

"恩师。"李鸿章坐下后，一本正经地说，"我想来想去，这江南大营的溃败，不是坏事，是好事。"

"你也是这样看的？"曾国藩暗自高兴，李元度、左宗棠、胡林翼都能从江南大营的失败中看到湘勇的转机，现在李鸿章也持这种看法，他感到自己身边的确有一批识见不凡的人才。

"祸兮福所倚，福兮祸所伏。江南大营前些日子表面上热火朝天，其实已种下了溃败的祸根。现在全军覆灭的大祸里，又潜伏着战事的转机。"李鸿章两只好看的眼睛闪闪发亮，显出一种异常机灵的模样。

"将会有什么样的转机呢？"曾国藩问。他既想进一步测量李鸿章对事情的分析能力，又要凭他的分析来验证自己的判断。

"恩师，我以为皇上从此将会对绿营失去信心，而把全部希望寄托在湘勇身上。这就是战事的转机。"

好个乖觉的李老二！曾国藩心里称赞着。他羡慕李文安好福气，生下了一个这么聪颖的儿子，倘若纪泽能像他一样就好了。

"恩师，门生还有一种预感。"李鸿章把头伸过去，靠拢曾国藩，神秘地说，"何桂清肯定会被撤职，恩师极有可能总督两江。"

"不要瞎说！"曾国藩小声制止。

"是。门生不会对别人讲，只是自己这样想想罢了。"过一会，李鸿章又说，"恩师，门生想，湘勇虽水陆俱全，但还有欠缺。"

"缺什么？"

"缺一支马队。"

"哦！"曾国藩点点头，习惯地半眯起眼，靠在椅背上沉思着。很快，半眯的眼睛睁开了。他想起六弟曾说过，半眯着眼睛看人，使人觉得倨傲，不易接近。要改！今后做了总督，位高权重，更要注意仪表上的谦恭。李鸿章倒没有注意到这个变化，继续说："长毛马队力量不强，但皖北的捻子却擅长骑射，今后平息捻子，非有一支强悍的马队不可。"

"少荃，你考虑得长远。"李鸿章的提醒很重要。皖省属两江的辖境，不能仅仅只想到目前，还要虑及它今后的长治久安。"你准备一下，过几天到皖北去招募五百剽悍的大汉，我再派人到口外去买五百匹好马，由你来训练一支马队如何？"

"恩师如此器重，门生一定要把这支马队训练好。"李鸿章大喜过望，再随便扯了几句闲话，便起身回去了。

睡意给阎、李的谈话全部冲走了，曾国藩干脆不上床睡觉，他觉得有许多事要赶快办理。环视东南数省，只有自己最有资格任江督一职，看来肃顺说的是实话。从咸丰三年带勇以来，就巴望着能有这一天的到来。现在，这一天已屈指可数了。这个时候的两江总督，其实就是与长毛作战的最高统帅，也就是全国军事力量的最高统帅，要站在这个高度上作一番统筹全局的安排。然而，过去历任两江总督的怡良、何桂清等人，都没有看清自己的位置，或者看到了，但手中无足够的可直接调配的军队，也当不成真正的统帅。曾国藩是可以充当这个统帅的。他有自己的嫡系力量——湘勇，他要制定出一个深思熟虑的、切实可行的用兵计划，大大扩充湘勇，指挥两江的绿营，做一个号令威严、三军敬畏的统帅。想到这里，曾国藩再一次涌起对肃顺的感激之情。

他要给肃顺写一封极机密的信，派人专程送到北京去。曾国藩抽出一张纸来，又慢慢地磨着墨。猛然，他记起了肃顺要胡林翼将信给他看的话，心中产生了疑问：为什么肃顺要将这种绝密的事告诉胡林翼和自己呢？按理，他不应该泄露出来。"肃顺要讨好！"曾国藩心里说，他开始冷静了。对于这个圣眷甚隆的协揆，曾国藩是清楚的。肃顺精明干练，魄力宏大，敢于重用汉人，瞧不起满蒙亲贵中的昏愦者。为人骄横跋扈，独断专行。原来与恭王关系较好，后来仗着皇上的宠幸，连恭王也不放在眼里了。今日的肃顺，不就是历史上的权臣吗？恭王以及在他身后的满蒙亲贵，在朝廷中势力很大，与他们相比，肃顺势孤力单。皇上虽说年轻，但据说有痨病，万一有不幸，肃顺岂是恭王的对手！他这样明目张胆地拉拢自己，安抚胡林翼，是不是心怀叵测？想到这里，曾国藩心中冒出一丝恐惧。凡事预则立，不预则废。这样的大事，还是以谨慎为好。曾国藩停止磨墨，将纸收到抽屉里。他决定不给肃顺写感谢信，今后即使真的上谕来了，也只能按规矩办事，给皇上上谢恩折，不能与肃顺有私下的联系。

四　定下西面进攻的制胜之策

上谕真的到了宿松："曾国藩着先行赏加兵部尚书衔，迅速驰往江苏，署理两江总督。"这个消息很快便传开了，驻扎在宿松的湘勇将官们纷纷前来祝贺，宿松、太湖、望江等县的县令们，一个个亲自坐轿来，连远驻徽州的左副都御史张芾也打发人飞骑奔来道喜。凡前来恭贺的人，曾国藩一律不见。他在大营墙上张贴了一纸告示："本署督荷蒙皇恩，任重道远，无暇应酬，贺喜者到此止步，即刻返回，莫懈职守，本署督已祇受矣。"

因为事先早已知道，曾国藩对这道上谕并没有表现出过多的欣喜，反而深感临危受命的重大责任。局面是严峻的：整个苏南，除上海一隅外，已全部落入太平军手里；苏北皖北，捻军势力大为增长，行踪飘忽不定，州县无法对付；在浙江，李秀成的部队绕过杭州，出没于浙西一带；江西饶州、广信、建昌、抚州等地，李世贤的人马经常任意往来；石达开的二十万人马虽已进入川贵，但随时都可返旆东来，太平军的各路人马，合起来至少还有五六十万。进入知天命之年的曾国藩，这些天来时常有一种苍凉之感。朝廷在江南大营溃败、四顾无人

【唐浩明评点：两江原指江南省与江西省，康熙六年，析江南省为安徽、江苏两省，故两江实辖三省，即江苏、安徽、江西，而名则仍其旧。辖地既广，更兼所辖之区物产富庶，地域重要，故两江总督素为直隶总督之后的第二大总督，在全国十八省督抚中举足轻重。眼下，太平军活动的主要地区便是江苏南部和整个安徽省，且太平天国的都城便立在两江总督的驻地，洪秀全所住的天王府正是历届两江总督办公的衙门。因此，与其说太平天国在与清廷争天下，不如说在与两江总督争地盘；与其说两江总督在代表朝廷收复失地，不如说在为自己争辖地。从某种意义上来看，两江总督即代表着朝廷。有清两百年来的两江总督这个官职，从来没有像现在这样重要过。】

的时候，才想起依靠湘勇的力量，就在要依靠的时候，仍不愿干干脆脆把江督授予他这个湘勇的元勋，而要授给胡林翼。难道说，皇上对他的成见，一直耿耿于怀吗？每当想起这些，曾国藩便涌出一种强烈的委屈和失意之感。有一天深夜，凝视灯火，居然信笔写出了一首这样的五言诗：大叶迟未发，冷风吹我衣。天地气一浊，回头万事非。虚舟无抵忤，恩怨召杀机。年年绊物累，俯仰邻垢讥。终然学黄鹄，浩荡沧溟飞。写完后，他自己也觉得好笑：怎么会心灰若此！他想，无论是对国家，还是对自己，这种思想都要不得。他烧了这首诗，打起精神，考虑今后的用兵计划。

其实，这些计划，早在江南大营失败前，便和彭玉麟、杨载福、左宗棠、胡林翼、李鸿章等人磋商过，那时只局限于湘勇及胡林翼所掌管的部分绿营的调配。现在不同了，两江地方的绿营都可以由自己来节制。当然，绿营还包括多年来和湘勇一起打仗的多隆阿部。

曾国藩将前些日子磋商的事理出个头绪来，做出了几点决定：首先，他清楚地认识到，朝廷从浙江入手，通过苏、常包围江宁的东面进攻的决策，历史和现实都证明是错误的，必须改由西面进攻的策略，也就是两年前复出时所定下的进军皖中的计划，即从长江上游向江宁包围。长江在安徽境内有两座重要城镇，一为江北的安庆，一为江南的池州，占住了它们，即打开了攻破江宁的大门。拿下安庆，这是曾国藩复出后的第一个战略任务，可惜李续宾、曾国华辜负重任。十天前，经胡林翼提醒，曾国藩已拟定调九弟国荃去安徽。他密函九弟：把围安庆当作围江宁的演习，训练部属，积累经验，日后好抢夺攻克江宁的首功。曾国荃是个好大喜功的人，接到大哥的信后，立即出发，一面又派人回湖南再募五千人。有了攻吉安的经验，他对下安庆充满了信心。曾国藩又把满弟贞干的贞字营扩大到两千人，也调往安庆。吉字营、贞字营，才是真正的曾家军。安庆方面可以放得心了。池州如何对付呢？

守池州府的是太平军左军主将定天义韦俊。太平军三下武昌，其中两次的总指挥便是他。咸丰六年，他在武昌城头亲自指挥打死了罗泽南。曾国藩既对韦俊恨之入骨，又佩服他是个难得的将材。韦俊是韦昌辉的弟弟，是不是不用武力，而用离间计，使韦俊挟池州投降呢？对此，曾国藩没有信心。太平军深受拜上帝教的影响，团结心强，要他们叛教投敌，怕是难办。

另一件大事，是两江总督目前驻节何处？朝廷严命赴江苏，江苏一时固然不能进，但也不能留在宿松不动，置朝命不理。曾国藩拿出李鸿章献的皖省地图，指画着由宿松向浙江方向前进的路线。他在祁门县境停住了手指。祁门处于丛山包围之中，一条大道贯穿县城，东连休宁、徽州，南达江西景德镇，既有天然大山可以屏蔽老营，又可以与浙江、江西互通声息，是个驻节的好地方。

还有，两江属下的江西、江苏、安徽以及浙江四省的巡抚，是至关重要的大员，必须逐步地不露声色地替换，他们一定要是可靠的心腹，否则难收指臂之效。可任巡抚的人选，他心中已有两个：一个是彭玉麟，一个是赣南兵备道沈葆桢。沈葆桢字幼丹，福建闽侯人，林则徐的女婿，品行才干，都有岳丈之风。尤其重要的是，他在咸丰五六年间，曾在湘勇营务处供职一年多。以福建人、名臣之戚而与湘勇有如此渊源，实为难得，既可引为心腹，又可免尽用湘人之嫌。还得再物色两个人，一年半载之内将现在的江西巡抚耆龄、安徽巡抚翁同书、江苏巡抚薛焕、浙江巡抚王有龄统统换掉。

另外，曾国藩还想到，江苏号为泽国，水师力量必须加强，除外江、内湖水师外，还须建立淮扬水师，攻取里下河粮米之仓，建太湖水师收复苏州，建宁国水师规复芜湖。

真个是百事丛杂，千头万绪，曾国藩靠着思虑周密和多年来的用兵经验，对已临的和将临的一系列大事小事，逐一作了细细的思考。待基本就绪后，他亲自草拟了一份谢恩折，并将收复两江、攻取江宁的用兵计划向皇上作了报告。为了使皇上采纳他的不从东面，而从西面进攻的策略，他很用心地构思了这样一段文字：

自古平江南之贼，必踞上游之势，建瓴而下，乃能成功。自咸丰三年金陵被陷，向荣、和春等军皆由东面进攻，原欲屏蔽苏浙，因时制宜，而屡进屡挫，迄不能克金陵，而转失苏、常，非兵力之单薄，实形势之未得也。今东南决裂，贼焰益张，欲复苏、常，南军须从浙江而入，北军须从金陵而入。欲复金陵，北岸须先克安庆，南岸则须先攻池州，庶得以上制下之势。若仍从东路入手，内外主客，形势全失，必至仍蹈覆辙，终无了期。

曾国藩相信，皇上是会批准他这个西面进攻的制胜之策的，万一不同意，他也要据理力争。在这个重大的决策上，他不能作丝毫的妥协，直至辞去两江总督之职。

　　谢恩折拟好后，天将放亮，他吩咐王荆七将奏稿送到文书房誊写，便吹熄蜡烛，倒头睡下了。这一觉直睡到黄昏才醒来。在曾国藩的记忆中，从未有过如此安稳的睡眠。心里高兴，吃过晚饭后，曾国藩便打发荆七请康福来，今晚要和他围几局。

　　半年前，曾国藩从吉字营中选拔二百名朴实强壮的勇丁，由朱品隆带着来到他的身边，充当亲兵营。曾国藩任命康福为亲兵营统领，朱品隆为副。在康福、朱品隆的训练下，亲兵营人人武艺高强，一以当十，对曾国藩忠心耿耿。

　　康福带着祖传云子，应召而至，二人兴致勃勃地下起来。

　　"大人，您老的技艺大大提高了。"当曾国藩将被包围的两枚黑子拾起时，康福笑着说。

　　"比起那年在洞庭湖来是有些提高，这多亏了你的指点。"曾国藩今夜特别高兴，刚才又吃了两子，益发兴致高。

　　"大人夸奖。"康福边说边注视着棋子，现在对付曾国藩，他必须聚精会神，稍有不慎，便有失子的可能。

　　"价人，这几年来，你与不少将领们下过棋，你认为谁的棋下得最好？"

　　"下得最好的嘛，"康福略作思考，说，"以前是罗山先生棋艺最精，现在要数次青统领下得最好了，雪琴统领也下得不错。"

　　"我湘勇将官除打仗外，人人都会琴棋书画，这是古来少有的。"曾国藩得意地说。这也是实话。湘勇将官绝大多数出身书生，琴棋

【唐浩明评点：曾氏的方略，显然都与朝廷巴不得立刻收复苏南的焦急心情大不合拍，而是充分体现曾氏一贯"深沟高垒"、"稳扎稳打"的用兵原则。在危急之时，一个战地统帅能够不管中央的情绪，提出自己的一套行动方案来，这正说明该统帅临危不乱的品质：因胸中有数，才不会唯命是从；因定见定力强，才敢于坚持不同意见。】

206

书画自是他们的本行。

"大人说的对。但我也听说，长毛中也有人围棋下得好。"

"真的吗？"曾国藩饶有兴致地问。

"听人说，长毛头领中精于围棋的，第一要数石达开。"

"这有可能。"曾国藩点点头，"据说石逆大不同其他人，不但会打仗，也会写诗。听人说石逆那年在九江浔阳楼上，即兴题了一首诗。就诗而论，写得不坏。"

"石逆的诗是如何写的？"康福好奇地问。

曾国藩想了想，把石达开的题诗背了出来："扬鞭慷慨莅中原，不为仇雠不为恩。只觉苍天方愦愦，要凭赤手拯元元。三年揽辔悲赢马，万众梯山似病猿。妖氛扫时寰宇靖，人间从此无啼痕！"

"口气倒不小！"康福微笑着，一瞬间，脑子里出现了弟弟康禄：他现在哪里？会不会跟石达开进了四川？

"说实在话，此人也是个人才，可惜做了贼首。"曾国藩从心底里为石达开惋惜。"那么第二个呢？"

"第二个便要数韦俊了。"

"韦俊也会下围棋？"曾国藩似乎突然想起什么，大为惊喜。

"是的，仅次于石逆，在长毛中坐第二把交椅。"

"好，好！"曾国藩习惯地用手梳理着胸前的长须，两眼凝视着前方，弄得康福莫名其妙。"价人，你和韦俊去下两盘如何？"

"和韦俊去下？"康福愈发摸不着头脑了。

"是的，你去下赢他！把杨国栋找来，你们一起去。"

康福似有所悟地点了点头。

五 纹枰对弈，康福赢了韦俊

五更未到，韦俊就醒了。近一个多月来，他常常都这样，每到这时，他心里就生发出隐隐痛楚。四年前，天京内讧，韦俊的二哥北王韦昌辉惨遭杀戮，韦俊在武昌城里吓得心惊肉跳，常觉不测之祸就要降临头上。幸亏他与翼王石达开很要好，翼王后来入京主持朝政，在天王面前竭力称赞韦俊能征惯战，功劳赫赫，又暗地叫韦俊上一道奏章给天王，表示坚决拥护天王诛杀韦昌辉，誓死效忠天王，又将三岁的儿子送到天京作人质。这样才取得天王的信任，不再株连到他的头上。韦俊终于安下心来。去年天王重新调整军事领导集团，任命他为左军主将。韦俊感激天王对他的信任，要从心底深处抹掉韦氏家族不幸的往事，全力去争取自己今后的前程。但今年来，许多事情使韦俊又陷于忧虑之中。先是五军主将中的其他四人，一个接一个地封王。中军主将蒙得恩是天王最宠信的人，在朝廷中扶持朝纲，封赞王，他不能说什么。陈玉成、李秀成战功卓著，全军敬佩，封英王、忠王，韦俊也没有意见。但李世贤参加起义时，不过才十来岁的娃娃，这些年战功平平，封右军主将犹不够格，现在居然也封侍王了。而他，始终只是一个"义"。论功劳，别的不说，单是两次下武昌的功勋，就让李世贤远远不及；论资历，癸好三年，韦俊就受封国宗爷，赏穿黄袍，而李世贤只是一个普通圣兵。李世贤凭什么封王？难道因为他是李秀成的堂弟；而自己不能封王，是否也因为是韦昌辉的胞弟？想到这里，韦俊浑身发冷，感到前途一片阴暗。最近，从天京传来消息，说天王族弟干王洪仁玕要追究他丙辰六年丢失武昌的责任，拟撤销他左军主将之职，召回天京。韦俊心里想，自己在天王心目中尚有点地位，凭借的就是手下八千子弟兵，倘若召回天京，离开了弟兄们，则如同鱼儿离开了水，成为别人砧板上的菜了。江南大营的溃败不仅没有给韦俊带来欢喜，反而使他又增一分恐惧。战事不利，天王要用他，一时还不会下手；打了胜仗，力量雄厚，就会想到要剪除异己了。丙辰六年的内讧，不正是发生在踏破江南大营之后吗？他天天忐忑不安，也曾暗暗想过，大丈夫岂能眼看着人为刀俎，己为鱼肉，而不思动作？但如何动作？学当今的翼王出走边徼，还是学前明的闯王遁入空门？他觉得都不好。天已放亮了，韦俊仍然心烦意乱。他起床，推开窗门。正是暮春季节，长江南岸的池州府草长莺飞，春意盎然。他想城外的春意必然会更浓，于是叫起侄儿韦以德，带着几个亲兵，背上弓箭，跨上战马，悄悄地出了城门。

果然是一派江南好春光：清溪河碧波荡漾，两岸杨柳叶暗，桃李花明，黄鹂欢啼，紫燕轻飞，江风阵阵，吹面不寒，细雨飘飘，沾衣欲湿。韦俊一时兴起，扬起马鞭子，那马飞也似的奔跑起来，穿过清溪镇，跨过五溪桥，不知不觉地进入了九华山地面。近看浓绿扑面，遥望山峰郁郁苍苍，韦俊连日来的积郁顿时散去，兴致极高地与侄儿打起猎来。韦俊箭法好，坐下又是千里挑一的神驹，凡在他的射程内的飞禽走兽，几乎没有侥幸逃脱的。午后，亲兵的马背上载满了羚羊獐兔，喜气洋洋地往回转。

一阵急驰过后，韦俊回首看九华山已在朦胧之中，忽然想起了唐代大诗人王维的名作，遂在马背上高声吟诵起来："风高角弓劲，将军猎渭城。草枯鹰眼疾，雪尽马蹄轻。才过新丰市，忽到细柳营。回看射雕处，千里暮云平。"韦俊觉得，此刻的自己，正是王维笔下的那个将军，不禁感叹起来：人生有此一日之乐，即不枉活在世上了。

正在得意之际，前面林子里忽然闪出一头梅花鹿来。那鹿毛色光滑，斑纹耀眼，头上长着高耸的角，甚是逗人喜爱。韦俊常常打猎，从来没见过鹿，更不用说这样好看的梅花雄鹿了。韦俊吆喝一声，拍马冲上去，张弓便射。可惜，没射中！那鹿受此一惊，没命地奔跑。韦俊不气馁，夹紧马肚，风也似的追上来。鹿前马后，相距总在两三百步远。韦俊连射几箭都不着，他生怕梅花鹿逃进树林中，死命追赶，那马却偏偏不能超过鹿的速度。眼看前面真的现出一座丛林，韦俊急起来，又射一箭，仍不着。正在失望之际，草丛中突然飞出一镖，正中梅花鹿的后颈。那鹿四蹄挣扎几下，倒在一棵树下不动了。韦俊看在眼里，高喊："好镖！好镖！"

这时，只见草丛中走出一个三十多岁的汉子，背上背着一个蓝布包，面带微笑地朝韦俊走来。韦俊下马，对着汉子大声说："兄弟，了不起，你真是一个神镖手！"

那汉子客气地说："将军夸奖了，这只是偶尔碰中而已。将军身后猎物这样多，才真正是神箭手哩！"

韦俊见汉子身怀绝技而如此谦逊，甚为敬重，双手提起死鹿，说："兄弟拿回家去吧，光这对鹿角就可以卖得百把两银子了。"

汉子忙推开死鹿："将军说哪里话！这头鹿明明是将军的猎物，小人岂敢妄取。"

韦俊心里愈加敬佩，恳切地说："兄弟，看你这身打扮，也不像有钱人，这头鹿拿回家去，可以保一家人几个月的吃饭，但对我来说，可有可无，你就不必推辞了。"

汉子说："小人孤身只影，无家无室，用不着拿死鹿去换银子。若是将军硬不肯受，我和将军将此鹿驮回城里，一起献给韦将军如何！"

韦俊一惊，问："你认得韦将军？"

"不认得。"

"那你为何要送给他呢？"

汉子笑道："小人久闻韦将军是天国的名棋手，小人一生只好下棋，特到池州府来找韦将军对局，这头鹿正是一个见面礼。烦将军带路，引我去拜见韦将军。"

韦俊高兴起来，问："兄弟叫什么名字，何处人氏？"

汉子答："小人叫米福，湖广人，多年来浪迹江湖，以棋会友。"

韦俊满脸堆笑地拉起米福的手说："兄弟，我就是韦俊。今日真是天父安排我们在此见面。"

"您就是韦将军，小人有眼不识泰山，刚才多多冒犯。"米福刚要下跪，韦俊一把拉住。二人说说笑笑，一起进了池州府。

韦俊吩咐宰鹿款待米福。杯盏之间，韦俊知道米福不仅精于镖法，且于拳剑刀棍样样精熟，十分喜爱。吃完饭后，又特意留住米福下围棋。米福从蓝布包里取出一盒围棋来，韦俊立时被棋盒上那条穿云破雾的银龙所吸引。米福打开棋盒，取出几粒子来。韦俊接过棋子，摸摸掂掂，眼中射出惊奇的光彩。

"米福，你这棋子非比一般，不是寻常之物啊！"韦俊出身豪富，见多识广，虽说不出此棋的许多佳处，但见其色泽质地，已知它的价值。米福凑过脸去，小声说："不瞒将军，这盒棋是前明宫中的御用之物。"

"噢！"韦俊又拿起几枚棋子，细细摩挲，瞪大双眼看着，"怎么会到了你的手里？"

"将军，容米福日后慢慢禀告。久闻将军乃义军中围棋高手，今夜陪将军围几局如何？"

韦俊心想，他不告诉我，兴许是不服我的棋艺，今夜就请看看我的手段吧！

二人不再说话。纹枰对弈，静观默思，四周一片阒寂，唯一的响声，是棋子叩在木盘上所发出的铿锵声音。韦俊的棋艺，使米福心里称赞不已；而米福，则更使韦俊暗自佩服嗟叹。三局下来，韦俊一胜二负。他爽快地承认输了。

"哪里，哪里！将军运子，出神入化，今日偶失一局，岂能轻言'输'字。

若将军有兴趣，明晚再下如何？"

"最好，最好。"韦俊高兴地说，"你若不嫌弃，就住在我这里。你这身武艺，池州府里少有人可及。过几天立了军功，我提拔你做师帅、军帅。"

原来这米福就是康福。他与杨国栋二人带着几个亲兵，奉曾国藩之命，悄悄来到池州城外，已有些日子了。那天窥视韦俊外出打猎，便尾随其后，伺机行动，恰巧梅花鹿帮了忙。康福跟随韦俊进了城，杨国栋带着亲兵仍住城外。亲兵早晚进出，与二人互通声息。

康福在韦俊主将衙门一住半月。白天与韦俊一起讲兵法，谈武艺，巡视防守，夜晚二人闭门对弈。韦俊十分器重康福，康福亦百般曲奉韦俊，二人成了莫逆之交。康福有心，常趁韦俊不在的时候，细细浏览太平军的往来文书。当时太平军的文书档案管理不严密，在外带兵的将领就更散漫。康福恰恰钻了这个空子。不久，康福把这些情况都了解得一清二楚了。池州城外，杨国栋密切配合着，再次施展他的乱真绝技。

这天深夜，一个前胸绣有"两司马"字样的精干信使，叩开了池州府东门，一溜烟直奔主将衙门，看上去一副千里奔驰、风尘仆仆的模样。此人将一封印有云朵飞马的信函，交给主将衙门的亲兵。这种印有云朵飞马的信函，在太平军中唤作云马文书，是一种特急的重要文书。各驿站接到这种文书后，不管白天黑夜，刮风下雨，都要加盖印章，立即投到下一站。亲兵见信函上盖着沿途二十几个驿站的印章，一一验证无误，便开了一个回条。那两司马接过回条，拨马便走，并没有留下一句话。

亲兵将云马文书送到韦俊卧房。卧房里灯火明亮，韦俊正在与康福聚精会神地对弈。他离开棋枰，将文书放在烛火边，慢慢地化开胶封，从中取出一张纸来。一会儿工夫，韦俊的脸便变了色，呆站着，好久回不过神来。康福将这一切都看在眼里，轻轻地走过来，关切地问："这么夜深了，哪里来的信件？"

"天京来的。"韦俊回过头来，神色忧郁。

"有紧急军情？"康福试探着问。

"要我火速回京。"韦俊的声音不太自在。

"将军在外日久，回京住几天也好。"

"兄弟，你哪里知道，此番回京，就会被人囚禁，再也出不来了。"韦俊的面容更沮丧了。

"这是怎么回事？"康福大惊。

"兄弟，你也不是外人，你看看，可千万不要传出去。"康福接过云马文书来，看上面写着："遵天王圣谕，着左军主将韦俊，立即回京述职，不得延误。"下钤一长方形云龙边纹印：钦命文衡正总裁开国精忠军师顶天扶朝纲干王洪仁玕。下面盖着一颗三寸见方的大印：旨准。

康福看毕，把云马文书放到桌上。二人都无心再下棋。康福问："韦将军，文书上并没有囚禁的意思，你何必如此焦急。"

"兄弟，你不知道这中间的底细。"韦俊叹息道，"丙辰六年十一月，我困守武昌孤城四个多月后，终因粮尽援绝，不得已退出。事隔三年多了，前一向风闻干王要追查责任，怀疑我是因兄长被诛而有意放弃武昌，要我回京向天王陈述战事的经过。"

"有这等事！"康福惊道，"小人在江湖上，到处听说将军功高盖世。天国三克武昌，有两次的指挥者便是将军。论功劳，天国将官中难找得到几个；况且事过三年，还提它作甚！这干王何以非要与将军过意不去。"

"究其实，也不是干王的主意，完全是天王长兄信王、次兄勇王有意陷害。韦氏家族只剩我和以德二人，以德年幼不更事，信王勇王必欲置我于死地而后快。"韦俊木然坐在棋枰对面，忧心忡忡。

"将军，不是小人多言，陷害将军的，名为信王勇王，其实就是天王。天王对将军一家太不公道了。"康福满腔义愤地站了起来，"小人听人说，北王当年与天王结为异姓兄弟，毁家起义，全家老小一百余口都加入了义军，从金田打到天京，战胜攻取，出生入死，其功不在东王之下。东王逼天王封万岁，当时北王正在江西督师，天王手诏北王、翼王、燕王回京勤王。北王杀东王，乃奉诏行事，名正言顺。谁知事情闹大了，天王却诿过于北王、燕王，杀二王来平息内乱，这已是大大的缺德。尔后，又定东升节，封幼东王，而将北王亡灵打入地狱，使天国数十万两广老弟兄心寒齿冷。如此天王，岂不太自私残忍？"

康福这几句话，说到韦俊的心坎里去了。他热泪盈眶，甚为感动，以手示意康福坐下来，小声点。康福坐下，压低声音继续说："现在，他以为清妖江南大营溃败，天下坐稳了，又要来算计将军。天下有这样的道理吗？将军，依小人看，这天王早已不是金田起义时期的传道先生了，他煞费苦心为洪氏一家一族谋私利，而不顾当年冒死从他起义的数十万兄弟姐妹的利益。将军，你心里难道还不明白吗？"

韦俊望着康福不作声，多年来心里想的，今日由康福嘴里痛快淋漓地说出，他感到非常的舒心。

"天国谁人不知天王长兄次兄庸劣贪鄙，翼王就是被这两个小人排斥出京的。但天王偏偏要封他们为王。最近又封恤王、对王，都是洪姓子弟。洪仁玕来京不过一月，天王不顾阖朝文武反对，便封他为军师、干王，总理朝政。一个未立寸功的白面书生，凭什么瞬息之间就一人之下、万人之上呢？还不是凭一个洪字。我前向在天京，听人说，天王进小天堂八年之间，只到过东王府一次，足不出王宫一步，终日在后宫淫乐，不管朝政。如此昏愦的君王，将军值得为他效忠吗？"

"兄弟，你不知道，当初起义时，我们韦氏全族人都起过誓的，决不背叛教义，决不背叛天王，我们不能违背自己的誓言呀！"韦俊面色痛苦，看得出内心正在进行激烈的斗争。

"哈哈哈！"康福放肆地笑了起来，韦俊忙用手捂住他的口。

"将军也太忠厚了。你们韦氏家族宣誓不背叛天王，天王却背叛了韦氏家族。这几年来，他从来没有真正相信过将军。前年任命将军为左军主将，乃是迫不得已。现在稍一稳定，便露出真面目了。将军想过没有，五军主将，其他四人都已封王，唯独将军例外。将军受此冷落，有何威望去统帅士卒？有何颜面对待韦氏父老兄弟？"

这一句话，深深地刺痛了韦俊的伤心处。他的心在汩汩流血，他的四肢在阵阵抽搐，好半天，他才从极度悲痛中苏醒过来。"兄弟，你真是一个有血性、有见识的好汉，干王的这道命令，你说我该如何处理？"

"不理睬！"康福不假思索地回答。

"天国军律：违令者斩。"韦俊摇摇头。

"学翼王，另树一帜！"康福很快指明第二条出路。

"人数太少，难成气候。"韦俊又摇头。

"再不然，改换门庭，投靠朝廷。"康福想了想，说。

"兄弟，你怎么说出这种话来？"韦俊惊恐地瞪起眼睛，死盯着康福。

康福轻轻地一笑："这也不行，那也不行，难道束手待毙，做一个千古不瞑目的冤死鬼不成？我看只有这一条路了：弃暗投明！"

"你？！"康福"弃暗投明"的话引起了韦俊的怀疑，他虎地站起，陌生人似的将康福上下仔细打量一番，厉声问，"你是不是曾国藩派来的奸细？"

"将军，你说对了。"康福坦然地说，"我不叫米福，我是曾国藩曾大人麾下亲兵营营官康福，特来为将军指出光明大道。"

韦俊大惊失色，猛地从墙上抽出佩剑来，指着康福怒喝："大胆清妖，你竟然钻到我的衙门里来了，老子砍了你！"

康福神色自若地说："韦将军，你砍了我，就能救你的命吗？依我看，它不但不能挽救你，反倒加重了你的罪责。"

韦俊的手软下来，颓然倒在椅子上。

"韦将军。"康福换上了平和的语调，恳切地说，"请你息怒，暂且不要理会我的身份，你冷静想一想，我刚才说的这些话对不对？"

韦俊不作声。康福继续说下去："韦将军，你那天不是问我，围棋是怎样到了我的手吗？我今天告诉你吧！我一个普通老百姓，哪有可能得到前明御用之物。这副围棋是曾大人的，当今皇上亲手赏赐与他。他久慕将军棋艺，特地要我将这副棋子送给你，和你交个棋友。"

"有这事？"韦俊十分惊讶。

"曾大人思贤若渴，惜才如命，将军不只是棋艺受曾大人器重，曾大人更钦佩的是将军带兵打仗之大才。"

"我打死他手下第一号大将，他不恨我？"

"哪里的话！曾大人正是从此看出将军超群的才能，他特地要我向将军致意，若将军献池州府投奔朝廷，曾大人将奏请皇上，授将军总兵衔。"

"这怕是不可能吧，我的军队杀死湘勇何止千百，他曾国藩能不记仇？"

"曾大人想的是国家大局，从不计个人恩怨，不信，请将军看这个。"康福说着，从蓝布包里取出一副字来，"这是曾大人送给将军的。"

韦俊展开。这是一张条幅，上首写"韦俊将军两正"，下首题"涤生曾国藩"。旁边一枚鲜红的印章，衬出两个清晰的白文：涤生。中间题着一首七律：

圣主中兴迈盛周，联翩方召并公侯。
神威欲挟雷霆下，大业常同江水流。

214

汉祖曾闻韩信勇，唐宗亦赐尉迟袭。

凌烟台阁方新构，杞梓楩楠一例收。

字迹刚劲谨严，韦俊以前见过曾国藩的字，知不是伪造。他卷起条幅，许久不说一句话。康福在一旁耐心等着，慢慢地将棋子收好，装进紫檀木盒里，双手递给韦俊说："将军不必急，再从长计议，这盒棋和字请收好。曾大人要我多多致意，他愿意和将军交个棋友、诗友。我走了。"

康福说罢，迈步向门口走去。

"等等！"韦俊叫住，"康营官，这是件性命攸关的大事，不能有半点马虎，我一直听的只是你一面之词，并没有见过曾大人的面，叫我如何拿得定主意！"

"将军要见曾大人？"康福兴奋地说，"那容易，我陪将军去！"

"不！"韦俊摆手，"让以德跟你去吧！"

"也好！不过，"康福说，"以德是将军的侄子，将军对他的生命安全，可能会不放心。这样吧，我留在将军身边作人质，另外再安排人陪小将军去如何？"

"那太委屈你了！"韦俊显然被康福的诚意所打动。

第二天，杨国栋陪着韦以德离开了池州府。池州府距祁门不到三百里，骑马一天的路程。第三天，杨国栋又陪着韦以德兴高采烈地回到了池州。以德向叔父叙述了曾国藩如何的倾心仰慕，如何的推诚相待，并答应韦俊手下的八千子弟兵，仍全部归他统带，不撤不换，这点最让韦俊放心。以德又带来了曾国藩赠送的两件礼品：六两长白山人参送给韦俊，一斤洞庭藕粉送给以德，均为御赏。韦俊大为感动。

过几天，韦俊带着侄儿和几个亲信部将，由康福、杨国栋陪同，来到祁门拜见曾国藩，将那头梅花鹿的角制成的一架鹿茸作为晋见礼。曾国藩乐呵呵地收下了。与太平军交战八年了，他们的许多底细都弄不清楚，韦俊是第一个投降的高级将领，且于打仗很有一套，在询问了一些有关当年内讧和现在天京政权的事后，曾国藩着重打听太平军的战术。

"韦将军，听说你们守城很有一套。"曾国藩和气地笑着说，俨然一个宽厚慈祥的长者。

"回禀大人，"韦俊欠身答，"我们守城有句话，叫作守险不守陴。即精锐人员不聚在城内，而在城外要塞守御。比如守武昌时，就在花园、虾蟆矶筑垒；守安庆，则在集贤关筑垒。"

曾国藩一怔，看来安庆的要害在集贤关。这真是一句至关重要的话。

"你们惯用的阵法是什么？"曾国藩又问。

"常用阵法有四种。"为讨曾国藩的欢心，韦俊滔滔不绝地详细谈开来，"一是牵线阵。行军时队伍按一条线行进，有敌情时，首尾蟠屈勾连，顷刻会集，互相救援。二是螃蟹阵。三队平列，中队人少，两翼人多，形似螃蟹，可以随时变阵迎战。三是百鸟阵。以二十五人为一小队，全军分成数百个小队，散布如散星，使敌惊疑，然后突然进攻，常可取胜。四是伏地阵。在遇敌追到山穷水尽的地步，忽一旗偃，千旗齐偃，转瞬间全军都贴伏地上，寂不闻声；然后一旗举，千旗齐立，全军从地上爬起，按旗号指点，如风涌潮奔，向敌军反扑，转败为胜。"

曾国藩心里暗暗吃惊：原来长毛并不简单，从前总以乌合之众视之，难怪常常吃败仗。百鸟阵、伏地阵，不见于前人兵书中，真是了不起的创造。曾国藩表面上没有任何变化，继续问："还有一些什么方法？"

韦俊竭力思索，想了一会，说："以前我们常用的，还有以进为退的战术。每当要撤离一地时，必连日出队，打仗不息，前进几十里，逼近敌营下寨，使敌不疑。到了布置完备，忽然一夜之间安全撤退。当撤退时，必在城墙上或立草人，或立木桩，上顶竹帽；白天遍插旌旗，晚上虚张灯火。"

曾国藩想起那年石达开一夜之间撤离南昌时，正是用的这个战术，心里说："这些个长毛，决不可等闲视之。"

谈了这些大事后，韦俊又对曾国藩谈了些太平天国内部的繁琐称谓，如天王的话称圣谕，东王的话称诰谕，翼王的称训谕，英王的称金谕，干王的称宝谕，勇王的称瑞谕等；又如王长女称天长金，二女称天二金，丞相子称丞公子，丞相女至军帅女皆称玉，师帅女至两司马女皆称雪等等。曾国藩和众人听了哂笑不已。

此时，陈玉成正率兵五万来救安庆，曾国荃向祁门告急。曾国藩命韦俊率所部渡江援安庆，另派湘勇进驻池州。

待韦俊离开祁门后，曾国藩叫彭寿颐将韦俊所谈的加以整理，题名叫"长毛战术"，誊抄十多份，分发给湘勇主要将领。又派人将李鸿章献的安徽分府地图给曾国荃送去，另附一封密信：

兹派降人韦俊带所部前来援助。此等贼匪，逼迫无奈才降我，其性反复无常，终不可重用。然分化瓦解，自古以来为制胜良策，望弟善于运用；且此辈久在贼中，深知贼情，用之制贼，可谓以毒攻毒，要害在严加驾驭也。韦俊之部，宜放在前沿打四眼狗之援军，令其火并。另据韦俊供，安庆之贼，精锐在集贤关，切切注意。

六　施七爹坏了总督大人的兴头

曾国藩一到祁门，见四周山势陡峭，与外界相连的仅一条东通休宁、徽州，西连景德镇的官马大道。除此之外，有一条小路，勾通北面的两个小镇：大赤岭、大洪岭；另有一条小河，名叫大共水。大共水发源于祁门，南下经浮梁、景德镇流入鄱阳湖。河面狭窄，只能浮起坐两三个人的小船，货船不能进来。这里人烟稀少，土地贫瘠，倘若东西方向的官马大道被堵，与外面的联系一断，县城则陷于绝境。曾国藩后悔不该匆匆将驻扎祁门的决定上报朝廷，但事已至此，只得暂时住下。不久，实授江督并任命为钦差大臣、督办江南军务的上谕到达，曾国藩更觉要老成持重，决策不能随意更改。但幕僚们不以为然，纷纷劝他离开祁门，另觅合适之处，曾国藩不听。因为马匹买不齐，马队暂不能建，李鸿章也跟着到了祁门。他用了两天时间，将祁门四周实地勘察一遍，对曾国藩说："恩师，祁门地势形同釜底，此兵家所说的绝地，不如及早另择他处，以免将来受困。"见曾国藩沉吟不语，李鸿章又乘势再进言，"依门生之见，可移师东流。此地傍江依山，可进可退，可攻可守，老营驻扎东流，万无一失。"

曾国藩仍抚须不语。李鸿章忖度曾国藩心思已活动，话说得更直了："恩师，倘若长毛闻讯围攻祁门，只需数千人就可将出路堵死，我们将成瓮中之鳖，束手受擒。"

曾国藩抚须之手突然停住，两目光芒毕露，厉声责问："少荃，你如此厌恶祁门，是不是胆小怕死？若如此，你可收拾行李离开这里。烦你转告其他人，凡怕死在此地的人，都可及早离开。"说罢拂袖而起。李鸿章只得讪讪退出。

从那以后，再没有人敢提撤离祁门的话了。

曾国藩将祁门柴氏宗祠改作总督衙门，开始办理两江政务。他日夜审阅江苏、安徽、江西三省地方报送的文书，并分派幕僚，秘密考察三省府道以上官员的政绩，并撰楹联一副："虽贤哲难免过差，愿诸君谠论忠言，常攻吾短；凡堂属略同师弟，使僚友行修名立，乃尽我心。"要各府州县将此联书写在官厅楹柱上，时时以此自戒。又刊发《居官要语》一篇给各级官吏，要求他们严格遵照执行。又亲拟一份告示，标题为《晓谕江南士民》，雕刻成版，广为刷印，张贴在集市、街衢、码头上。这个告示共有六条：一禁官民奢侈之习；二令绅民保举人才，以两江之才，平两江之乱；三是安顿流徙，恤难周贫；四是求闻己过，凡军政过失，许据实直告；五为旌表节义；六为禁止办团。三省官吏，见这位威名久播的新总督果然厉害，无不畏惮，官场腐败之风略有收敛。

曾国藩又仿效武则天当年的办法，在衙门口置一木匦，名为举劾箱，命两个勇丁终日守护。号召所有军民人等，均可将各级官吏奸弊情事写成举劾函投入箱内，总督衙门对举劾人严加保护。曾国藩这一举动，使祁门附近几个县的官吏们整天提心吊胆。他们平日奸弊情事太多了，一旦落入这个素有"曾剃头"之称的总督大人手里，后果岂敢设想！祁门县令包人杰，捐纳出身，自称是包拯的三十五代孙，其居官却与先祖大相径庭，贪赃枉法，鱼肉百姓，祁门阖境怨声载道。这些天，他见曾国藩派员在三街六巷察访民情，急得犹如热锅上的蚂蚁，惶惶不可终日。

这天夜里，包县令换上青衣小帽，准备去北门外找一个人求教。此人年过七十，人唤施七爹。施七爹二十岁起在县衙门做事，一生给十多个县令当过幕僚，在衙门里整整混了四十八年，是一个更事极多、经验极丰富的刀笔吏。这两年养老住在县城，包县令每有难事，便带着一份礼物去请教。礼物厚薄，视事之难易而定。施七爹接过礼物，往往沉思一会，然后说出主意来，包县令照此去办，几乎件件顺遂。

包县令从钱柜里取出一个二十两元宝，小心翼翼地放进袖口里，谨慎地锁好钱柜。刚落锁，他想到今日此事关系太重大了，一个元宝可能会嫌少，又把锁打开，再取出一个同样重的元宝，仔细看好，放进袖口，这才出了门。施七爹见包县令恭恭敬敬地送上两个元宝，乐得透体欢喜。凝神听完陈述后，他抱着一杆长烟筒，石雕泥塑似的靠在椅背上，长时间沉默不语。包县令耐心地等着，大约过了半个时辰，施七爹想出了一个主意。

第二天晚上，守护举劾箱的湘勇将一大叠信函送到曾国藩书案上。像往日一样，他依次将最上面的一封信拆开，准备每一封信都亲自看一遍。谁知这一封信刚读了几行，便大为惊骇。这封信举劾的不是别人，正是他自己。信上说，曾国荃打下吉安时，偷运了二万多两银子回荷叶塘买田起屋，据说此事是曾国藩授意的。曾国藩额头上沁出了汗珠。他心中知道，沅甫的确运了不少银子回家，但并非是他授意的。不过，作为大哥，作为主帅，沅甫做的这种事，他能逃脱责任吗？曾国藩将这封信锁进竹箱里，继续看下去。

第二封举劾的是邹九嫂乘丈夫外出之时，偷了一个野汉子在家，请官府速派人前去捉奸，以正风俗。曾国藩看后冷笑一声，顺手丢在一边。

打开第三封，他又惊呆了。这封信又告到他的头上来了。说他自办团练以来，打仗无功，争权有术，所办的事情，大多违背国法，不通情理，举了在赣北设厘卡一事为例。曾国藩皱起扫帚眉，把这封信也锁进了竹箱。

他已无心一封封细看了，略微浏览了一下：十几封举劾函，有一半是告的乡间小偷小摸、打架通奸等琐碎细事，另一半告的是驻扎祁门的湘勇官丁的不法情事，涉及地方官吏的，一封都没有。这一夜，曾国藩兴味索然。

第二天送来的十几封，也差不多全是鸡毛蒜皮的小事。第三天也有七八封。打头一封，便让曾国藩心惊肉跳。这封函告曾国藩私通长毛，与长毛左军主将韦俊私订密约，伺机造反；并有根有据地指出他的不臣之心多年前便已萌发，举了几句诗为证。说他曾写过"竟将云梦吞如芥，未信君山铲不平"的诗句，这里的"君山"就是暗示朝廷。又有"我思竟何属，四海一刘蓉；他日予能访，千山捉卧龙"的五言诗，刘蓉既然是诸葛亮，他曾国藩无疑是当今的刘先主了。

曾国藩气得火冒三丈，恨恨地想：这一定是有人在与我作对，借机诬陷，非得把这些人查出来不可。转而又想：如何查呢？不是自己号召别人举劾的吗？举劾别人可以，举劾你自己就不行吗？倘若此事闹大了，传到朝廷上去，皇上派人来调查，这些是是非非、真真假假的举劾函一旦公之于世，岂不反而坏了大事！曾国藩赶紧从竹箱里取出前两天那些告他和九弟、满弟的举劾函来，点起火一把烧了。思量此事只能不露声色地悄悄平息，方是上策。过几天，恰好宁国府告急，曾国藩便以军情紧急，无暇阅览为借口，吩咐勇丁将举劾函撤了。

这里，包县令见大难躲过，心里好不畅快，又暗地送给施七爹一匹缎子，嘱咐他千万千万不能泄露出去。

宁国府的告急书是鲍超派人送来的。就在陈玉成出兵援安庆的时候，罗大纲、周国虞怀着对叛徒韦俊的不共戴天之仇，带领一万精兵奇袭池州府，一举收复，打乱了曾国藩的军事部署。李秀成率领十万人挺进赣北，与正在浮梁、景德镇一带的左宗棠楚军激战。李世贤则带领七万人马将宁国府城团团包围。鲍超霆字营有一万人，但驻在城里的只有三千，其他七千分扎在城外百十里地方。鲍超一面飞调城外兵马来救援，又要随身书吏给曾国藩写一封求援书。

书吏受命，关起门来拟稿。鲍超忙布置城内兵勇加强防守。过一会儿，鲍超匆匆赶回衙门，高喊："求援书发了吗？"

书吏毕恭毕敬地回答："回禀鲍提督，求援书尚未写好。"

鲍超一听火了，骂道："十万长毛围在城外，大火已烧到眉毛屁股上，你做啥子去了？这么久还没写好！"

书吏忙说："鲍提督息怒，这就写好，就写好！"

说完，坐在文案边托腮构思。鲍超看得不耐烦，走上前去怒斥："你这个书呆子，什么时候了，还调文墨？老子写给你看。"

鲍超夺过书吏手中的笔，在纸上画了一个方框框，然后心急火燎地在方框外画了几十个小圆圈，看看还不甚满意，便又在方框里写了个东倒西歪的"鲍"

字，这才放下笔，高喊："来人啦，把求援书给曾大人送去！"

那书吏在一旁直觉得好笑，却又不敢笑出声来。

鲍超的求援书送到祁门，引起督府幕僚的哄堂大笑。曾国藩也笑了起来，笑后称赞说："鲍春霆人聪明，这幅画生动简明，胜过文字多了！"

急命朱品隆带三千人前去宁国救援。朱品隆刚走，徽州知府又来告急。曾国藩一时不知调何人去为好。正在为难之时，一人走了进来，说："徽州是我的属地，你怎么不派我去救援呢？"

曾国藩一见乐了，心里说："惭愧，我怎么竟忘了他！"

七　李元度丢失徽州府

原来，自请援救徽州府的是平江勇统领李元度。李元度咸丰四年起跟随曾国藩南征北战，功劳不小。尤其是咸丰五六年间，曾国藩在江西处于困境时，李元度平江勇简直成了他的擎天之柱。但曾国藩竟然不保李元度一职，李元度心中不满。曾国藩回籍守丧后，杭州知府王有龄利用李元度的不满，和他拉上了关系。罗遵殿死后，王有龄升任浙抚，保李元度为温处道道员。直到看见朝廷发来的咨文，曾国藩才知道这事，对李元度很不以为然。他把李元度召到祁门，明确告诉他，王有龄此举，目的在分化湘勇；而李元度投靠王的门下，也有背叛湘勇之嫌。李元度意识到问题的严重性，又见曾国藩已实授江督，也没有必要改换门庭，遂答应不去浙江。于是曾国藩奏请改授李元度为安徽徽宁池太广道道员。上谕批下来后，李元度便把平江勇带到祁门，作为祁门老营的拱卫之师。

这时，曾国藩对李元度说："你去最是名正言顺。徽州乃皖南大城，又是祁门的屏障，长毛打徽州，是想冲破这道门，窜进祁门来，守住徽州意义重大。张副宪防守徽州几年，虽说没有打什么胜仗，但也没有丢失，你千万不要把它丢了。"

"你放心，长毛撼山易，撼平江勇难。有平江勇在，徽州城决不会缺一个角。"

曾国藩见他说得如此轻巧，反倒不放心他去了，但眼下实在再调不出其他人，只得正色对他说："此次围徽州的是长毛的精锐部队，你不可小觑。按理你带勇多年，我不用多叮嘱，但徽州府关系太大了，我不得不和你约法五章。你做得到就去，做不到可不去，我再另外择人。"

李元度心里大不悦，说："哪五章？你说吧！"

"第一戒浮。你身边有不少书读得好，但并无打仗经验的文人，对其中那些好说大话者，决不可重用。第二戒自负。到徽州后，切莫自视过高，师心自用。第三戒滥。银钱的使用，立功人员的保举，都要有所节制。第四戒反复。为统领者切忌朝令夕改。第五戒私。用人当为官择人，不可为人择官。"

曾国藩的这五章，章章都是针对李元度的弱点而言的，李元度却一句也听不进。曾国藩刚说完，他便拍着胸膛说："你也不必多说了，我立个军令状吧，徽州府倘若丢失，你唯我是问！"

"好，一言为定！"曾国藩伸出手，对着李元度的手碰了一下。

"涤生兄，前几天我送给你的《国朝名臣言行录》，你看过没有？"刚走出门，李元度又回过来问。

"哦，看过了。正要璧还，一下子又忘记了。"曾国藩从一个较小的竹箱里取出一大叠稿纸来，把它递给了李元度。"你的这部稿，广采博集我朝名臣嘉言懿行，厚世俗，正人心，异日刊印出来，必是一部极好教材。我先向你预订两百部，发给两江州县以上官员人手一册，如何？"

得到曾国藩如此青睐，李元度刚才的不快消散了许多。他高兴地说："涤生兄，你是文章老手，指点指点，让我修改得更好些。"

"要说指点，有一条倒不知肯听么？"曾国藩笑道。

"请说！"

"你的书，局面太窄了。那些山林隐逸，前代遗民，以及姓名不登乎仕版，而节义可愧彼王侯者，被你'名臣'一词排斥在外了。我想你不如改个名，叫作《国朝先正事略》。如此，刚才所提的那些人，便都可以进来了。你看如何？"

"最好，最好！"李元度拊掌大笑，"就按你的办。"

"好！那我再多订一百部。"曾国藩大笑起来。

徽州府是一个历史悠久的文化名城，又是皖南五府州的经济中心，历来以牌坊众多、石雕精美闻名于世，城内匠人制的纸、笔、墨、砚，最受读书人看重，尤其是徽墨，与湖笔、端砚、宣纸并称，号为文房四宝中的佳品。都察院左副都御使张芾在徽州驻防六年，上个月奉召回京，后回陕西泾阳原籍补持服，留下一万四千兵在徽州。按理说人员不少了，但这些兵已有五个月未领到饷银，军心浮动，不但不能打仗，反而成了徽州城的祸根。知府谭慕白不能统御，闻李世贤的兵已到宁国，慌忙向曾国藩告急。李元度的平江勇开进徽州城的第二天，罗大纲、周国虞率领四万人马就到了城门外。谋士们提醒李元度，缺饷五个月的绿营不可信任，城门不能让他们守。李元度认为很对，立即将东南西北四个城门的绿营守兵全部调走，换上他的平江勇。被换下的绿营士兵，都作为苦力去扛弹药、担砖石、运粮草。本已怀着满腔怨怒的绿营官兵，这下如同火上加油，纷纷骂开了：

"平江勇凭什么赶走我们？我操他祖宗！"

"都是为朝廷卖命打长毛，他妈的湘勇个个发横财，我们五个月没领到一文钱，这个世道还有公理吗？"

"反了吧，老子不为朝廷卖命了！"

有一个愣头小子带头，居然跟着一百来号人，光天化日之下，公然抢劫银库，谭知府吓得躲在卧室里瑟瑟发抖。李元度大怒，调集八百平江勇将闹事的绿营士兵抓起，不分情节轻重，一律杀头，暂时将变乱弹压了下去。徽州城里的这场骚乱，早已被太平军的细作报告给城外的罗大纲和周国虞。

"湘勇绿营结仇，正是我们破城的好机会。"罗大纲面有喜色。

"绿营有怨气，湘勇有傲气，有怨气则无斗志，有傲气则必松懈，我们可采取收买和强攻相结合的办法。"周国虞已成竹在胸。

罗大纲点头。周国虞继续说："据说绿营副将徐忠是一个贪财好货的人，叫老三进去，送给他三百两黄金，叫他在城内发难，只要打开一个城门就够了。"

罗大纲赞同这个主意。

夜晚，在徐忠的面前，周国贤亮出了自己的身份和三百两光灿灿的黄金。徐忠又喜又怕。他知道，徽州绿营憋着一股对朝廷的怨气，现在又加上对李元度的愤怒，军心早已涣散，只要长毛重兵一压，城内就有可能哗变。这些兵痞子，危急之间，是什么事都可以做得出来的，徽州城早晚保不住，不如得了这笔金子，城破之后远走高飞，埋名隐姓，做个下半世快活无比的富翁。但做这种事，他心里总还有些胆怯，犹豫了好半天，才咬咬牙答应了。他召集亲兵营的都司和几个千总、把总商议，每人发了十两黄金。这些都司、千总、把总二话没说，都同意干。约好以放炮为号，亲兵营的人左臂上都系一根带子，太平军见此记号不能杀。

徐忠与周国贤的密谋策划，李元度全然不知。他见绿营兵这些天未再闹事，以为严刑镇压起了作用，又见城头上兵勇都在忙忙碌碌地奋战，他放心了。嗜好名山事业的李元度关起门来修改他的《国朝先正事略》，并打算还写一部《历代先正事略》，洋洋洒洒，写它一百万字，好比太史公作《史记》一样，从盘古开天地写起，一直写到明末，将所有卓异人物的事迹，凡可考查的，都查出来。这两本书今后一并刊印，播于海内，垂之后世，李元度之名，也将永垂不朽了。他越想越兴奋。

这一天，忽然传来消息：宁国府破了。李元度大吃一惊，忙将书稿收起，四处巡逻城防。原来，朱品隆带的三千人以及霆字营分散在城外的各路人马，根本无法进入宁国城里，统统被李世贤的部队堵在城外。李世贤几次猛攻之后，宁国城里的湘勇动摇了，鲍超亦无主张。身边人劝他：与其城破被戮，不如杀出城去，保全力量，再纠合部队将城夺回来，大丈夫能伸能屈，不必过于拘执。鲍超认为有道理。城里三千湘勇饱餐一顿，半夜时分，乘太平军酣睡之际，冲出城门，在城外与朱品隆的援兵合为一处，向祁门奔去。第二天一早，李世贤进了宁国府。他留下二万人守宁国，亲率其余五万人帮助罗大纲、周国虞攻徽州。

九万太平军将徽州城团团围住。一颗炮弹

冲天而起，徐忠带着亲兵营冲到东门口，守门的湘勇吓呆了。绿营士兵抢起刀，像报仇似的砍杀湘勇，很快将东门打开，周国虞率领太平军弟兄们一拥而进。城内的绿营兵不杀太平军，反而把刀尖转向湘勇。平江勇惊慌失措，人人抱头鼠窜，仓皇逃命。李元度见此情景，慌忙带着一批亲信从西门逃出城外。徐忠早有准备，在一片混乱之中挟着二百两黄金溜出城，远远地跑了。

八　曾国藩卜卦问吉凶

徽州失守，祁门变成了前线。此时祁门的兵力，仅张运兰的老湘营一部分及康福的亲兵营，合起来不足三千，情形十分危急。湘勇老营弥漫着惊恐慌乱的气氛，曾国藩虽恨李元度不争气，事到如今也无可奈何了。他一面布置张运兰、康福率兵扼守距老营十里外的榉根岭、羊栈岭，这是由东北方向进入祁门的两道关口。一面派出两队人。一队向南通报驻扎在浮梁、景德镇一带的左宗棠，务必保护好祁门通往江西的大道，徽州失后，这便是祁门粮饷、文书的唯一通道了；一队向宁国方向奔去，沿途寻找鲍超，要他火速来祁门救援。

此时，太平军正兵分三路向祁门包围过来。李世贤带着四万人进入江西，拟从南面打祁门，谁知遇到了劲敌左宗棠。左宗棠在乐平城东南一连三次大败李世贤。南路太平军受阻，不能按预定计划进入祁门。东面，罗大纲率二万人穿过渔亭镇，在榉根岭遇到了张运兰的阻击。西面，周国虞率二万人翻过大洪岭，在羊栈岭遭到了康福的抵抗。太平军的兵力在湘勇十倍以上，湘勇则占据了有利的地势，双方打了三天三夜，一时还没有分出个胜负来。但是，湘勇的人数一天天减少，太平军随时都有可能破岭而入。看来，祁门老营的覆没是在所难免了。

白天，从榉根岭、羊栈岭不断传来凶惨的喊杀声；入夜，岭上岭下，到处是时明时灭的松明火把。两江总督衙门里那些纸上谈兵的军机参赞们，舞文弄墨的书记文案们，以及记账算数的小吏们，虽然生活在军营中，却从没有亲眼见过两军厮杀的场面，更没有过身历前敌的处境。这些手无缚鸡之力的文人们，一天到晚处在极度的恐惧之中，眼见得东、北两面血肉横飞，南面略为安静些，便瞒着曾国藩，互相串通，偷偷地买通了二十号小划子。每天夜晚，将一包包行李往划子上运，单等败兵逃回，便起篙向江西方向划去。当李鸿章把这个情况报告曾国藩时，他气得怒发冲冠，恨不得把这些扰乱军心的胆小鬼，一个个抓起来杀掉。但他没有这样做，反而亲拟一个告示，叫文书誊抄后贴在营房外：

当此危急之秋，有非朝廷命官而欲离祁门者，本督秉来去自愿之原则，发放本月全薪和途费，拨船相送；事平后愿来者，本督一律欢迎，竭诚相待，不计前嫌。

这份告示一贴出，那些准备走的幕僚反而不好意思走了，又偷偷地把行李从划子上搬回。对这一切，曾国藩装作没看见一样，白天他照旧批文、发函、见客、下棋、读书，安之若素，稳如泰山；夜晚，他开始清理文书，把一些重要文件包扎起来，叫荆七藏在附近山林里，对荆七说："倘若老营倾覆，我为国尽忠了，这些材料，你今后都要设法运回荷叶塘去，听明白了吗？"

荆七点头答应，心里早已乱成一团麻。这天深夜，曾国藩见东、北两座山岭烽火又起，鲍超至今无消息，心想，此番必死无疑，将老营设在祁门实在是个大错误，悔不该没听李鸿章劝说，移驻东流，但现在后悔已晚。自己年过五十，官居一品，今生除学问无成就外，也没什么大遗憾的了。这样一想，又平静多了。

他先给皇上写一封遗折，将自己所经手的几件大事，逐一作了安排。又给儿子纪泽纪鸿写了一封家信，叮嘱他们长大后切不可涉历兵间，此事难于见功，易于造孽，亦不必做官，惟专心读书，又重申八本三致祥的家教。怕他们忘记，将八本三致祥又写了一遍：读书以训诂为本，作诗文以声调为本，养亲以得欢心为本，养生以少恼怒为本，立身以不妄语为本，治家以不晏起为本，居官以不要钱为本，行军以不扰民为本；孝致祥，勤致祥，恕致祥。

写好这封当遗嘱的家书后，天已蒙蒙发亮，看着外面萧瑟秋景以及匆忙奔走的亲兵，曾国藩的心又绷紧了。他惶惶然呆望着，不知所措。过了许久，他突然想起了什么，叫荆七端一盆清水来。曾国藩仔细地洗净脸和手，整理好衣冠后，端坐在案桌旁，从一个小笔筒里拿出五十根蓍草来。他从中随意拣了一根放在一旁，又将一根夹在左手拇指和食指之间，将剩下的四十八根任意分成两堆，然后每四根一次地拿开，直到不能再拿时，则将两堆合并。如此这般分分合合地摆弄了十八次，占出了一个《坎》卦来，其中九二为老阳，上六为老阴。曾国藩记得九二爻辞为："坎有险，求小得。"上六爻辞为："系用徽缠，置于丛棘，三岁不得，凶。"九二爻辞无疑是句好话，上六爻辞中的徽缠，是用来捆自己，还是捆长毛呢？真是天意渺茫，难以猜测。正在疑虑之时，康福气息喘喘地推门闯了进来："大人，长毛已冲破羊栈岭防线，我保护你离开祁门。"

说话间，王荆七已将枣子马牵过来。枣子马大声嘶鸣，幕僚们纷纷围拢，大部分人的肩上都背着包袱，有的连鞋袜都未穿上。看到这一片混乱场面，卜卦给曾国藩带来的一丝希望早已化为乌有。他冲着荆七吼道："谁叫你牵马来的？你们都走吧，我今天就死在这里了！"

"大人。"康福走前一步，"情况已万分危急了，不走不行，请大人上马。"

曾国藩仍坐着不动，心里如同有千百个鼓槌在敲打，碎零零，乱糟糟。杨国栋、彭寿颐都来劝："大人，再不走就出不去了。"

曾国藩环顾四周，见幕僚们都用哀求的眼光望着他，长长地叹了一口气，缓缓地说："国栋，你带众人走吧，我最后离开。"

一句话刚出口，幕僚们立即如鸟兽散去，七手八脚地忙着搬运行李。曾国藩将王世佺送的剑从墙上取下，放在书案上，然后穿好朝服，微闭双眼，任外面吵吵嚷嚷，乱作一团，他木头似的坐着，已作了最后的决定：一旦长毛冲进屋，就立即以剑自裁。康福、王荆七在一旁急得团团转，不知如何是好。

忽然，外面传来一阵惊天动地的欢呼声。李鸿章兴奋异常地跑了进来，大喊："恩师大喜，鲍提督来了！"

曾国藩睁开眼睛，刚要起身，又立即坐定，仍以缓慢的口气问："你没看错？"

李鸿章正要说话，杨国栋激动万分地冲进来："鲍提督已杀败长毛，来到老营了！"

曾国藩刷地站起，说："我们去接春霆！"

老营外，一片欢呼雀跃，鲍超被众人簇拥着，正向营房走来。见曾国藩出现在门口，立即从马上跳下来，跑到曾国藩面前，正要行跪拜礼，曾国藩赶快走前一步，一把抱住。望着鲍超胡须杂乱的黧黑面孔，他两眼滚动着泪水，好半天才吐出一句话："不想还有与贤弟见面的时候！"说完头一晕，便失去了知觉。

九 李鸿章一个小点子，把恩师从困境中解脱出来

半个月来，曾国藩处于极度焦虑紧张之中，靠着顽强的意志勉力支撑住，现在骤然得知危险已过，大喜过望，犹如一根拉紧的弦猛地松弛，一时不能控制，倒了下来。过了一会，他恢复了常态。鲍超眉飞色舞地演说战斗的经过，说生平没有打过这样顺利的仗，不到一个时辰便大获全胜，打死了长毛头领罗大纲，只可惜让野人山的匪首逃跑了。曾国藩记起"徽缰"的爻辞，心里想：这怕是天数。众人正在说说笑笑，互相庆贺死里逃生的胜利时，南面官马大道上远远地奔来一匹快马。一眨眼工夫，那马已跑到众人面前，两只炸开的鼻孔里喷出灼人的热气，江西巡抚衙门的袁巡捕从马背上滚下来，将一封十万火急上谕递给了曾国藩。上谕命曾国藩速派鲍超带五千人马，交胜保统带，前来北京救驾。曾国藩看后大吃一惊：京师竟然发生了这等意外变故！

早在咸丰四年，英国就提出，要对道光二十二年订立的条约进行修改，企图扩大在中国的特权，遭到了清廷的拒绝。尔后，英国和法国联合起来，在沿海一带屡屡挑起战争。两个月前，他们从北塘登陆，打败了僧格林沁的骑兵，攻占天津，后来又击败胜保的部队，逼近北京城下。咸丰帝匆匆带着一班大臣妃嫔逃到热河，留下恭亲王奕䜣在京师与英法谈判。咸丰帝接受胜保的奏请，在逃往热河的途中，接连发布上谕，令各地督抚将军迅速带兵来京勤王。第一道上谕，便发给湘勇统帅、两江总督曾国藩。曾国藩接到这道上谕，一方面为皇上蒙尘而担忧，一方面又对派鲍超救驾而犯难。

曾国藩不愿鲍超远离。这些年来，鲍超的霆字营是湘勇中最能打仗的部队。尽管上月有宁国之失，但鲍超之勇，仍令太平军畏惧。在湘勇内部，甚至有打着鲍超的旗号，冒充霆字营吓退太平军的事。这次若不是鲍超及时赶到，祁门老营就彻底完蛋了。曾国藩器重鲍超，感激鲍超。皖南局面尚未分明，通往江宁的道路，尚需要鲍超和霆字营去扫清。这个时候，怎么能让鲍超远赴京师！而且，曾国藩还看出此中埋藏着胜保的险恶用心。胜保的底细，曾国藩清楚。

这个出身于满洲镶白旗的公子哥儿，借着皇上对满人的特殊照顾，道光二十年中举，考授顺天府教授，很快就升为祭酒。胜保屡屡上书言事，皇上欣赏他的文采，夸他是满人中的才子，擢升为内阁学士。那时曾国藩供职翰林院，见过胜保几面，读过他的奏疏。曾国藩对胜保的看法，与皇上完全相反。他认为胜保无真才实学，奏疏只有夸夸其谈、哗众取宠的辞句，并无实在的解决问题的办法，且为人骄横之气太足，眉宇之间有一股阴暗的煞气。按照曾国藩的相人之术，他断定胜保不会有好结局。谁知太平天国事起，胜保倒走起鸿运来了。

咸丰四年，胜保在直隶打败了林凤祥的北伐军，皇上因此授他钦差大臣，特赐神雀刀，副将之下，有权斩杀，一时有南江（忠源）北胜之称。不久，胜保围李开芳于高唐，数月不克，惹怒咸丰帝，削了他的职，遣戍新疆。咸丰六年召还，发往安徽军营差遣。七年，予副都统衔，帮办河南军务。胜保自己无军队，以重饵招降捻军一个名叫李兆受的头领，将他改名李世忠，又结纳皖北凤台团练首领苗沛霖，保他为记名道员。胜保企图以李世忠和苗沛霖的人马作为自己的军队。李世忠出身强盗，一贯打家劫舍，作恶多端，苗沛霖野心勃勃，欲作皖北王。曾国藩一到安徽，便从各方面的情报中，把这两人看死了，因而对胜保极具戒心。

现在，胜保居然要统带鲍超的五千霆字营，他的野心越来越大，竟敢打起湘勇的主意来了。曾国藩岂能让他的算盘滴溜溜地如意转动！不派吗？这是皇皇圣旨。抗旨罪名已不轻，何况当此非常变故之际、皇上蒙难之时，抗旨不发兵，你曾国藩平时口口声声标榜忠君爱国，岂不都是假话？皇上都不保，你的几万湘勇意欲何为？倘若胜保这样质问，定然激起皇上震怒，天下共责，不待杀头灭族，便早已身败名裂，死有余辜了。曾国藩真的进退不是，左右为难！

可鲍超这个莽夫，偏偏不知内中奥妙，以为率师北上勤王，正是取悦皇上、立功受赏的大好时机，几次三番地催促：“曾大人，霆字营全体将士听说洋鬼子欺侮我皇上，气得哇哇叫，骂他娘的洋龟儿子瞎了狗眼，恨不得插翅飞到京师去保皇上。曾大人，救兵如救火，还有啥子要想的？快下令吧！”

面对着这个头脑简单的鲍提督，曾国藩哭笑不得。想说皖省战局不能离开他，又怕他因此昏头昏脑，居功自傲。霆字营本就依仗常打胜仗的资本跋扈嚣张，不把其他营看在眼里，若再翘尾巴，可能会连他这个统帅的话都不听了。

想告诉他胜保欲借此挖空湘勇的实力，壮大自己的私人势力，又怕这个心里不能藏话的直汉子，将此话捅出去，日后更与胜保结下不可解的怨仇。无奈，只得用几句话敷衍着鲍超，心里急得如同火烧油煎，终日绕室彷徨，拿不定主意。

这天康福提醒道："胡中丞近来驻军黄梅，离祁门不远，何不派人送信与他商量一下；左宗棠素有今亮之称，也可以问问他。"

曾国藩觉得有道理，立即派人分别到黄梅、浮梁，征求胡、左二人的意见。几天后，回信来了。胡林翼说："疆吏争援，廷臣羽檄，均可不校；士女怨望，发为歌谣，稗史游谈，诬为方册，吾为此惧。"左宗棠说："江南贼势浩大，正赖湘军中流砥柱，霆字营不可北上。"胡、左态度明朗，湘勇当全力对付太平军，不能北上勤王。但不去，以什么作为合法的借口呢？这一点，二人都没有好的主意。

曾国藩决定广泛征求幕僚的意见，命他们每人就此事写一个条陈。条陈送来了，大部分人的意见主张救君父之急，立即遵旨出兵；也有几个条陈说按理当勤王，取势当剿贼，按理还是取势，由制军独裁。几十张条陈阅罢，曾国藩深感失望。

"恩师，我没有写条陈。"李鸿章进来了，一眼望见桌上散开的一大叠纸，知曾国藩仍在为此事发愁。曾国藩这才想起，人人都上了条陈，唯独李鸿章一人没上。

"你为什么没有写？"

"有些话不便写在纸上，我想和恩师面谈。"李鸿章回答。

"好吧，坐下慢慢谈。"曾国藩素来喜欢和人谈话。对于初次见面的人，在察言观色的过程中，他对其人便有了一个基本认识，而这个认识，以后实际证明大半是对的。他因而有"知人"的美名。在与朋友、幕僚的谈话中，他能从对方的言谈中得到多方面的启发，获得多种知识。虽然闲谈耽搁了时间，但总的来说，所得大于所失。

"恩师，门生为此事想了很久。"李鸿章在曾国藩的对面坐了下来，两只手掌合着，夹在两腿之间。这情景，使曾国藩想起过去在京师碾儿胡同里，师生之间常常这样对坐论学。那时，老师的年龄恰好是今天学生的年龄。"岁月过得真快呀！"曾国藩心里轻轻地感叹一句。

"门生以为，进京勤王一事，实属空言，于皇上无半点益处。"李鸿章少年得志，锋芒毕露，说话办事，向来不知忌讳。这一点，与曾国藩大不相同。

"少荃，你这话从何说起！"曾国藩的口气似乎有点不悦。

"恩师，洋人已抵京城，如果他有意加害皇上的话，完全可以凭着洋枪洋炮的威力，向热河追去。挡得住也罢，挡不住也罢，都只是三五天之内便见分晓的事，哪有从数千里之外调兵入卫的道理？这不是皇上被突然变故吓昏了头，便是有人要借此夺走湘勇的五千精锐。"李鸿章的话干脆尖锐，一针见血，曾国藩听后心里很痛快。

"你认为洋人有加害皇上的意图吗？"学生已不是当年幼稚的书生了，老师也不自觉地放下了架子。

"门生以为，洋人之举，绝没有加害皇上的意思，只不过是逼皇上答应他们修约，欲占我大清更多的便宜罢了。历来外族入侵，要社稷者难免刀兵相斗，要金帛子女者都好办。恭亲王年纪不大，却极有办事才能，一向对洋人礼之甚恭。依门生之见，洋人在恭王那里可以得到所要的一切，京师再不会出现大的变乱了。"

"少荃，你说的固然有道理，但北援事关君臣大义、将帅职责。君父有难，臣子岂能袖手旁观？洋人即使不再北进一步，我湘勇将士也应该受命入京呀！"毕竟老师的尊严要保持，曾国藩不能再以刚才的口气问李鸿章。明明是希望学生提出一个两全其美的办法来，老师却以教训的口吻说话。李鸿章对老师的性格是熟悉的，忙答道："恩师教导的是，救君父之难是臣子义不容辞的职责。恩师与胡中丞，位居督抚，理应亲带湘勇前往，鲍超乃一战将，非一面之才，且受胜保指挥，亦恐二人难以协调。依门生之见，恩师可据此再作一奏折，请皇上于曾、胡二人中指定一人，统兵北上，护卫京畿。圣旨下达之时，立即发兵。"说到这里，李鸿章压低了声音，"从祁门到京师，奏折最快要走半个月，有半个月的时间，恭亲王早已和洋人达成了协议。到那时，北援勤王一事，已是过丘之水了。"

机灵鬼！曾国藩情不自禁地在心里说着，他对李鸿章这个"按兵请旨"计策的妙处已完全明白了，一个困惑他七八天的难题终于解开。曾国藩一阵轻松，笑着说："少荃，那就麻烦你拟个折子吧！"

奏折拜发后的第二天，丢失徽州府的皖南道员李元度，蔫头耷脑地来到祁门。当他得知祁门刚刚度过危难之后，心中万分内疚。他想向曾国藩负荆请罪，又怕昔日同窗不容他，便托李鸿章去试探下。果然不出所料，曾国藩一听便火冒三丈，大声地对李鸿章说："他还有脸见我，我都没有脸见他！你问问他，还记不记得自己亲手立下的军令状？"

李鸿章见老师正在盛怒之时，不便多说，只得轻轻退出。刚走到门槛边，曾国藩又叫住了："少荃，你赶快替我拟一个折子，参劾李元度。"

李鸿章吃了一惊，唯唯诺诺地答应两句，赶紧退了出来。

身材瘦小、戴着高度近视眼镜、号称"神对李"的皖南道台，是个人缘极好的人，众幕僚纷纷为他鸣不平。李鸿章因为有昨天的大功劳，自觉在众人眼中的地位大为提高，便俨然以首领的口气说："我们一起到曾大人那里去，替李观察说说情吧！"

大家都赞同。

当一群幕僚出现在房门口时，曾国藩不知出了何事。李鸿章从队伍中走出，向曾国藩打了一躬，说："大家都说李次青丢失徽州府情有可原，这次就宽恕了他，给他一个戴罪立功的机会吧！"

原来是他煽动幕僚们来动摇自己的决策，曾国藩火了，气得吊起三角眼，厉声问："李元度丢城失地，辜负了本督对他的期望，有什么情可原，你说？"

当着众人的面这样凶恶地斥问，李鸿章很觉丢面子。他心想：我虽然是你的学生，也有三十七八岁了，也是朝廷任命的四品大员，昨天才帮你渡过了难关，怎么今天就不记得了？再说李元度是你要好的朋友，参劾他，于你脸上也不光彩。

想到这里，李鸿章心里有一股委屈感，壮起胆子分辩道："李元度诚然犯有大错，但门生听说，绿营副将徐忠勾结长毛，是这次失守的主要原因。徐忠勾结长毛，能得到绿营官兵的支持，又因为五个月未发饷银。李次青到徽州仅只九天，要说追查责任，主要责任在张副宪。"

"张副宪守了六年徽州不曾丢失，你去找他吧！"曾国藩冷笑。

"要说失城就参劾，鲍提督先失了宁国府，正因为宁国府丢了，才祸及徽州府，要参劾，得先参鲍超。"

"鲍超有丢宁国之罪，也有救祁门之功。李元度丢失徽州二十多天了，一面不露，他到哪里去了。你们没有听到有人编'士不可丧其元，君何以忘其度'的对联骂他吗？"曾国藩凶狠地望着李鸿章，众幕僚见状不妙，都不敢作声。

"恩师。"李鸿章见曾国藩仍不让步,只得祭起最后一个法宝了,"李元度从咸丰四年跟随您,六七年来战功累累,恩师曾多次对人说过,于李次青有'三不忘'。今天何以这般计较他的一次过失,岂不会寒了湘勇将领们的心!"

李鸿章没想到,恰恰是这几句话把他的恩师逼到了悬崖边。曾国藩又羞又怒,气呼呼地从椅子上站起,吼道:"李少荃,你是要我徇私枉法吗?李元度不参,天理何在?国法何在?"

"恩师一定要参李次青,门生不敢拟稿。"

李鸿章也生起气来,倔强地顶了一句。门生的这句话,大出曾国藩的意外,他本想冲上前狠狠地训斥一顿,猛地想起丑道人陈敷说的"杂用黄老之术",拼命地将火气压了下去:

"好吧!不要你拟,我自己写。"

李鸿章是个异常机敏的人,他早知将老营扎在祁门,在军事上是一个绝大的错误,太平军也决不会甘心这次失败,倘若再来一次南北包围,祁门将会连锅端。李鸿章有自己一番远大抱负,他只能依仗老师上青云,不愿与老师共灭亡,现在正可趁此机会离开祁门了:"恩师既不需要门生,门生就告辞了。"

曾国藩先是一怔,随后冷冷地说:"请自便!"

众幕僚见局面闹得这样僵,早已三三两两地先溜了。李鸿章刚要挪步走,又觉心中不忍:"恩师,祁门不可久驻。门生走后,请恩师速将老营移到东流。"

曾国藩侧过脸去,看都不看一下,挥了挥手:

【唐浩明评点:在给九弟曾国荃的一封信里,曾氏也检讨了自己的用人不妥:明知李元度不是独当一面的将才,不应该将救徽州的重担交给他。下属办砸了事,固然当严惩重处,但作为主管者,用人不当,也不能宽免其咎。曾氏信中一句"吾用之违其才也"的话,应当引起领导者们的深思。】

233

"你走吧，不要乱了我的军心。"

李鸿章心中一阵凄楚，恭恭敬敬地向恩师鞠了一躬，然后慢慢退出，悄悄地收拾行李，连夜和李元度一起，坐着小划子离开了祁门。

不久，曾国荃从安庆前线来函，几乎以哀求的口气请大哥速移营东流。曾国藩读毕大受感动，并由此想到李鸿章是真心为他着想，也由此减轻了对李元度的谴责。这年冬天，曾国藩终于将两江总督衙门从祁门搬到了长江边的东流。

现在，他要全力支持九弟攻打安庆了。

第五章　强围安庆

一　围魏救赵

　　曾国荃带着弟弟贞干，统帅吉字营、贞字营一万四千人屯于安庆城下，已有七八个月了。他采取的仍是过去围吉安的老办法，稳扎稳打，长围久困。曾国荃是个以蛮出名的人，他遇事不干则已，干则非达目的不可，拼上血本，甚至贴上老命也不在乎。那时安徽连年战争不息，皖中、皖南，太平军和湘勇打得你死我活，皖北捻军、苗沛霖团练、胜保袁甲三的绿营之间也斗得难分难解。从咸丰三年开始，七八年间无一日无战火，无一地无硝烟，再加上干旱、蝗虫，真个是天灾人祸，集于一时，东南八省，以安徽百姓受苦最为深重。史书上记载的易子而食、析骨而炊的事，在这里常可见到。人肉公开出卖，一斤标价从八十文到一百二十文不等。曾国荃将军中一千石积压发霉的陈米拿出来，招募民伕，替他挖壕沟。告示一贴出去，安庆府六县饥民便蜂拥而至。他用这批廉价的劳力，绕安庆城外挖了两道宽五丈、深二丈的大壕沟，只在南门外靠长江一带与东门外靠菱湖一段留下两个缺口。这两道壕沟相距两里多路。前壕又称外壕，用于阻挡援军；后壕又叫内壕，用于围住城内的太平军。吉字营就扎在两条壕沟之间。曾国荃在湖南新招五千勇，连同原来的五千，共一万人，习惯上仍叫吉字营，实际上已有二十个营了。他按建营初期前、后、左、右的称呼，将二十个营分成四个部分。四年前，曾国藩曾荐萧启江、江继祖、萧庆衍、彭毓橘为吉字营营官。不久，萧启江回籍守丧，江继祖阵亡，萧庆衍被李续宜拉去。

【唐浩明评点：曾老九的为人处世与他的大哥有很大的不同，时人说他是三如将军：杀人如麻，挥金如土，爱才如命。这三如之人，应该是乱世中的产物，而拥有三如性情的人，也一定能在乱世中如鱼得水，大显身手。老九这种人，生在那样的时代，真可谓生逢其时。】

于是曾国藩又荐萧孚泗、李臣典、刘连捷代替。曾国荃以彭、萧、李、刘为分统。每个分统下隶五个营。曾贞干贞字营四千人，分为八个营。这支人马，曾国荃私下称之为曾家军。曾国藩将它看成真正的嫡系，它的粮饷装备都要优于李续宜、李元度、鲍超、张运兰、萧启江等陆路各部，甚至也比他所喜爱的水师要好。

曾国荃驭勇自有一套与大哥大不相同的办法。他不作什么忠于皇上之类的训话，也没有繁琐的规章制度，他的办法很简单，只有两条：一是打仗时，所有官勇都要给他死命地打；不肯出力的，贪生怕死的，他授权分统、营官、哨官，有权就地处决。二是打完胜仗后恣意享乐。通常是，野战打赢了，听任勇丁抢敌尸身上的金银财宝，直至剥衣服；攻下城池后，让勇丁快活三日，这三日内不论奸抢掳掠，杀人越货，一概不问，三日过后再禁止。曾国荃的吉字营保举比别的营都多都滥，有的营官、哨官把自己在家种田做事的兄弟叔伯的名字也写进保举单，曾国荃明明知道，照保不误。这两条办法对农家出身的湘勇来说，最为实在，因此他手下的官勇人人打仗不怕死，成为湘勇中极有战斗力的一支人马。曾国藩对九弟"快活三日"的犒勇之法很不满意，多次劝说，曾国荃当面答应，实际上却一点不改。他有他的想法：没有甜头，谁会为你卖命？忠君保朝廷，只能跟读书人说说，种田人出身的勇丁，要的是实实在在的利益。吉字营驻安庆城外久了，前壕外新增了不少店铺，其中尤以茶楼、烟馆、妓院为多；有的营官哨官干脆用几十两银子买个逃荒女子，给她盖个茅棚住下，天天相会，好像要在这里成家立业，生活一辈子似的。所有这一切，曾国荃一概不管。

安庆城里却又是另一番景况。守将叶芸来，官居受天福，是从广西杀出来的老兄弟，英勇善战，忠直耿介，手下有二万五千精兵，隶属英王陈玉成部。玉成打江南大营时，把留守安庆的重任交给了叶芸来。叶芸来深知安庆战略地位的重要，这个酷爱饮酒的广西佬，从受命之日起，便戒了酒，并下令所有官兵，非特令不得饮酒。对曾国荃的围攻，叶芸来做针锋相对的部署。安庆城墙高大坚厚，不易攻破，只要与外界的联系不断，湘勇围它三年五载都不在乎。

安庆与外界的联系，主要靠的三条路。

南面的长江是最主要的交通要道，但这条水道却被堵死了。彭玉麟的内湖水师和杨载福的外江水师，像两座水坝似的将长江拦腰截断，太平军的粮船一只也到不了安庆。叶芸来无水师，只能眼睁睁地看着这条通道丢失。间或有少数洋船夹带着粮食闯过"水坝"，来到安庆码头，叶芸来则以高价收买，使洋人获利甚多。

城东面有一个大湖泊，名叫菱湖，以盛产菱角出名。此湖虽不大，但它南通长江，东连破岗湖，与纵湖相接。这一带号称鱼米之乡，是安徽最富饶的地方。安庆被围之后，城内的柴米菜蔬主要由菱湖运来。叶芸来为保全这一条通道，派副手巩天侯张朝爵带八千人，沿湖筑了十八座石垒，将菱湖牢牢看管。

北门外一条大道连庐江、庐州，历来是安庆与北面联系的主要陆路。离北门十五里处有一险要地段，名唤集贤关。关外山冈起伏，尽是红色花岗岩，当地人叫它赤岗岭。集贤关犹如一道天门，扼控着安庆通向皖北的这条官马大道。叶芸来派他手下第一员猛将刘玱林防守此地。刘玱林带领五千精锐之师，沿赤岗岭建起四座大石垒，如同四大金刚似的将集贤关死死地把守。叶芸来守安庆，运用的正是太平军行之有效的传统战术——守险不守陴。

湘勇和太平军就这样对峙着，时打时停，城也攻不下，围师也不撤。陈玉成几次亲自带兵救援，都未能突破曾国荃的两道壕沟。每次打了几仗后，又因别处战事紧急，陈玉成又不得不掉兵他往。

安庆战场引起了天王洪秀全的关注，他命令干王洪仁玕设法解安庆之围。洪仁玕是天王的族弟，自幼饱读诗书，一心想走科举功名的道路。洪秀全起义前，曾与他密谈过，但他不参加。起义后，洪秀全派人回花县老家接眷属，再次邀请他，他又拒绝了。后来，清朝廷通缉洪氏族人，他便离开花县，寻洪秀全不到，半途折回。咸丰三年去香港，在西洋牧师处教书。第二年离香港到上海，想到天京去，受清军所阻，只得滞留上海，在洋人办的学校里学习天文历法。这年冬天又返回香港。咸丰九年四月，洪仁玕抱着"聊托恩荫，以终天年"的思想再次寻找洪秀全。在洋人帮助下，这次终于顺利到了天京。

此时正当杨韦内讧之后，石达开又带兵出走，洪秀全对异姓猜忌甚深，而自己的两个异母兄又不中用，见到这位学贯中西的族弟，十分欢喜。见面之后，便授予福爵；几天后又晋封义爵，加主将；不久，又不顾许多大臣的反对，晋封洪仁玕为开国精忠军师顶天扶朝纲干王，总理全国军政，相当于当年杨秀清的地位。

洪仁玕来到天京未满一个月，并无尺寸之功，便位居宰辅，完全出乎他的意料。洪仁玕毕竟是个眼界开阔、学养深厚的有为之士，他决心不负天王重托，忠心耿耿、勤勤恳恳地担起领导天国军政这副沉重的担子。

洪仁玕在香港生活较长时间，对外面世界了解甚多，看到西方国家制度优越，生产发达，很受启发，有心想把天国治理得如同西方国家一样的繁荣富强。他参考外国的成功经验，向天王提出了一套崭新的建国纲领——《资政新篇》，试图从风、法、刑三个方面着手，彻底改变中国的面貌。这个《资政新篇》受到天王的激赏，只是因为天国版图内，几乎无一块安宁之地，其中所提出的许多美好的设想，现在都不能实现。他只能暂时搁下，集中精力考虑战事。

干王虽然没有亲临战场打过一天仗，但他聪明好学，读过不少前代兵书，平时也常跟天王闲聊打仗的事，慢慢地也悟到一些用兵打仗的知识。在对天国各大主要战场作了全面分析之后，干王提出围魏救赵之计，即以打武昌来解安庆之围。干王向天王谈了这个设想，得到天王支持，并要他和陈玉成、李秀成再细细商量。

陈玉成从皖北战场星夜赶回天京，李秀成也匆匆离开苏州忠王府工地。洪仁玕向二王谈了大江南北两岸同时出兵奇袭武昌，以此引诱湘勇兵力西去，从而解安庆之围的用兵计划。陈玉成听毕，立即表示赞同："干王此计甚好。武昌为湖广中心，湘妖粮草辎重，全靠从武昌船运至下游，倘若将武昌夺回，则断了湘妖的后路；且目前胡妖头正率湖北绿营的主力驻扎在英山一带，守武昌城的是满虏官文，此人是个无才情的圆滑官僚，城里的兵力亦单薄。武昌告急，胡妖曾妖必然会全力抢救。"

李秀成却不同意，无论从哪方面看，洪仁玕的这个想法都不成熟。

"围魏救赵之策，写出了我天国军事史上光辉一页的，是今年初夏大破江南大营的战绩。"外表看来文弱白净如同妇人的李秀成，说起话来却声如洪钟。他有一个特殊的习惯，一坐下来，左右两条腿便交换着不停地上下颤动，说话时亦如此。干王在李秀成的心目中并无地位，只是由于等级的限制，也因为看在天王的面子上，他才表面上服从。李秀成认为这是一个关系到天国命运的重大战略决策，他，一个身经百战的统帅，一个对天国有深厚感情的老兄弟，有责任帮助从未打过仗的干王和比自己小十来岁的英王纠正失误。"它固然是一个好计策，但并不是任何时候都行之有效的，要看天时、地利、人和。目前正当隆冬季节，天寒地冻，非大规模军事移动之时，武昌离安庆近千里，围千里之外的武昌来救安庆，这种围魏救赵，历史上少见，且上次的对手和春、张国梁，都是有勇无谋之辈，现在我们面临的曾国藩、胡林翼，最是老奸巨猾，怕是难以瞒过他们的眼睛。"

李秀成的这番话，说得洪仁玕和陈玉成一时语塞。沉默一会，陈玉成说："忠王的话不无道理，但我以为，此策仍可使用。千里围武昌，固然远了一点，但长途行军是我军的传统，轻装疾进，有十天半月也便到了。天气虽冷，难不倒弟兄们，只要能打胜仗，吃这个苦值得！曾胡老妖虽然奸滑，但他们也不能眼看武昌丢掉不救；武昌一丢，清妖军心必然不稳，安庆亦不可久围。我看还是按干王布置的，我带皖北十万人从江北进军，忠王带苏南八万人从江南进军，可望正月间在武昌相会。"

洪仁玕也说："眼下解安庆之围，只有这个办法，舍此别无良策。退一步说，即使曾妖不去援救，我们乘隙来个四下武昌，也是一个振奋军心的大胜利。"

李秀成仍不能接受这个方略，除掉刚才说的天时地利人和不合外，他还有自己个人的小算盘。天京以南广袤的土地，几乎都是他率部打下的，这是中国最富裕的地方，他已奏请天王同意，将苏州一带改为苏福省，将来作为天国的陪都。李秀成有心把苏福省按照自己的理想建设成为真正的小天堂，正在兴建中的忠王府，就是他宏伟建设蓝图中的一个重要工程。所以，李秀成此时不想离开苏州，但这个理由他不便拿出来。

"苏南的人马不能动。躲在上海的清妖头目何桂清、薛焕正与洋人勾结，试图反扑，湘妖萧启江部即将逼近溧阳。此时从苏南调兵西去，无疑方便清妖乘虚而入。"李秀成又找到了一条重要理由。

"留下一万人在苏州，由谭绍光率领抵御清妖。"洪仁玕爽快地回答。

"谭绍光难以独当一面。"李秀成还是不同意出兵。

陈玉成是个直爽人，见李秀成再三反对，心里已不痛快。他开始觉察到李秀成是不愿意离开他经营半年之久的苏福省。这位出生入死奋斗十年，对天国忠贞不贰的王爷，对李秀成在这样危急时刻，不把天国大局摆在第一位，脑子里盘旋的总是自己统辖的苏福省，大不满意；但想到此刻天国军事重担已压在自己和李秀成两人的肩上，况且李秀成大十多岁，资格也老得多，不便直接指责他，便沉默不语。洪仁玕心里也有数，他站起来说："好了，这事明天再说吧！天王说难得与两位王爷见面，今晚在金龙殿宴请二位，我们这就进宫去吧。"

洪秀全自住进天王宫后，很少接见文武臣僚，当年生死与共的战友日渐疏远。陈玉成、李秀成也有大半年未见天王了，听说天王设宴，便都高兴起身。

三人出了干王府，走进黄龙大轿。干王的轿走在前面，由三十六个身穿黄马褂的轿夫抬着；英王的轿排第二，忠王的轿排第三，都由二十四个轿夫抬，也一律穿黄马褂。黄龙大轿的前面摆着三位王爷的全副执事，后面跟着百多个佩剑持戈的卫士。这列轿队逶逶迤迤，绵延里把路长。洪仁玕把贴身侍卫叫到轿边，小声吩咐几句，侍卫先骑马去了。干王府设在城南三坊巷原江宁县署。这一列气势非凡的轿队出了顾楼，穿过司门口，走过府东大街，从堂子巷转到太平街，然后进入花牌楼，一到卫巷，雄伟壮丽的天王宫便出现在眼前了。

经过几年的大兴土木，天王宫已全部建好了。一道周长七八里，高达三丈的黄色琉璃墙围的是外城，名曰太阳城。太阳城里有一座内城，名曰金龙城。金龙城中有一座大宫殿，名曰金龙殿，这就是天王会见大臣的地方。殿后有一个大花园，名曰御林苑。围绕着御林苑的是一排排宅院，这便是天王和他的八十八名后妃娘娘的寝宫。天王宫里的一切建筑，均以黄金涂饰，门窗用黄绸裱糊，阳光下金光灿灿，远远地望去，高高的城墙里好像围了一座金山。

三王的轿队在御沟外停了下来。御沟上建有五座桥，名曰五龙桥。过了桥，迎面而立的是一座高耸入云的望楼，名曰天台，这是天王每年十二月初十日生日时谢天之所。两旁各有一座牌楼。左边牌楼上写着"天子万年"四字，右边牌楼上写着"太平一统"四字，都出自天王手笔，字字洒脱，龙飞凤舞。天台后边是一道大照壁。照壁与围墙齐高，宽十五丈，彩绘九条巨龙，这是天王张贴黄榜之处。黄榜系黄绫制就，印龙凤云纹，它通常用来写天王封爵授官的告示。照壁之后，便是朝天门了。

朝天门左、中、右三扇巨门全用黄缎包就，绘上双龙双凤，门上金沤兽环，五色缤纷。门两旁摆着大锣四十对，朝天炮二十座。每天早晚天王在内吃饭，门前即齐击大锣，又放炮二十响，声震数里之外，故太阳城附近不见一雀一鸟。进了门，两旁各有一溜朝房，内外三进，宽敞明亮，这是宫中官员的办事之处。所有房屋门前一律悬挂着大红绸灯笼，里面摆设玉瓶、玉盆、玉碗，其中尤以安放在金龙殿里的二十四个三尺高的大玉瓶最为珍贵，这是赞王蒙得恩亲自为天王监制的。天王洪秀全今晚就在二十四个大玉瓶旁边的大理石条桌上，摆下了一席丰盛的酒菜，招待从前线回京的英王和忠王。

九年深宫生涯，已完全改变了天王当年英俊挺拔的容貌。他浑身显得肥胖而松弛，行动很不方便，站起坐下都要宫女在一旁搀扶，头发稀疏，精神不旺，从外表上看，全不像一个四十九岁的中年人，倒有六十开外的年纪了。只是头脑依然灵敏，语言快捷。天王今夜特别高兴，频频与两位宠将干杯，不停地劝菜，席上谈笑风生，妙语连珠。在陈玉成、李秀成的眼里，此刻的天王，脱掉了神圣尊贵的外衣，露出了传道和战争岁月中亲热豪爽的本性。一下子，他们与天王的关系亲密多了。秀成乘机对天王说："陛下，打武昌的江南一支，你另派人去吧，苏福省我一时离不开。"

洪秀全一听，哈哈笑了起来，拉着李秀成的手，亲热地说："围魏救赵，秀胞尔是老手了。春夏之间的那一仗，打得几多漂亮！清妖建了七八年的江南大营，让尔给砸得稀巴烂，和妖呕血而死，张妖投河，何妖吓得屁滚尿流。我天国战将，从升天的东王算起，有几个人打过这样痛快的大胜仗？莫客气了，这南路一支，非尔亲自指挥不可。有尔去，朕就放心了。"

天王这几句贴心话，说得李秀成心里异常温暖，在如此褒奖和信任之下，李秀成还能再说什么呢？洪仁玕心想：到底天王威望隆重，几句笑话就解决问题了。他举起玉杯，兴高采烈地敬了天王一杯，又和英王、忠王干杯，碰得玉杯叮当作响。

玉成问："陛下近来忙些什么事？"

"近来忙得很！"外面北风呼啸，但金龙殿里炭火熊熊，温暖如春，几杯酒喝下去，洪秀全感觉身上发烫，他敞开明黄绣龙袍，严肃地说："这两个月来，我在逐条批阅《圣经》。《圣经》看似浅显，实则深奥无比，尤其是《圣经》上说的事与我们天国之间的联系，朕如果不讲清楚，兄弟姐妹们如何知道！朕于是给予详细指示，今日已全部批完。"

"陛下功德无量！"玉成、秀成齐声说。

仁玕在香港时，便对《圣经》很有研究，他想看看天王是如何批的。天王满口答应，命女承宣官把书案上的那本《圣经》拿过来。

一会儿，女承宣官捧来一本装帧考究的《圣经》。众人翻开看时，只见每页天头地角密密麻麻地布满了蝇头朱批，字体恭正。看得出，天王对此事十分郑重，态度非常虔诚。仁玕不由得心头一热，自愧不如。他随手翻开一页，玉成、秀成都凑过来，三人细看。在《创世记》第十四章末段边，"又有撒冷麦基洗德带着饼和酒出来迎接。他是至高上帝的祭司"句旁，天王批道："此麦基洗德就是朕。朕前在天上下凡，显此实绩，即今日下凡做主之凭据也。盖天作事必有引。爷前下凡救以色列出麦西郭，作今日爷下凡作主开天国引子。朕前下凡辅劳亚伯拉罕，作今日朕下凡做主救人善引子。故爷圣旨云：'有凭有据正为多。'钦此。"

读完这段话后，玉成更崇拜天王，秀成纳闷不解，仁玕心里冒出两个字：荒唐！

仁玕又翻开一页，见在《约翰》第三章旁，天王批道："上帝独一，至尊基督是上帝太子，子由父生，原本一体合一，但父自父，子自子，一而二，二而一者也。"

这一段批文，三王都不甚解其意。于是仁玕合上书，双手恭还给天王，说："《圣经》经陛下御批，果然意义都出来了。明日臣即下令刻书衙，命他们从速刻印，天国师帅以上的文武官员人手一部。"

天王高兴地命女承宣官收起《圣经》，说："为庆贺朕今日御批《圣经》完毕，特请诸位看一件稀罕物。"

天王刚说完，另一女官提了一只灯笼进来。玉成、秀成一看，都吃了一惊，原来这只灯笼的罩子并不是通常的绸子，而是无色透明的玻璃，又天衣无缝地做成大南瓜似的形状。这种玻璃灯笼，玉成、秀成还是第一次见到。这也难怪，那时的中国，这种玻璃灯笼的确极为罕见，天王乐呵呵地对着李秀成说："秀胞，尔不知道，这其实是尔的战利品。"

李秀成惊得双目睁起，不懂天王话中的意思。

"四月份打下苏州后，尔率军南下，谭绍光在江苏巡抚衙门发现八个木箱，撬开一看，竟是八只崭新的圆形玻璃灯笼。问衙门旧书吏，才知是何桂清托洋人从英吉利刚买来的，还来不及用，便做了俘虏了。"

说得大家都笑了起来。天王接着问秀成："王府盖得如何了？"

"快盖好了，还差个把月就完工了。"秀成答。

"好！不要急着完工，把它盖好点。"天王接过女官递过来的热毛巾，擦了擦手和脸，兴致高涨，"当年萧何为高祖营造未央宫，立东阙、北阙，又建前殿、武库、太仓。高祖打仗回来，见未央宫建得甚是壮丽，大怒，对萧何说：天下不安，连年苦战，成败尚不可知，宫殿为何建得如此豪华过度？萧何说：正因为天下未平定，所以要造这样的宫殿，不豪华壮丽，不足以威重天下。高祖于是转怒为喜。天王宫的规模是大了些，也有人指责，他们其实不懂得朕的用心良苦，朕要借此威重天下呀！"

刚进宫时，玉成、秀成对天王宫的侈丽奢华，心中都颇不以为然，现在听天王如此解释，方才明白。

"当然，诸王的宅院，决不可模仿天王宫，但既贵为王府，也就不可草率，都要建造得像个样子。尤其是苏州的忠王府，今后是陪都的第一大王府，更要威重。非如此，不可震慑四属。秀胞，苏州来的这八个玻璃宫灯，仍叫它回苏州去。朕特为赏给尔，待忠王府落成之时，悬挂大门上，以壮威仪。明日叫呤唎回他的英国老家去一趟，买它几百个来，每个王府都要挂它几个。尔回苏州后，立即调兵遣将，准备西行。王府营建之事，我命蒙得恩代尔主持。天王宫就是他负责建造的，我叫他将忠王府再扩大一倍，造得气派十足。秀胞，尔就放心去吧！"

多英明的天王，他似乎早已洞察李秀成不愿出兵的真正原因；多宽厚的天王，他给了李秀成意想不到的浩荡皇恩。李秀成还能说什么呢？他站起来激动地对天王表示："谢陛下厚恩！小官服从圣命，速急发兵武昌，以解安庆之围。"

二　调和多鲍

离开天京后，陈玉成和李秀成便调兵遣将，从长江北、南两面分别向西挺进，约好一个半月后在武昌相会。北面陈玉成带着林绍璋、周国虞、康禄，点起二万人马，号称七万，由和州过庐州，欲擦过桐城，再走太湖进湖北。为壮声势，陈玉成又约定龚德树率三万捻军南下。在曾国荃看来，陈玉成此举显然是冲着安庆而来的。他将这一分析向大哥作了报告。曾国藩决定调多隆阿、鲍超率部在桐城县挂车河、孙城一带截击陈玉成的部队。

当年那颗奇异的玛瑙，多隆阿自然没有上交朝廷，曾国藩也从不问起，彼此心照不宣。这几年多隆阿一直转战在鄂皖交界之地，时有胜仗，曾国藩素来对他优容相待，复出之后，更有意笼络他。多隆阿凡有战绩，曾国藩便抢先奏报朝廷。去年，多隆阿已授福州副都统，他感激曾国藩；二人相处，遂日渐融洽。为使多隆阿更卖力，这次多、鲍协同打援，曾国藩又命多为主，鲍为副。但鲍超不理解曾国藩的用心，他不愿居于多之下。

"大人，多隆阿的能耐，您老比我更清楚。他哪里是打仗的材料？我在他之下，日后我的功劳都变成他的了，我不干！"

"世称多、鲍，其实多哪里可以比鲍。"曾国藩笑道，"这点我心里有数，你放心去。鲍提督的战功，多副都统是夺不去的。"

高帽子一戴，鲍超高兴了："好吧，我听大人的。"

鲍超带着八千人渡江而北，按期驻扎在孔城至罗昌市一线上。按湘勇打仗的一贯作风，扎起二十座营房。营房外挖深沟一道，沟里插满竹签、荆棘。沟外放哨，沟内架炮。营房内外，防守得严严密密。十天过去了，多隆阿的绿营未到防，陈玉成的增援也未到，鲍超松了一口气。

鲍超统领的霆字营，打仗不含糊，军纪比吉字营还差。十来天无仗打，勇丁们便不安分了，营中喝酒赌博，营外宿娼嫖妓，把个军营搞得乌烟瘴气。鲍超不甚贪女色，偶尔部下送上个漂亮女人，他也不拒绝，但天一亮，便摸出几个钱打发走，决不留女人在身边。鲍超最爱的是喝酒，喝酒时又要嫩鸡做下酒菜。一日三餐，十斤酒、三只鸡吃下去，不醉不胀。在他的影响下，霆字营的营官哨官都有吃鸡的癖好。十多天住下来，弄得周围几十里地面，鸡都遭了劫，军营外四处是鸡毛。当地一个老塾师气不过，给鲍超编了四句歌谣："风卷尘沙战气高，穷民香火拜弓刀。将军别有如山令，不杀长毛杀扁毛。"鲍超听了也不在乎。

过几天，多隆阿带着一万绿营来到挂车河扎下。陈玉成联合龚德树的捻军，号称十五万，也跟着由北而来，在湘勇驻地十余里外扎下营来。鲍超疾驰多隆阿营，对多说："贼兵新来，脚跟不稳，我军今夜劫营，可挫贼的气焰。"

多隆阿一贯打老爷仗，不想太劳累："贼势浩大，暂勿轻动，过几天再说吧！"

鲍超心想："你不去，老子今夜劫营给你看看。"

鲍超回到孔城，传令秣马厉兵，半夜待命。后半夜，鲍超带着两千精壮勇丁，驮了十余门火炮出发。副将宋国永问："鲍军门，部队向哪里开拔？"

鲍超喝道："不要作声，跟我的马走就是了！"

宋国永不敢再问，指挥部队紧跟鲍超马后。

时正深冬，夜色很浓，两千勇丁衔枚疾走。大约走了十四五里，忽闻四周刁斗声传来；再向前走，声音愈多愈急。官勇们疑惑不解，鲍超下令停止前进。过一会儿，天色渐晓，四周之物依稀可辨，大家定睛细看，一个个大惊失色。原来，鲍超将他们带到了敌军营垒之内。鲍超传令："不许惊慌，贼正酣睡，没有防备，正是劫营的好时候。"

说罢，亲自点燃一门火炮，对着前面大营放出。轰隆一声巨响，惊得睡梦中的人懵懵懂懂，不知发生了什么事情。紧接着十多门火炮一齐开炮，营垒中的官兵晕头转向，乱作一团。鲍超骑在马上，抡起大砍刀，带头冲过去，两千勇丁人人舍命向前，喊杀声震天动地。原来，鲍超闯进的这片宿营地，正驻扎着捻军龚德树的人马。当龚德树一眼看见到处飘扬着绣有"霆"字的军旗，知已碰上了湘勇中最强的部队，心里叫苦不迭。龚德树不知鲍超有多少人马，这次南下本不是他的用兵计划，捻军打仗，素来是打得赢就打，打不赢就走，现在吃此大亏，便干脆带着全部人马北撤回老家去了。鲍超掳掠了不少马匹甲仗，吹起得胜号，收兵回营。

鲍超的胜利，不但没有得到主将多隆阿的奖励，反而使他由羞愧而变得恼怒起来。恰好陈玉成趁霆字营得胜虚骄的空隙，发起一场反攻，鲍超没提防这一着，打了败仗，死了二百来人，后退二十多里。多隆阿抓住这个机会，扬言要向朝廷上一折，严劾鲍超军纪败坏，不听号令，请朝廷将鲍革职严办。鲍超得知，气愤已极，吩咐宋国永看管霆字营，一匹快马跑到东流，向曾国藩诉说委屈。

多、鲍不和，使曾国藩颇伤脑筋。打援，主要靠鲍超的霆字营，不能撤鲍超；多隆阿在安庆附近打仗多年，地形熟悉，也不能换多隆阿。鲍超勇猛，但头脑简单；多隆阿硬打不行，但算计尚可。二人要携起手来，才可以取长补短，相得益彰。早几年，曾国藩处理这样的事，必定采取强硬的措施，要么强迫鲍超听多隆阿的命令，要么断然调离多隆阿。但现在的曾国藩，不想用这样生硬的办法了。他温语安慰鲍超，留他住下，一面派人去挂车河，将多隆阿请来。

多隆阿来了，身后跟了一个随从额尔真。多隆阿虽然能讲汉话，却不识汉文，平日公牍书函，凡汉文均由额尔真诵读，回信亦由额尔真代办，额尔真也总是跟着他参加各种会晤。

曾国藩客气地接待多隆阿。寒暄毕，多隆阿问："不知大人将多某从挂车河唤来有何要事？"

曾国藩神色严肃地说："倘若没有大事，将军军务繁忙，鄙人怎能打扰。"说罢，吩咐荆七："把那封匿名信件取来给多将军看。"

荆七进到内室，捧出一封信函来。曾国藩接过，双手递给多隆阿，多隆阿随手给了额尔真。额尔真看着看着，脸色很不自在，看完后也不作声。多隆阿奇怪，问："信上写的什么？说与本都统听听。"

额尔真略为踌躇后，说："大人，这封信说驻守在桐城县南的军队军纪差，骚扰百姓，将百姓家的鸡子搜括一空。"

"放屁！"多隆阿骂道，"这都是鲍超干的，怎么算到老子头上来了！"

"多将军莫发怒，这里还有一封说好的。"说话之间，荆七又从里屋拿出一封信。

额尔真看后面露喜色，对多隆阿说："这封信夸将军智勇非凡，半夜劫营，几声炮响，便轰走五万捻军，实不亚当年张翼德在长坂坡前一声怒吼，江水为之倒流的气概。"

多隆阿平时常叫额尔真诵读《三国演义》以为乐，并以张飞自比，今见别

246

人真的把他比作张飞，喜不自禁。只是这劫营之事乃鲍超干的，与自己无关，话到嘴边又咽回去了，脸上红红的，颇不自然。曾国藩将这些都看在眼里，慢慢地说："我这里关于多将军在挂车河一带打长毛援兵的信还有几封，就不一一给将军看了，大致也差不多，有夸将军战绩辉煌的，也有说将军不甚检点的。这些信有一个共同之处，那就是都没有提鲍超一个字。"

"鲍超搜括鸡子的事，也算到我的头上，真正可恼。"多隆阿一点也没有觉察到曾国藩的用心，自个儿唠唠叨叨。六年前，当多隆阿从江宁奉僧格林沁密令来到武昌时，曾国藩不过一在籍侍郎，湘勇也只是初次获胜的练勇，他把自己摆在监视者和指挥者的地位。六年后的今天，曾国藩已是实权在握的两江总督，奉命统率两江境内所有军事力量，湘勇战果累累，威名震天下，根本不是朝廷旗兵、绿营所可比拟的。多隆阿再狂妄，再有僧格林沁这个强后台，他也不敢像过去那样目空一切了，何况曾国藩对他优礼有加呢？故当曾国藩神色庄重地对他说话时，多隆阿也规规矩矩地以属下的身份恭听。

"多将军，从挂车河到罗昌市近两万名兵勇所做的一切，都要算到你的头上。为什么世人会这样呢？因为你是那里朝廷兵勇的主帅，那里兵勇的是非功过都与你分不开。我岂不知半夜劫营乃鲍超所为，岂不知好吃鸡乃鲍超的嗜好，抢鸡必定是他的勾当，但我向朝廷禀报，也会如同世人给我写的信一样，功也罢，过也罢，都要算到你多礼堂将军的头上。眼下，长毛倾数万人马前来援救安庆，挂车河一带的战场，乃天下第一大战场，皇上廑注，四海瞩目，东南半壁的安危，系于将军一人。多将军只能与部属精诚团结，万众一心打败长毛，方才不负皇上所托，世人所望；倘若此时与部下不和，贻误战机，让长毛占了便宜，多将军，你想过没有，那时你如何向皇上交代？"

曾国藩这几句话说得多隆阿神色悚然，他心悦诚服地说："大人指教的是。"

曾国藩见他能够听得进，心里喜欢，继续说下去："世以多、鲍并称，其实我心中有数，鲍如何可与多比？这几年鲍超能得名，实靠将军荫庇。鲍超乃一蠢悍武夫，只知硬打瞎冲，又不懂算计，又不讲军纪，岂可以与将军比得？将军出身世家，深通韬略，善觇军机，驭下有方，爱民如子，古之司马穰苴用兵，也未必能超过将军。鄙人之所以将鲍超从皖南调来，正是让他有机会跟着将军学习带兵之法。日前我已将此种用心与鲍超挑明，鲍超愿听将军调配，并无二心。况且鲍超勇猛，亦世间少有，只要将军调配得宜，是可以发挥大作用的。将军为打援主帅，鲍超之功，即将军之功。相反鲍超之失，亦是将军之失。愿将军慎思。"

多隆阿听了这番话后，心里明白过来，不好意思地说："前向多某器局狭窄了，造成误会，回去后就向鲍春霆认错。"

曾国藩笑道："鲍超早被召来训话了。今天就在我这里来个杯酒释前嫌吧！荆七，去把鲍提督请来。"

一会儿鲍超上来，见多隆阿在座，高叫起来："多礼堂，你为何要上奏皇上弹劾我？"

曾国藩喝住："鲍提督，快不要误会，多副都统专来接你回去的。"

多隆阿忙站起来，顺着曾国藩的话头说："春霆兄，切莫听信谣传，我如何会弹劾你呢！昨天寻你商讨军事，得知你已到东流，我便赶到东流来接你了。春霆兄，我们一起回挂车河吧！"

曾国藩说："莫忙，莫忙，在我这里吃了饭再走，你送给鲍提督那坛古井贡酒，也让我尝尝味。"

多隆阿先是一愣，见曾国藩大笑，也便跟着笑起来。见多隆阿当着曾国藩的面辟了谣，又特地赶来接他，还送了一坛好酒，直肠子鲍超怒气已消，也咧开嘴笑了起来。

三　夜袭黄州府

陈玉成本只是路过桐城，见捻军已退回皖北，便趁着打胜仗的机会，在一个月黑星隐的夜晚，率部悄无声息地离开了桐城战场，继续西进。临走前，他们将成千上万面各色旗帜插在山坡上，绑在树梢上。这一招果然起了作用。直到五天过后，多隆阿、鲍超才知道他们确已离开，但去向不明。

陈玉成的部队经黄家铺、官庄山过岳西县，打听到湖北巡抚胡林翼扎营太湖，便改道穿越司空山，绕过英山县，队伍进入了大灵山。周国虞对陈玉成说："殿下，南边忠王殿下的人马还没有出江西省，我们必须在黄州府渡口过江，才能由南岸强攻武昌。"

陈玉成说："现在只有走这条路了，不知黄州府的情况如何。"

康禄说："殿下，我明天带几个人去刺探一下。"

"行。挑几个精干的弟兄，化装成客商，进城去仔细看看。明天一早出发，早点回来。"

三天后康禄回来，沮丧地告诉陈玉成：黄州府似乎已得知消息，城墙上刀枪林立，四道城门把守严密；知府许赓藻精明能干，守城的军队是号称天下第一的镇篁兵，领兵的正是能征惯战的邓绍良。前几年，邓绍良已由云南楚雄协副将升为提督衔安徽寿春镇总兵。他口出大言：黄州府是一座铜打铁铸的关口，长毛一兵一卒休想从这里经过。

陈玉成、周国虞听了，心中作难。康禄说："我再到黄州府里转几天，看可不可以寻到空子。"

康禄单人匹马再次来到黄州府，找了一家小旅馆住下，表面上悠闲自在地四处逛荡，内中却忧心如焚。傍晚时分，从知府衙门里走出一列轿队。康禄悄悄打听，得知蓝呢轿里坐的正是黄州知府许赓藻，便偷偷地跟在后面。轿队穿街过巷，来到西门内文庙前停下。康禄又一打听，得知文庙现已改作邓绍良的行辕。康禄想：许赓藻专来拜见邓绍良，必定有要事，这是个好机会。

康禄回到旅馆，换了一身夜行服，乘着月色来到文庙。看看没有人，纵身上了院墙，再一跳，轻轻地落了地。康禄见明伦堂里灯火通明，时见端着碗的仆人进进出出，心知许赓藻和邓绍良一定在这里喝酒。康禄又一跳，上了明伦堂屋顶，从一个小窗口里钻进，学鼓上蚤时迁的样，将身子紧贴靠近酒桌的梁上，竖起两耳听着。

席上果然坐的是邓绍良和许赓藻两人。四十多岁的邓绍良高大肥胖，他脱去外衣，穿着一件紧身黑绸小袄，帽子也没戴，露出一颗秃顶大头，正吃得酒酣耳热，油光满面。对面的许赓藻五十余岁年纪，灰灰白白的瘦长脸，五品文官袍服穿在身上空空荡荡的，犹如罩在一棵干枯的老树上，两只筷子整齐地摆在面前，似乎从没动过。许知府正襟危坐，神色忧郁地望着邓绍良说："军门大人，听说大灵山藏着好几万长毛，他们一定是来打黄州府的，城里三千守兵怕是少了点。"

"太守不必担忧。"邓绍良用手抹抹嘴巴，带着酒意，大言不惭地说："我手下这些镇篁兵，都是一个当十个的好汉子，三千人足可与三万人相比。当年长毛伪西王、翼王是何等厉害的角色，攻打长沙，眼看就要破了，我带着三千镇筸兵从湘潭一杀来，长毛闻风丧胆，丢盔卸甲，长沙城因此丝毫未损。这事许太守应知道，总不是我吹牛吧！"

吹牛不吹牛，许赓藻不能详辨，因为他没亲眼见过，亲眼看见的是驻守黄州府两个月来的表现，而这，却令谨慎的许知府不能放心。他婉转地说："将军神威，天下共仰，镇筸兵的能战，也有两三百年的传统了，下官岂能不知？只是听说大灵山中的长毛，领头的是伪英王陈玉成，这小子难对付。"

"哈哈哈！"邓绍良狂笑起来，"许太守，你也太过虑了。陈玉成不过二十来岁的毛头小子，能担几多斤两？老子戎马生涯三十年，当守备时，怕那个伪英王还未出娘胎哩！他只能在和春、张国梁的面前讨便宜，在我面前，只怕是孙猴子遇到如来佛——打不过手板心！"说着又哈哈大笑起来，举起酒杯，说："许太守，来，放宽心喝一杯，这是我们乾州厅鼎鼎有名的雪山老窖。"

许赓藻拗不过，端起酒杯，浅浅地抿了一口，细细地嚼了两根青菜，又提起战事来："军门大人，胡中丞曾跟我说过，黄州、蕲州一起护卫长江天堑，两州相隔不远，遇到危难时互相救援。参将刘喜元现带一千五百弟兄驻扎在蕲州，与下官一向关系融洽。为确保黄州万无一失，下官拟请刘参将率部来黄州暂时协助军门大人几天，待风声平静后再回去，想必军门大人会同意。"

许赓藻的聒噪不休，已使邓绍良不快。心想：请蕲州兵来，一切开支反正都是你出，我也乐得有人来分些责任，你他娘的要请你就去请吧！邓绍良拿起放在桌边的红顶伞形帽盖在头上，站起身来说："既然胡中丞有话在先，刘参将那里，你就去请吧！老兄在这里宽坐一会，我去上了茅房就回。"

说完，腆着肚子离开座位。对于这种没有教养的武夫的失礼行为，许赓藻虽气愤，但不能作声，也只好悻悻站起来说："时候不早了，我也就此告辞，明早我派人去蕲州。"

次日凌晨，太阳还没出来，黄州府到蕲州的官马大道上，一骑快马在奔驰。马上坐着一个中年汉子，背上背一个黄包袱，正握紧缰绳，聚精会神地赶路，冷不防一颗石子打在马屁股上。那马突然受惊，前蹄腾空，将毫无准备的汉子掀下马背。正在这时，草丛中飞出一个青年英雄，一只手铁钳似的掐住他的脖子，另一只手亮出明晃晃的钢刀。汉子吓得脸都变黄了，冷汗淋漓，带着哭腔说："好汉松手，我是个下书的，身上只有五两银子，都给了你吧！"

青年英雄瞪了他一眼，骂道："谁要你的臭银子，把马牵着，跟我走！"

那人乖乖地牵着马，跟着青年离开大道，来到一片树林中。原来，这青年英雄正是太平军殿右十八检点康禄，他选在这段人烟稀少之处，已埋伏半个时辰了。康禄厉声问："你说你是下书的人，你下的什么书？"

汉子低着头，犹豫着不敢讲。

"快说！不说，一刀戳了你！"

那人吓得连连磕头，说："好汉饶命！我说，我下的是求援书。"

"向哪里求援？"

"向蕲州府刘参将求援。"

"你是什么人？"

"我是黄州府知府衙门的师爷许清。"

康禄心中高兴，果然没有认错人。

"起来，跟我走！"

"好汉要我到哪里去？"许清愈加害怕了。

"休要问，跟我走就是！"

"好汉！"许清重又磕头，"好汉放了我吧，我有公文在身，误了事要杀头的呀！"

康禄拉下脸来，吊起双眉骂道："你怕知府杀你的头，就不怕我杀你的头？你再啰唆，我这就宰了你！"

许清不敢再求饶，顺从地站起来。康禄剥下许清的外衣，撕下一条做带子，蒙住他的双眼，将他抓上马背。两人骑着一匹马，飞也似的朝大灵山奔去。

第二天断黑时，一支千多人的清军来到黄州城下，领头的却是官居太平天国地官又正丞相周国虞。昨天，陈玉成、周国虞、康禄一商量，决定利用这个好机会，冒充清军混进黄州城。太平军因布匹紧张，又因常游动打仗，无暇制作军服，常常从战死的清军官兵身上剥衣服穿，故军中敌军衣帽极多。许清在威逼下，也被迫就范，答应和他们一起进黄州。

黄州城门早已紧闭，城墙上，几个镇筸兵提着灯笼，拿着铜锣，边走边喊："加强戒备啦！"

"严防长毛啰！"

怪腔怪调的湘西土语在夜空中传播着，使人听了毛骨悚然。城门顶上，昏暗的纸糊灯笼边，站着几个懒洋洋的士兵，正在用不堪入耳的痞话互相逗乐，似乎并没有发觉，城墙下已来了一支千多人的队伍。

周国虞命令许清对着城楼喊话。许清拍马上前，高喊："城上是哪位军爷在值夜？"

连喊了两三声，才见一个人提着灯笼走过来。那人向下一看，不禁大吃一惊，瓮声瓮气地叫道："你们是什么人？"

许清在底下喊："军爷，不要怕，我是知府衙门师爷许清，他们是抚标中营的弟兄们，是许老爷叫我去蕲州请来的。"

"是许师爷啊，辛苦了！"城楼上那人放了心，语气变得亲热起来。

许清又喊："开门吧，弟兄们走了一天的路，又累又饿，开门让他们进去吧！"

城楼上的人说："许师爷，你稍微等一等，邓军门交代过，长毛就在我们旁边，不许随便开门，我禀告邓军门再说。"

那人下了城楼，牵过一匹马，飞速跑到文庙，门卫说邓绍良在知府衙门，那人又一口气跑到知府衙门。邓绍良听了禀报，说："既是许师爷亲自带来的部队，当然是来自蕲州的弟兄们，开门让他们进来吧！"

"慢点。"许赓藻起身说，"让我问问是不是刘参将来了，若是他来了，我得亲自出城门外迎接。"

许赓藻出了衙门，坐上大轿，很快赶到东门。他爬上城楼，在几个兵士的保护下，对着下面喊："许清，是哪位将军带的队伍？"

许清不知如何回答，望着周国虞。国虞说："你说刘参将有事离不开，带队的是守备张永升。"

许清壮着胆子把国虞的话重复了一遍。许赓藻见许清说话不干脆，又见刘喜元本人没来，张永升以前没见过，心里犯了疑。他叫兵士们多打起几个灯笼，张大眼睛朝下看，却什么也看不清。不能大意！长毛冒充官军的事时有发生，难保许清不受长毛的挟制。许赓藻想到这里，大声说："许清，你带张守备进来，其他弟兄都在外面稍等一会。"

周国虞对康禄说："你带着弟兄们守候在这里，我和国贤一起进去，我会设法打开城门的，到时你要密切配合。"

黄州城东门有三个城门，左边城门侧面开了一道小门，专供夜晚单人进出。

小侧门开了，许清带着国虞、国贤进了门。守门的卫兵以为国贤是张守备的随从，没有盘问就让他进来了。许赓藻下了城楼，在城门边的小屋里等候。周国虞走在最前面，许清居中，国贤走在最后。许清知道自己的性命掌握在国贤手中，只得乖乖地跟着，不敢乱说乱动。进了屋，周国虞见一个穿着五品文官服的干瘦老头坐在那里，知是许赓藻，便上前施礼道："抚标中营守备张永升参见知府老爷。"

许赓藻略为欠欠身子答礼，盯着周国虞问："是刘参将派你来的？"

"是。"周国虞从容回答。

"刘参将自己为何不来？"

"长毛大股已入鄂东，蕲州军务繁忙，刘参将走不开。"

"张守备面生得很，下官以前从未见过。"许赓藻以怀疑的眼光，上上下下地打量着周国虞。

"卑职新从武穴调来蕲州，怪不得老爷不认识。"周国虞早已作了准备。

许赓藻见许清站在旁边一直不开腔，脸白一阵红一阵，心里更是怀疑，他想了一下问："张守备，刘参将新近生了个公子，请问是哪位如夫人生的？"

这下把周国虞问住了，鬼知道刘喜元有几个老婆。周国虞停了一会，说："禀告老爷，我来蕲州不久，不知刘参将的公子出自哪房。"

"胡说！"许赓藻把手往椅把上一拍，站起来大声说，"刘参将前天为儿子办三朝酒，摆了两百多桌，蕲州满城百姓都知道是第三房姨太太所生，你既身为他的守备，如何能不知道？看来你不是刘参将派来的！"

国虞暗暗地使了个眼色给弟弟，国贤紧握刀把，做好了应急准备。国虞神色自若地反问："许老爷说我不是刘参将派来的，那么请问你，我是谁派来的？"

许赓藻一时给问住了。他将国虞又仔细看一遍，只见眼前这个军官气概堂堂正正，举止言谈也显得很有教养，完全不是他平素脑中长毛的形象。他极不自然地笑了一下，说："张守备，你暂且休息一会，待我问问许清。"转脸对许清说，"你跟我到里屋来。"

周国虞心想这一问，岂不露了馅！事情到了这般地步，不能再犹豫了。他猛地拔出刀来，对国贤喊道："三弟，你快去开城门！"

这一声喊，自然真相大白。许赓藻大叫："抓住这两个贼人！"

国贤一转身，早已冲出门外。国虞舞起钢刀，一人对付二十几个镇篁兵。

镇篁兵素来强悍，又欺侮国虞只有一个人，便将他团团围住。周国虞虽武艺高强，毕竟寡不敌众，渐渐地只有招架之功，没有还手之力了。一个凶恶的麻子趁空从背后捅进一刀，国虞惨叫一声，扑倒在地，血流如注，含恨死去。城门边，国贤砍倒两个守兵后，用刀将门闩剁断，打开了右边的侧门。康禄指挥门外的一千多弟兄冲进城门。这一千多太平军恰如蛟龙入海，把个黄州府东门搅得波涛翻卷，许赓藻、许清以及城楼上下数百名镇篁兵尽死于乱刀之下。国贤跑到城楼上，烧起一把冲天大火，埋伏在不远处的陈玉成望见火光，知城门已打开，率领大队人马一阵狂风似的卷进黄州城。黑夜里，邓绍良见太平军如巨浪般滚来，弄不清究竟有多少人，他吓得心惊胆战，慌忙集合部队，胡乱杀了一气，便从西门逃出城，丧魂失魄地向武昌奔去。

四　上了洋人的大当

陈玉成夜袭黄州府的消息，像一声惊雷震撼鄂皖战场。湖北巡抚胡林翼气得连吐三天血。他清楚，陈玉成下一步便是进攻武昌。武昌城里老弱残兵加起来不足四千，且无一得力之将，身为巡抚，丢失了省城，将意味着什么？胡林翼决定立即回援武昌。但太湖的兵不多，安徽战场上，他可以调动的兵力只有两处：一是多隆阿的绿营，一是曾国荃的吉字营。当年多隆阿从江宁调到湖北，名义上隶属湖北巡抚掌管，尽管多隆阿本人已升为福州副都统，但湖北巡抚仍可视军事情况调派。曾国荃在咸丰七年九月复出时，听命于胡林翼，后来归于曾国藩的统一指挥，但与胡仍有上下之间的旧关系。但现在多隆阿、曾国荃既已接受曾国藩的统率，要调他们回援武昌，就必须经过曾国藩的同意，且一调动，就直接影响了围攻安庆这个重大的战略决策。恰好欧阳兆熊来太湖军营做客，胡林翼便托欧阳代他到东流走一趟。

欧阳泛舟东流，受到了曾国藩的热情款待。他陈明来意，并递上了胡林翼的亲笔信。曾国藩已知黄州府失落的消息，昨天又收到左宗棠从浮梁的来信。左宗棠向曾国藩报告了李秀成统帅大军斩关夺隘，一路西进的情况，并提醒老朋友注意，李秀成骚扰赣北，其意很可能在安庆。这一点，与曾国藩的分析完全一致。

"小岑兄，依我之见，四眼狗进攻武昌不是他的目的，他的目的在解安庆之围。"

"你是说长毛使的是围魏救赵之计？"欧阳兆熊没有想到这点。

"正是这话，长毛惯使这个伎俩。今年三四月间，就是用的这个诡计将张玉良的精兵调往杭州，然后乘机反扑江南大营。这是长毛引为自豪的得意之笔。润芝这般聪明的人，怎么看不出四眼狗的花招！"

这样一件惊天动地的大事，曾国藩如此冷淡看待，使欧阳颇感意外。

"我想润芝也会看出长毛的用心，只是他身为湖北巡抚，眼看省垣危急，怎能置之不救？要救省垣，只有请沅甫和多礼堂了。"

"润芝聪明一世，糊涂一时，沅甫、多礼堂一走，四眼狗立即就会反扑安庆，经营了将近一年的城围，顷刻便会化为泡影。安庆是江宁的屏障。安庆不下，江宁上游之势仍旺盛，安庆一破，江宁上游之势则斩杀；上游无势，贼之气焰则大衰。那时，东南再派出一支劲旅收复苏、常，孤城江宁，指日可下。这是我前年和润芝一起商议后定下的制胜之策，他何以临事又乱了方寸？"

在这样混乱的局面下，曾国藩对当前的形势和未来的前途能有如此明晰的认识，一直置身于战事之外的欧阳兆熊，对这位文字之交的老友很是佩服。他想，这大概便是曾国藩比胡林翼和其他所有肩负重任者高明之处。

"润芝日来呕血严重，倘若武昌陷于贼手，润芝怕也活不多久了，你总得想个办法吧！于公于私，武昌都不能丢哇！"

欧阳兆熊是个很重情义的人。正因为过于重情义，所以他坚持不入官场，尽管曾、胡、左这些年屡次相邀，他都婉谢。他执拗地认为，一入官场，则身不由己，将会迫不得已地做出许多绝情绝义、得罪朋友的事来。这几年，他常出没于曾、胡、左之处，却始终以一个布衣朋友的身份，尽自己的力量为他们做点事，既不要薪俸，也不受保荐。为此，曾、胡、左都格外敬重他。曾国藩郑重地思考着欧阳兆熊的话，忽然想起一件事来。

前些日子，军机处递来一份上谕，提到俄国愿意出兵帮助朝廷打长毛，并愿代办南漕海运之事，为此征求曾国藩的意见。曾国藩复奏，委婉指出，自古外夷帮助中国，成功之后，每多意外要求，为防日后要挟，借外兵之事宜缓，以后视其诚意如何再定；至于俄国人愿意代运南漕，似可允许。在奏折末尾，曾国藩郑重向朝廷建议：目前暂资夷力以助剿漕运，得纾一时之忧；将来师夷智以造炮制船，尤可期永远之利。这道上谕给他一个重要启示，是否可以借洋人之力来保卫呢？武昌、汉口都有英、法等国的租界，据彭玉麟日前报告，英国舰队司令何伯、参赞巴夏礼现正在汉口，多次表示愿助湘勇水师之力。这次就请他们出面帮忙吧。

曾国藩这个想法，欧阳兆熊也同意。

"小岑兄，你明天就回太湖去，要润芝请官秀峰去会见何伯、巴夏礼。洋人重利，官秀峰有的是古玩珍稀，送几样给他们，我想武昌可保无虞。"

就在东流商量如何保武昌时，武昌官场已是一片乱糟糟的了。从邓绍良带着残兵败将进入汉口的那天起，武昌省垣各衙门的官员们就急得如同窝巢着了火的一群胡蜂，惶惶不可终日。官文一面匆匆向胡林翼告急，一面草草部署守城兵力。他对守城毫无信心，私下收拾细软，随时准备逃走。各粮台军火总局委员闻警散尽，阎敬铭呼唤不灵，气得连上吊的绳子都已备好。欧阳兆熊作为胡林翼的特使，这时急急忙忙来到湖广总督衙门，将曾国藩的主意告诉他们。犹如一场噩梦初醒，官文等人定下神来。第二天，官文、阎敬铭穿戴整齐，携着重礼，过江来到江汉关，拜会何伯、巴夏礼。

英国侵华海军司令何伯，五十出头，肥头大耳，腆肚挺胸，坐着不动的时候，倒有一副海军将领的威风；但一走动，则一蹶一拐地，模样难看极了。左边的那只瘸腿，是前年指挥英法联军侵袭大沽炮台时的纪念。作为一个军人，他感到这是极大的耻辱。对于中国朝廷和

【唐浩明评点："目前暂资夷力以助剿漕运，得纾一时之忧；将来师夷智以造炮制船，尤可期永远之利。"这两句话，很容易使人联想到魏源的名言"师夷之长技以制夷"。出于《海国图志》序言里的这句话，闪耀出一个卓越爱国者的思想光辉。但身为江苏巡抚衙门幕僚的一介文人，无权无势，这个伟大设想仅停留在字面上而已。二十年后，这个设想经大清江山的柱石人物说出，其分量便有一言九鼎之重，更何况此刻三十岁的年轻皇上正蒙受着洋人加给他的奇耻大辱，渴望强大以复仇，故而很快便接受了这个建议并化为国策。从此，一个史无前例的以学习洋人制造技术为主要内容、以徐图自强为目的的事业，在中国兴办起来，历史学家将它称为洋务运动。如果要将洋务运动定个起始点的话，这个点理应定在咸丰十年十一月初八日曾氏的这道奏章上。】

人民，他有一种本能的傲视和仇恨。他的助手，英国驻华外交参赞巴夏礼，则又是另外一番神态。巴夏礼只有三十三四岁，二十年前便来到中国。这个中国通身材颀长、风度翩翩，既有英国绅士的派头，又受华夏文化的熏陶，显得温文尔雅。咸丰六年，巴夏礼任广州代理领事时，蓄意制造亚罗号事件，挑起第二次鸦片战争。去年又参加签订《北京条约》。巴夏礼年纪不大，却对太平军和清廷两方面都有很深的了解，使得地位和年龄都在其上的何伯，对他也言听计从。自从《北京条约》签订之后，英国便改变他过去的中立立场，转而全力支援清廷。帮助官文阻止太平军进攻武昌、汉口，是一件对清廷，也对英国有益的好事，本可以立即答应，但这个狡诈的职业外交官要借机捞一把。趁着何伯还在拈须考虑的时候，巴夏礼开口了："官中堂，我们愿为贵国效力，但利益均等，是我们英国人奉行的原则，你看呢？"

外交参赞轻轻地摇动二郎腿，栗色皮鞋亮晃晃的，使官文、阎敬铭的褐色官靴黯然失色。

"当然，当然。"官文卑微地点头哈腰，转过脸对身后的随从厉声轻喝，"还不快把礼品拿过来！"

仆从捧出一个三尺多长的木匣，官文亲自打开，一把古色古香的宝剑躺在猩红金丝绒垫上，绿色刀柄上，几颗珍珠在熠熠闪光。官文得意地介绍："这是三年前在江陵楚墓中出土的宝剑。"

巴夏礼欣喜地凑过脸来，说："江陵，我知道，这是贵国二千多年前楚国的都城。"又对坐在一旁的何伯用英语称赞，"司令，这是件稀世之宝。"

何伯连忙接过去，贪婪地看着。

"这把剑送给何大人，还有一样东西送给巴大人。"官文从另一仆从的手中接过一个三寸见方的木盒。打开木盒，映入眼帘的是一颗径长一寸的罕见珍珠。这就是那年官文向曾国藩、多隆阿炫耀的三万两银子买来的珠子。官文献媚地挨着巴夏礼的肩膀，指着珍珠说，"巴大人不要轻看了它，这是一颗夜明珠。今夜你可以试试，黑夜之中，百步内可见它的光毫，三步内可借光读书。"

"真有其事？"巴夏礼惊得合不上嘴。

"一点不假，鄙人亲自试验过。"官文合上木盒，"这是送给巴大人的一点薄礼。"

巴夏礼接过木盒，把它放在茶几上，重新坐好，仍旧有节奏地摇动着二郎腿，对官文说："官中堂，这两件东西是给我和司令个人的，我们大英帝国并没有得到实惠呀！"

官文早有准备，不假思索地说："只要保得武汉三镇不落贼手，今后什么话都好说。前向巴大人说租界狭窄了，我现在正式告诉何司令和巴大人，我们可以把租界地面再扩大一倍，从硚口到江汉关一带，任凭贵国圈地建房。"

"好，一言为定！"巴夏礼霍地站起来，兴奋地说。

"一言为定！"官文也姗姗起立，面有隐忧。

次日中午，陈玉成、康禄、周国贤等人正在原知府衙门商议渡江的事，亲兵进来禀报："江面上停泊一只洋轮，打着英国国旗，想拜会英王殿下。"

周国贤说："这会子忙得不可开交，哪有工夫见洋鬼子，要他以后到武昌见面吧！"

"慢点。"陈玉成说，"天王讲洋人信上帝，是我们的洋兄弟，见见何妨。"

巴夏礼穿着笔挺的西服，迈着规矩的步子走进知府大堂，见大堂上坐着三位年轻的将领。他知道居中的必是陈玉成，便恭恭敬敬地对着陈玉成鞠了一躬，一字一顿地说："女王陛下政府驻中国外交参赞巴夏礼参见太平天国英王殿下。"

巴夏礼纯正的中国话，使得在座的太平天国将领们大为惊讶，也暗自钦佩。陈玉成以手示康禄身边的雕花木椅说："请坐。"

"谢谢。"巴夏礼有礼貌地坐下。

在中国政府和人民面前，洋人一贯趾高气扬，巴夏礼如此谦恭有礼，陈玉成心中欢喜，随口称赞："参赞大人的中国话说得真好！"

"我十四岁就到中国来了，在中国生活的时间比在英国还久。中国是我的第二故乡，它悠久的历史和灿烂的文化，令我景仰不已。"巴夏礼真诚的态度，使陈玉成等人感动。

"你真可以算半个中国人了！"陈玉成脱口而出。

"英王殿下封我为半个中国人，使我荣幸之至。"巴夏礼赶忙答话。

"参赞大人来此有何贵干？"陈玉成和颜悦色地问。

"我从汉口来，路过黄州府，知贵军已攻克此城，一来表示祝贺，二来听说有个朋友在贵军服务，也想顺道看看他。"

长期身处高位，养成了陈玉成尊贵矜持的气度，今天在外国使者面前，尤为注意自己的仪表和谈吐，他悄悄地将左手卷起的袖子放下，端正自己的坐姿，望着巴夏礼问："贵参赞的朋友叫什么名字？"

"他叫吟唎。我来中国之前，曾和他在一个学校读过书。前年夏天，他由香港到了中国，据说在贵军服役。"

太平军中有几个洋人，不过陈玉成的部队没有，他不认识吟唎。康禄见过一面。他接话："吟唎是你的朋友？"

"你见过他？"巴夏礼露出惊喜的神色。其实，他根本就没有和吟唎同过学，只知道有一个青年英国海军军官叫吟唎的在太平军中，在汉口至黄州的船上，巴夏礼想起了他，觉得这是一座与太平军联络感情的桥梁。

"见过一次，是个很可爱的洋兄弟。他不在这里，他在忠王手下教兵士们的炮术。"

听说吟唎不在这里，巴夏礼开始放心大胆地编造谎言了："可惜，可惜！吟唎去年要我代他为贵国买一艘兵舰和三十门大炮，我已于上月买来，现停在上海码头，只等吟唎来取了。"

"有这事？"陈玉成顿时情绪大涨，感激地说，"参赞大人，你可帮了我们的大忙。"

"哪里，哪里。贵国有两句古诗，道是'海内存知己，天涯若比邻'，何况我们同是上帝的子民，更是真正的亲兄弟了。"

巴夏礼的回答是这样典雅而得体，使陈玉成、周国贤、康禄与他的距离大为缩短。陈玉成吩咐摆酒款待。一会儿，知府大堂成了宴会厅，陈玉成向客人殷勤劝酒。巴夏礼乘着酒兴大大咧咧地说："贵军陆战技术非朝廷之兵可敌，然贵军水师却不是湘勇水师的对手。"

在田家镇败给彭玉麟的周国贤对此感受最深，忙接话："参赞先生说得正是。曾妖头水师船上的火炮全是洋炮，船也坚固。"

"贵军的火炮太原始了，全是铁铸的，又重又笨。贵军重炮炮身比敝国六十八磅的炮身还大，炮口却比六磅炮的炮口还小，这怎么能打仗呢！"巴夏礼俨然以一副火炮专家的身份说话，对火炮不甚精通的陈玉成等人连连点头。

"再说，贵军的兵船，更是比民船还不如，只配在小港小河中装泥运粪，岂能在大江大河中打斗！"太平军历来忽视水师而看重陆军，巴夏礼的话说得并不过分。巴夏礼见太平军的将领都洗耳恭听，益发来了神，"英王殿下，我给吟唎买的这艘兵舰女王号，是敝国的最新产品，比我们停泊在汉口的爵士号还要好，三十门大炮中有十门六十八磅重炮，十门三十二磅中炮，十门十八磅小炮，全是世界上最优良的火炮。这三十门火炮安放在女王号上，今后可以雄霸长江，将湘勇水师打得落花流水。"

陈玉成想起因水路断绝，围困在安庆城内的万余名将士，周国贤想起惨死在白人虎刀下的二哥，心里都在盘算：倘若将这艘女王号买过来，安庆之围可解，仇可报，岂不太好了！陈玉成心里还有一个想法，他的前军和李秀成的后军，陆战实力不相上下，若女王号落于李秀成的手中，那后军的水师就绝对强过前军；相反，若在他的手里，前军的力量也就远远超过后军了。得想办法从巴夏礼手中要来女王号！

"请问参赞大人，买女王号花了多少钱？"陈玉成问。

"连运费在内，共用去七十万两白银。"

这是一笔庞大的数目，陈玉成目前无力支付。

"吟唎付钱给你了吗？"周国贤问。

"吟唎哪有这么多钱！"巴夏礼微笑道，"再说，女王号尚在我的手里，要等吟唎收到后，由忠王殿下支付。"

中国最富庶的苏、常一带，这几个月来已成为李秀成的地盘，这一点引起了许多高级将领的不满，陈玉成对此亦有意见。正因为有苏福省，李秀成才可以一次拿出七十万两银子来，而陈玉成却不可能，他心里更不痛快。武汉三镇的银子也不少！想到这里，陈玉成热情地对巴夏礼说："参赞大人，认识你很荣幸。既然吟唎还没付钱，这女王号就卖给我们吧！七十万两白银，我一两也不少，如何？"

巴夏礼见陈玉成已上钩，心中暗喜，嘴上却说："我们英国人最讲信用，女王号是为忠王买的，现在又转给英王殿下，怕不合适吧！"

"忠王、英王同是天国的王爷，给忠王、给英王都是一个样。"周国贤说。

"是倒是一样。"巴夏礼略作思考后说，"好吧，我现在也急需银子办事，如果英王殿下一次能拿出七十万两银子，就把女王号从上海开过来吧！"

陈玉成见巴夏礼松了口，心里高兴，说："七十万两银子，我一时拿不出，但不出半月我就可以给你。"

"请问，为何半个月后又拿得出了？"

"我军即将攻打武昌、汉口，待武汉三镇克复后，七十万两银子应不成问题。"陈玉成以充满着必胜的口气说。

"什么？"巴夏礼故作惊讶，"贵国要打汉口、武昌？"

"是的，敝军明天即将溯江西上，武昌、汉口指日可下。"

"那我的女王号不能让给殿下。"巴夏礼断然地否定了刚才的许诺。

"为何？"陈玉成对巴夏礼瞬间的改变不可理解。

"殿下有所不知，汉口有大英帝国的租界，有数百名女王的子民，我作为女王陛下政府派出的外交参赞，有义务保护大英帝国在华的一切利益。"巴夏礼的口气，俨然是外交桌上的谈判。

"请参赞放心，我们不会伤害贵国的租界和人民。"陈玉成也以天国的全权代表的身份，郑重其事地宣布。

"那是不可能的。"巴夏礼的态度强硬起来，"敝国在汉口的租界已与整个武汉三镇紧密相连。武汉三镇一旦受损，敝国租界的利益就不能不受到损害。因此，女王号不能转让给殿下。"

陈玉成颇为恼火，想不到在自己国家内的军事行动，居然会受到洋人的掣肘。见陈玉成在犹豫，巴夏礼得寸进尺："殿下，女王指示我们，不干涉贵国内政，但要保护我国在华的利益。爵士号现正停在鹦鹉洲畔，倘若大英帝国的租界和子民受到损害，爵士号会坚决地履行它的神圣职责！"

一副强盗的嘴脸！陈玉成在心里喊道。依照他的倔强个性，非要怒斥巴夏礼一顿不可，但他冷静地想着：进攻武昌，女王号得不到，还要遭到爵士号的炮击，最好能通过外交途径，使英国不干涉这场军事活动。他见康禄满脸愤怒，正要发言，忙用眼色制止了，严正地对巴夏礼说："参赞大人，我们同拜上帝，都是上帝的子女，是亲兄弟。我军打武昌、汉口，是为了消灭清妖，为上帝光复中国。你们阻挡我们的行动，无异在拯救清妖！"

巴夏礼见陈玉成态度坚决，便换成和缓的口气说："殿下，对你们的事业，虽然女王指示我们保持中立，但我个人是完全支持你们的。为了我们的友谊，也为了大英帝国，我现在提出一个折中的办法，你们看怎样？"

"参赞大人请讲。"陈玉成忙抓住时机。

"贵军暂时不要打武汉，待我回到汉口，与敝国领事相商，将租界和子民做出妥善安排后再说。为答谢贵军的情意，我愿将女王号以半价转让给殿下。殿下以为如何？"巴夏礼侧过脸望着陈玉成，殷切地等待着他的答复。

打武昌，是在天王面前制定的重大决策，能因英国的态度而改变吗？但打武昌是为了解安庆之围，倘若此时以三十五万两银子得一女王号，凭借女王号的威力冲垮湘妖水师对安庆水路的围困，不同样也可以解安庆之围吗？只要能解安庆之围，手法可以灵活多样。这点，想必天王、干王都可以理解。英王拿定了主意。

"参赞大人，我军可以暂不攻打武昌，但女王号一定要在下个月送达我军，船价三十五万两银子。"

"爽快！"巴夏礼以弥天大谎圆满地达到了他的目的。他兴奋异常地起身告辞，临行又送给陈玉成一个虚伪称颂和空头许诺："清廷的官吏们个个滑溜溜、圆滚滚的，与他们打交道，令人头痛。英王殿下如此痛快干脆，果然是真正打江山的英雄。就这样说定了，三十五万两银子，下月十五日天京下关码头交货！"

五　左宗棠宴客退敌

陈玉成夜袭黄州府的时候，李秀成正在江西与左宗棠鏖战。

李秀成率领一万五千人马从天京出发，沿着长江南岸，经过当涂、芜湖、繁昌、青阳一路顺利地到达江西境内。左宗棠此时正统率楚军驻守在景德镇。他并不知道李秀成此行的目的在攻取武昌，进军江西只是借道。他推测李秀成的军事行动，其目的在以扰乱江西来解安庆之围。左宗棠筹建楚军所依界的大将，正是王鑫的两个弟弟王开琳、王开化。王氏兄弟对大哥在曾国藩那里所受到的冷遇深为不满，早就倾慕与大哥性格相近的左宗棠，遂全心全意为左宗棠尽忠竭力。筹建不久的楚军这几个月在江西接连打了几个胜仗，左宗棠对这支军队能建大功充满着信心，决心将李秀成这支人马全歼于赣北，让普天之下都知道楚军的厉害。

这时正是寒冬季节，雨雪霏霏，长途跋涉的太平军将士又冷又疲，亟待略事休整，并补足粮草。当部队来到离石门镇只有三十里远的时候，李秀成的养子、二十岁的先锋李容发说："父王，弟兄们的衣服都淋湿了，得病的不少，军中粮食也不多了，石门是赣皖交界的大镇，我们何不鼓励大家拿下石门，进城休息几天，备足粮草，再向武昌进军。"

四周的官兵一听李容发这话，无不欣然赞同，慕天侯谭绍光也说："容发说得有道理，王爷下令吧，打下了石门，不仅对弟兄们大有好处，传到天京，对天王陛下也是一个鼓舞。"

因为这次军事行动，目的在于围武昌解安庆之围，所以一路来李秀成很少攻城略地，以免耽搁时间，损失实力。部队进入江西境内后，他知道左宗棠的楚军也在江西，更不想与楚军正面交锋。不过，粮草不多了，生病的却多起来的事实，作为全军的统帅，李秀成看在眼里，也不能置之不顾。他思考良久，对李容发、谭绍光说："暂时不走了，这两天就在这里住下，休整休整，派几个侦探出去探明情况。一是探听石门镇内的兵力，弄清楚守城的是左宗棠的楚军，还是江西的绿营，再到景德镇去摸清左宗棠的实力。"

当晚，去石门的侦探回报，驻守在石门的不是楚军，而是巡抚兼提督管辖的绿营，为首的是参将全克刚，手下有两千兵，城内粮草丰富，知大兵压境，正在全力防守。第二天，去景德镇的五个侦探，回来二人报告：左宗棠的楚军五千人，目前全部在景德镇城内，没有出城的动向。李秀成得知后，定下攻城的决心，并要求速战速决。

次日，雨雪停止了，太平军饱餐一顿后，由李秀成亲自率领，向石门发动猛攻。李秀成采用的是太平军的惯常战术，数千面战旗遍地挥舞，几百面锣鼓同时敲响，伴随着枪炮声、呐喊声，气势十分雄伟，场面甚为壮观。

全克刚登上城头，眼见太平军如此浩大凌厉的攻势，吓得心惊肉跳，一面布置死守，一面飞马向景德镇告急，请左宗棠派兵救援。

左宗棠正要寻找机会与李秀成决战，一展楚军威风，得知这一危急情况后，立即派王开琳、王开化率领驻在景德镇的全部五千楚军，兼程向石门奔去。幕僚杨昌浚提醒道："季帅，楚军倾城而出，倘若李逆乘虚转攻景德镇，将如何是好？"

"不要紧。"左宗棠胸有成竹地说，"李秀成目前正全力攻打石门，不可能分兵；再说，他如何知道景德镇的兵力全部出动了！"

"尽管如此，还是要作些布置，迷惑长毛为好。"杨昌浚对守空城总有点不放心。

"好吧，你就去传达我的命令：城墙上遍插旌旗刀矛，留城的三百老弱病残，只要能走得动的，都上城头，披挂整齐，日夜巡逻。"

王开琳兄弟率领五千楚军出城的第二天，留在景德镇城内的三个太平军侦探，便把城里的一切都探听得清楚了。他们暗自高兴，立即派出一个人，将这一重要军情告诉李秀成，并建议分兵攻打景德镇。李秀成接到谍报后喜出望外，命李容发带三千人间道奔赴景德镇。

江西的景德镇与河南的朱仙镇、湖北的汉口镇、广东的佛山镇，并称为全国四大镇，乃有名的繁华富庶之城，这里所烧制的各种精美瓷器，从明代起便享誉海内外。李容发受命后欢喜雀跃，当即点起本部三千人马，就要开拔。看着养子稚嫩的面孔，李秀成忽然有点不放心。他郑重叮嘱道："左宗棠老奸巨猾，诡计多端，你到景德镇城下后，要实地仔细观察，千万不可莽撞行事。"

李容发点头记住了。

当李容发率部来到离景德镇五十里外的两路口时，城内已得知这一意外的军情，杨昌浚急得团团转，口里不停地念道："这如何是好！调兵都来不及了。"

左宗棠心里也很着急，表面上却仍镇定如常。他端坐在椅子上，一边摸着胖胖的下巴，一边紧张地思考对策：敌军距城只有五十里了，一个半时辰就可以来到城下，城内的三百病残绝对不能守卫，调兵来救已不可能，弃城逃跑则更是不可为的事。怎么办呢？一旁的杨昌浚又开腔了："看来城里一定藏有李逆的细作，不然，何以王开琳他们一走，李逆便派人来打景德镇呢？何况派的是他年纪轻轻的养子，带的只有三千人，这不明明欺负我们是一座空城吗？"

空城！今亮立刻想起古亮唱的那一曲千古传颂的空城计。不过，人们都说，空城计是绝唱，只能唱一次，不能唱第二次。左宗棠想到这里，不免沮丧起来。但是，难道就这样束手待擒吗？再是绝唱，事到这等地步，也只得重唱一次了。只要不照搬古人的故事，出点新意，眼前这个二十岁的娃娃将领是有可能被蒙骗过去的。既然他的细作可以传出城内的军事力量，那么也一定会将我的戏文传出去。左宗棠打定了主意。他一面火速派人传令王开琳，立即带领三千人星夜回景德镇救援，一面在城内唱起他的空城计来。

一时间，景德镇城内沸沸扬扬，都说王开琳率部在石门城外马到成功，大败长毛，活捉了李秀成。楚军总部衙门张灯结彩，放起鞭炮，厨房里传出阵阵浓烈的酒肉香味。一会儿，城内文武官员、各大商号老板以及社会名流，纷纷骑马坐轿，穿戴一新，来到总部衙门。左宗棠穿起四品朝服，在大门外笑容满面地迎接各方宾客。客人们热情地祝贺楚军在石门城外的大捷，有的阔老板还赶制了题着颂辞的横匾。左宗棠喜气洋洋地接受大家的颂扬。衙门花厅里，二十桌酒席同时摆开。主人向来宾报告了战况，再次证实已将长毛忠王李秀成活捉，现正由楚军分统王开琳押送，行走在返回景德镇的大道上。一到城里，便将在十字街口示众三日，然后押到京师，向皇上献俘。

住在景德镇里的浮梁县丞虎中良代表地方各界向左宗棠致谢致敬，并当场将一柄特大黄绫万民伞，由一个大汉举着，送给楚军统帅。左宗棠毫不谦让地接过。

与衙门酒席相照应的是全城四门洞开，守门的兵勇也杯盘相碰，开怀畅饮，全然不知道李容发的三千大军正在向这里压过来。

这些情况，都被留在城里的两个太平军侦探一一看在眼里。他们先是惊讶，继而略表怀疑，最后，当亲眼看到左宗棠和各方来宾酣然醉倒在花厅时，他们不得不完全相信了。城内不可久待，估计攻打景德镇的人马正在半路中，两个侦探遂急忙溜出城门，向西北方向奔去。

刚出城外二十里，就碰到了李容发。侦探把在景德镇城内听到的消息告诉了他。

"真有这事？"李容发听后大吃一惊。他瞪起虎眼望着两个侦探，不能相信这是真的。

"少将军，一点不假。左宗棠摆了二十桌酒席庆贺，我们混进了宴会厅，亲耳听到左妖头对着客人宣布，说忠王已被他们捉住了，正在向景德镇押来。"两个侦探毫不含糊地肯定。

摆酒庆贺？看来父王真的被清妖捉了。年轻的先锋不觉怒火冲天。李容发本是一个广西永安城外道旁行乞的孤儿。那年他才十岁，父母双双病饿死去。小容发无兄无弟。一天，偶尔见从永安城里冲出的太平军中，有许多和他年龄相差不多的小孩，便恳求投靠太平军。他恰好找到了李秀成。李秀成见他生得端正伶俐，便收留他在童子军里。容发聪明勇敢，三年后就成为童子军的头领。李秀成在太平军中的地位也逐渐升高。他生有三个女儿，却没有一个儿子。一次，李秀成来到童子军视察，见小容发英姿挺拔，在众多的童子军中出类拔萃，心里高兴，摸着他的头，感慨地说："我能有一个你这样的儿子就好了。"

机灵的容发一听，马上双膝跪在李秀成的面前，恳切地说："若将军不嫌，我愿做将军的儿子。"

李秀成大喜，况且容发也姓李，姓都不要改，于是笑着对他说："你真是天父赐给我的好儿子。"

从此，李容发便来到李秀成的身边。在李秀成的亲自指点下，他进步更快，不久便成为太平军中一名出色的年轻将领。去年又升为总制，已能独当一面，与清军打仗了。李容发与养父感情深厚，对养父极为敬重爱戴。他毕竟年轻，阅历不多，当时一听到这个不幸的消息，义愤填膺，也没来得及多想，立即下令，全军掉头往回走。他心急火燎，拍马奔跑在最前头，恨不得立即碰上王开琳，杀他个片甲不留，从清妖手中救出父王。

当李容发率部折回石门的消息传到楚军总部时，左宗棠立即下令关闭城门。他心中毕竟不踏实，再次派出快骑通知王开琳，不管战事进展如何，都要尽快赶回。又下令城内十五岁以上、五十岁以下的男子都拿起棍棒上城楼。到了傍晚，城外的斥候慌慌张张地进城禀报：长毛李容发又杀回来了！

左宗棠一听不觉跌足叫苦："看来这空城计的确只能唱一次！"

原来，李容发走到半路，突然记起父王的教导："左宗棠老奸巨猾，诡计多端。"他虽然没有读过书，也听人说起过诸葛亮用空城计退兵的故事。心里想：莫非上了这个老妖头的当！

李容发叫过身边的一个两司马，悄悄地吩咐他几句。那个两司马立即拨转马头，向景德镇飞奔。将近一个时辰后，两司马追上了队伍，向李容发报告："景德镇四门紧闭，城头走动着手拿棍棒、面色恐慌的百姓。"李容发咬牙切齿地骂道："这个千刀万剐的老妖头，果然中了他的奸计。弟兄们，再杀回去！"

楚军总部衙门里再度出现惊恐。左宗棠看着天色渐渐黑起来，心中有了底。他按剑厉声喝道："大家都不要慌乱！现在的形势是我为主，长毛为客，天色已经黑了。黑夜作战，为主一方占八成优势；更何况景德镇城墙高厚，城楼上有的是火药炮子。凭借着有利的天时地利，我一人可敌长毛十人。即刻传我的命令：三百名伤病楚军中选出一百名来，一律充当炮手；上城楼的百姓，独子的回家，父子兄弟同在的留一人，听候调派，搬运大炮火药。长毛放炮放枪，一律不予理睬；若架梯攻城，则以炮子抵挡。只要坚持两三个时辰，王分统就会率军赶回。勇敢杀贼的，本帅有重赏；若有临阵脱逃、动摇军心者，立斩不赦！"

下达命令后，左宗棠亲自披挂上城墙指挥。主帅的气概，给城内的人心起了很大的安定作用，城墙上的防守队伍很快地组织起来。城外的李容发见黑夜之中城楼上号令严肃，整齐不乱，又见城墙厚实，不敢贸然进攻，只是命令不断地向城楼射箭放炮，吩咐各旅各师绑扎云梯，作好攻城准备，只等天一亮，便发动猛攻，务必拿下景德镇，活捉左宗棠，以洗误中诡计之羞！

城内城外就这样对峙着。时正隆冬，天亮得晚。待到辰初时分，天色才渐渐放明。正当李容发准备吹号攻城的时候，却不料王开琳率部急匆匆地赶来了。城楼上，左宗棠见救兵已到，心上的一块千斤重石骤然落地，忙下令向城下发射炮子，又亲自擂起战鼓。一时金鼓齐鸣，炮火喧天，楚军前后夹攻，李容发的阵脚大乱起来。激战半个时辰，眼看不能取胜，遂率部冲出王开琳的包围，向石门镇奔去。王开琳也不追赶，收兵进城。

当李容发来到石门时，李秀成早趁着王开琳撤军的大好时机，一举攻下了石门镇，全克刚仓皇逃命。虽未抓住左宗棠，但这次军事行动已圆满达到目的，李秀成没有谴责养子。太平军把石门镇内的粮食全部带上，次日傍晚便全军撤出，按着既定的目标，沿长江继续向西挺进。

【唐浩明评点：左的长处，曾氏认为在善于审几审势。几者，几微也，即事物将发未发之征兆。若能于此时便看出事物今后的发展趋势，从而采取相应措施，自然比事后诸葛亮要强过十倍百倍。势者，即在某一时刻下各种相关事物所处的位置。将这种状态看得明白清楚，有利于作出正确的处理方案。审几审势，不但对于从军者十分重要，对于从政经商者亦十分重要。凡有志于从事与人争斗的职业者，都应研究审几审势之学。】

267

六 荒郊古寺遇逸才

李秀成的部队来到武宁时，得知陈玉成从黄州府撤兵的消息。千里围武昌的用兵计划，他本来就是勉强接受的，现在北岸已撤兵，他正好借口不执行了，遂立即停止前进。他在武宁、通山、崇阳一带招募三十万流亡饥民，率部东归。围魏救赵的用兵计划，就这样流产了。一个月后，陈玉成才知道上了大当，但后悔已晚。

转眼到了七月，秋风又起，曾国荃围安庆，已经一年零三个月了。曾国藩不放心，带着康福等人亲到安庆城外视察。从东流到安庆，只有一百多里水路，午后便到了南门码头。国荃、贞干事先都不知大哥的行动，未到江边迎接，曾国藩一行作普通人打扮，悄悄地上岸，沿着外壕查看。

城内城外都很安静。但见壕沟宽深，满插竹签，两道壕沟之间，营房相连，炮台林立，时见搬运弹药、拭刀擦枪的湘勇，间或也可见集合操练的哨队。曾国藩心里默默称赞。快到西门地段，酒店饭铺开始多起来，进进出出的大多数是醉得歪歪斜斜的湘勇官兵。饭店旁边是一家烟馆。曾国藩从小窗口向里面望：昏黑的屋子里，四处闪着暗淡的火光，土砖垒起的炕上，摊尸一样横七竖八地躺着几个烟客，旁边堆着解下的上衣佩刀。无疑是军营里的人！曾国藩一阵恶心。刚转过脸，又见对面一座破烂的茅房前，站着三个抹粉擦脂的年轻女子，正笑着向他招手。曾国藩气得转身便走，不小心与前面过来的人撞了个满怀。

"瞎了眼的糟老头，你是去赶杀场呀！"

曾国藩抬头一看，前面站着一个酒气熏天的汉子，正对着他口出恶言。那人右手挽着一个年轻女子，左手提着一个酒葫芦，曾国藩分不清他是湘勇还是百姓。康福抢上前，指着那人训道："无法无天的混蛋，你骂谁来！"

"老子宰了你！"那人甩开身边的女子，从腰里刷地抽出一把刀来。曾国藩看见这正是一把刻着"殄灭丑类，尽忠王事。涤生曾国藩赠"的腰刀。他不禁叫了一声"惭愧"，慌忙把康福拉开了。

咸丰四年曾国藩首次颁赠的刻字腰刀，深受湘勇将官的爱重，后来他又亲

268

手颁赠了两次。凡得到腰刀者，一律被湘勇视为英雄。以后，湘勇人员大大扩展，曾国藩无法一个个颁赠，便统一打造，由各军统领代为赠送，初时控制很严，日久慢慢地松了。这腰刀尤以吉字营领得多，发得滥。

曾国藩无心再巡视了，叫康福进壕通报。曾国荃一听，忙带着弟弟和一批营官亲来迎接。曾国藩见两个弟弟风尘仆仆，营官们也都满面风霜，遂不忍心指责，在接风宴上，对吉字营贞字营大大地作了一番夸奖慰勉。晚上，在卧室里，他严肃地对两个弟弟说："过去，我教你们作文写字，都强调一个'气'字。文求气昌，字求气贯。文气不昌，虽道理充分，其文不足称；字气不贯，虽笔笔有法，其字不足观。带兵亦然。军营中最重一个'气'字。作统领者，应时时在军中培植新气、勇气，涤除暮气、惰气。打仗为极苦极烈之事，哀戚之意如临亲丧，肃敬之心如承大祭，方为军中气象。故军中不能有欢欣之象，更不能有桑中之喜，骄浮淫乐，必招大败。昔田单之在即墨，将军有死之心，士卒无生之气，此所以破燕复齐。及攻打狄时，黄金横带，前呼后拥，士卒有生之乐，无死之心，鲁仲连策其必不胜。围安庆一年多进展不大，其原因即在军中气不正。明日即严令前壕外一切酒楼烟馆妓院统统撤除，官勇一律在壕沟内训练，有未经允许私出外壕者，斩不赦！"

国荃、贞干谨遵大哥之命。几天后，军营气象果然大大改观。

这天，曾国藩仍着便服，带上康福，到前壕外再去亲自查看一番。一路上，原先的烟馆酒楼妓院都已关了门，过去人烟稠密之处，现在明显地萧条了，所见到的湘勇，都是带着伙夫采买油盐菜蔬的什长哨官，不再是嫖客醉鬼了。曾国藩颇为满意。既然知错能改，且雷厉风行，看来两弟值得造就。一时喜欢，见前面山林荫翳，小溪长流，不觉生出一股游兴来。他对康福说："久闻安庆山水好，我们到前面去看看吧！"

康福陪着曾国藩向山林走去。果然林木青翠，溪水晶亮，真可去污涤浊、陶情冶性。山水虽好，人事却令人气沮。本是水稻收割的季节，眼前却是稻稀草密，田野荒芜，走了两三里路，除见到几个老头瘦妇在有气无力地将谷外，田里不见一个壮年人。"打仗真是件作孽的事！"曾国藩轻轻地自言自语。

山嘴背后是一个山坳，康福眼尖，指着远处说："曾大人，前面大柏树下有个小屋子，我们到那里去坐坐，讨碗水喝吧！"

二人走近一看，原来是一座小小的寺庙，庙门上方横写着三个字：弘毅寺。

曾国藩笑着说："从没有见过这样的寺名。"

"这怕是用的曾子的话：士不可以不弘毅，任重而道远。"康福猜测。

"和尚不识字，请读书人取寺名。读书人不懂佛经，只懂孔孟，就从《论语》中选了这两个字，造成了这个儒释结合的庙名。你说是这样吗？"曾国藩问。

"我想也可能是一个受了挫折的有志之士，曾在这里隐居过，为激励自己，干脆将原庙名改为这个名字。反正这里偏僻，没有几个人来，也不怕遭别人的谴责。"康福提出他的见解。

"你说的也有道理，这是桩解不开的公案。"曾国藩边说边进了庙门。

这个寺庙真的小，小到就一间一丈见方的屋子。正面供着一尊尺把高的小菩萨，菩萨面前有个石香炉，里面插着几支残香。左边一张床，床上整整齐齐叠着几排书，壁上挂一把剑鞘，真个是三尺宝剑半床书。右边一张书案，一条凳子，书桌上摆着笔墨纸砚，正中有一页写满字的宣纸，一个朱红玛瑙雄狮镇纸压在上面，显得格外引人注目。书案前方墙壁上挂一副对联："把酒时看剑，焚香夜读书。"

"好，写得好！"曾国藩称赞，笑着对康福说，"还是你说得对，现在这里就住着一位隐士。"

"这个隐士到哪里去了呢？"康福四处张望，指着小菩萨旁边说，"大人，这里还有一道门。"

门虚掩着，一推便开。门外是一块四方土坪，一个人正背对着他们，在土坪上舞剑。那剑舞得真好！进如闪电，退若飙风，上下左右飞动起来，划出一个耀眼的银盘，如同中秋明月落到人间。

"好剑！"惺惺惜惺惺，康福看得呆了，脱口称赞。

"谁？"那人急忙收起剑，回过头问。

曾国藩这下看清了，舞剑的人三十余岁年纪，面白无须，身材适中，正如联语中所写的，是一个喜欢舞剑的读书人，不是江湖上的拳师侠客。曾国藩最不喜欢那些走江湖的剑侠。在祁门时，有一人前来投奔，自称皖省名侠许荫秋。武艺的确很好，但曾国藩不收留。幕僚问他何故。他说这种剑侠大多无赖流氓，邪多正少，不遵法度，留之则坏军纪。名侠尚且不留，此后再无侠客一类的人来投奔了。

"我们是两个过路的客人，想到这里讨碗水喝。刚才多多冒犯，请足下海涵。"康福答话。

"啊，是两位客官，请屋里坐！"那人豪爽大度地将曾国藩、康福让进屋里坐，一边倒茶，一边问，"听口音，客官不像是本地人？"

"我们是湖南人，听说安庆正在打大仗，特地来看看。"曾国藩暗思此人必非等闲之辈，有意向他透露点身份。

"客官胆子也太大了，打仗杀人的地方，有什么好看的。"那人笑着说。

"足下一人在战场边的荒郊古寺里读书用功，胆子岂不比我们更大。"康福插话，眼里流露出敬佩的神采。

"实不相瞒，我在这里等着见一个人，三个月了，一直无机缘。"那人说话坦率。

"足下想见谁？"曾国藩好奇地问。

"湘勇吉字营统帅曾九爷曾国荃。"

曾国藩和康福心里同时一怔，互相对望了一眼，康福正要答话，曾国藩先开口了：

"足下为何要见曾九爷？"

"想告诉他破安庆之法。"那人毫不隐瞒。

"你为什么不去找他呢？"康福奇怪地问。

"咸丰八年，我曾经亲自闯进曾九爷的哥哥六爷曾国华的帐中，告诉他不要打三河，转攻庐江。曾六爷不听我的话，结果弄得全军覆没。后来我总结出了教训，这些带兵的主帅大概看不起毛遂自荐的人。我这次改变做法，长期住在这里，我想总有一个得见的机会。"

这人的话勾起了曾国藩的记忆，那夜温甫不是说过这事吗？

"足下是江苏阳湖人？"曾国藩两目灼灼发光，注视着对方。

"是的。在下正是阳湖人。"那人惊奇起来。

"足下大名叫作赵烈文？"曾国藩进一步追问。

"正是！客官何以知道？"那人越发惊奇起来，也盯着曾国藩。

"赵先生，我与你神交已久了，不想今日在此相遇，真是天幸！"曾国藩激动地站起来，走到赵烈文的身边。

"客官你是？"赵烈文也站起来，拉着曾国藩的手。

"赵先生，他就是六爷九爷的大哥曾大人。"康福介绍。

"曾大人！"赵烈文纳头便拜，"大人万安，小人有眼不识泰山。"

"快起来，快起来！"曾国藩扶起赵烈文，"请赵先生收拾书剑，我们一起到九爷军营里叙话。"

听说来者正是那年阻止攻三河的赵烈文，国荃、贞干都另眼相看。吃完饭后，曾氏三兄弟向赵烈文请教破安庆之策。赵烈文从从容容地说："长毛守城，有句老话，叫作守险不守陴。就是说，精兵良将都放在城外的险要之处，城内的反而是老弱病残。破安庆，就要从这里下手。安庆的险要首在北门外的集贤关。破了集贤关，安庆城一半到了手。次在菱湖石垒，菱湖石垒一下，安庆就是一座孤城。不出十天半月，即使外面不攻，内乱亦必自起。"

曾国荃插话："集贤关我们打过几次，石垒坚固，更兼刘玱林凶猛异常，这块硬骨头不好啃。"

赵烈文微笑着说："集贤关硬攻不能奏效，要采取另一种办法。"

"惠甫先生，你若帮我们破了集贤关，家兄一定重重保荐你。"曾贞干说。那夜，他亲耳听见六哥说过赵烈文。在他的心目中，此人是个奇人。

"保荐不敢。"赵烈文谦虚了一句，继续说下去，"集贤关的五千人，的确是安庆守兵的精锐，刘玱林也可谓长毛中的名将，但刘玱林的副手程学启和他的一班子兄弟，却有空子可钻。"

"程学启是个什么人？"曾国藩问。

"破集贤关就在此人身上。"赵烈文这句话，将曾氏兄弟的情绪大为提高了。"在下这几年在安徽，对此人颇有所了解。他是桐城人，咸丰五年在本省投的长毛。"

"程学启家里还有些什么人？"曾国荃问。他心里突然冒出一个主意：将程学启的家人抓起来，以此来要挟。

"程家启家里没有人了，他从小父母双亡。"

"呵！"曾国荃很失望。

"父母死后，程学启靠乞讨糊口，在下九流中长大，混得了一身好武艺，在桐城县里称王称霸，为非作歹，从县衙门到老百姓，个个都怕他。县太爷明里奈何他不了，便使了一个暗法子，用钱买通了庐江城里几个无赖。咸丰五年三月的一天，程学启过二十六岁生日，那几个无赖接他到庐江喝酒。喝到半夜，

272

程学启酩酊大醉，无赖们将他的手脚死死捆紧，扛到江边，对着他的胸口刺了几刀，登时血流满地。无赖们见他已死，便一走了之。第二天凌晨，庐江城郊一个姓穆的老太婆到江边洗衣服，见一个全身是血的大汉在呻吟。穆老太婆吓了一跳，立即回家叫来儿子穆老三。穆老三把程学启背到家中，一进屋，他又昏死过去了。穆老太婆给他抹去血，洗净伤口，穆老三又拣了草药替他敷上。程学启醒过来，想起昨夜的事，万分感激穆家母子的救命之恩，当即认穆老太婆为干娘，与穆老三拜了把子。一个月后，程学启复了原，他知道自己的仇人太多，混不下去，于是干脆投了长毛。程学启有本事，打仗不怕死，很受陈玉成赏识，年年升官，现在已是监军了。程学启在贼中得了势，当年一班痞子弟兄都来投奔他，这些人大部分也当了官。程学启对任何人都不讲情义，唯独对穆家母子的恩德不忘。这些年给了穆家不少银子，但穆家不承认，可能是怕惹祸。"

曾国藩说："程学启能知报答穆家的恩，可见良心尚未完全泯灭。"

赵烈文说："正是大人这话。我想如果能够买通程学启，要他在内部发难，外面再配合，集贤关就可以破了。"

曾氏兄弟都认为这条路子值得一试，于是请赵烈文先去庐江找到穆老三，打听程学启最近的情况。

几天后，赵烈文从庐江返回，禀报曾国藩、曾国荃：据穆老三讲，程学启近来心思颇不安定，叶芸来、张朝爵、刘玱林等人都是两广老兄弟，对他始终不能以心相待，监军当了一年多未得提拔，心中不满，又对安庆能否守住有怀疑。曾国藩听后大喜道："此人可用。"

三人一起细细商讨了半夜。

次日晚上，曾国荃带着彭毓橘、李臣典和赵烈文一起到了庐江城。经过一番威胁利诱，穆家母子终于就范。穆老三利用程学启给他的令箭，畅通无阻地进了集贤关外的第四个石垒，拜见义兄。

"程哥。"穆老三哭丧着脸说，"娘病势沉重，怕只有一两天日子了，老人家一天到晚念叨着你，想临终前见你一面。"

程学启说："干娘恩德深重，论情理我应该去送终，但战事紧急，我离不开。这样吧，你拿两百两银子去，把干娘的丧事办得风光点。"

说罢，立即要亲兵去取银子。穆老三急了，说："程哥，银子倒不在乎，你平日送的，我们都存在那里，娘是想见你一面。你无论如何都要去一下，骑马去，后天就可以赶回来了。"

程学启想了一下，说："好吧，我这就去一趟。"

清早，两人骑两匹快马出发，安庆离庐江只有二百五十里，黄昏时便到了。穆老三将程学启带到老母的卧室。程学启推门一看，不见干娘，心中生了疑。正要发问，彭毓橘、李臣典手执大刀冲了进来。程学启情知不妙，忙向腰间拔剑，彭毓橘早已把剑抽走了。程学启愤怒地问："你们是什么人？"又转过脸去责问穆老三，"老三，这是怎么回事？"

这时，曾国荃身着正四品道员朝服从门外迈进。程学启惊问："你是何人？"

曾国荃哈哈笑道："程将军，久仰了！"

穆老三忙说："程哥，这位便是湘勇吉字营统帅曾九爷。"

程学启又惊又惧，转身就要出门，穆老三一把抓住："程哥，曾九爷特来见你，有要事相商。"

程学启见门已关，料想走不脱，只得站着不动。

"坐下，坐下好说话。"曾国荃脸型五官全像大哥，唯独两只眼睛细长，一笑起来，就成了两根线。程学启极不情愿地坐下，心像鼓槌样跳个不停，见曾国荃并无恶意，才慢慢平静下来。

"久闻程将军艺高胆大，恩怨分明，是个真正的大丈夫，只是出于不得已才屈身事贼，家兄和我深为程将军惋惜。"

程学启仍在莫名其妙中，不知这个死对头要干什么。

"程将军，你堂堂一条汉子，何必要顶个贼名呢？"见程学启不开口，曾国荃继续说，"家兄久慕程将军大名，特要我用此法将将军请来，想你不会怪罪。王师围安庆一年多了，各路援兵正源源而来，陈玉成的人马被陷在挂车河以北，不得南下一步，李秀成的南路已退回苏南，安庆不日即将攻克。闻程将军在长毛中备受两广老贼的欺侮，甚不得志，何不反戈一击，弃暗投明呢？"

曾国荃盯着程学启，眼中那股凶杀之气与大哥一模一样。程学启心中又紧张起来，暗思：原来是要我投归朝廷，看来今日不答应是出不了门，好汉不吃眼前亏，不如假意应承下来。

"曾九爷，今日能在干娘家里见识你，真是幸会。我也早闻曾九爷是个英雄，果然名不虚传。我投长毛，的确也是万不得已。我的祖父，也是桐城县里有点名气的秀才。我常想：今后死了，还不知在阴间如何见我的祖宗。我早有投奔朝廷之心，只是没有机会。不知曾九爷是要我现在就跟你去呢，还是回去后率人来归？"

曾国荃说："如果程将军真心归顺朝廷的话，朝廷仍会真心相信你，你这次先回去，遇有机会做内应。我们内外进攻，打下集贤关。我今天带来了一套副将官服。"

曾国荃转脸对彭毓橘说："你把它拿出来，给程将军过目。"

当彭毓橘捧出一套簇新的从二品副将官服时，程学启眼睛一亮，尤其是帽子上那颗起花珊瑚顶，令他久看不止。尽管监军的官位也不低，但它究竟比不上朝廷副将的尊贵，程学启的心动了。

"程将军，这套副将官服暂存你干娘这里，待破安庆后，我为将军亲自穿上。"

"愿为九帅效劳！"程学启站起来，向曾国荃鞠了一躬，然后打马直奔安庆。

七　血浸集贤关

当曾国荃将与程学启会见的情形告诉大哥后，曾国藩沉吟片刻，说："程学启的归顺尚不可靠。那家伙是个无赖出身，无信义可言，说不定回去后又会变卦。"

赵烈文说："大人虑及的是，在下还有一计。九帅只管放心猛攻集贤关，我保证程学启会在垒中作乱。"

说罢，轻轻地说出了他的计谋，曾国藩的脸上露出一丝阴冷的微笑。

为再次猛攻集贤关，曾国荃作了充分的准备。他调集了大小火炮百余座，抬枪、鸟枪上千杆，火药五万斤，炮子一千箱，集中吉字营精锐八千人，针对着集贤关外、赤岗岭下四座石垒，布置了一个三面合围的火力网。炮火猛轰了三天。尽管长期的饥饿和疲劳，使石垒中的太平军将士体力不支，但大多数人并无二心。他们清楚，摆在面前的只有一条路，即为保卫安庆血战到底，此外没有第二条路可走。尤其是官拜擎天侯的刘玱林，这个从金田村里打出来的硬汉子，从没有在清妖面前有过难色，即使在最困难的时候，他的胸中仍充满着压倒一切的英雄气概。一到夜间，两军炮火暂息之时，他便走出一号石垒，到二号、三号、四号石垒中去吊死问伤，鼓舞士气，指授方略，调配弹药。这天他来到第四垒，见程学启正与几个师帅旅帅在喝酒，便走过去，拍着程学启的肩膀说："好兄弟，哪里弄来的酒？这么香，馋得我口水都流出来了。"

程学启忙斟上一大碗递上，笑道："侯爷，你也来一碗，这是邹矮子在酒坊里偷来的。只是没有好菜，你用这个将就点下酒吧！"

说着从瓦盆里抓出一个泡得发黑发臭的盐萝卜。刘玱林一口将酒喝完，咬了一口萝卜，说："弟兄们好好打，把眼前这班清妖打退后，我请大家喝古井贡酒，吃狗肉炖萝卜！"刘玱林顺手将剩下的半截盐萝卜丢到瓦盆里，对程学启说，"把受伤的弟兄们趁黑夜送回城里，再运几千斤火药炮子来。"说完，走出了石垒。

程学启从庐江回到石垒后，一连几夜没睡好觉，既恐惧又兴奋。他对太平军与朝廷两者之间，今后究竟谁胜谁负拿不准。以前他也不多想这些。他觉得这几年过得很快活，吃得好，玩得好，有权有势，风光体面。他想得很简单：拼命打仗，爬上更高的官位。太平军成功了，他一生有享不尽的荣华富贵；打败了，他就寻一个机会逃走，凭着已有的金银财宝，下半辈子也会痛痛快快。万一哪天打死了，死就死，过了这多年的好日子，死了也划得来。现在居然有这样的好运气，朝廷送官上门，今后脚踏两边船，谁胜都有自己的好日子过。程学启暗自庆幸那天还算机灵，没有拒绝曾国荃。他将这个好消息告诉最为相得的拜把兄弟，把兄弟们都很高兴，他们也想脚踏两边船，图个一辈子舒心。

眼看双方激战了几天，势均力敌，集贤关难以打破，曾国藩对赵烈文说："看你的第二步棋了。"

这天下午，穆老三正在家里闲坐，两个一胖一瘦的黑汉子走进他的家门。穆老三见两人来得蹊跷，忙站起来赔着笑脸说："二位有何贵干？"两个汉子紧绷着脸问："你是穆老三吗？"穆老三点了点头。"实话告诉你，我们是安庆城里的太平军。"穆老三心想，一定是程哥派来的人，于是放下心来，招呼他们坐，一面又去倒茶。

瘦子摆摆手，厉声说："不要张罗了，我们不是程监军派来的，我们是擎天侯刘玱林的人。"

穆老三刚放下的心又提起来了。"有人告发，说前几天程监军在你家里和清妖曾老九见了面，曾老九还送了一套副将官服，有这事吗？"

穆老三是个未见过世面的人，听了这几句话，脸都吓黑了，心想：这怎么得了，一旦坐实，脑袋不丢了吗？好在副将官服已藏在地下，他们搜不出，心里略安定些，便说："总爷，没有这事，这是别人诬告的。"

胖子说："是不是真的，我们搜后再说。"说着便把穆老三的家翻个底朝天，并不见副将官服。穆老三愈加镇定了："两位总爷，我说没这事吧！"瘦子说："有这事也好，无这事也好，不关我们的事，你陪我们去见擎天侯，当面对他讲清楚。"穆老三害怕了："我家有生病的老母，走不开，你们行行好吧！"胖子恶狠狠地说："什么行好不行好，别啰唆，到擎天侯面前去说话！"两人不由分说地把穆老三推出家门。门外拴着两匹马，瘦子把穆老三拎上马背，自己坐在他的后面，和胖子一起，扬起马鞭，两匹马飞快地向南边跑去。

断黑时，三人来到姜镇。这里距集贤关只有二十里了。瘦子对胖子说："老哥，今夜就在这里舒舒服服睡一觉，明日再进垒吧！"胖子说："行，今夜咱哥俩畅畅快快地喝两盅。"

进了伙铺，拴好马后，两个汉子大吃大喝起来，足足闹了一个时辰，都喝得酩酊大醉，烂泥似的倒在床上，死一般地睡着了。穆老三心里念着："阿弥陀佛！天赐良机，再不逃走就是傻瓜。"他急忙把桌上的残汤剩水吃了两碗，然后蹑手蹑脚地走出旅店，又不敢去牵马，怕马叫起来坏事。往哪里去呢？回庐江，身上无分文，几天的路程如何对付？不如干脆去找程哥，也要告诉他事发了，早作准备。穆老三打定主意，摸黑跑向集贤关。

快要天亮时，穆老三钻进了四号石垒，将突然变故告诉了程学启。程学启一听，心里发了毛，想：此事刘玱林既已知道，这里就混不下去了，不如先下手为强。程学启打发穆老三通知曾国荃：明天上午炮响后，四号石垒做内应。

当天夜里，刘玱林像往常一样查看二、三、四号石垒。踏进四号石垒时，正遇见程学启召集他的几十号同伙密商明日内应事。程学启心怀鬼胎地站起来，不自然地倒了一碗酒递上。刘玱林接过酒一饮而尽，拍拍程学启的肩膀说："老弟，我弄来了几瓶好酒，明天打完仗后，到一号垒去，我们喝个痛快。"

程学启心里一惊：莫不是要抓我了？他讪讪地笑了几下，敷衍两句，把刘玱林打发走了。回头对伙计们说："大家都听到了吗？明天再不下手，我们就完了。大家都不要手软，明天狠狠地打，程哥不会亏待你们。"

穆老三的到来，证实赵烈文计策的成功。第二天一清早，曾国荃下令：今天一定要破集贤关，全军将士都得奋勇向前，不许后退；打下集贤关，论功行赏。

吃过早饭，吉字营一万湘勇，抬着火炮、抬枪、鸟枪，跨过外壕，向赤岗岭进逼。曾国荃提着一把大砍刀，杀气腾腾地在后面督战。刘玱林远远地看见湘勇涨潮似的向石垒涌过来，气焰比往日更为嚣张。他对程学启说："你带三垒四垒在后面防两翼，我带一垒二垒在前排挡正面，今日清妖来势凶猛，要多提防。"程学启暗自高兴，满口答应。

刘玱林挥舞红旗，站在一个山坡上亲自指挥。一垒二垒筑在赤岗岭下官马大道两旁，三垒四垒筑在山坡边，防东西方向。刘玱林将一、二两垒三千五百人全部调出垒外，组成强大的火力网，凭借着居高临下的有利地势，给疯狂进攻的湘勇造成了强大的威胁。湘勇在离石垒半里远的地方停下来，列队架炮。只听得一声号响，湘勇火炮、抬枪齐鸣，雨点般的弹子打在赤岗岭的岩石上，溅出星星点点火花，有些较松散的岩石则被打得碎片纷飞。吉字营是湘勇中装备最好的部队，这些火炮全部是从广东运来的洋炮，射程远，威力大，太平军的土炮远不是对手。

刘玱林手中蓝旗一挥，全军卧倒，任湘勇火炮狂轰滥炸不还击。打过一阵后，曾国荃命令击鼓冲锋。万名湘勇吆喝着向前冲去，约摸冲出四五十丈远的时候，刘玱林拿起黑旗一挥，太平军火炮大作，弓箭乱飞，湘勇饮弹中箭，一片接一片倒下。曾国荃气得直跺脚，无可奈何，只得传令收兵。彭毓橘跑过来说："九帅，长毛土炮射程不远，我们可以再推进二十丈。"曾国荃满脸灰尘，气呼呼地说："就依你的！传令所有火炮一律推进二十丈，各营各哨后面紧跟。"

在湘勇向前推进的时候，刘玱林也将部队作了新的部署，命令程学启将第三垒调到正面递补。待第三垒下到山坡时，程学启将第四垒的八百余名太平军唤进石垒。兵士们正感奇怪，只见程学启猛地跳到石垒中间的土台上，高喊："弟兄们，安庆城里粮食已尽，赤岗岭的炮子也快完了，今天官军就要打破集贤关了，要活命的跟着我归顺朝廷。"

程学启的这一举动，把石垒中的兵士们弄懵了。"妈的，你这反草的妖魔！"话声刚落，一梭铁子飞来，程学启的半边耳朵打得粉碎。"哪个臭婊子养的！"

程学启一边捂着耳朵，一边骂。那打枪的兵士正要起身冲出石垒，一道白光闪过，半个肩膀已被削掉了。这时，兵士们才看清，数十个当官的都一齐抽出了刀，恶狠狠地高叫："听程监军的！""有不听话的，刚才这人便是下场！"

原来，这些抽刀的全是程学启的把兄弟。这一垒都是安徽人，流氓地痞占了多数，平日就跟着程学启一鼻孔出气，今日处于这种情形，哪还有人敢再说个不字，便一齐喊道："听从程监军指挥！"

程学启说："大家把头巾摘下来，绑在左手上，等下官军再进攻时，听我的命令，火炮朝一、二、三垒的人打。打死的人越多，功劳就越大，现在把火炮抬到垒外。"

程学启指挥四垒的人冲出石垒，这时曾国荃指挥湘勇发起了第二次进攻，一阵炮弹枪子后，湘勇又向石垒奔来。刘玱林挥起黑旗，强大的炮子压住了湘勇的推进。曾国荃气得大骂："程学启这个王八羔子，还不动手，看老子以后不剐了他！"回过头来大叫，"把穆老三押过来！"一个亲兵把穆老三推到曾国荃面前。曾国荃的大砍刀架在穆老三的脖子上。穆老三吓得面如死灰，双膝发软，扑通一声跪了下来："九爷饶命，饶命！"

"你这混蛋王八蛋，程学启为何还不动手？你想耍弄老子？！"

穆老三结结巴巴地说："九爷息怒，程学启他，他亲口说，说的，他在垒中内，内应，请九爷稍，稍等一会。"

就在这时，从前面山坡传来一阵炮响，彭毓橘兴奋地说："九帅你听，这是程学启的炮！"

这的确是程学启从刘玱林背后打出的冷炮。这一阵炮声响过后，太平军躺倒了一大片，大家都惊恐万分，不知出了什么事。刘玱林怒问："是哪里打的炮？"身边亲兵答："侯爷，像是从四垒那边打来的。"刘玱林怒吼："程学启他发疯了，火炮朝自家人打！"话音刚落，又一阵炮子打来，火星在刘玱林脚底溅起。曾国荃狂笑道："弟兄们，长毛内部打起来了，我们冲啊！"

湘勇个个勇气倍增，狂呼乱叫地向石垒冲去。当刘玱林确知程学启已临阵叛变时，气得五脏六腑都要烧出火来，不得已分出一半人来对付背后。

前面湘勇有恃无恐地冲来，后面炮子残酷地射出，可怜四千余名太平军，一个个含恨倒在血泊中。刘玱林坚持着，眼看人都死光了，只得带着身边的一百多名亲兵转过脸来，向关内冲去。谁知程学启指挥着一阵炮子打来，刘玱林晃动了几下，终于倒下了魁梧的躯体。

　　集贤关四千精锐的覆没和程学启部的叛变，使安庆守军的斗志顿时减去了一大半。就在士气萎靡的时候，彭玉麟奉曾国藩之令，率领所部内湖水师由南门码头上岸，抬着数百条战船奔向菱湖，将船放入湖中，向菱湖十八垒发起猛攻。这一天，天老爷有意给太平军作难，大雨如注，足足下了一个时辰，湖水暴涨，沿湖石垒浸水达两尺多深，火药全被泡在水中，火炮、抬枪都哑了。彭玉麟借着天时，乘集贤关大捷的锐气，血战一日一夜，将菱湖十八垒全部摧毁，巩天侯张朝爵趁乱逃跑了。第二天凌晨，菱湖上漂浮的太平军、湘勇的尸体，几乎遮盖了半个湖面。

　　随着集贤关、菱湖的丢失，安庆城彻底孤立了。城内人心浮动，天天都有成批人出来向湘勇投降。曾国荃决定七月十五日向安庆发起总攻，曾国藩制止了。他以神秘的口吻对九弟说："王闿运上月来信告诉我，钦天监奏，今年八月初一，日月及水火土木四星俱在张宿五、六、八、九度之内，金星在轸，亦尚在三十度之内，这是日月合璧、五星联珠的非常祥瑞，极为罕见，预示着国家有大喜事出现。国家的第一大喜事，莫过于战胜长毛。眼下与长毛激战的有四大战场：一为德兴阿、冯子材的江宁战场，一为左宗棠的赣北战场，一为袁甲三、胜保的皖北战场，一为安庆战场。除江宁战场外，其他三个战场在最近都可能有突破性的进展，如果谁能恰恰在八月初一这个日子获得大胜，谁就成了上应天心、下服朝野的福将。沅甫，你看如何呢？"

　　听了大哥这几句话，曾国荃又想起陈广敷那年在荷叶塘的预言，不禁周身血液沸腾，激动地说："大哥，我明白了，我要全军休整几天，七月二十八日沿城墙开挖一百个地洞，三十夜里点火，八月初一准时拿下安庆！"

　　"好！大哥希望于你的，正是这个安排。国家的气运，曾家的气运，都在此一举。"曾国藩久久地握住九弟的手。半晌，又说，"明天早上我要回东流去了。"

　　"大哥，安庆已是瓮中之鳖，你不亲眼看我和厚二把这只鳖捉到手吗？"曾国荃不解地问。

　　"沅甫，大哥离开安庆，正是为了让你顺顺畅畅地在八月初一日那天拿下它。"曾国藩笑着说。

"这是为何？"曾国荃益发不解了。

"以后再告诉你吧！"

望着九弟迷惑的眼神，曾国藩心中不无怅惘。这些年来的战事，只要他身处前线，这场仗最后必定以失败告终。这几乎是屡试不爽。咸丰四年二月，他带兵打岳州，结果被太平军打得逃回长沙。四月打靖港，差点全军覆没，而同时塔齐布等人打湘潭，偏偏十战十胜。咸丰五六年间在江西，凡他参加之仗无不败，凡他不在场的又一定胜利。上次李元度丢了徽州城，他想再试一次，亲带一支人马去收回，三仗三败，结果还是鲍超去办成了。从那一次后，他彻底相信了，要想打胜仗，就不能有他在前线。他之所以急着要离开安庆，正是为助两弟的成功。可惜，这些都不能明说。他只好淡淡一笑，说："八月初一日，我在东流为吉字营、贞字营祈祷，等着你和厚二的捷报！"

图书在版编目（CIP）数据

大清名相曾国藩. 2，虎步维艰 / 唐浩明著. — 北京：北京联合出版公司，2016.1

ISBN 978-7-5502-6920-0

Ⅰ. ①大… Ⅱ. ①唐… Ⅲ. ①长篇历史小说－中国－当代 Ⅳ. ①I247.5

中国版本图书馆CIP数据核字(2015)第321431号

大清名相曾国藩. 2，虎步维艰

出版统筹：新华先锋

责任编辑：孙志文

特约编辑：黎　靖

封面设计：郑金将

版式设计：杨祎妹

北京联合出版公司出版

（北京市西城区德外大街83号楼9层　100088）

北京慧美印刷有限公司印刷　新华书店经销

字数234千字　787毫米×1092毫米　1/16　18印张

2016年3月第1版　2016年3月第1次印刷

ISBN 978-7-5502-6920-0

定价：38.00元